Klampfe & Klee

## Über das Buch

Zwei Jahre nach den Ereignissen von »Heldenschlussverkauf« ist wieder Ruhe eingekehrt in Toms Leben. Er und Kathi haben sich längst gut eingerichtet im neuen Zuhause in Oberkreuzbach, der erste Nachwuchs ist auch schon unterwegs. Doch dann stellt ausgerechnet Toms bester Kumpel Kai das Leben der Kleinschmidts gehörig auf den Kopf. Der will nämlich Zuflucht finden auf unbestimmte Zeit in der ländlichen Enklave von Toms Zuhause, um sein Leben von Grund auf umzukrempeln – und das von Tom und Kathi gleich mit. Als ob das nicht genug wäre, entpuppt sich auch noch der neue Nachbar als windiger Immobilienspekulant, der das ganze Dorfleben in Gefahr bringt. Und so muss sich Tom einmal mehr dem Chaos stellen, das seinen Alltag unversehens durcheinanderwirbelt. Wie gut, dass es die ehemaligen Bandmitglieder von *Biedermeiers Blutgericht* gibt, auf die man in der Not zählen kann. Und natürlich Rentier-Xaver!

## Über den Autor

Alex Langenmaier, geboren 1980, studierte sich zunächst an der LMU München einmal quer durch die deutsche Literatur- und Theatergeschichte vom Mittelalter bis zur Gegenwart. Dass er dabei fast doppelt so lange wie andere benötigte, mag seiner tief empfundenen Liebe zu guten Geschichten ebenso geschuldet sein wie seiner nicht minder großen Liebe zum Münchner Nachtleben und den Versuchungen der Großstadt. Bereits als Student begann er mit dem Verfassen erster Kurzgeschichten und Erzählungen. Nach fast zwanzig Jahren in München lebt er heute mit seiner Familie irgendwo im Nirgendwo der oberbayerischen Prärie. »Unterwassermüllmänner« ist nach »Heldenschlussverkauf« sein zweiter Roman über das Leben von Tom Kleinschmidt.

Alex Langenmaier

# UNTERWASSERMÜLLMÄNNER

Roman

Bibliografische Information der Deutschen Nationalbibliothek:
Die Deutsche Nationalbibliothek verzeichnet diese Publikation
in der Deutschen Nationalbibliografie; detaillierte bibliografische Daten
sind im Internet über dnb.dnb.de abrufbar.

Klampfe & Klee ist ein Imprint des
Verlags Alexander Langenmaier, Schrobenhausen



Umschlaggestaltung und Buchsatz: Verlag Alexander Langenmaier
Covergrafiken: Taucherglocke: artmarsa; Hintergrund: colors0613
Herstellung: BoD - Books on Demand, Norderstedt

ISBN: 978-3-9821794-2-1

www.klampfe-und-klee.de
kontakt@klampfe-und-klee.de

Für Alicia, Konstantin & Elias

*»Eigentlich bin ich ganz anders.*
*Ich komme nur viel zu selten dazu.«*
Ödön von Horváth

# UNERWARTETER BESUCH

Wann immer Tom später darüber nachdachte, an welchem Punkt in seinem Leben der ganze darauffolgende Irrsinn seinen Anfang nahm, gelangte er unweigerlich zu dem Schluss, dass das Chaos mit Kais Anruf begann. Was ihm leidtat, schließlich war Kai sein bester Kumpel seit Studententagen. Trotzdem: In dem Moment, als Toms Handy klingelte, löste sich unbemerkt ein kleiner Chaos-Stein, ein winziger Konfusions-Kiesel im mittlerweile geordneten Getriebe seines Lebens. Auf seinem unaufhaltsamen Weg durch die beschaulich dahintuckernde Maschinerie von Toms Alltag würde er andere, größere Steine anstoßen, eine Tumult-Lawine auslösen, die sich irgendwann nicht mehr stoppen lassen und zu ganz und gar unvorhergesehenen Ereignissen führen würde, einer Form von Wahnsinn, die anderen – normaleren Menschen, wie Tom bedauernd denken sollte – zum Glück ihr Leben lang erspart blieb.

Von alledem wusste Tom noch nichts, als er an jenem schicksalshaften Freitagabend gemütlich im Bett lag und einen fesselnden Fantasy-Schmöker las, während Kathi neben ihm schlief. Und hätte er geahnt, was in den folgenden Wochen über ihn hereinbrechen würde, er hätte vermutlich sein Handy im Klo versenkt, sich tief unter seiner Bettdecke verkrochen und tot gestellt. So aber wähnte er sich sicher und geborgen, während er im gedimmten Schein seiner Nachttischlampe einer Gruppe Zwerge durch den tiefen, dunklen Winterwald folgte, auf der Flucht vor einer Söldnertruppe untoter Orks.

Gerade als ein markerschütterndes Heulen die dunkle Nacht durchschnitt und auch noch ein Rudel Riesenwölfe aus dem Unterholz gesprungen kam, schrillte Toms Handy auf dem Nachttisch los. Tom erlitt beinahe einen Herzinfarkt, doch dafür war zum Glück keine Zeit. Schließlich musste er um jeden Preis verhindern, dass Kathi aufwachte, die in ihrem aktuellen Zustand nicht nur unter einem sehr unruhigen Schlaf litt, sondern momentan generell und überhaupt bei jeder Gelegenheit zu heftigen emotionalen Ausbrüchen neigte.

Sich innerlich verfluchend, weil er so doof gewesen war, sein Handy nicht auf lautlos zu schalten, warf Tom die Bettdecke zur Seite, während AC/DC »Highway to Hell« in die Stille des Schlafzimmers hineinbrüllte, sprang aus dem Bett, stolperte dabei über seine eigenen Füße, schlug mit dem Knie schmerzhaft gegen den Nachttisch, griff – sich innerlich noch mehr verfluchend – nach dem Handy und hüpfte unter Schmerzenstränen auf einem Bein aus dem Zimmer hinaus auf den Gang (wobei er sicherlich auch ein wenig wie Angus Young aussah, wenn dieser in seiner typischen Pose über die Bühne hüpfte).

Sekunden später hatte Tom die Tür zum Schlafzimmer hinter sich geschlossen, lehnte sich, sein schmerzendes Knie massierend, an die Wand, und nahm den Anruf entgegen.

»Kleinschmidt.«

»Tom, wie schön, dass ich dich um diese Uhrzeit noch erreiche.«

»Kai?«

»Genau der. Ich hoffe, es ist okay, dass ich so spät noch anrufe.«

»Natürlich, jederzeit«, log Tom. »Was liegt an? Wie gehts dir?«

Einen Moment herrschte Stille am anderen Ende, dann drang Kais Stimme seltsam tonlos an Toms Ohr: »Um ehrlich zu sein eher bescheiden. Darum rufe ich auch an. Ich weiß, das kommt jetzt ziemlich überraschend, aber wäre es in Ordnung, wenn ich noch kurz vorbeikomme?«

»Wie … jetzt?«

»Ich will dich echt nicht überfallen, aber, na ja, ich bräuchte wirklich jemanden, mit dem ich eine Halbe Bier trinken und reden kann.«

Das klang so gar nicht nach seinem stets fröhlichen Kumpel, dachte Tom, der sich in diesem Moment aus gleich mehreren Gründen Sorgen zu machen begann.

»Das kommt jetzt ein wenig überraschend«, sagte er ausweichend, um einen Moment Zeit zu gewinnen. »Wegen mir jederzeit, das weißt du. Es ist nur so – Kathi schläft schon. Und sie reagiert extrem empfindlich auf jede Störung. Die Schwangerschaft setzt ihr gerade ziemlich zu. Da genügen Kleinigkeiten, um sie aus der Fassung zu bringen, und dann … na ja.«

»Versteh schon. Und es tut mir auch wirklich, wirklich leid, dich so zu überfallen. Aber ich würde dich nicht darum bitten – als meinen besten Freund –, wenn es nicht wichtig wäre. Wenn ich jetzt gleich ins Auto springe und losflitze, bin ich in einer knappen Stunde da. Um Mitternacht spätestens bist du mich wieder los, versprochen«, sagte Kai und klang dabei so dermaßen un*kai*haft kleinlaut, dass Toms Sorge um ihn alle anderen Sorgen verdrängte. Wie hätte er es übers Herz bringen sollen, nein zu sagen?

»Natürlich. Egal, wo dich der Schuh drückt, ich bin für dich da. Was hältst du davon, wenn wir uns beim Müllerwirt am Ortseingang treffen? Das ist besser – wegen Kathi.«

»Perfekt! Tom, das werde ich dir nie vergessen, ernsthaft. Ich leg jetzt auf. Bis gleich dann.«

Gesagt, getan, und schon stand Tom mit tausend Fragen, einem immer noch schmerzenden Knie und einem das Leerzeichen tutenden Handy am Ohr im dunklen Hausflur und begann sich zu fragen, ob es wohl unangemessen sei, sich selbst leid zu tun.

Dann seufzte er – denn ein kleines selbstmitleidiges Seufzen sollte doch auf jeden Fall erlaubt sein – und schlich zurück ins Schlafzimmer. Kathi schien gottlob von alledem nichts mitbekommen zu haben, was tatsächlich an ein Wunder grenzte. Tom kramte Jeans, T-Shirt und Unterwäsche aus dem Schrank. Er schrieb Kathi in der Küche eine kurze Notiz, dass er nochmal wegmüsse, klebte den Zettel mit einem Stück Tesa innen an die Schlafzimmertür, schaltete die Nachttischlampe aus und zog sich im dunklen Flur an.

Vor der Haustür empfing ihn eine erstaunlich laue Aprilnacht. Doch obwohl es gerade einmal halb elf war, war alles still und menschenleer im Dorf.

So ist das hier auf dem Land, dachte Tom, als er den Hang hinab zum Dorfkern wanderte. In München waren die Straßen der Innenstadt an einem dieser ersten Frühlingsabende sicherlich bunt gefüllt von Menschen, Lärm und Trubel. Ein typischer Freitagabend zu Beginn der warmen Jahreszeit. Wie wenig er es mittlerweile vermisste. Das überraschte Tom selbst immer wieder, wenn es ihm, so wie jetzt gerade, wieder einmal bewusst wurde. Nur hier und da das Flackern eines Fernsehers, das diffuse Lichtspiele an die zugezogenen Gardinen malte. Von irgendwoher leise Musik, die durch ein gekipptes Fenster in die Dunkelheit entwich und ab und an fernes Pferdewiehern von einer der Koppeln am Dorfrand oder das gelegentliche Mähen eines Schafs. Die einzigen Geschöpfe, denen Tom auf seinem Weg durchs freitagabendlich dahindösende Dorf begegneten, waren zwei Katzen, die sich in der kargen Licht-Insel einer Straßenlaterne sonnten und Tom verärgert musterten, als er vorbeischritt.

Ich bin angekommen, dachte Tom, und wie immer dachte er es mit einer Mischung aus Belustigung, innerlichem Kopfschütteln und einer Spur Wehmut. Wie und wann das auch immer geschehen sein mochte in den zwei Jahren, die sie mittlerweile hier in Oberkreuzbach lebten – er war angekommen. Angekommen und heimisch geworden in einem Dorf am Arsch der Welt, in das er nur Kathi wegen gezogen war, in das er selbst nie hatte ziehen wollen, weg von dem irrlichternden Trubel der Großstadt. Und jetzt, zwei Jahreszeitenzyklen später? Jetzt hätte er gar nicht mehr gewusst, ob er überhaupt noch zurück nach München gewollt hätte, hätte sich die Gelegenheit dazu ergeben. Tom konnte es drehen und wenden, wie er wollte: Er schätzte sein Leben hier mittlerweile aufrichtig. Sicher, es war ein kleines Leben verglichen mit dem Leben andernorts, ein bescheidenes, sich oft selbst genügendes. Aber auch ein in sich ruhendes, geordnetes Leben in einer Welt, die bisweilen arg aus dem Ruder zu laufen drohte.

Auch beim Müllerwirt war schon alles dunkel; die Lichter in der Wirtsstube ausgeschaltet, die Bierbänke im Garten hochgestellt. Allerdings hatte Wirt Schorsch unlängst einen Fleisch- und Wurstautomaten aufgestellt. Der stand bunt leuchtend neben der Eingangstür der Wirtschaft mit hauseigener Metzgerei und versorgte das Dorf auch abseits der Öffnungszeiten mit allerlei Leckereien – und mit Bier.

Vorsorglich zog Tom zwei Halbe Augustiner und ein Fünfer-Päckchen Landjäger aus dem Automaten und setzte sich an die einzelne Biertischgarnitur, die Müllerwirt Schorsch netterweise rund um die Uhr neben dem Automaten für Nachtschwärmer aufgestellt ließ.

Tom öffnete sein Bier und nahm einen Schluck. Zwei Jahre, dachte er. Wie die Zeit verging. Obzwar das ein ganz furchtbarer Gemeinplatz war, ließ es sich nicht leugnen: Gerade noch war man am Diskutieren – mit sich selbst, seiner Freundin, mit Gott und der Welt –, wie das weitere Leben aussehen sollte, hatte sich mit viel Hadern einen Fahrplan für die zweite Hälfte seines Lebens zusammengezimmert, hatte seinem alten Leben Lebewohl gewunken und war mit Sack und Pack und all den Erinnerungen an turbulentere Zeiten weggezogen aus der großen Stadt; und kaum versah man sich, schon war man Teil dieses neuen Lebens geworden, dieses Lebens, das man sich früher nie hätte träumen lassen. Und Tom war tatsächlich glücklich damit. Da konnte man mal sehen!

Sie hatten schlussendlich geheiratet, Kathi und er, natürlich beim Müllerwirt, wo sonst? Sie hatten sich integriert und neue Freunde gefunden, die alten dabei zum Glück nicht aus den Augen verloren. Und jetzt war auch noch Nachwuchs unterwegs, ein kleiner Sohn, wie verrückt war das denn? Tom würde Vater werden, in erschreckend wenigen Monaten schon. Ein Gedanke, der ihn immer noch umhaute, der zu groß war, um sich daran gewöhnen zu können.

Abgesehen davon hatte sich wenig getan in seinem Leben, pandemiebedingt und überhaupt. Nach all den Monaten des Stillstands, des Eingesperrtseins war Tom fast froh, mittlerweile wieder unter der Woche nach München in die Arbeit pendeln zu können – etwas, das ihn früher ziemlich verdrossen hatte.

Wie sehr sich unsere Einstellungen doch ändern können, wenn man die Dinge nur eine Weile aus einer anderen Perspektive betrachtet, dachte Tom. Ob nun aus eigenem Antrieb oder aus der Notwendigkeit heraus.

Eine halbe Stunde später zerschnitten Scheinwerferlichter die Dunkelheit der kurvigen Landstraße, die nach Oberkreuzbach führte, und gleich darauf rollte Kais Audi TT auf den Parkplatz des Müllerwirts.

»Tom! Wie schön, dich zu sehen.« Kai umarmte Tom überschwänglicher als gewöhnlich. Dann blickte er sich um. »Wirt Schorsch hat jetzt einen Wurst- und Bierroboter? Sachen gibts.«

»Das ist der unaufhaltsame Fortschritt, der sogar in Oberkreuzbach Einzug hält«, grinste Tom.

Das Grinsen indes gefror ihm einen Moment darauf schon auf den Lippen, als er Kai genauer in Augenschein nahm. Sein

Kumpel sah nicht gut aus, ganz und gar nicht. Er wirkte übermüdet, die Augen lagen tief in den dunkel umrandeten Höhlen, sein Gesicht war von Sorgenfalten zerfurcht.

»Himmel Kai, du siehst aus wie der leibhaftige Tod. Was ist nur los mit dir?«

»Lass uns erst mal hinsetzen und ein Bier aufmachen, in Ordnung?«

»Natürlich. Hier, nimm dir einen Landjäger dazu. Eine kleine Stärkung kann sicher nicht schaden.«

»Das ist wirklich nett. Und es bedeutet mir viel, dass wir uns hier treffen. Ich musste einfach jemanden sehen, mit dem ich reden kann.«

»Du machst mir Angst, Kai. Jetzt sag doch endlich, was dich bedrückt.«

»Der Onkel Willy ist gestorben.«

»*Dein* Onkel Willy, der Bruder deiner Mutter?«

»Freilich, genau der. Gestern stand er noch im vollen Leben, heute ist er bei den Würmern. Heute Morgen kam der Anruf von meiner Mama. Herzinfarkt. So mir nichts, dir nichts von einem Tag auf den anderen. Da klingelt das Telefon und du denkst dir nichts Böses und dann das. *Bamm.*«

»Das ist ja furchtbar. Mein Beileid. Aber *so* überraschend kann das doch gar nicht gekommen sein, oder? Der hat doch sein Lebtag Kette geraucht und kein Bier ausgelassen; keinen Schnaps auch nicht, nach allem, was ich mitbekommen habe.«

»Stimmt schon. Aber trotzdem …« Kai nahm einen Schluck Bier und seufzte. »Der hatte doch noch so viel vor im Leben. Aber immer hat er alles, was wichtig gewesen wäre, vor sich hergeschoben. Hat gesagt, in Rente, wenn er mal ist, dann macht er dieses und jenes und überhaupt und hast du nicht gesehn. Und jetzt – drei Monate vor der Rente fährt er in die Grube ein. Und was bleibt? Nichts bleibt. Der hat doch außer Mama und mir auch keine Familie gehabt. Es sei denn, du zählst die Handvoll

Saufkumpane aus seiner Stammkneipe und dem Schützenverein dazu. Und sonst? Eine Briefmarkensammlung und ein Aquarium hat er hinterlassen, sonst nichts.«

»Das ist nicht schön, das stimmt«, sagte Tom, der wünschte, er hätte stattdessen etwas Tiefgründigeres zu sagen gehabt. Etwas, das seinen Kumpel hätte aufbauen können, so elendig wie er dasaß. Stattdessen fiel ihm ansonsten nur noch ein, zu sagen: »Es ist, wies ist. Wenns vorbei ist, ists vorbei. Irgendwann müssen wir alle gehen.« Und weil er sich angesichts seiner verbalen Hilflosigkeit jetzt erst recht blöd vorkam, fügte er das einzig irgendwie Tröstliche hinzu, das ihm zum Glück noch in den Sinn kam: »Wenn du nach dem Bier noch eins willst, spendier dir noch eins.«

»Gern!«

Sie prosteten sich zu und blickten einander bekümmert über ihre Flaschen hinweg an.

»Weißt du, Tom, da beginnt man sich schon zu fragen, wie es eigentlich um einen selbst und das eigene Leben bestellt ist. Denn du hast schon recht: Irgendwann werden wir alle ins Jenseits einbestellt. Und wenn es so weit ist, wärs schon gut, wenn man in seinem letzten Stündchen sagen könnte, man hat ein bisschen mehr gehabt im Leben als eine Briefmarkensammlung und ein Aquarium.«

»Das stimmt wohl«, nickte Tom.

Er nahm einen weiteren Schluck Bier und dachte darüber nach, wie sein eigenes Leben wohl wäre, wenn er nichts hätte außer einer Briefmarkensammlung und ein paar Fischen. Wenn er Kathi nicht hätte und ihre gemeinsamen Lebenspläne und das Kind, das auf den Weg zu ihnen war, und das sein Leben, wie man allgemein sagte, bereichern würde auf eine Art, die er sich jetzt noch gar nicht vorstellen konnte. Dann sah er seinen Freund an, der, wenn man es recht bedachte, auch nur seine Kumpels hatte, an denen er sich in Momenten wie diesem festhalten konnte.

Und er dachte an einen völlig aus dem Ruder gelaufenen Tag vor zwei Jahren, als ihm Kai aus der Patsche geholfen hatte. Kai hatte alles stehen und liegen lassen und ihre gemeinsamen Freunde mobilisiert, um Toms geplante Verlobungsfeier zu retten. Also fasste er einen Entschluss:

»Du, Kai, wenn du heute Nacht nicht allein sein willst, kannst du schon bei uns übernachten. Nach zwei Halben Bier solltest du eh nicht mehr Autofahren. Und ich glaube, du könntest sogar noch ein, zwei Halbe mehr vertragen danach.«

»Meinst du wirklich, dass das für Kathi in Ordnung geht?«

»Na klar.«

Und mit diesen zwei kleinen Wörtchen, so sollte Tom später denken, nahm der Wahnsinn seinen Lauf.

# DER LAUF DER DINGE

Am nächsten Morgen wurde Tom von einem infernalischen Schrei jäh aus dem Schlaf gerissen. Einen süßen, ungewissen Moment lang versuchte er ihn abzutun als Teil seines Traums – obzwar sein Traum eigentlich ein äußerst angenehmer gewesen war, in dem Muffins, Marmeladenpfannkuchen und singende und tanzende Gummibärchen eine nicht unwesentliche Rolle gespielt hatten. Weshalb so ein grässlicher Schrei auch gar nicht so recht zu seinem Traum passen mochte und es wohl oder übel deshalb nur logisch war, dass der Schrei in Wahrheit gar nicht Teil seines Traums, sondern vielmehr Teil der Realität war – und noch dazu einer gewiss recht unangenehmen Realität, wie Tom dachte, während selbige unerbittlich an ihm rüttelte und ihn vollständig aufzuwecken versuchte

Und tatsächlich: Einen Moment später kam Kathi energisch ins Schlafzimmer marschiert und ragte fassungslos und allem Anschein nach ernsthaft sauer über Tom auf, wie ein vorsichtiger Blick in die Umgebung ihm verriet, so dass nicht einmal daran zu denken war, den Kopf unter dem Kissen zu verstecken und die Wirklichkeit des neuen Tages noch länger schönzureden.

»Du!« Anklagend zeigte Kathi mit dem Finger auf Tom.

»Ich?«, piepste Tom kleinlaut.

»Wieso zur Hölle hast du mich nicht vorgewarnt?«

»Vor was denn?«

»Ich gehe nichtsahnend ins Bad und werde fast von einem splitterfasernackten Kai umgerannt. Was macht der da?«

»Äh … duschen vielleicht?«

»Thomas Kleinschmidt, du wirst mir auf der Stelle erklären, was das zu bedeuten hat.«

Tom richtete sich schlaftrunken auf und versuchte seine Gedanken zu sortieren.

»Der Kai hat mich angerufen, als du gestern Abend schon geschlafen hast. Dem gings nicht gut. Sein Onkel ist gestorben. Der war beinahe die einzige Familie, die Kai hatte. Dann haben wir uns unten beim Müllerwirt getroffen – extra, um dich nicht zu wecken«, fügte er vorsorglich hinzu, um möglicherweise wieder ein paar Punkte gut zu machen. »Da haben wir geredet und ein paar Bier getrunken. Und weil Kai dann natürlich nicht mehr Autofahren konnte, hab ich ihm angeboten, bei uns zu übernachten.«

»Oh«, sagte Kathi. Und dann nochmal: »Ooch.« Ihr grimmiger Gesichtsausdruck wich einer Miene der Bestürzung. »Der arme, arme Kerl.« Und schon begannen ihre Augen feucht zu werden.

Diese ewigen Gefühlsanwandlungen, die eine Schwangerschaft so mit sich brachte, damit würde Tom vermutlich nie klarkommen. Gefühlsschwankungen, Gefühlsumschwünge und -ausbrüche, eine einzige ständig brodelnde Gefühlssuppe, das waren Schwangerschaften. Da konnte man als Mann wenig mehr tun, als den schlimmsten Auswüchsen auszuweichen und etwaige Scherben notdürftig einzusammeln.

»Na dann wollen wir dem armen Tropf erstmal ein schönes Frühstück machen«, bestimmte Kathi resolut und eilte in Richtung Küche davon. Tom stieg bedauernd aus dem Bett und eilte hinterher.

Kai, dem das schlechte Gewissen, Kathi erschreckt zu haben, deutlich ins Gesicht geschrieben stand, bot zerknirscht an, zum

Frühstück Weiße und Brezen vom Müllerwirt zu holen, und eine halbe Stunde später saßen sie zu dritt um den Esstisch und ließen sich die Weißwürste schmecken. Kathi, die Kai (und glücklicherweise auch Tom) recht schnell verziehen hatte, ließ sich die Geschichte von Onkel Willys Leben und Ableben erzählen.

»Natürlich war es richtig von dir, dass du angerufen hast und zu uns gekommen bist!«, rief sie, als Kai geendet hatte. In ihren Augen staute sich schon wieder das Wasser. »Wir sind jederzeit für dich da, hörst du! *Jederzeit.* In so schweren Momenten ist das Alleinsein nicht gut.«

»Ja«, nickte Kai und zuzelte den Rest seiner dritten Weißwurst weg. »In solchen Momenten ist das Alleinsein wirklich scheiße.«

Immerhin seinen Appetit schien er schon wiedergefunden zu haben, dachte Tom erleichtert. Das war doch sicherlich ein gutes Zeichen.

Während er sich und Kai Kaffee nachschenkte – Kathi verzichtete schweren Herzens auf den morgendlichen Muntermacher, seit sie schwanger war –, klopfte es an der Terrassentür. Es war Resi, ihre Nachbarin und Xavers Frau, die fröhlich den Kopf hereinstreckte.

»Guten Morgen, ihr Lieben«, strahlte sie. Dann bemerkte sie Kai. »Ja, wen haben wir denn da? Wie schön, dass du unser verschlafenes Nest auch mal wieder mit deiner Anwesenheit beehrst.«

»Die Resi! Servus«, strahlte Kai nicht weniger erfreut. Er und Toms Nachbarn kannten und mochten sich seit jenem denkwürdigen Tag von Toms und Kathis Verlobungsfeier.

»Ich wollte Kathi und Tom eigentlich nur an die Einladung zum Mittagessen heute erinnern. Der Tag ist so schön – höchste Zeit, den Grill aus seinem Winterschlaf zu wecken«, erklärte Resi. »Nachdem du endlich einmal wieder zu Besuch hier bist, bleibst du hoffentlich noch ein bisschen und kommst mit. Ich sag dem Xaver gleich, dass er unten beim Schorsch noch ein paar zusätzliche Spareribs besorgen soll.«

»Selbstverständlich«, nickte Kai glücklich. »Wie käme ich denn dazu, so eine schöne Einladung auszuschlagen. Aber macht euch wegen mir bitte keine Umstände.«

Nachdem Resi gegangen war, räumten er und Tom die Reste des Frühstückstischs auf, während Kathi auf der Couch die Beine hochlegen musste.

»Es gibt vieles, was an einer Schwangerschaft nervt«, erklärte sie Kai missmutig. »Aber auf meinem persönlichen Ranking kommt dieses Gefühl, ein bewegungsunfähiges Walross zu sein, das sich alle paar Momente lang ausruhen muss, ziemlich weit oben. Zum Kotzen.«

»Aber ansonsten läufts hoffentlich gut?«, fragte Kai Tom, nachdem Kathi in Richtung Wohnzimmer davongewatschelt war.

»Doch, ja. Kathi schlägt sich ziemlich tapfer, und ich – na ja, du kennst mich. Ich halte eben die Stellung, so gut es geht.«

»Tom, der Mann, der die Stellung hält«, grinste Kai. »Hört, hört.«

Nachdem sie das Geschirr in die Spülmaschine geräumt und den Tisch gewischt hatten, holte Kai zu Toms Erstaunen einen riesigen Reisekoffer aus seinem Auto und verschwand damit in Toms ehemaligem Arbeits-Schrägstrich-Herrenzimmer. Kai hatte es sich nachts darin auf einer Luftmatratze bequem gemacht, die Tom nach einigem Suchen in der Garage gefunden hatte. Um Kathi eben *nicht* gleich zu erschrecken, wenn sie morgens nach einer unruhigen Nacht als erste ins Wohnzimmer kam und Kai schlafend auf der Couch vorfand.

Das ehemalige Arbeits-Schrägstrich-Herrenzimmer war mittlerweile auf dem besten Wege, zum Kinderzimmer umfunktioniert zu werden, während Toms Sachen – seine Stereoanlage, die Plattensammlung, seine Gitarren – in Kisten verpackt im mittlerweile fast fertig ausgebauten Dachgeschoss darauf warteten, eine neue Heimat zu finden. In einem gerade mal halb so großen, düsteren Kabuff mit Dachschräge, wie Tom nicht zum ersten Mal, dafür nach wie vor ziemlich missmutig, dachte.

Zehn Minuten später kam Kai zurück in die Küche, wo Tom angefangen hatte, eine Schüssel seines legendären Kartoffelsalats vorzubereiten.

»Alter, nicht dein Ernst jetzt?« Tom starrte Kai einigermaßen verblüfft an. Dieser hatte sich umgezogen und sah in seinem vermutlich sündhaft teuren italienischen Designer-Poloshirt, dem wahrscheinlich nicht minder teuren Leinensakko, den cremefarbenen Chinos und den hellen Wildlederschuhen aus wie ein Nachwuchs-Filmstar auf dem Weg zu seiner ersten Oscarverleihung. »Das ist sogar für *deine* Verhältnisse ein bisschen zu krass.«

»Egal, wie einem das Leben mitspielt, es gibt keine Entschuldigung, schlecht gekleidet zu sein«, entgegnete Kai eitel.

»Ja schon, aber wir gehen zu Xaver und Resi – nicht zum Lunch auf Jay Gatsbys Jacht.«

»Meinst du, die Komposition könnte womöglich ein klein wenig *over the top* sein?«, fragte Kai und blickte traurig an sich herab.

»Womöglich«, grinste Tom. »Aber ganz bestimmt nur *ein klein wenig.*«

»Na gut«, seufzte Kai und zog wieder von dannen. Weitere zehn Minuten später kam er in einem etwas legerer wirkenden Aufzug aus schlichtem Button-Down-Hemd, Jeans und Sneakers erneut in die Küche.

»Dafür, dass du eigentlich nur auf einen halbspontanen Freitagabend-Besuch vorbeikommen wolltest, scheinst du aber ganz schön viel Kleidung eingepackt zu haben«, bemerkte Tom stirnrunzelnd.

»Man muss stets für alle Eventualitäten gerüstet sein im Leben«, erklärte Kai munter. Er wirkte alles in allem weit weniger geknickt als noch am Vortag, wie Tom dachte. Die Luftveränderung schien ihm tatsächlich gut zu tun.

Gegen zwölf machten sich Tom, Kathi und Kai auf den Weg durch ein Loch in der Hecke, die die beiden Grundstücke voneinander trennte, in den Nachbargarten. Tom mit seiner Schüssel Kartoffelsalat, Kathi mit einem selbst gebackenen Streuselkuchen und Kai mit einer Tafel Schokolade als Gastgeschenk, die er im Handschuhfach seines Autos gefunden hatte.

Wie jedes Mal, wenn Tom den Weg durch die Hecke nahm, musste er an sein erstes Zusammentreffen mit Xaver gut zwei Jahre zuvor zurückdenken, als sein Nachbar völlig ungeniert plötzlich in seinem, Toms Garten gestanden hatte. Nach einer Reihe verblüffender Fehleinschätzungen hatten sie dann doch recht schnell einen Draht zueinander gefunden. Ja, Xaver (*formerly known as* »Rentier-Xaver«) und Tom waren in kurzer Zeit sogar gute Freunde geworden.

Und da stand er auch schon am Grill, eine Zange in der einen und etwas, das verdächtig nach einem dicken Joint aussah, in der anderen Hand, und winkte seinen Gästen fröhlich entgegen.

»Genau zur rechten Zeit«, rief Xaver. »In einer Viertelstunde sind die Spareribs fertig. Perfektes Timing für einen Aperitif vorneweg. Und eine Tüte. Oder für einen alkoholfreien Hugo«, fügte er mit einem Blick auf Kathi bedauernd hinzu.

»Lass gut sein, Xaver«, lächelte Kathi wehmütig. »Diese süße Plörre ist *mit* Alkohol schon kaum zu ertragen, ohne erst recht nicht. Ich bleib bei Apfelschorle.«

»Kommen auch wieder andere Zeiten«, tröstete Xaver sie. »Die edelste Flasche Wein in unserem Keller ist für dich reserviert. Da steht dein Name drauf.«

»Ich nehm dich beim Wort!«

»Sowieso«, lachte Xaver. Und dann: »Mensch Kai, wie schön, dich zu sehen. Du bist genau der richtige Mann für unsere kleine Party.«

»Ich bin *immer* der richtige Mann für *jede* Party«, grinste Kai gut gelaunt zurück und umarmte Xaver.

»Na, du Jungspund!« Tom klatschte Xaver mit einem *High Five* ab. »Wie fühlt man sich als ewiger Neunundsechziger, wenn der Countdown langsam in die Zielgerade einläuft?«

»Ach, drauf ge … pfiffen. Heute ist heute. Über das morgen machen wir uns Gedanken, wenn es so weit ist.«

Xaver drückte Tom und Kai je ein Bier in die Hand und ließ den Joint in der Runde kreisen.

»Gute Einstellung!« Tom nahm einen Zug von Xavers selbstangebautem Gras – nach dessen eigenem stolzen Bekunden das beste Kraut in ganz Altbayern – und reichte die Tüte an Kai weiter.

»Ich glaub, ich hab ganz offensichtlich irgendwas verpasst.« Kai blickte irritiert von einem zum anderen.

»Ja wie? Hat dir der Tom noch gar nix erzählt? Ich werd doch morgen siebzig. Runder Geburtstag – große Sache und so. Das ganze Dorf kommt, der Müllerwirt grillt ein Spanferkel und die Blaskapelle spielt dazu. Was für ein Glück, dass du dieses Wochenende zu Besuch hier bist. Ich hoffe doch sehr, du kommst auch. Sonst wär ich dir schon arg beleidigt.«

»Davon hab ich tatsächlich nichts mitbekommen. Ich komm natürlich wahnsinnig gern. Es sei denn … Tom und Kathi, ihr habt doch nichts dagegen, wenn ich eure Gastfreundschaft noch einen Tag länger in Anspruch nehme, oder?«

»Das passt schon«, winkte Kathi ab. »Das tut dir bestimmt gut und wird dir helfen, auf andere Gedanken zu kommen.«

»Danke, das ist wirklich nett«, freute sich Kai.

»Nichts zu danken.« Tom schüttelte den Kopf. »Wir freuen uns doch, dich noch ein bisschen länger bei uns zu haben. Ehrlich!«

Und dann feierst du heute schon mal rein, oder wie?«, erkundigte sich Kai bei Xaver.

»Ne, ne. Heute feiere ich mit euch Abschied von meinen Sechzigern. Schön waren sie, aber morgen löst die Sieben die Sechs ab, da muss ich dann ein paar Sachen ändern im Leben.

Das hab ich der Resi versprochen. Doch heute lass ichs nochmal ein bisschen krachen.«

»Ach komm schon, schau dich doch an«, winkte Kai ab. »Einer wie du gehört noch lange nicht zum alten Eisen. Der Rock 'n' Roll hat dich jung gehalten. Was den Keith Richards konserviert, ist für einen Xaver gerade recht.«

»Hört, hört!«, lächelte Xaver, und Tom schien es, als täte er es ein wenig wehmütig.

»Bringt ihr mir den Xaver bloß nicht auf falsche Gedanken«, rief Resi. »Ab morgen ist zum Beispiel endgültig Schluss mit Kiffen.«

»Ernsthaft?«, fragte Tom.

»Mei, es hilft ja nix, gell? Ob ich mich noch jung genug fühle oder nicht – irgendwann reichts halt. Wenn ich mal siebzig bin, dann bau ich nur noch Tomaten und Gurken an in meinem Treibhaus. Das hab ich vor zehn Jahren schon zur Resi gesagt und daran werde ich mich auch halten.«

»Heißt das, wir werden in Zukunft mit Tomaten und Gurken am Lagerfeuer sitzen und die halbe Nacht lang philosophieren?«, fragte Tom ungläubig. Der Gedanke, dass der rüstige Xaver, der bedächtige, ruhige Fels in der Brandung, der sein Nachbar nun mal war, bereits kurz vor seinem siebzigsten Geburtstag stand, machte Tom ein wenig beklommen, aus Gründen, über die er an einem so schönen Tag wie heute nur ungern nachdenken wollte.

»Keine Sorge«, schüttelte Xaver den Kopf. »Das ein oder andere kleine Bier werden wir uns schon noch weiterhin dazu gönnen.«

»Hört, hört«, seufzte nun wiederum Resi.


Nach dem Essen saßen Tom, Kai und Xaver pappsatt – und von drei Bieren und dem ein oder anderen geteilten Joint auch ein wenig angedudelt – in ihren Stühlen und blickten auf die Weite jenseits des Gartens: Auf die Pferdekoppel, die ansteigenden

Felder dahinter und den Wald, der das Panorama zum Horizont hin abschloss. Resi und Kathi hatten sich derweil nach drinnen auf die Couch verzogen, damit Kathi die Beine hochlegen konnte.

»Jetzt wirst du morgen wirklich schon siebzig«, sagte Kai kopfschüttelnd zu Xaver. »Das haut mich echt um. Und … wie ist das so für dich?«

»Das Überraschendste ist wahrscheinlich, wie rasch die Zeit vergeht, wenn man älter wird. Als ob sie mit jedem Jahrzehnt einen noch schnelleren Spurt hinlegen wollte. Und dabei ist das Älterwerden an sich ganz anders, als ich mir das früher immer vorgestellt habe. Ich dachte, dass man irgendwann alles weiß übers Leben und was richtig und was falsch ist und so. Und dass man es mit seiner im Laufe der Jahre angesammelten Erfahrung irgendwann schafft, seinem Leben eine Mitte zu geben, es zu einer runden Sache zu machen vor sich selbst. Dabei bin ich – wenn freilich auch viel ruhiger – immer noch innen drinnen ein Stück weit der kleine Bub, der ich vor Urzeiten mal war. Und wenn ich ehrlich bin, weiß ich heute eigentlich noch immer nicht viel mehr über das Leben als dieser Bub.«

»Ich glaube, das geht uns allen so«, meinte Tom mit einem schiefen Seitenblick auf Kai.

»Aber im Gegensatz zu euch werd ich nichts großartig Neues mehr anfangen im Leben«, schüttelte Xaver den Kopf. »Obzwar immer noch neugierig, bin ich für manches schon auch zu müde inzwischen. Das ist ein eigenartiger Gedanke – auf der einen Seite ernüchternd, freilich, aber auch irgendwie erleichternd. Und wenn man sagen kann, dass man alles im Leben so einigermaßen gut über die Bühne gebracht hat – nicht alles überragend, aber auch nicht auf Sparflamme –, dann passt das schon. Mit dem Alter und überhaupt.«

»Du bist das genaue Gegenteil vom Onkel Willy«, meinte Kai, der Xaver und Resi beim Mittagessen vom eigentlichen Grund seines Besuchs erzählt hatte. »Wäre der Onkel Willy, der blöde Hund, bloß ein bisschen mehr wie du gewesen, hätte er ein erfülltes Leben haben können. Da fragt man sich unweigerlich schon, wer man selbst einmal sein wird, wenn man dereinst zurückblickt – der Onkel Willy oder der Xaver.«

»Oder einfach der Kai, wie wärs damit?«, versuchte Tom seinen Kumpel auf andere Gedanken zu bringen. »Der ist nämlich ein prima Kerl, wenn er den Kopf nicht so hängen lässt.«

Doch Kai blickte weiter nachdenklich in die Ferne und sagte dazu nichts.

»Mensch Kai, am Ende kommts vielleicht eh ganz anders, als du denkst«, versuchte Xaver Tom Schützenhilfe zu geben. »Da musst du dir nur den Huber Hans anschauen. Das ist der Nachbar, der bei Tom und Kathi zur anderen Seite hin wohnt – oder besser gesagt gewohnt *hat*.«

»Wie meinst du das, gewohnt hat?«, fragte Tom überrascht. »Was ist mit dem Huber Hans?«

»Der ist zwanzig Jahre lang schaffen gegangen als Pflasterer. Und nebenher hat er Woche für Woche brav seine zwei Kästchen Lotto gespielt. Er hat immer gesagt, wenn er tatsächlich mal im Lotto gewinnt, dann verkauft er sein Haus, zieht mit seiner Frau nach Mallorca in eine Finka und lässt es sich dort gutgehen. Und jetzt ist es tatsächlich so gekommen – zack, sechs Richtige plus Zusatzzahl. Der Wahnsinn, oder? Die Finka ist schon gekauft und die Koffer sind gepackt.«

»Wow«, staunte Tom ehrfürchtig. »Das gibts ja nicht. Kathi, hast du davon was gewusst?«

»Überhaupt nicht«, schüttelte Kathi den Kopf. »Ich bin dem Hans und der Maria aber auch schon länger nicht mehr über den Weg gelaufen.«

»Die wollen das auch gar nicht an die große Glocke hängen«, erklärte Xaver. »So viel Glück ist dem Hans fast schon peinlich. Ich habs auch nur mitbekommen, weil er sich nach ein paar Bieren beim Stammtisch verplappert hat.«

»Sachen gibts, die gibts gar nicht«, sagte Tom, der immer noch ganz baff war.

»Und doch gibts solche Sachen halt schon auch. Zumindest manchmal, wie der Hans beweist«, entgegnete Xaver. »Nächste Woche ist er weg und auf und davon in den Süden.«

»Aber eines gibts ganz bestimmt nicht«, schüttelte Kai den Kopf. »Nämlich, dass zwei Menschen aus demselben Dorf einen Sechser samt Zusatzzahl haben. Wenn ihr zwei also bislang Lotto gespielt haben solltet, könnt ihr getrost damit aufhören.«

»Nun sei mal nicht so pessimistisch«, protestierte Tom.

»Ist doch so! Man hört immer wieder solche Geschichten – von Lottogewinnen und unerwarteten Erbschaften, von Leuten, die in Discos auf dem Klo angesprochen werden, um für die Hauptrollen von Filmen gecastet zu werden. Von Menschen, die kaum drei Akkorde spielen, geschweige denn singen können und trotzdem ihren Nummer Eins-Hit schreiben. Aber dummerweise *hört* man halt immer nur davon. Es sind immer die anderen, die so ein Glück haben. Einem selbst passiert sowas im Leben nicht. Höchstens, dass man ganz entfernt einen kennt, dem sowas widerfahren ist.«

»Geh Kai, dass die Kirschen in Nachbars Garten immer süßer schmecken, ist doch bekannt und ein alter Hut. Außerdem ist Glück für jeden etwas anderes. Das muss doch nicht unbedingt mit Geld oder Erfolg zu tun haben«, wandte Xaver ein. »Und wer weiß – vielleicht war dein Onkel Willy am Ende ja gar nicht so unglücklich mit seiner Briefmarkensammlung und seinem Aquarium. Auch wenn *du* denkst, dass es zu wenig für ein Leben war.«

»Vielleicht hast du nicht ganz unrecht«, gab Kai zu. »Tom, wie schauts eigentlich bei dir aus? Bist du glücklich, jetzt, da du bald Vater wirst und deine eigene richtige Familie hast?«

Tom dachte einen Moment nach. »Ich glaube schon. Freilich, es macht mir auch Angst. Nicht zu wissen, was genau da jetzt so alles auf mich zukommt und ob auch alles glattläuft. Der Gedanke, ein neues Leben in diese chaotische, problembehaftete Welt zu setzen. Ein wehrloses Leben, das nicht danach verlangt hat, in diese Welt befördert zu werden, eines, für das ich verantwortlich bin. Ich würde sagen, momentan halten sich Sorgen und Glück noch die Waage.«

»Und das ist auch okay so«, nickte Xaver weise. »Glück muss sich nicht in jeder Sekunde wie Glück anfühlen, um trotzdem da zu sein. Glück ist auch dann noch Glück, wenn es dich vor Sorgen manchmal nicht schlafen lässt oder manchmal so wehtut, dass es dir fast das Herz zerreißt; wenn es dich umtreibt und niederdrückt und am Ende doch wieder aufstehen lässt. So ist es mit dem Glück, und so wars schon immer und ändern kannst du es nicht. Das sag ich euch, der kluge alte Sack, der doppelt so viel Lebenserfahrung besitzt wie ihr zwei. Also solltet ihr wohl besser auf mich hören.«

»Ein schönes Schlusswort, grinste Kai und stand auf. »Ich muss mal.«

Als er in Richtung Haus davongegangen war, wandte Xaver sich zu Tom um, und sein Blick war bekümmert: »Auf den musst du aufpassen. Der brütet irgendwas aus.«

»Du kennst doch Kai«, winkte Tom ab. »So eine gedrückte Stimmung hält bei dem nie lange an. Spätestens am Montag ist er übern Berg und wieder ganz der Alte.«

Xaver schüttelte langsam den Kopf. »Wenn du dich da mal nicht täuschst.«


Am nächsten Morgen kurz nach sieben wankte Tom schlaftrunken den Flur entlang und klopfte energischer, als er sich zu dieser frühen Stunde fühlte, an die Tür seines ehemaligen Arbeits-Schrägstrich-Herrenzimmers. Als Kai auch nach dem dritten Klopfen nicht reagierte, öffnete Tom die Tür und linste vorsichtig hinein.

Zwischen der bereits installierten Wickelkommode und den noch unausgepackten Kartons mit dem Kindersitz und der Wippe lag Kai in eine von Kathis Decken eingeigelt und schnarchte selig vor sich hin. So gern auch Tom wieder zurück in sein eigenes Bett gekrochen wäre, es half nichts, da mussten sie jetzt beide durch.

»Wasnlos?«, stöhnte Kai verschlafen, als Tom ihn unsanft an der Schulter rüttelte.

Trotz seiner Müdigkeit gab Tom sich betont munter, einfach nur, um Kai ein wenig zu ärgern: »Raus aus den Federn, Compadre. Wer sich in meinem Haus einquartiert, muss auch für seine Kost und Logis arbeiten.«

»Arbeiten?« Kais Augen öffneten sich einen winzigen Spalt weit und glotzten Tom verständnislos an. »A-ham-Sonn-onn-tag?«, fügte er mit einem herzhaften Gähnen hinzu.

»Heute ist Xavers große Geburtstagsparty. Du erinnerst dich – Xaver, das ist der Kerl, dessen Bier und Gras wir gestern verputzt haben.«

»Witzbold«, knurrte Kai. Er kramte sein Handy hervor und klickte das Display an. »Und die Party beginnt schon um viertel nach sieben? Mir war immer klar, dass ihr hier auf dem Land anders tickt. Aber *so* anders …«

»Natürlich nicht, du Hirni. Aber so eine Feier bereitet sich nicht von selbst vor. Also hab ich Xaver letzte Woche versprochen, mit anzupacken. Und selbstverständlich gilt das dann auch für dich. Mitgefangen, mitgehangen.«

Als sie zwanzig Minuten später durch das Loch in der Hecke Xavers Garten betraten, herrschte bereits reger Trubel. Auf der Straße vor der Einfahrt waren etliche Leute dabei, Biertischgarnituren von einem Laster zu laden und in den Garten hochzutragen, wo sie von Resi und ihren Freundinnen aufgebaut wurden. Ein paar andere mühten sich derweil ab, ein riesiges Partyzelt aufzubauen. Eine Handvoll kleinerer Pavillons stand bereits. Über allem thronte am rückwärtigen Ende des Gartens Müllerwirt Schorsch, der einen Spanferkelgrill überwachte, auf dem sich bereits ein stattliches Ferkel am Spieß drehte. Gerade war er dabei, die Sau mit Gewürzen einzureiben und mit dunklem Bier zu begießen. Herrlicher Grillduft umschmeichelte Toms Nase und ließ ihm trotz der frühen Morgenstunde das Wasser im Mund zusammenlaufen.

»Komm«, sagte er zu Kai. »Lass uns erstmal dem wichtigsten Mann am Platz Guten Morgen sagen.«

»Dem Grillmeister?«

»Logo, wem sonst? … Servus Schorsch!«

»Ha, Servus Tom! Und dich kenn ich auch irgendwoher, oder?«

»Ich bin Kai, ein Kumpel von Xaver und Tom. Wir sind hier, um mit anzupacken. Was können wir tun?«

»Am besten, ihr helft bei den Biertischen und den Bänken mit. Und dann wärs super, wenn ihr gegen halb zehn zur Metzgerei runterfahren und die Kessel, die Weißen und die Brezen fürs Frühstück abholen würdet. Ich kann hier nicht weg.«

»Kein Problem. Kümmere du dich mal um die Sau«, sagte Tom.

»Eh klar. Aber holts euch erstmal einen Kaffee. Die Resi hat da drüben ein paar Kannen hingestellt.«

Das taten sie dann auch. Auf dem Weg quer durch den Garten wurden sie von allen Seiten herzlich begrüßt. Oberkreuzbach war mit seinen drei-, vierhundert Einwohnern ein kleines Dorf, und selbstverständlich kannte jeder jeden.

»Du bist hier echt völlig integriert, oder?«, fragte Kai, als sie sich jeder eine Tasse dampfenden Kaffee einschenkten.

»Tja, irgendwie ist das so gekommen. Schon seltsam, auf welche Wege das Leben einen manchmal führt.«

»Das nennt sich dann wohl der Gang der Dinge.«

Einen Moment lang blickten beide über das eifrige Treiben im Garten hinweg in die Weite des Panoramas. Die Sonne ging gerade weit hinten überm Wald auf und zerriss mit ihren ersten zaghaften Strahlen die Nebelfetzen, die von den noch brachen, kalten Feldern aufstiegen, ließ sie in einem Nebelfädentanz aufsteigen und verwehen.

»Oft denke ich, es wäre schöner, die Dinge würden nicht immer irgendeinen Gang gehen müssen und könnten einfach mal so bleiben, wie sie sind. An Ort und Stelle und überhaupt«, sagte Tom. »Aber das geht nicht. Weil nichts bleibt, wie es ist und die Dinge sich immer verändern. Und hinterher sieht man, dass es oft ganz gut ist, dass sie das tun. Weil die Dinge nun mal ihren Gang gehen und sich verändern müssen. Weil man sie immer mal wieder nehmen und umstellen muss – an einen neuen Platz. Um sich herum und in einem selbst drinnen. Die Dinge.«

»Oder man nimmt alte weg wie den Onkel Willy und fügt dafür neue hinzu – wie Kathi und du mit eurem in der Produktion sich befindenden Sohn.«

»Und wenn man ehrlich ist, macht das doch manchmal gerade erst einen Teil ihrer Schönheit aus, oder? Dass die Dinge nicht nur Dinge an sich sind, sondern dass ihnen von Anfang an ein bestimmter Gang eingeschrieben ist.«

»Das tut es«, stimmte Kai zu. »Nimm zum Beispiel diese Batterien an Bierbänken.«

»Oh ja«, stöhnte Tom. »Wir müssen wohl unseren Gang zu ihnen tun, damit sie wiederum ihren Gang den Garten hinauf nehmen können.«

»Woraufhin wir sie von ihrem derzeitigen Zustand des Zusammengeklapptseins in den weit schöneren Zustand des Aufgebautseins überführen müssen.«

»Das ist wohl der ihnen vorbestimmte Gang.«

»Damit wir uns irgendwann auch mal hinsetzen können mit einem Bier und einem schönen Stück Spanferkel.«

»Und ausruhen – von all den Gängen.«

»So siehts wohl aus.«

Sie tranken ihren Kaffee aus und machten sich an die Arbeit.

Je höher die Sonne stieg, desto mehr Menschen fanden sich im Garten ein. Gegen neun, gerade als das Zelt und die letzten Biertischgarnituren an Ort und Stelle standen, trudelten nacheinander die Mitglieder der örtlichen Blaskapelle ein und bauten ihre Instrumente auf. Tom und Kai fuhren hinunter zum Müllerwirt und bekamen von dessen Frau in der Metzgerei einen Einkochtopf, zwei Steigen mit Weißwürsten und zwei riesige Körbe mit Brezen ausgehändigt.

Wieder zurück in Xavers Garten bauten sie unter Resis Anleitung in einem der Pavillons die Brotzeitausgabe neben den Bierfässern und der Zapfanlage auf.

»Wärt ihr nachher vielleicht so nett und könntet einen Blick auf die Wursttöpfe haben und ein bisschen beim Bierzapfen mithelfen?«, fragte Resi.

Natürlich waren Tom und Kai gern dazu bereit. Vor allem, als sie vom Unterhofer Hias, der hauptverantwortlich fürs Bierzapfen war, jeder einen Krug Bier hingestellt bekamen. Der Unterhofer Hias war ein Oberkreuzbacher Original – ein meist etwas grantelnder, greiser Altbauer, der aber alles in allem das Herz nicht am falschen Fleck trug.

»Es geht doch nichts über einen Platz direkt am Bierausschank«, strahlte Kai.

»Und am Weißwursttopf«, fügte der Unterhofer Hias hinzu.

»Was zusammengehört, soll man nicht trennen«, grinste Tom. Die drei prosteten sich zu.

Als es auf halb elf zuging, füllte sich der Garten rapide mit Gästen. Ganz Oberkreuzbach war gekommen, um mit Xaver zu feiern. Von diesem wiederum fehlte noch jede Spur.

»Dem hab ich gesagt, dass er erst aus dem Haus kommen darf, wenn die Musik zu spielen anfängt«, erklärte Resi. »Der hätte sich sonst ja doch nur in alles eingemischt. Dabei soll er seinen Geburtstag genießen.«

Irgendwann tauchte Kathi aus der Hecke auf und winkte Tom und Kai fröhlich zu.

»Dass ihr zwei schon wieder Bier trinken könnt«, sagte sie kopfschüttelnd, wenn auch nicht ohne Neid, wie Tom dachte.

Punkt halb elf gab der Dirigent der Kapelle den Einsatz und diese begann einen schmissigen Marsch zu spielen. Das war der Einsatz für Xaver, der unter dem Applaus aller Anwesenden grinsend zur Terrassentür herausschritt. Unter unzähligen Beglückwünschungen, Schulterklopfen und Händeschütteln bahnte er sich seinen Weg durch den Garten und nahm einen Krug Bier entgegen. Dann stieg er – wenn auch mit einigem Ächzen und Stöhnen – auf eine Bierbank und bat, nachdem die Kapelle zu spielen aufgehört hatte, die Anwesenden um einen Moment Aufmerksamkeit.

»Liebe Gäste aus nah und fern«, rief er über die Menge hinweg, »ich freue mich ganz unglaublich, euch alle zu sehen. Freunde, Verwandte, Nachbarn, ehemalige und aktuelle Weggefährten aus sieben Jahrzehnten. Man sagt, man könne einen Menschen und sein Leben am besten beurteilen, wenn man sich ansieht, mit welchen Leuten er sich umgibt. Und wenn ich mir euch so anschaue, muss ich sagen, ich hätte es weit schlechter treffen können, gell? Ach was, eigentlich könnte ich es gar nicht besser haben.«

Das brachte ihm eine Salve Applaus ein.

»Also dann – genug der Worte. Holt euch was zu essen und zu trinken und genießt den Tag.«

Unter einem finalen Applaus und vielen Zustimmungsrufen stieg Xaver vom Biertisch herab. Nachdem der offizielle Startschuss gefallen war, wurde die Schlange vorm Bierausschank und der Brotzeit rasch länger. Die nächste halbe Stunde waren Tom und Kai unter den wachsamen Augen vom Unterhofer Hias vollauf damit beschäftigt, Bier zu zapfen und dafür zu sorgen, dass der Kessel mit den Weißen nie leer wurde.

»Es gibt wirklich wenig, das so befriedigend wäre, wie Bierzapfen im großen Stil«, grinste Tom, als die Schlange endlich einmal versiegt war.

»Da hättest du mich früher auf dem Volksfest sehen sollen«, krächzte der Unterhofer Hias. »Vierzig Jahre hab ich da immer eine Woche lang am Zapfhahn gearbeitet. Harter Job, aber auch eine riesige Gaudi.«

»Heilige Scheiße«, entfuhr es Kai. »Ist das da drüben etwa Udo Lindenberg, der sich gerade mit Xaver unterhält?«

»Ne, bestimmt nicht«, lachte Tom. »Woher denn.«

»Klar ist er das. Schau doch mal hin.«

»Na ja, jetzt wo du es sagst – er hat schon eine verblüffende Ähnlichkeit.«

»Ne, Mann. Der sieht nicht nur so aus, das *ist* er.«

»Weißt du, möglich wärs schon«, gab Tom verunsichert zu. »Der Xaver war sein halbes Leben lang Kulturjournalist. Der hat da sicher einige Leute kennengelernt während der Zeit.«

»Du, ich geh da jetzt rüber und bring ihm ein Bier.«

»Ne, lass mal. Wenn der ein Bier will, dann kommt der schon.«

»Alter, das ist Udo Lindenberg. Warum soll der kein Bier wollen? Ne du, ich bring dem mal eins.«

Doch Kai kam nicht dazu, denn in diesem Moment löste sich eine imposante Erscheinung aus der Menge und kam auf sie zu.

»Howdy, Tom! Wie läufts denn immer so?«

»Was zur Hölle?« Kai war baff. »Udo Lindenberg lass ich mir ja noch eingehen, aber … *Elvis?*«

In der Tat sah der Neuankömmling mit seiner respektierlichen Wampe, den aufgeplusterten Koteletten und der wagemutig hochtoupierten Schmalztolle aus wie der späte Elvis. Dazu trug er ein unsäglich grelles Hawaiihemd, das bis zur füllig behaarten Brust aufgeknöpft und in eine viel zu enge Jeans gequetscht war, sodass er in seinen Cowboystiefeln nur staksend voranschreiten konnte. Das Bild wurde von zwei kichernden, aufgetakelten Blondinen abgerundet, die sich links und rechts bei ihm untergehakt hatten.

»Servus«, lachte Tom dem Kerl entgegen. »Darf ich vorstellen: Kai, das ist der King. King, das ist der Kai.« Mit einem Nicken auf die beiden Begleiterinnen fügte er mit schiefem Grinsen hinzu: »Schon wieder gut dabei, wie ich sehe.«

»Tja, King bleibt King«, grinste der King. »Das hier« – er nickte nach links – »ist die Ische Uschi, und das hier« – ein Nicken nach rechts – »ist die Motorhauben-Vroni. Die heißt so … na ja, du kannst dir sicher denken, wieso. Die beiden hab ich noch von gestern dabei. Da gabs großen Discoabend, eh klar. B52-Party mit 90er-DJ im Saustall, riesige Gaudi das. Die hab ich direkt von der Tanzfläche weg in meinen Caddy gepackt und nach Oberkreuzbach entführt. Und wer genau ist das?« Der King deutete auf Kai.

»Kai ist ein alter Freund von mir aus München und mittlerweile auch ein Kumpel von Xaver. Der ist dieses Wochenende zu Besuch.«

»Ich wusste immer, dass Elvis noch lebt«, grinste Kai, der seine Fassung einigermaßen wiedergefunden hatte. »Ich dachte zwar, dass er heim auf den Mars gekehrt sei, aber Mars oder Oberkreuzbach – wo ist da der Unterschied? Und ich soll jetzt echt King zu dir sagen, oder wie?«

»Klar«, nickte der King, nicht im mindesten verlegen. »Außer, du brauchst eine neue Autoversicherung, dann bin ich der Ignaz Jennerwein für dich – Mr. Allianz, der Mann mit den besten Deals in Town.«

»Werd ich mir merken«, bemühte sich Kai, möglichst ernsthaft zu nicken.

Der King wandte sich seinen Begleiterinnen zu. »Mädels, gehts euch doch ein bisschen ohne mich amüsieren, ja? Ich muss mal mit dem Tom reden.«

Giggelnd trollten sich die beiden.

»Auf Wiedersehen, Ische Uschi und Motorhauben-Vroni«, winkte Kai neidisch hinterher.

»Also, was kann ich für dich tun?«, fragte Tom.

»Ja mei, ich komm am besten gleich zur Sache«, seufzte der King. »Es geht mal wieder um die verdammten Unterkreuzbacher.«

»Oh weh«, lachte Tom. »Die alte Geschichte mit Ober- und Unterkreuzbach.«

»Was ist mit Ober- und Unterkreuzbach?«, fragte Kai neugierig und blickte von einem zum anderen.

»So, wies halt immer ist mit den Obern und den Untern«, sagte der King. »Es gibt ein gesundes traditionelles Konkurrenzdenken.«

»Lass mich raten«, warf Tom ein. »Ihr habt es immer noch nicht verwunden, dass die verdammten Unterkreuzbacher unsere letzten drei Maibäume gestohlen haben. Deshalb wollt ihr es ihnen so richtig heimzahlen.«

»Wenn das so einfach wäre«, seufzte der King. »Es ist, als ob sie tatsächlich einen Pakt mit dem heiligen Cyriacus geschlossen hätten, der sie vor allen Anfechtungen schützt, vor teuflischen und generell. Egal ob beim Schützenfest, beim Fußball, bei der Schafkopfmeisterschaft, beim Watten, Eisstockschießen oder Kegeln, die verdammten Unterkreuzbacher liegen immer eine Nasenlänge vorn. Von dem Maibaum-Debakel reden wir lieber gar nicht.«

»Habts ihn eigentlich schon wieder?«, fragte Tom.

»Ja, schon, aber teuer ists uns zu stehen gekommen. Ein komplettes Goaßnmaß-Fest haben wir für den Unterkreuzbacher Burschenverein ausrichten müssen.«

»Der erste Mai ist doch erst in ein paar Wochen«, warf Kai ein. »Wie können die denn da schon euren Maibaum geklaut haben?«

»Das ist es ja!«, fuhr der King auf. »Die werden immer noch dreister, ich sags euch. Der Baum war ja noch nicht mal geschlagen – wir hatten ihn gerade erst ausgesucht, markiert und beim Miller Bauern, dem der Wald gehört, bezahlt. Und am nächsten Tag war er einfach weg. Umgesägt und abtransportiert bei Nacht und Nebel von den vermaledeiten Untern. Als ob die nichts Besseres zu tun hätten, als uns auszuspionieren. Und dabei soll doch der Ober den Unter stechen und nicht andersherum! Aber jetzt ist Schluss, jetzt zeigen wir es ihnen so richtig. Und zwar beim Sautrogrennen, das traditionell am letzten Julisonntag stattfindet.« Er blickte Tom an. »Das wiederum bringt mich endlich zu dem Punkt, über den ich mit dir reden wollte.«

»Und welcher Punkt wäre das?«, fragte Tom, dem Übles schwante.

»Unser bester Mann, der stärkste Ruderer, das war doch der Fuchs Anderl. Bloß, dass der Depp jetzt eine Freundin hat, wegen der er nach Franken weggezogen ist. Und dann auch noch nach *Mittel*franken, ze fix. Und deshalb brauchen wir jetzt schleunigst Ersatz für den Anderl. Und von der Statur her wärst du schon ideal. Nicht ganz dünn, eher so ein bisserl kräftig.«

»Was soll das denn bitte schön heißen?«, fragte Tom pikiert, während Kai still in sich hineingrinste.

»Wenn du ordentlich trainierst, wird das schon«, fügte der King aufmunternd hinzu.

»Das ist momentan echt schlecht«, wand Tom sich. »Meine Frau ist schwanger und der Termin ist ausgerechnet Ende Juli. Und dann das ewige Pendeln jeden Tag nach München rein und wieder raus, da hab ich wenig Zeit zum Trainieren. Das verstehst du sicher.«

»Ach, komm schon, stell dich nicht so an. Sag wenigstens, dass du darüber nachdenkst.«

»In Ordnung, ich denke darüber nach«, log Tom.

»Na dann, man sieht sich. Sauber bleiben, Kleinschmidt!«

Als der King davongestakst war, konnte Kai nicht länger an sich halten und prustete lachend los. »Was war das denn jetzt?«

»Unterschätze nie die Fehden zwischen Ober- und Unterdörfern oder zwischen benachbarten Gemeinden generell«, warf der Unterhofer Hias grimmig in die Runde, der das Gespräch verfolgt hatte. »Du musst wissen, Münchner, Unterkreuzbach war früher einmal ein nicht ganz unbedeutender Wallfahrtsort. Weil die doch zwei der drei rechten Mittelohrknochen vom heiligen Cyriacus in ihrer Kirche aufbewahren. Daher unser alter Grant auf die aufgeblasenen Unterkreuzbacher, die glauben, sie müssen sich ganz furchtbar wichtig machen – von wegen der eigenen Historie verpflichtet sein und so weiter. Dass ich nicht lache! Zu denen ist doch schon seit bestimmt hundert Jahren keiner mehr gepilgert. Denen ist ja noch nicht einmal mehr ein ordentlicher Biergarten geblieben von ihrer ach so tollen Wallfahrt.«

»Ja, so ist das mit Ober- und Unterkreuzbach«, nickte Tom.

»Alles klar«, lachte Kai. »Jetzt müsste mir bitte nur noch einer erklären, was es mit diesem Sautrogrennen auf sich hat.«

»Das Wittelsbacher Sautrogrennen hat bei uns seit Jahrzehnten Tradition, das ist eine ernste Angelegenheit«, erklärte der Unterhofer Hias finster. »Eine *sehr* ernsthafte.«

»Na, so viel hab ich schon mitbekommen. Aber was ist denn jetzt ein Sautrog?«, fragte Kai.

»Das ist ein hölzerner Trog, in den man früher die frisch geschlachteten Schweine zum Abbrühen gelegt hat. Damit man die Borsten und Haare hat abschaben können. Der ist groß genug, dass zwei gestandene Leute hintereinander drinsitzen können.«

»Warum sollten sich zwei Leute in einen Trog für geschlachtete Schweine setzen?«

»Um damit einen Fluss hinab zu paddeln«, entgegnete Tom grinsend. »Du kannst nicht sagen, dass sich die Menschen hier nicht einiges einfallen lassen würden zu ihrer Unterhaltung.«

»Abgefahren«, schüttelte Kai den Kopf. »Und mit solchen Trog-Booten wird dann ein Wettrennen veranstaltet, ja?«

»So ist es«, bestätigte der Unterhofer Hias. »Aber nicht einfach nur irgendein Rennen, sondern das überregional legendäre Wittelsbacher Sautrogrennen. Als Gemeinde überhaupt eingeladen zu werden, mit zwei Athleten daran teilnehmen zu dürfen, ist eine große Ehre. Dafür trainieren die Mannschaften oft das ganze Jahr. Dem Gewinner winken ewiger Ruhm, ein Vier-Gänge-Menü im Hotel Habicht und ein Jahr lang zehn Prozent Rabatt im Optikstudio Klarsicht.«

»Das wär schon was, die verdammten Unterkreuzbacher ausgerechnet beim Sautrogrennen zu schlagen«, sagte Tom grimmig. »*Dieser* Schlag würde so manch anderen mehr als wett machen. Aber wie auch immer, darum müssen sich andere kümmern. Den Schuh zieh ich mir nicht an.«

Natürlich hätte er es besser wissen müssen.


Mittags holten Tom und Kai sich – mit der Erlaubnis vom Unterhofer Hias – beim Müllerwirt Schorsch jeder eine riesige Portion Spanferkel mit Knödel und Krautsalat und setzten sich an einen der Biertische.

Der Garten, obzwar riesig, war bis auf den letzten Quadratmeter gefüllt mit lachenden, fröhlichen Menschen, die an den Tischen oder einfach im Gras saßen oder in kleinen Grüppchen herumstanden. Kinderhorden wuselten ballspielend um ihre Beine herum. Es war tatsächlich das ganze Dorf aufgelaufen, um siebzig Jahre Xaver zu feiern. Dazu kamen nochmal mindestens genauso viele fremde Gesichter – Menschen, die irgendwann im Lauf eines langen Lebens mit Xaver in Kontakt getreten waren, gemeinsam mit ihm größere oder kleinere Erlebnisse hatten, Material für Erinnerungen, Anekdoten oder gar ausgewachsene Geschichten – der Kitt eines jeden Lebens.

Das Blasorchester hatte mittlerweile den Platz geräumt für eine Rock-Coverband, die die Party gerade mit »The boys are back in town« ordentlich anheizte. Und obwohl das sicherlich nicht den musikalischen Geschmack von allen Anwesenden traf, hatten einige bereits zu tanzen begonnen. Die Zeichen standen gut, dass sich der Tag in seinem weiteren Verlauf absolut wunderbar gestalten würde, dachte Tom zufrieden.

»Siehst du, jetzt sind wir froh, die heute morgen alle aufgestellt zu haben«, grinste Kai und klopfte auf den Biertisch. Dann prostete er Tom mit seinem Bier zu. »Auf den Gang der Dinge.«

»Auf den Gang der Dinge«, grinste Tom zurück.

»Ich finde wirklich, ihr habt euch hier etwas Großartiges aufgebaut. Ist nicht immer so leicht in diesen seltsamen Zeiten.«

»Nein, das ist es nicht«, bestätigte Tom. »Weißt du, das für mich Überraschendste, als ich erfahren habe, dass ich bald Vater werde, war, wie sich meine eigenen Perspektiven zu verschieben begonnen haben. Vor nicht allzu langer Zeit gab es nichts Wichtigeres für mich als die Frage, wo mein persönlicher Platz in dieser Welt ist. Mittlerweile frage ich mich eher, welche Welt ich einmal hinterlassen möchte. Ist es die Welt, wie wir sie leben – wie ich sie lebe – oder eine andere? Eine Welt, die ich im Rahmen meiner Möglichkeiten erst noch werde mithelfen müssen zu bauen?«

»Ich glaube, ich verstehe, was in dir vorgeht«, nickte Kai solidarisch. »Und ich verwette meinen Arsch darauf, dass es zumindest im Kleinen eine gute Welt sein wird, die du deinen Kindern einmal vermachen wirst. Vertrau mir, du kriegst das hin. Wenns drauf ankam, hast du noch immer geliefert.«

»Wird schon«, grinste Tom ein wenig schief. »Außerdem klingst du wie Kathi – die spricht auch gern im Plural von *Kindern*. Dabei ist der erste Prototyp noch nicht mal auf dem Markt.«

»Ja, ja, immer schön eins nach dem anderen – wie du Kathi sicher bei solchen Gelegenheiten auch erklären wirst«, lachte Kai. »Aber im Ernst: Du weißt, dass du immer auf mich zählen kannst, wenn ich euch irgendwie helfen kann, ja? Egal bei was, auf Onkel Kai ist Verlass.«

»*Onkel* Kai?«, fragte Tom mit hochgezogenen Augenbrauen.

»Na klar. Irgendjemand wird eurem Sohn ja mal beibringen müssen, wie man *richtig* Party macht. Und Frauen aufreißt. Oder erklären, wie man gutes Dope von schlechtem unterscheidet. Onkel Kai wird deinem Stammhalter an seinem übergroßen Schatz an Erfahrungen teilhaben lassen, um ihn mit all den notwendigen Informationen fürs Leben auszustatten, die sich in keinem Elternratgeber finden. Das tue ich doch gern für euch, nicht der Rede wert.«

In diesem Moment kam Xaver an ihren Tisch, was Tom eine Antwort ersparte.

»Na, ihr Zwei, alles klar?«

»Freilich!«, riefen Tom und Kai im Chor.

»Schauts mal, ich hab was für euch.« Xaver legte den beiden je ein Plastikbeutelchen voll Gras auf den Tisch. »Genießt es! Das sind meine Restbestände. Die werden jetzt verteilt, damit ich gar nicht mehr erst in Versuchung gerate.«

»Wir werden es angemessen feierlich konsumieren«, versprach Tom.

»Dann ists ja gut.« Lachend zog Xaver weiter.

»Wie siehts aus, Herr Kleinschmidt – Lust auf eine Tüte als Nachspeise?«, fragte Kai.

»Eh klar!«

Kai holte Tabak und Papier aus der Jackentasche und baute ihnen einen Joint. Dann zogen sie sich hinters Gewächshaus im äußersten Teil des Gartens zurück, in dem ab nun wohl nur noch Tomaten und Gurken sprießen würden, und begannen sich die Tüte zu teilen.

»Das hier, das würde dem Onkel Willy gefallen«, lächelte Kai. »Ganz bestimmt.«

Hinter ihnen räusperte sich jemand höflich.

»Ich weiß ja nicht, wer Onkel Willy ist«, sagte Udo Lindenberg, »aber meint ihr, ich darf auch mal ziehen?«

# GÖTZ KLOETZ

Montagmorgen kurz nach acht setzte Kathi Tom bei dessen Arbeitsstätte, einem vielstöckigen gläsernen Büroturm am Fuß der Donnersbergerbrücke, ab. Dort war *e-finanx* beheimatet, das Finanzdienstleistungs-Unternehmen, bei dem Tom als Marketing-Mitarbeiter beschäftigt war. Gegründet von zwei zwanzigjährigen Computer-Nerds bei Mutti im Keller, war *e-finanx* innerhalb weniger Jahre zu einem milliardenschweren Technologie-Giganten angewachsen, das unablässig an neuen digitalen Methoden feilte, Geld von A nach B zu schieben und zu verwalten. Wann immer jemand im Online-Handel mit einem Klick jahrelange Ratenkäufe abschloss, den Konsumiere-jetzt-bezahle-später-Angeboten des globalen E-Commerce erlag oder auch nur mit seiner Smartwatch die Supermarkteinkäufe an der Kasse bezahlte, zwackte *e-finanx* sich sein Stück vom monetären Kuchen ab und wurde immer fetter dabei.

Eine weitere lange Arbeitswoche voll Pendlerstaus, langweiligen Endlos-Meetings und einer Million abzuarbeitenden Aufgaben, dachte Tom verdrossen und tat sich selbst ein wenig leid.

»Komm gut an und melde dich, sobald du da bist, ja?«, sagte er, während er Kathi einen flüchtigen Kuss auf die Wange drückte.

»Ist gut, mach ich«, lachte Kathi, winkte ihm noch einmal zu und fädelte sich im Schneckentempo wieder in den morgendlichen Verkehrswahnsinn der Landsberger Straße ein.

Tom blickte ihrem Auto noch einen Moment lang hinterher – mit einer Mischung aus Besorgnis und Beschützerdrang, einer seltsam wehmütigen Angst, sie allein weiterziehen zu lassen durch die große, verrückte Welt, einer Angst, die sicherlich mit dem Kind zu tun hatte, das sie in sich trug.

Müde fuhr er in die zwölfte Etage und reihte sich in die Schlange vor der Kaffeemaschine ein. Wie gern hätte er mit Kai getauscht, als er morgens um sechs mit protestierendem Schädel aus dem Schlafzimmer gewankt war. Der hatte sich ganz einfach die Woche über frei genommen, um die Beerdigung von Onkel Willy zu organisieren, ein paar andere Angelegenheiten zu regeln und generell den Kopf wieder freizubekommen – weshalb er vermutlich immer noch selig in seinem gemütlichen Nest in Toms ehemaligem Arbeits-Schrägstrich-Herrenzimmer schlief, der Penner. Während man sich selbst schon fast eineinhalb Stunden einer übellaunig grauen Montagmorgenwelt ausgesetzt sah, vor der man sich am liebsten verkrochen hätte. Noch nicht einmal einen Kaffee hatte Tom sich zu Hause machen dürfen – weil die Bohnenmühle angeblich so laut durchs Haus dröhnte, dass man am Ende noch den armen Kai aufweckte, wie Kathi resolut bestimmt hatte. Wo der arme, traurige Tropf doch jetzt eine Extraportion Ruhe brauchte, um wieder klarzukommen. Na, die hätte man selbst ebenso nötig gehabt! Vermutlich übte Kathi sich schon mal im Bemuttern, groovte sich an Kai so richtig für ihre künftige Rolle ein, dachte Tom missmutig und drückte – endlich – die Taste für einen doppelten Espresso.

Immerhin war Kai doch noch kurz im Halbschlaf aus dem Zimmer getappt gekommen, als Tom und Kathi sich anschickten, das Haus zu verlassen, hatte sich für die Gastfreundschaft bedankt und versichert, sobald er *komplett ausgeschlafen* habe, werde er den Rückweg nach München antreten und sie nicht länger belagern. Ab heute Abend würde das Haus wieder ihnen allein gehören.

Doch wenn er ehrlich war, war er eigentlich nicht wegen seines besten Kumpels mies gelaunt, dachte Tom, als er mit seinem Kaffee in der Hand direkt weiter in den Meetingraum schlurfte. Denn Kai musste man ein bisschen Ausspannen durchaus gönnen. Nein, der wahre Grund lag darin, dass heute wohl oder übel – aber vermutlich eher übel als wohl – ein ganz besonderer Tag für Toms Abteilung war: Ein paar Wochen zuvor hatte Toms ehemalige Chefin Bettina verkündet, dass sie die Firma eines anderen Jobs wegen verlassen werde. Das war für Tom äußerst überraschend gekommen. Er hätte im Leben nicht damit gerechnet, dass sie irgendwann kündigen würde. Dafür hatte sie auf ihn immer viel zu verheiratet gewirkt mit *e-finanx*.

»Ja ne du, ich muss jetzt einfach nochmal was ganz was Neues anfangen, bevor ich mich hier komplett festfahre«, hatte sie dem erstaunten Tom gegenüber verkündet. »Ich bin schon fast zehn Jahre hier, kannst du dir das vorstellen? Ich brauch da jetzt einfach so einen grundlegenden Tiefen-Tapetenwechsel.«

»Und was schwebt dir vor?«, hatte Tom gefragt.

»Ich bin da in so ein richtig heißes Ding reingerutscht«, hatte Bettina gestrahlt. »Ein Start-up, das voll auf Metaverse ist. Die bauen da einen richtig krassen virtuellen Club auf – eine Mischung aus internationaler Online-Galerie für klimaneutrale digitale Kunstwerke, krass Avantgarde, sag ich dir, und virtuellem Nachtclub für prominente Kunstsammler. Das wird durch die Decke gehen wie nichts, da liegen die Milliarden auf dem Weg. Du, die bieten mir sechzigtausend Artcoins im Jahr, kannst du dir das vorstellen?«

»Art*was*?« Tom hatte kaum die Hälfte dessen verstanden, was Bettina da an Information auf ihn abfeuerte.

»Das ist deren hauseigene Kryptowährung. Alle Kunstwerke,

die da gehandelt werden, und jeder einzelne digitale Drink, den jemand an der Theke bestellt, wird in Artcoins gehandelt. Ohne Artcoins kein Zutritt, das ist ja das Geniale. Und wenn da Leute wie Brad Pitt oder Ed Sheeran oder so anfangen, Artcoins zu kaufen, um dabei zu sein, dann boomt das Ding über Nacht. Dann sehen wir uns in fünf Jahren auf Bali in Rente.« Woraufhin sie innegehalten, Tom ein wenig mitleidig angeblickt und hinzugefügt hatte: »Oder auch nicht.« Das hatte Tom dann doch ein bisschen unverschämt gefunden.

»Wie auch immer, das bringt mich zu der Frage, wer meinen Job hier übernehmen soll, wenn ich weg bin«, hatte Bettina munter weitergeredet. »Irgendjemand muss schließlich die Mühle am Laufen halten, wenn ich in die Zukunfts-Rakete gestiegen bin und abgehoben habe in Richtung Frührente unter Palmen.«

»Du meinst die virtuelle Rakete zu den Metaverse-Palmen am Computerspiele-Strand«, hatte Tom geknurrt, war zugleich aber auch ein wenig gerührt und stolz gewesen. Er war nie scharf auf Bettinas Job gewesen. Aber wenn sie mit *so* einer Einleitung um die Ecke kam, konnte das doch nur bedeuten, dass niemand anderes als *er* in Zukunft das Team leiten sollte. Und wenn man näher darüber nachdachte, ergab es durchaus Sinn, nein, mehr noch, war nur recht und billig. Schließlich war er mittlerweile fast ebenso lange bei *e-finanx* wie Bettina, hatte jeden Scheiß klaglos mitgemacht, alle Höhen und Tiefen und so manche Kapriolen als Nummer Zwei im Team astrein gemeistert. Ja, wenn Bettina ging, kam eigentlich nur er in Frage, um ihren Platz zu übernehmen.

»Ich weiß, das kommt jetzt alles ein wenig überraschend«, hatte Bettina fortgefahren.

»Ach, das ist schon in Ordnung«, hatte Tom gut gelaunt abgewunken.

»Dann ists ja gut. Ich hab da nämlich den perfekten Mann für den Job.«

Nun wars aber auch mal gut, hatte Tom grinsend gedacht. Da wurde man am Ende ja noch ganz rot. Trotzdem, das Lob war ziemlich gut runtergegangen.

»Sein Name ist Götz Kloetz und er übernimmt ab dem nächsten Ersten das Ruder.«

*Das* allerdings hatte Tom dann doch mehr als nur *ein bisschen* unverschämt gefunden.


Da riss man sich viele Jahre lang den Arsch auf, dachte Tom – und er dachte es nicht zum ersten oder auch nur hundertsten Mal, als er den Meetingraum betrat –, und dann wurde man so mir nichts, dir nichts und ganz und gar hinterrücks übergangen und überrollt. Und das war natürlich der eigentliche Grund, weswegen er an diesem Montagmorgen so schlecht gelaunt war. Es wurmte ihn immer noch, wie beiläufig der Machtwechsel hinter seinem Rücken vonstatten gegangen war, ohne dass man ihn – einen langjährigen verdienten Mitarbeiter – offensichtlich für Bettinas Posten auch nur in Betracht gezogen hatte. Oder zumindest das Gespräch mit ihm gesucht hatte, um seine Meinung zur Neubesetzung einzuholen. Schließlich war es Tom, der von nun an mit diesem Kloetz würde klarkommen müssen, nicht Bettina.

Als Tom eintrat, saßen Ethan und Vanessa bereits am Konferenztisch und blickten ebenso missmutig in ihre Kaffeetassen, wie Tom sich fühlte.

Zwischen Tom und Vanessa herrschte ein etwas gespaltenes Verhältnis, seit in einer denkwürdigen Partynacht beinahe etwas zwischen ihnen gelaufen wäre. Seitdem waren sie professionell nett zueinander, mehr allerdings auch nicht. Tom war es insgeheim ganz recht, dass Vanessa seitdem zu ihm auf Distanz ging.

Sein ehemaliger Werkstudent Ethan wiederum war schon seit einem halben Jahr kein Werkstudent mehr. Er hatte die Uni mittlerweile mit einem Master als Irgendwas abgeschlossen, vermutlich als *Industry Leader of the Future* oder was man da heutzutage alles studieren konnte, und war direkt im Anschluss von *e-finanx* als Junior Manager übernommen worden. Dem hatte Tom zähneknirschend auf Drängen Bettinas zustimmen müssen. Und nun hatte sie sich kurzerhand verpisst und Tom mit dem ganzen Schlamassel aus Ethan und Götz Kloetz, den sie angerichtet hatte, zurückgelassen.

Fünf Minuten später, kurz vor halb neun, schlurfte Frank herein, der ein paar Monate nach Vanessa zu ihrem Team gestoßen war. Frank war in der zweiten Hälfte seiner Vierziger, damit etwa zehn Jahre älter als Tom, und arbeitete als Grafikdesigner. Er war ein umgänglicher Kerl, den Tom recht gern mochte. Frank war verheiratet, hatte zwei Kinder und ein Haus, das er bis ins Rentenalter abbezahlen musste – etwas, das er mit Tom gemein hatte – und schien alles in allem wenig mehr zu erwarten, als eine ruhige Kugel schieben zu dürfen in einem Job, den er zwar ordentlich, aber ohne besondere Begeisterung erledigte.

Manchmal fragte Tom sich, ob er in zehn Jahren genauso sein würde: Zu angezählt und müde, um noch großartig neue Erfahrungen und Erfolge zu suchen im Leben, vielmehr endgültig eingefangen vom ewig gleichen Trott und gar nicht mal so unglücklich damit. Er wusste beim besten Willen nicht, was er davon halten sollte.

Um Punkt halb neun – nicht eine Sekunde früher oder später – wurde die Tür so heftig aufgestoßen, dass Tom vor Schreck einen ordentlichen Schuss Kaffee über sein nagelneues, überteuertes und natürlich helles (wenn schon, denn schon) Poloshirt verschüttete.

»IST DAS MAL GEIL, ODER WAS?«, brüllte Götz Kloetz in den Raum, donnerte die Tür mit Schmackes hinter sich zu und blickte mit irrem Kämpferblick in die Runde. »Wo sind meine Vibes, Leute? Zeigt mir mal volle Ladung positive Power!«

Tom, der seinem zukünftigen Chef bei dessen erstem Kennenlernbesuch bereits über den Weg gelaufen war, hatte eine genaue Vorstellung davon, was jetzt auf sie zukam. Innerlich wappnete er sich fürs Schlimmste, versuchte aber nichtsdestotrotz, sein tapferstes und – wie er hoffte – *positivstes* Lächeln aufzusetzen.

Götz Kloetz war Mitte fünfzig, hatte einen glattrasierten und auf Hochglanz polierten Schädel, dafür aber selbstverständlich einen beeindruckenden Hipster-Vollbart. Seine Kleidung entsprach der eines zwanzigjährigen Mode-Influencers, der auf Gangsta Rapper machte.

Götz Kloetz – wenn man so einen Namen hatte, dachte Tom, konnte das zweierlei Gründe haben. Eltern, die Kloetz mit Nachnamen hießen und ihrem Sohn diesem ohnehin nicht gerade schönen Namen auch noch ein Götz davorsetzten, um dadurch ein wahrhaft phonetisches Ungeheuer von Namen zu schaffen, besaßen entweder einen ziemlich egoistischen Sinn für Humor, oder ihnen war von vornherein klar, dass ihr Kind allen erzieherischen Korrektur-Versuchen zum Trotz einmal ein ziemliches Arschloch werden würde. Tom wollte sich natürlich kein vorschnelles Urteil anmaßen. Aber wenn er Götz Kloetz in seinen stylischen Pseudo-Eastcoast-Streetfashion-Klamotten so ansah, die schon auf hundert Metern Entfernung in die Welt hinausschrien, wer in der *Hood* die dicksten Eier und somit das Sagen hatte, dann war er geneigt, eher auf Grund Nummer Zwei zu tippen.

»Jo, ihr Luschen, seid ihr bereit, die Industry zum Erbeben zu bringen?«, brüllte Kloetz, und ohne eine Antwort abzuwarten – dankenswerterweise –, fuhr er in schmetterndem Tonfall der Begeisterung fort: »Ich bin Götz Kloetz, der einzig Wahre, und ich sag euch mal, wie das ab heute läuft.« Wieder blickte er sich stechend einmal im Kreis um und Tom schien, als ob sich jeder – er selbst eingeschlossen – soweit möglich noch ein Stück aufrechter hinsetzte. »Ihr bekommt von mir tausendprozentiges Commitment, dass wir gemeinsam die Rakete zünden, aber sowas von, das könnt ihr mir glauben.« (Herrje, was hatten die alle bloß ständig mit ihren Raketen, fragte Tom sich.) »Dafür brauch ich von euch aber auch tausendprozentiges Commitment, dass ihr bereit für was Frisches seid, was wirklich Frisches! Denn eins ist mal klar – wenn wir die Industry mit dem geilsten Shit zuscheißen wollen, müssen wir alle noch ein paar Schippen drauflegen. Wer dazu nicht bereit ist, wird auf der Strecke bleiben. Denn ich – der einzig wahre Götz Kloetz – habe den Executives nicht weniger versprochen, als die Hütte zu *rocken*. Und das, meine Freunde, heißt wiederum nichts anderes, als die ganze verdammte Konkurrenz schlichtweg platt zu machen auf unserem Weg zum alleinigen Marktführer. Und zwar nicht in langwierigen Scharmützeln, nein, noch nicht mal in verdammten Schlachten, sondern in einem alles vernichtenden Krieg – einem Kloetzkrieg! Und je eher ihr das begreift, desto besser stehen eure Chancen, morgen noch mit an Bord zu sein.«

Meinte der Typ das ernst? Tom blickte sich unauffällig um. Frank starrte interessiert durch Kloetz hindurch ins Leere. Vanessa schien noch unentschlossen – ihr Lächeln war zwar nicht ablehnend, aber durchaus bereit, sich jederzeit ins Ironische zu verkehren. Ethan hingegen hing völlig gebannt an Kloetz' Lippen. Der war der Bauernfängerei der markigen Parolen anscheinend schon auf den Leim gegangen. Jetzt zog der Depp auch noch sein Smartphone aus der Tasche und fing an, Götz Kloetz' aufputschende Feldherrenrede ungeniert zu filmen.

»Ihr denkt, ihr seid gut?«, fuhr Kloetz rhetorisch fort. »Scheiß auf *gut*. *Gut* interessiert mich nicht. Unsere Konkurrenz ist *gut*. Wenn wir nicht mehr sind als *gut*, dann geraten wir in einen verdammten Stellungskrieg mit den Mitbewerbern. Also denkt ihr vielleicht, in Ordnung, dann müssen wir eben besser sein als *gut*. Ich sage: Scheiß auf *besser*. Wenn wir besser sind als gut, gewinnen wir vielleicht heute eine Schlacht, verlieren dafür morgen zwei andere. Denn auch unsere Konkurrenz wird *besser* werden.

Und darum braucht es den alles vernichtenden Kloetzkrieg. Wer kann mir sagen, was die drei Schwachpunkte unserer Gegner sind?«

Alle duckten sich unisono unter Kloetz' prüfendem Blick, denn keiner wusste die Antwort. »Ich will es euch sagen. Die drei Schwachpunkte lauten *Anstand*, *Moral* und *Fairness* – die drei großen Lügen, auf die fade Schlipsträger immer noch brav hereinfallen. Und diese Schwachpunkte werden wir uns im Kloetzkrieg zunutze machen. Darum frage ich euch …« Er drehte sich jäh um und blickte Frank mit einem erstklassigen Klaus-Kinski-Blick von oben herab an. Dieser rutschte vor Schreck fast vom Stuhl. »Wollt ihr aufhören, altbacken, langweilig und geschmackvoll zu sein, um stattdessen so laut und grell in den Markt hinauszuschreien, bis man nur noch uns und sonst keinen mehr hört?«

»Äh … ja? Ja«, antwortete Frank kleinlaut mit zitternder Stimme. Nun fuhr Kloetz zu Tom herum.

»Wollt ihr die falsche Scham ablegen und ohne Skrupel euren potenziellen Kunden das Blaue vom Himmel versprechen?«

Noch ehe Tom einen klaren Gedanken fassen konnte, krächzte sein Mund bereits »Ja.«

Kloetz wanderte im Stechschritt weiter zu Vanessa.

»Wollt ihr … äh …« Er schien Vanessa in diesem Moment das erste Mal wirklich wahrzunehmen und wirkte einen Moment lang aus dem Konzept gebracht. »Äh, wollt ihr einfach nur verdammt sexy sein?«

Woraufhin Vanessa Götz Kloetz ein Lächeln schenkte, das nichts weniger als einfach nur verdammt sexy war, und durch halbgeöffnete Lippen hauchte »Ja.«

Nun taxierte Kloetz Ethan, der ihm bewundernd das Smartphone entgegenstreckte.

»Sag mal, filmst du das hier alles?«, fragte Kloetz eitel.

»Aber natürlich!«

Kloetz fing breit zu grinsen an. »Bro, du siehst aus wie einer, der TikTok kann.«

Woraufhin Ethan, der vermutlich gerade den Moment seines Lebens erfuhr, zurückgrinste und sagte: »Yo, Bro, ich kann TikTok for sure. Und bei meinen Followern wirst du einschlagen wie Hölle.«

In diesem Moment begriff ein Teil von Tom, dass er bereits auf dem besten Weg war, auf der Strecke zu bleiben.

# DER KURS DES GRAUENS

Gegen halb sechs stand sich Tom missmutig und müde an der Landsberger Straße die Beine in den Bauch und wartete darauf, dass Kathi ihn einsammelte.

Götz Kloetz hatte eindeutig einen an der Waffel, und zwar in einem solchen Maße, dass es sich beim besten Willen nicht mehr schönreden ließ. Dagegen war die Fünfhundert-Prozent-Frau Bettina, die Die-Welt-geht-unter-wenn-ich-mich-nicht-um-alles-selber-kümmere-Chefin ein unbescholtenes Lämmchen gewesen. Tom wusste ziemlich genau, was er von dem feldherren-mäßigen Einstand seines neuen Vorgesetzten zu halten hatte – und das beunruhigte ihn. Er machte sich wenig Hoffnung, dass der Auftritt morgens im Meetingraum nur eine vorgeschobene Attitüde gewesen war und sich Kloetz in der weiteren Zusammenarbeit als weit harmloser und angenehmer erweisen würde. Dieser tröstlichen Hoffnung hatte der neue Chef von vornherein einen Riegel vorgeschoben, als er im Anschluss ans gemeinsame Meeting die Team-Mitglieder einen nach dem anderen in sein Büro zum Einzelgespräch zitiert hatte. Auch das war so eine Sache: Bettina hatte sich mit Tom ein Büro geteilt, aber ein Ego von Kloetzschen Ausmaßen duldete offenbar niemanden dauerhaft neben sich.

Als Tom an der Reihe gewesen war, war er in der Tür beinahe gegen Frank gelaufen, der wie ein begossener Pudel mit versteinerter Miene aus Kloetz' Büro geschlurft kam. »Viel Glück«, hatte Frank gemurmelt und Toms Herz war in die Hose gerutscht.

Als er das großzügig geschnittene Einzelbüro betreten hatte, hatte Tom nicht schlecht gestaunt. Gegen seinen Willen war er fast ein wenig beeindruckt gewesen von dem präzise durchkalkulierten Arrangement des Raums, diesem Ensemble schierer Effizienz. Der Schreibtisch war blitzblank aufgeräumt bis auf zwei grandios überdimensionierte Monitore und, exakt parallel zur Tischkante ausgerichtet, ein absurd kleines Notizbuch, auf dem kaum die beiden ebenso exakt ausgerichteten Montblanc-Kugelschreiber Platz fanden. Neben dem Schreibtisch stand ein kleiner Kühlschrank, der am Freitag noch nicht dort gestanden hatte, mit Fidschi-Wasserflaschen und grünen Smoothies gefüllt. An der rückseitigen Wand hing ein – ebenfalls neues – gigantisches Whiteboard, das wie ein sündhaft teures abstraktes Gemälde bereits von oben bis unten mit wilden Brainstorming-Ergüssen bemarkert war, Ausdruck einer kreativen Wir-sprengen-alle-Grenzen-Mentalität, ein fettes, überdeutliches *Bamm*-in-your-face für jeden Betrachter, eine Ehrfurcht gebietende Vision – ob sie nun Sinn ergab oder nicht. Denn wer, wenn nicht ein Genius so groß wie Götz Kloetz hätte das Geschmiere entziffern können?

Abgesehen davon war das Büro auf eine geradezu anklagende Weise leer, ohne jeglichen Schnickschnack oder auch nur persönliche Note. Noch nicht einmal einen Papierkorb gab es hier – einem Götz Kloetz unterliefen vermutlich keine Fehler, ein Götz Kloetz produzierte nichts Überflüssiges.

Die Krönung war allerdings, dass Toms neuer Chef nicht etwa auf einem Bürostuhl saß oder zumindest am Schreibtisch stand, wie es seit einiger Zeit zunehmend in Mode kam – nein, er saß auf einem Hometrainer und absolvierte in beeindruckendem Tempo einen Workout, während er gleichzeitig auf der Tastatur seines Laptops mit maschinengewehrartiger Geschwindigkeit herumtippte, welcher mittels einer vermutlich sondergefertigten Konstruktion auf dem Hometrainer installiert war.

»Servus!«, hatte Kloetz gedröhnt, ohne dabei mit den Beinen oder Fingern auch nur einen Sekundenbruchteil aus dem Takt zu geraten. Und dann, in Befehlston: »Hinsetzen.«

Noch ehe Tom der Aufforderung ganz nachgekommen war, fuhr der Vorgesetzte auch schon fort: »Kleinschmidt. Thomas. Acht Jahre, drei Monate Firmenzugehörigkeit. Keine Beschwerden, keine Auffälligkeiten, aber auch keine großartigen Beförderungen oder überdurchschnittlichen Gehaltserhöhungen«, las Kloetz von seinem Laptop-Monitor ab. »Arbeit zuverlässig. Infobroschüren, Artikel, Analysen, Rhabarber, Rhabarber, blablabla, alter Hut, alter Hut, alter Hut …« Unvermittelt hörte Kloetz auf zu tippen und ließ seinen Blick vom Laptop zu Tom springen. Aus Gründen, die dieser selbst nicht verstand, fühlte er sich irgendwie ertappt. »Einer, der gewissenhaft eine eher ruhige Kugel schieben will, was?« Kloetz lachte bellend auf. »Meine Vorgängerin hat alles in allem große Stücke auf dich gehalten. Aber *so* große, dass sie dir ihren Job zugetraut hätte, offensichtlich auch wieder nicht, oder?«

»Offensichtlich nicht«, knurrte Tom zähneknirschend.

»Ich sag dir mal, wie ich das sehe, in Ordnung?«

»Selbstverständlich.« Als ob Tom eine Wahl gehabt hätte.

»Ich bin die Rakete, die den Laden hier in die unendlichen Weiten des Erfolgs schießen wird, und ihr seid meine Triebwerke.« Himmel, nun wars aber mal *wirklich* gut mit den dauernden Raketen-Metaphern. Das war ja nicht mehr zum Aushalten. »Den kleinen Scheißer, der frisch von der Uni kommt, brauche ich in meinem Team. Diese Typen wissen in der Regel, wie man sich erfolgreich in den sozialen Medien verkauft, und ohne das gehts nicht. Wichtiger noch: Der weiß, wie die Generation Z tickt, diese weinerlichen, ausschließlich um sich selbst und ihre eigenen Befindlichkeiten rotierenden Weicheier-innen, die nun mal die geballte Kaufkraft der Zukunft darstellen. So sehr können die sich gar nicht über den Klimawandel aufregen, als dass sie darüber ihre markenbewusste Konsumgeilheit vergessen würden.« Wieder lachte Kloetz bellend. »Die Berlinerin wird sich schon auch irgendwie nützlich machen, und wenn sie nur fürs Auge und der Quote wegen an Bord bleibt. Aber was euch Alte betrifft – keine Ahnung, wo ich euch verorten soll.«

Euch *Alte*? Tom merkte, wie ihm vor Wut die Hitze zu Kopf stieg. Schmiss der Typ etwa Frank und ihn in einen Topf? Und das, obwohl Kloetz selbst mindestens fünfzehn Jahre älter als Tom war, auch wenn er sich noch so sehr wie ein jugendlicher Pseudo-Ghetto-Depp anzog.

»Du darfst mich gern im Lager derer verorten, die jeden Morgen hier antanzen, um nach bestem Wissen und Gewissen ihre Arbeit so ordentlich wie möglich zu verrichten«, entgegnete Tom unwirsch. Und dann aus Solidarität: »Das Gleiche gilt auch für Frank.«

»Ist ja gut«, grinste Kloetz. »Das trifft eigentlich auf die meisten zu. Genau betrachtet definiert das den durchschnittlichen Arbeitnehmer – Tag für Tag in die Tretmühle, um seinen Stiefel durchzuziehen. Bist du das – Durchschnitt? Ich meine, was ist deine Vision? Was genau kannst du beitragen, um die Rakete jetzt mal so richtig abheben und den Laden durch die Decke schießen zu lassen? Zweihundert Prozent Umsatzsteigerung in den ersten zwölf Monaten, das ist mein Motto. Darunter tuts ein Götz Kloetz nicht. Dafür bin ich hier, das ist mein Versprechen an mich selbst und die Firma. Aber wo genau finde ich dich in dieser Utopie, Mister Ich-quäle-mich-jeden-Morgen-aus-dem-Bett-um-mein-Ding-durchzuziehen-Durchschnitt?« Und ohne eine Antwort abzuwarten: »Ich sag dir, was wir jetzt machen. Das Gleiche habe ich zu deinem Kollegen gerade eben auch schon gesagt: Setz dich doch mal in Ruhe hin und erstell mir eine Übersicht deiner bisherigen Projekte und Aufgaben. Alles, was du so getan hast die letzten Jahre über. Dazu eine ehrliche

Analyse deiner Stärken und Kompetenzen. Dem ganzen stellst du ein Motto voran, das deine persönliche Perspektive auf das Unternehmen und deine Tätigkeit darin repräsentiert. Das alles verpackst du in eine hübsche Präsentation, und Ende der Woche setzen wir uns nochmal zusammen und sehen uns das gemeinsam an. Ich muss verstehen, wie du so tickst und was du auf dem Kasten hast. Und vergiss nie das Wesentliche: Wenn wir uns *heute* für *morgen* etablieren wollen, dann brauchen wir Denkansätze, auf die andere erst *übermorgen* kommen. Sonst sind wir schon *heute* Schnee von *gestern*. Also, an die Arbeit – und schick mir als nächstes den kleinen Studentenscheißer rein.«

Genau das hatte Tom dann auch getan. Auch wenn er sich vor sich selbst schäbig vorgekommen war dabei: Er hatte seinen Stolz und seine Wut hinuntergeschluckt, so ruhig wie möglich das Büro verlassen und Ethan hineingeschickt. Und nun stand er hier an der Landsberger Straße, sah zu, wie der unsägliche Feierabendverkehr im Schneckentempo an ihm vorbeikroch und ärgerte sich immer noch grün und blau über Kloetz, diesen betont ruppigen Business-Gangster mit seinem vor dem Spiegel einstudierten Aggro-Kalkül.

Zwanzig Minuten später machte Tom Kathis alten Golf im zähen Kaugummiverkehr aus, schlängelte sich zwischen ein paar anderen Autos hindurch und stieg zu ihr ein.

»Verdammter scheiß Verkehr, wir kommen noch zu spät!«, machte Kathi ihrem Frust Luft. Seit sie schwanger und deshalb permanent einigermaßen fertig mit den Nerven war, neigte sie zu übermäßiger unflätiger Schimpferei, wie Tom immer wieder halb amüsiert feststellte. Einen Sekundenbruchteil später schlug Kathi in einem Anflug von schlechtem Gewissen die Hände vorm Mund zusammen, blickte entsetzt an sich herab und begann entschuldigend ihren Bauch zu streicheln.

»Oh ver … oh nein, das habe ich jetzt nicht gesagt. Das hast du gar nicht gehört. Ich bin nicht gestresst, ich sende ganz bestimmt keine negativen Schwingungen aus. Nein, nein, nein.«

Auch *das* gehörte vermutlich zu einer Schwangerschaft mit dazu, dachte Tom, der versuchte, seinen eigenen Frust über Götz Kloetz möglichst weit hinten in eine der entlegeneren Rumpelkammern seines Hirns zu verbannen, und gestattete sich ein herzhaftes Gähnen. Es machte keinen Sinn, Kathi noch zusätzlich zu belasten. Die hatte im Moment schon genug an ihrem eigenen Päckchen zu tragen.

Zwei Minuten vor sieben hielten sie mit quietschenden Reifen in einer Seitenstraße von Aichach. Während Kathi zum Eingang der Hebammenpraxis eilte, in der ihr wöchentlicher Geburtsvorbereitungskurs stattfand, setzte Tom sich hinters Lenkrad, um einen Parkplatz zu suchen. Fluchend umrundete er fünfmal vergeblich den Block. Zehn Minuten später parkte er – immer noch fluchend – am anderen Ende der Altstadt und rannte den ganzen Weg zurück, sich innerlich für zwei weitere anstrengende Stunden wappnend.

Außer Atem eilte er die Treppen hoch in den dritten Stock, immer zwei Stufen auf einmal nehmend – *natürlich* war der Aufzug *immer noch* defekt, wie auch schon letzte Woche und in der davor –, wohl wissend, dass ihn nichts, aber auch wirklich gar nichts vor den verachtenden Blicken von Hebamme Beate würde retten können, weil er zu spät zu ihrem Kurs kam. *Schon wieder.*

Und so war es dann auch, als Tom schließlich schwer schnaufend die Tür zum Kursraum öffnete, eine halbherzige Entschuldigung murmelte, seine Straßenschuhe auszog und sich unter den Blicken von fünfzehn schwangeren Frauen (zwischen verständnislos bis tadelnd mäandernd), deren Partnern (mitleidig) und Hebamme Beate (vernichtend) den Spießrutenlauf zum anderen Ende des Raums absolvierte, wo Kathi mit den übrigen Teilnehmern im unbequemen Schneidersitz auf dem harten Laminatboden im Kreis saß. Warum es hier keine angenehmeren Sitzgelegenheiten gab, würde Tom nie begreifen.

Jede Woche montags mussten Kathi und er zwei Stunden lang den Geburtsvorbereitungskurs für Paare bei Hebamme Beate absolvieren. Diese war eine streng dreinblickende Frau Anfang dreißig, deren Haare jedes Mal zu einem straffen Knoten hochgesteckt waren, und die nie etwas anderes trug als Retro-Trainingsanzüge in unaussprechlichen Neonfarben. Das, in Kombination mit ihrer übergroßen Hornbrille, durch die sie mit ruhelosen Habichtaugen jede noch so geringe Kleinigkeit in ihrer Umgebung registrierte, ließ sie vor Tom wie eine Mischung aus Bundeswehr-Ausbilder und der fieseren Sorte Sportlehrer erscheinen.

»Hast du dein Willkommensschild dabei?«, fragte Kathi flüsternd, als Tom sich endlich unter einigem Ächzen und Stöhnen im Schneidersitz neben ihr platziert hatte.

»Natürlich«, entgegnete Tom mit einer neuerlichen unguten Anwandlung von schlechtem Gewissen.

Auch das war etwas, das Beate sich sicherlich nur deshalb ausgedacht hatte, um ihre Kursteilnehmer im Allgemeinen, und ihn, Tom, im Speziellen zu quälen: Neben den eigentlichen Inhalten, die so ein Kurs vermitteln sollte – die Phasen der Schwangerschaft und ihre Herausforderungen, der Ablauf der Geburt an sich und die unterschiedlichen Gebärtechniken und schmerzlindernden Praktiken, der richtige Umgang mit Neugeborenen und so weiter – legte Hebamme Beate großen Wert auf die spirituelle Vorbereitung ihrer Kursteilnehmer auf die künftige Rolle als Eltern. Deshalb gab es bei ihr nicht nur ein Übermaß an esoterisch angehauchten Übungen, nein, jede Woche mussten die Teilnehmer zudem eine kleine Hausaufgabe erledigen und zur darauffolgenden Kurs-Doppelstunde mitbringen.

Diesmal hatten alle ein Willkommensschild für ihr ungeborenes Kind malen müssen, das sie – nachdem sie es stolz im Kurs präsentiert hatten – daheim aufhängen sollten, um dereinst den frisch geschlüpften Erdenbürger willkommen zu heißen im neuen Zuhause.

Alarmiert sah Tom zu, wie Kathi ein zusammengerolltes XXL-Poster-großes und in bunten Farben bemaltes Bild ausbreitete. Es stellte einen aus Glitzerperlen und -papier gefertigten Sternenhimmel dar, von dem kometen- oder wahrscheinlich eher wunschsternschnuppengleich ein Baby glücklich auf die Erde hinabsegelte und direkt hinein in die Arme zweier nicht minder glücklich grinsender Figuren, die tatsächlich Ähnlichkeit mit Kathi und ihm hatten. Wann hatte sie das denn zustande gebracht? Entsetzt sah er zu, wie die übrigen Kursteilnehmer nicht minder beeindruckende Banner, Plakate und Transparente entfalteten. Er selbst hatte die Aufgabe von einem Tag auf den nächsten geschoben, bis aus dem Verschieben erst ein Verdrängen und schließlich handfestes Vergessen geworden war, ehe sie ihm siedeheiß an diesem Nachmittag wieder in den Sinn gekommen war. Natürlich war es da zu spät und völlig ausgeschlossen gewesen, um – am Arbeitsplatz – noch ein ordentliches Bild zu kreieren. Also hatte er kurz vor Feierabend schnell »WILLKOMMEN XY« in ein leeres Textdokument getippt, noch ein paar bei Google Pictures heruntergeladene Fotos von winkenden Teddybären rundherum eingefügt und das Ganze dann in einem unbeobachteten Moment am Stockwerksdrucker ausgedruckt – immerhin in A3.

Ein paar Stunden zuvor hatte er sich noch für seine Findigkeit in Gedanken auf die Schulter geklopft. Jetzt aber beschlich Tom das unangenehme Gefühl, dass er mit seinem bescheuerten Schwarzweiß-Ausdruck auf recyceltem Altpapier im Vergleich zu den anderen Kursteilnehmern ziemlich abkacken würde.

So unauffällig wie möglich schielte Tom hinüber zu Jürgen, dem Vorzeige-Kursteilnehmer. Niemand lieferte kreativere, handwerklich geschicktere Bastelübungen ab, niemand tauchte tiefer in die Paarübungen ein; keiner war imstande, sich auch nur annähernd so empathisch in die Gefühlssuppe seiner schwangeren Partnerin einzufühlen oder im völligen Glücksrausch der spirituellen Vorbereitung auf das Wunder der Geburt aufzugehen.

*Jürgen* – der Typ, bei dem alle künftigen Mamas im Raum still zu seufzen anfingen und glänzende Augen bekamen, wenn er nur den Mund aufmachte.

Auch heute hatte Jürgen wieder etwas ganz Unglaubliches gebastelt – ein gewaltiges Transparent, auf das er offenbar eine Collage aus bunten Buchseiten geklebt hatte. Bei näherem Hinsehen erkannte Tom, dass es sich dabei wohl um hunderte Einzelseiten einer Enzyklopädie handeln musste, die erst in zarten Aquarellfarben blau, grün und braun eingefärbt und dann zu einer Erdkugel gestaltet worden waren. Auf dieser standen stolz – unter glitzergoldenem Himmel – Jürgen und seine Frau Babette und hielten in Glückseligkeit erstarrt ein Baby in die Höhe. Über das Lexikonseiten-Mosaik der Weltkugel stand in Regenbogen-Farben geschrieben: *Willkommen, Ingwer-Isolde, auf dieser Welt und unseren Herzen – alles, was wir zu wissen glaubten zerfällt zu Nichts angesichts des wahren Wunders des Lebens: Dir.*

Ein bewunderndes »Aaah«, ein Chor ergriffener Frauenstimmen erklang im Raum, als Jürgen sein Transparent vollends entfaltete und auf dem Boden ausbreitete. Fünfzehn Frauen mit vor Rührung tränenglitzernden Augen – darunter auch Kathi, wie Tom missmutig feststellte – blickten Jürgen entgegen, als sei er der wiedergeborene Jesus.

»Ich weiß, ich weiß«, nickte Jürgen jeder einzelnen von ihnen mit zittriger Stimme zu. Er sah aus, als müsste er ebenfalls jeden Augenblick zu flennen anfangen.

»Oooh«, erscholl der Chor der Damen erneut. Und auch Beate, die Drill-Hebamme des Grauens, ließ zu, dass ihre grundsätzlich missbilligende steinerne Maske einen Moment lang verzückte Risse bekam.

»Ich weiß, ich weiß«, säuselte Jürgen erneut, schier überwältigt von seinen Gefühlen. Und wieder schallte es »Aaah« und »Oooh« durch den Raum.

Mit hochrotem Kopf zog Tom sein eigenes elendes und tausendmal gefaltetes Billo-Willkommensschild aus der Hosentasche und hielt es halbherzig vor sich in die Höhe.

Natürlich dauerte es keine fünf Sekunden, bis Beate es erspäht hatte, und die volle Härte ihrer Missbilligung kehrte in ihren Blick zurück. Mit wenigen schnellen Schritten kam sie auf Tom zu. Dieser hatte gerade noch Zeit, zu denken *Lass es doch einfach gut sein, Beate, nur einmal,* da war sie auch schon bei ihm und schüttelte energisch den Kopf.

»Mensch Kleinschmidt, was soll das denn sein? Ist das ein Scherz? Oder ist das wirklich alles, was du deinem armen ungeborenen Kind an Vater-Vorfreude entgegenbringen kannst?«

Und wo vorher noch ergriffen Anteil nehmendes »Aaah« und »Ooooh« durch den Raum geschwebt war, die volle Dröhnung positiv aufgeladener Glücksschwingungen, herrschte nun eisig schweigendes, kollektives Kopfschütteln der sich gegen Tom und sein klägliches Pseudo-Schild solidarisierenden schwangeren Weiblichkeit. Sogar Kathi, die Verräterin, schüttelte verdrossen den Kopf. Die Männer wiederum konnten ihr erleichtertes Grinsen kaum verhehlen, froh, dass Beates Verachtung nicht sie getroffen hatte.

Und dann, als Tom hätte schwören können, dass es nicht noch peinlicher werden könnte, geschah das Demütigendste überhaupt: Jürgen – ausgerechnet Jürgen, der blöde Arsch – ergriff mit sanfter Stimme für ihn Partei.

»Kommt schon, Leute, kein Grund für negative Vibes, oder?«, beschwor er die Anwesenden. »Manche brauchen einfach ein bisschen länger, um sich der ganzen Tragweite des Wunders bewusst zu werden, das da auf sie zukommt. Ein Kind bedeutet so viel Veränderung, so viel Verantwortung – da fällt es manchen schwer, ihre emotionalen Schutzschilde herunterzufahren und sich voll darauf einzulassen.«

Woraufhin das Kollektiv der Frauen einmal mehr seufzend

ihre Bewunderung für Jürgen kundtat (inklusive Kathi, verdammt nochmal).

»Lasst uns Tom trotzdem unsere Liebe und Dankbarkeit zeigen dafür, dass er sich zumindest … *redlich bemüht*, sich dem Wunder der Elternschaft zu öffnen«, schloss Jürgen seine Predigt.

Die Anwesenden fingen an, wenig überzeugt und sparsam zu applaudieren. Nur Jürgen schien es tatsächlich ernst zu meinen und klatschte Tom zu, was das Zeug hielt. Himmel, welche Drogen nahm dieser Typ denn?

»Gerade für Männer ist es oftmals schwer, Zugang zu ihren eigenen Gefühlswelten zu finden, geschweige denn sie zuzulassen oder gar ihre Emotionen umfassend zu kommunizieren«, resümierte Beate. »Davon können wir Frauen wahrlich ein Lied singen. Deshalb möchte ich heute eine neue Übung mit euch durchgehen – eine Praktik nonverbaler Kommunikation, die sich der Mittel des Ausdruckstanzes und der Urlauttherapie bedient. Tom, komm doch bitte mal zu mir in die Mitte.«

Voll Entsetzen begriff Tom, dass tatsächlich und ohne jeden Zweifel *er* gemeint war damit. Es gab keinen anderen Tom in diesem Kurs des Grauens, und hätte es einen gegeben, so wäre trotzdem er und niemand sonst gemeint gewesen. Daran ließ Beates fieses Grinsen keinen Zweifel. Noch nicht einmal ein Fenster in erreichbarer Nähe, aus dem man sich hätte stürzen können, gab es hier. Denn die Fenster befanden sich allesamt am anderen Ende des Raums und damit hinter Beate, an der vorbeizukommen man sicherlich nicht die geringste Chance gehabt hätte. Nahm die Schmach denn gar kein Ende?

Auf unsicheren Beinen, die sich nicht nur deshalb wie Wackelpudding anfühlten, weil sie nach einer halben Stunde im Schneidersitz eingeschlafen waren, stakste Tom in die Mitte des Kreises.

»Wunderbar«, tönte Beate. »Bevor wir anfangen: Vergiss nicht, das hier ist ein *Safe Room* – was in diesem Raum geschieht, bleibt in diesem Raum. Es gibt nichts, wofür wir uns voreinander schämen müssten, weil wir alle auf derselben Seite stehen.«

*Seit wann*, hätte Tom beinahe gefragt, konnte es sich aber gerade noch verkneifen. Nicht zum ersten Mal in den letzten Wochen fragte er sich, warum sie ausgerechnet bei einer Hebamme gelandet waren, die sich nicht auf die *sinnvollen* Lerninhalte beschränken konnte. Ein *Best of* an Survival-Tipps für frischgebackene Eltern oder Atemübungen für den Kreißsaal oder was auch immer. Stattdessen waren sie in diesem Vorhof der esoterisch-spirituellen Hölle gelandet, mussten einander mit Bastelübungen überbieten, was Tom schon in der Grundschule auf den Sack gegangen war, und waren gefühlt nur noch eine Eskalationsstufe davon entfernt, Kumbaya-singend durch die Innenstadt zu tanzen und als irre Sektierer eingesperrt zu werden.

»Ziel dieser Übung ist es, all das zum Ausdruck zu bringen, was ihr anders nicht artikulieren könnt«, erklärte Beate unverdrossen. »Sei es, dass ihr nicht die richtigen Worte dafür findet, sei es, dass ihr euch eurer innersten Regungen schämt, weil ihr zu blockiert seid – blockiert von Ängsten, anerzogenen Unsicherheiten, gesellschaftlichen Konventionen. Die Mittel der nonverbalen Kommunikation können hier Wunder bewirken, um die Blockaden in uns Stück für Stück abzubauen und uns von all den hinderlichen, schlechten Emotionen zu befreien, damit wir hinterher umso empfänglicher sind für die positiven Vibes. Denn wo Worte fehlen, um den Ballast von unseren Seelen zu lösen, können Tanzen und Schreien mächtige Heilmittel sein. Ich werde jetzt Tom anleiten, die Übung für uns durchzuführen. Ihr solltet sie, jedes Paar für sich, regelmäßig in der geschützten Umgebung eures Zuhauses und eurer Zweisamkeit praktizieren. Also Tom«, strahlte Beate, »bereit?«

»Äh, ich weiß nicht so recht ...«

»Keine Angst, niemand wird dich für deine Gefühle verurteilen. Vergiss nicht, du bist im Safe Room der Seele. Hier kannst du alles rauslassen, was auf dir lastet. Lass es einfach raus.«

So ähnlich stellte Tom sich ein Treffen der Anonymen Alkoholiker vor. Er hatte nicht die geringste Ahnung, was genau jetzt von ihm erwartet wurde. Doch da fing Jürgen, der Depp, tatsächlich im Takt zu klatschen an und skandierte dazu: »Lass es raus … lass es raus.« Und alle im Raum fielen natürlich mit ein: »Lass es raus …«

»Denk nicht darüber nach«, übertönte Beates gebieterische Stimme den immer lauter anbrandenden Lärm, »vertrau einfach deiner inneren Stimme. Lass alle Gedanken los, versenke dich ganz tief in dir selbst und fang an, dich zu bewegen. Folge tanzend deinem inneren Licht bis dorthin, wo die Schlacke der Furcht vor dem Ungewissen ihren Ursprung hat und tanz dich davon frei. Und vergiss nicht, deine Stimme unterstützend einzusetzen. Schreien, Jammern, Stöhnen, Klagen, Wimmern, wortloser Gesang – all die Geräusche, für die wir uns im Alltag schämen würden, lass sie raus.«

»Lass es raus … lass es raus …«

Panisch blickte Tom sich im Kreis der schwangeren Paare um. Gab es denn niemanden, der Mitleid mit ihm gehabt hätte, der ihn erlösen hätte können von diesem Irrsinn? Doch nein, alle saßen sie nur voller Erwartung da und starrten ihn auffordernd an, klatschten ihm unverdrossen aufmunternd zu.

»Das sind aber schon eine ganze Menge Anweisungen auf einmal«, wagte Tom einzuwenden, um noch ein wenig Zeit zu schinden.

»Jo Alter, nun lass es doch einfach raus!«, feixte ihn jetzt auch noch Kathi an. Und Jürgen nickte teilnahmsvoll dazu und sagte: »Glaub mir, dir wirds danach besser gehen.«

»Na, wenn du das sagst«, grummelte Tom, der jetzt keinen anderen Ausweg mehr sah, als unbeholfen von einem Bein aufs andere zu stampfen. Da musste man irgendwie durch. Da musste man die mentalen Scheuklappen anlegen, sich innerlich von sich selbst und von seiner Umgebung distanzieren, musste den Blick starr geradeaus gerichtet halten, dann überlebte man eventuell die verbliebenen eineinhalb Stunden und schaffte es mit ein wenig Glück doch noch auf die heimische Couch. Also stampfte er weiter im Takt der klatschenden Hände, den Blick an einen Punkt an der Wand über den Köpfen der Anwesenden geheftet. Und weil er ja auch noch irgendwelche Laute von sich geben sollte, grunzte er zaghaft dazu: »Ah … ah … oh … oh …«

»Mehr! Lauter!«, rief Beate. »Bei deinem lahmarschigen Tempo bist du ja übermorgen noch nicht bei deiner Seelenschlacke angekommen!«

»Ah! Ah! Oh! Oh!«

Tom fing an, schneller und noch schneller zu marschieren und der klatschende Kreis zog begeistert das Tempo mit an. Denn Beate hatte schon recht: Besser wars, man beeilte sich, kam so schnell wie möglich bei seiner Seelenschlacke an und beendete damit diesen Schwachsinn.

Während er so dahin marschierte, wurde ihm plötzlich bewusst, wie nutzlos und nachgerade dämlich seine Arme dabei an ihm herabbaumelten. Die sollte man wohl besser auch noch irgendwie mit integrieren in die nonverbale Kommunikation. Dachte Tom und riss seine Arme in die Höhe, ballte drohend seine Fäuste und stieß sie gen Himmel. Hallo Seelenschlacke, du dumme Sau, ich komme! Nimm dich bloß in Acht, gleich hab ich dich.

»Lass es raus, lass es raus!«, rief Beate.

Weil es Tom auf Dauer zu monoton wurde, immerzu die Fäuste nach oben zu werfen, was sicherlich ziemlich doof aussah, wenn man darüber näher nachdachte, was man aber besser gar nicht tat, fing er an, sich im Takt gegen die Brust zu schlagen, dort, wo das Herz und – wenn er Glück hatte – auch seine Seele waren.

»Aaah … Oh! Oh! … Aaah … Oh! Oh!«

»Weiter, weiter, lass alles raus«, grölte Jürgen und hieb seine Hände aneinander.

Schwangerschaft, das ist die Hölle, dachte Tom und schaltete nochmal einen Gang hoch. Er fuchtelte mit den Armen, sprang auf und ab, schlug sich gegen Brust und auch gegen den Kopf, um ihn symbolisch zu eliminieren, denn den Kopf sollte man ja wohl bei dieser blöden Übung außen vor lassen, um zum Kern der eigenen Ängste vorzudringen.

»Fühle all das, was dich quält und spül es raus«, wies Beate ihn an. »Die Furcht vor all den schrecklichen Dingen, die schiefgehen können bei einer Schwangerschaft und der Geburt. All die Sachen, die dir schlaflose Nächte bereiten. Nimm sie ganz fest in den Würgegriff und schmeiß sie raus aus dir.«

»Ahohahoahoaoaoaoao!!!«

»Frühgeburt! Plötzlicher Herzstillstand! Sauerstoff-Untersättigung!«

»Aaaaaaaaaaahhhhooohhooohoooh-uh-uh-uh!«

»Körperliche oder geistige Versehrtheit! Blutvergiftung!«

Hatte die jetzt völlig einen an der Klatsche, fragte sich Tom, aus dessen Kehle die Schreie jetzt wie von selbst herausdrängten: »Ajajajajajauuuuuuuuu!!!«

»Die unerträglichen Schmerzen deiner Frau bei der Geburt, Schwangerschaftsdiabetes und Präeklampsie …«

»Uh-uhh-uuuuuuuuuuuhhh!!!«

»Bluthochdruck und Plazentainsuffizienz …«

Jetzt wurde es Tom zu viel. Überwältigt, um nicht zu sagen erdrückt von all den Schreckensszenarien, die ihm tatsächlich schon so manch schlaflose Nacht bereitet hatten, gaben seine Beine nach. Er warf sich auf die Knie und brüllte, so laut er nur konnte. Dabei trommelte er mit den Händen mit aller Kraft auf den Boden.

»AAAAAAAAAAAAAAAAAAAAAAAAAAAAAAAAAAAAAAAAAAAAAAAAAAAAAAAAAAAHHH!!!!!«

Er sprang wieder auf, hüpfte mit rudernden Armen im Kreis herum, drehte sich um sich selbst, bis der ganze Raum vor seinen Augen verschwamm.

»AAAAAAAOOOOOAAAAAAAUUUUUIIIIIIIHH!!!!!!!«

Ein weiteres Mal ließ er sich auf den Boden fallen und hämmerte wieder und immer wieder mit geballten Fäusten auf diesen ein, bis seine Hände brannten.

»AAAAAAAOOOOOAAAAAAAUUUUUIIIIIIIHH!!!!!!!«

Wie von Sinnen schlug er auf den Boden ein, bis ihn irgendwann die Kraft verließ.

Schwer atmend und schwitzend hielt Tom inne und öffnete erschöpft die Augen, blickte sich um.

Im Raum war es totenstill geworden. Dreißig Augenpaare starrten ihm entsetzt und verängstigt entgegen. Wer konnte, war so weit wie möglich vor ihm zurückgewichen. Fünfzehn künftige Mütter hatten schützend die Arme um ihre Bäuche gelegt und sich vor dem Verrücktgewordenen in Verteidigungsstellung gebracht.

In diesem Moment fing auch noch Inka links von Kathi vor Schreck zu weinen an, und Kathi legte ihr beruhigend und mit einem strafenden Kopfschütteln in Toms Richtung einen Arm um die Schultern.

Das war vermutlich unausweichlich gewesen, dachte Tom. Schließlich war Inka schon im achten Monat und damit generell am Ende mit den Nerven. So wie er auch.

Schwangerschaft, das war *wirklich* die Hölle.

# TRAUTES HEIM – DOCH NICHT ALLEIN

Um Viertel nach neun, als sie endlich – endlich! – den Hügel zum Sonnenhang hochfuhren und Tom sich nun *wirklich* seiner Couch, einem wohlverdienten Snack und Netflix nahe wähnte, erwartete ihn die nächste Überraschung des Tages.

Eigentlich hätte es ihm klar sein sollen, dachte er, als er Kais Auto in der Einfahrt stehen sah. Ein Tag wie dieser ließ einen nicht einfach so aus seinem Würgegriff, ohne einem vorher nochmal ein Bein zu stellen. Das gehörte zu Tagen wie diesem einfach dazu.

»Warum ist der denn noch hier?«, fragte Kathi verunsichert. »Wollte er nicht heute morgen schon zurück nach München?«

»Das wollte er«, bestätigte Tom düster.

Noch bevor sie den Schlüssel in die Haustür stecken konnten, wurde die Tür schwungvoll aufgerissen und Kai strahlte ihnen gut gelaunt entgegen. Er trug eine rosa geblümte Kochschürze, die eigentlich Kathi gehörte, und hielt zwei Weingläser in der Hand, die er ihnen anstelle einer Begrüßung fröhlich entgegenstreckte, kaum dass sie eingetreten waren.

»Der Hausherr bekommt Weißwein, und für dich, meine liebe Kathi, gibt es eine gesunde Vitaminbombe zur Begrüßung.«

»Na, die Brühe sieht tatsächlich ziemlich gesund aus.« Missmutig beäugte Kathi das braune, dickflüssige Etwas in ihrem Weinglas.

»Also mit dir hätte ich jetzt wirklich nicht gerechnet. Versteh mich bitte nicht falsch, aber … was machst du denn noch hier?«, fragte Tom und hoffte, dass das nicht zu unhöflich klang.

»Das werde ich euch gleich erzählen«, versicherte Kai. »Aber zieht doch erstmal die Jacken und Schuhe aus und macht es euch gemütlich. Das Essen ist im Moment fertig geworden.«

*Das Essen?* Als Tom die Schuhe auszog, wehte ihm tatsächlich ein köstlicher Duft aus der Küche entgegen. Zugleich registrierte er, dass das ganze Haus in wabernd warmen Kerzenschein getaucht war, während aus dem Wohn- und Esszimmer schmalziges Klaviergedudel herüberwaberte.

»Geht nur gleich hinüber und setzt euch«, flötete Kai. »Nach dem langen und sicherlich anstrengenden Tag könnt ihr bestimmt ein wenig Seelenbalsam vertragen, um euch wieder ins Gleichgewicht zu bringen.«

»Keine Angst«, knurrte Tom. »Meine Seele ist momentan völlig im Gleichgewicht, die hat gerade eine Rundumwäsche mit Tiefenentschlackungs-Programm hinter sich.«

Das brachte ihm einen einigermaßen bösen Blick von Kathi ein.

»Hör nicht auf ihn«, flötete sie an Kai gewandt zurück. »Ich finde es ganz wunderbar, dass du an uns gedacht hast. Das riecht ja herrlich.«

»Das freut mich«, strahlte Kai.

Tom fand, dass es tatsächlich allerhöchste Zeit für einen Schluck Wein war.

»Hey, der ist gut«, nickte er anerkennend.

»Klar ist der gut«, grinste ihn Kai leutselig an. »Das ist der, den du ganz hinten in deinem Geheimversteck gebunkert hast. Ich dachte mir, da kann nur dein bester lagern.« Genießerisch nahm er einen Schluck aus seinem eigenen Weinglas. »Und ich habe mich nicht getäuscht.«

»Wie aufmerksam.«

Kai schien den Sarkasmus in Toms Stimme nicht zu bemerken. »Gerne doch. Und jetzt setzt euch, setzt euch«, rief er fröhlich.

Müde kam Tom der Aufforderung nach. Ab einem gewissen Punkt hatte man einfach keine Kraft mehr, sich gegen die Launen des Schicksals zu wehren, dachte er. Da wars am Ende besser, man ließ das Unvermeidliche einfach geschehen. Worin das hier und jetzt auch immer konkret bestehen mochte.

Ächzend rückte Kathi ihm gegenüber ihren Stuhl zurecht.

»Ich sags euch, ich fühle mich wie eine unbewegliche Tonne. Das ist demütigend.«

»Wenigstens musstest du nicht tanzen«, gab Tom finster zurück.

»Das war spitze«, kicherte Kathi. »Willst du es dir nochmal ansehen? Kai, schau auch mal her.«

»Wie – ansehen?« Tom starrte Kathi entgeistert an.

»Ich habs auf dem Handy«, grinste diese glücklich.

»Das hast du nicht! Das *kannst* du gar nicht. Handys sind im Kurs verboten.« Tom schwankte zwischen der Hoffnung, dass Kathi nur einen Scherz gemacht hatte, und blankem Entsetzen.

»Weißt du, in diesen weiten Schlabbersachen für Schwangere kann man ganz wunderbar alles Mögliche durch die Gegend schmuggeln«, lachte Kathi.

»Das petze ich nächste Woche Beate!«

»Nun hab dich mal nicht so. Hier, seht mal.« Kathi zog ihr Handy aus der Tasche, klickte darauf herum und streckte es Tom entgegen. »Und falls du überflüssigerweise auf die Idee kommen solltest, das Video löschen zu wollen – ich habs schon in die Cloud hochgeladen.«

Tom merkte, wie ihm das Blut in den Kopf stieg und er vermutlich rot anlief wie eine überreife Tomate. Es war noch furchtbarer anzusehen als in seinen schlimmsten Befürchtungen.

»Was zur Hölle treibst du da, Alter?«, keuchte Kai fassungslos, der über Toms Schulter blickte.

»Das nennt sich Tanz- und Urlauttherapie«, erklärte Kathi vergnügt an Toms Stelle. »Damit wird man seinen aufgestauten Stress und seine Ängste los.«

Kai kringelte sich vor Lachen. »Tom, du siehst aus wie einer dieser Typen aus dieser brutalen Wikingerserie, wenn sie in die Schlacht ziehen … Was machst du denn jetzt? … Oh mein Gott!« Kais Lachen wich einem entsetzten Ächzen. »Tom, warum brüllst du dieses arme Mädchen so an? Schau mal, jetzt fängt sie an zu weinen!«

»Das war nicht ich«, wehrte Tom zerknirscht ab. »Das war die verdammte Seelenschlacke, die aus mir geflohen ist.«

»Na, dann bring ich euch jetzt besser mal was zu essen, du amoklaufender Schwangerschaftswikinger«, konterte Kai wenig überzeugt. »Nicht, dass du mich auch noch anbrüllst.«

Kurz darauf trug er ein Tablett mit dampfenden Tellern herein.

»Wow, ich wusste gar nicht, dass du kochen kannst.« Kathi schien beeindruckt.

»Ich hab ein paar Kurse absolviert«, grinste Kai. »Verführerküche für Singles. Es gibt Bärlauchcremesuppe, hinterher provenzalisches Hähnchen mit Ofenkartoffeln und Grillgemüse und zum krönenden Abschluss noch selbstgemachtes Erdbeereis. Also nicht von mir selbstgemacht, sondern von einem Bauern ein paar Dörfer weiter. Das ist echt irre – der macht Eis aus eigener Milch und mit Erdbeeren aus seinem Garten.«

»Tja, willkommen in der Prärie, Amigo.«

Kai ging nicht auf Toms schiefes Grinsen ein, sondern nickte ernst vor sich hin. »Wisst ihr, das Wetter war heute einfach zu schön. Da dachte ich mir, dass wenn ich schon mal hier bin, ich mir auch noch ein wenig die Gegend anschauen kann, in der mein bester Kumpel jetzt lebt. Also bin ich einfach herumgefahren, immer der Nase nach durch die Pampa. Es ist wirklich unglaublich: Das Hühnchen hab ich bei einem kleinen Geflügelhof im

Hofladen gekauft. Das Gemüse und die Kartoffeln auch. Das Zeug kommt frisch vom Acker und aus dem Garten. Und den Bärlauch, ob ihrs glaubt oder nicht«, schloss Kai stolz, »den hab ich oben am Waldrand selbst gepflückt.«

»Du … hast den Tag damit verbracht, Bärlauch zu sammeln? Im Wald? *Du?*«

Tom hätte nicht gedacht, dass ihn an diesem Tag tatsächlich noch etwas überraschen könnte. Er fragte sich, ob er sich am Ende ernsthaft Sorgen um seinen Kumpel machen musste.

»Ja, *ich*. Und wenn ich ehrlich bin, war das irgendwie … richtig *nett*. Das hätte ich so nicht erwartet. Aber mal mit sich und der Natur im Einklang zu sein, das tut richtig gut, das entspannt. Ich dachte immer, das wäre nur so ein Trend – Waldbaden und so. Dafür fahren manche ja extra in den Urlaub. Und ihr habt das direkt vor der Haustür.«

»Es freut mich, dass du so einen schönen Tag hattest«, lächelte Kathi. »Und die Suppe ist wirklich lecker.«

»Und was hast du sonst noch getrieben?«, fragte Tom einigermaßen baff.

»Mittags hab ich bei einer kleinen Dorfwirtschaft neben einer Kirche angehalten, wo schon ein paar Tische draußen standen. Da hab ich mich hingesetzt und ein Bier getrunken. Keine fünfzig Meter vom Friedhof entfernt. Schon irgendwie faszinierend, dass hier die Wirtschaften alle neben den Dorfkirchen sind. Das leibliche, irdische Wohl und die ewige jenseitige Ruhe in Eintracht beieinander. Dem Onkel Willy hätte das gut gefallen.«

Tom entschied, dass irgendetwas *definitiv* nicht ganz rund lief bei Kai.

»Vielleicht solltest du aufhören, permanent über Onkel Willy und den Tod nachzudenken. Das ist doch auf Dauer nicht gesund. Du hast noch so viel Zeit vor dir. Denk nur an all die Frauen, die du noch kennenlernen wirst. An all die Partys, die noch zu feiern sind.«

Das brachte Tom einen bösen Blick von Kathi ein – nicht den ersten an diesem Tag.

»Ist das also für dich der Inbegriff eines erfüllten Lebens? Viele Frauen und Partys?«

»Nein, natürlich nicht«, verteidigte sich Tom. »Also nicht für *mich*. Aber was Kai betrifft, ich meine … Kai, nun sag doch auch mal was!«

Unter all seinen Freunden war Kai derjenige, der sich am hartnäckigsten weigerte, erwachsen zu werden: Nach wie vor war er berüchtigt für seine unzähligen Kurzzeit-Affären, die ausschweifenden Partynächte, sein ganzes sorglos-ungeniertes Single-Leben. Doch jetzt schüttelte Kai zu Toms Überraschung nachdenklich den Kopf.

»Weißt du, Compadre, ich glaube, Kathi hat nicht ganz unrecht. Irgendwie muss es doch auch noch was anderes geben. Wenn du irgendwann zu viel von irgendwas hattest, fühlt sich am Ende alles gleich an. Und dann sitzt du doch nur wieder allein in deiner zugegebenermaßen todschicken Schwabinger Maisonette-Wohnung mit dem überdimensionierten Fernseher, den Spielekonsolen, den Fitnessgeräten, der im Bad integrierten Mini-Sauna, der freistehenden Bar, den original 80er-Jahre-Spielhallen- und dem Flipperautomaten. All das Zeug, das du dir angeschafft hast, weil du dachtest, es würde dich glücklich machen.« Kai machte eine dramatische Pause und sah Tom und Kathi eindringlich an. »Aber am Ende bedeutet das doch alles nichts. Was, wenn ich im Grunde nichts anderes bin als ein weiterer Onkel Willy? Der hat so viel Zeit seines Lebens in seine Briefmarkensammlung investiert – hat zigtausende Marken von Briefen gelöst und einsortiert, ist von Sammlerbörse zu Sammlerbörse, von einem Antiquariat zum nächsten. Und was hat er jetzt davon? Nichts mehr, gar nichts. Ein halbes Leben für einen Schrank verstaubter Briefmarkenalben, die wahrscheinlich kein Mensch haben will und auf dem Wertstoffhof landen.«

»Jetzt hör aber auf«, schüttelte Tom energisch den Kopf. »Xaver hat schon recht – das einzige, das zählt, ist, dass Onkel Willy anscheinend glücklich war mit seinen Briefmarken. So wie *du* normalerweise mit *deinem* Leben glücklich bist. Warum auch nicht? Viele würden dich darum beneiden.«

»Aber was, wenn ich trotzdem irgendetwas Grundlegendes verpasse, weil ich einfach immer weiter nur *ich* bin? Was, wenn mir der Onkel Willy mit der Erbschaft quasi auf dem Weg ins Grab noch einen Fingerzeig geben wollte, es besser zu machen?«

»Was meinst du?«, fragte Tom irritiert. »Welche Erbschaft denn?«

»Da schaust du, oder? Tja, da haben wir kürzlich noch darüber geredet, dass Lottogewinne oder unverhoffte Erbschaften immer nur anderen passieren, und dann trifft es zwei Tage später tatsächlich mich selbst. Wenn das nicht Schicksal ist, weiß ichs auch nicht. Das muss doch was zu bedeuten haben!«

»Also das musst du uns jetzt ein wenig näher erläutern«, meinte Kathi und blickte Tom ebenso ratlos an, wie dieser sich fühlte.

»Der Onkel Willy hat doch niemanden gehabt außer Mama und mir. Deshalb hat er mir sein Häuschen, seine Briefmarkensammlung und all seine Ersparnisse vermacht. Nur das Aquarium hat seine Nachbarin bekommen.« Kai schlug resolut die Hände auf den Tisch. »Damit ist mir quasi über Nacht mehr als genug Geld für einen Neuanfang zugeflogen. Ist das nicht irre?«

»Ich hoffe, du hast jetzt nicht auch vor, dir eine Finka zu kaufen und nach Malle auszuwandern«, rief Tom.

»Quatsch, das ganz bestimmt nicht. Aber *irgendwas* muss ich mit diesem unerwarteten Geschenk anfangen. Und zwar etwas *Bedeutsames*. Das bin ich Onkel Willy schuldig.«

»Ich versteh schon, dass dich das alles ziemlich mitnimmt gerade«, schaltete sich Kathi ein. »Aber du hast dir doch dein bisheriges Leben nicht zufällig ausgesucht, sondern weil du so leben wolltest, wie du es eben lebst.«

»Das stimmt schon. Aber jetzt glaube ich, dass es Zeit für etwas Neues ist. Und damit meine ich nicht nur so alibimäßig – irgendeinen Kreativkurs, zu dem man nach dem dritten Mal eh nicht mehr hingeht, weil man angeblich zu wenig Zeit hat. Oder einen Ratgeber für Achtsamkeitsübungen, den man nie liest. Ich meine etwas *wirklich* Neues. Bevor ich irgendwann zu alt bin, um nochmal von vorn anzufangen.«

»Und wie stellst du dir so einen Neuanfang vor?«, fragte Tom.

»Na ja, so genau weiß ich das noch nicht, wenn ich ehrlich bin«, gab Kai kleinlaut zu. »Ich denke, ich nehme jetzt erstmal den restlichen Jahresurlaub, um das herauszufinden.«

»Dann schlaf doch erstmal ein paar Nächte drüber und nimm dir die Zeit, alles in Ruhe zu verarbeiten, bevor du irgendwelche folgenschweren Entscheidungen triffst.«

»Genau das habe ich jetzt vor«, nickte Kai. Dann blickte er ein wenig betreten zu Boden. »Und das ist der Punkt, über den ich mit euch reden wollte. Sagt mal, ihr zwei – meint ihr, es wäre okay, wenn ich noch eine Weile bei euch bleibe? Nur so lange, bis ich mich halbwegs neu orientiert habe?«

»Äh … bei uns?«, fragte Kathi verunsichert. Tom und sie warfen sich einen irritierten Blick zu.

»Na ja, hier ist es so friedlich. So voller *good vibrations*. Und ihr seid das, was für mich einer Familie am nächsten kommt. Immerhin kann ich ja wohl schlecht bei meiner Mutter unterkommen in meinem Alter, und sei es auch nur vorübergehend. Ich dachte, dass ich euch vielleicht zur Hand gehen könnte. Kathi, du wirst dich bald gar nicht mehr vernünftig bewegen können, weil dir dein Bauch im Weg ist. Und für dich, Tom, wird es auch schwierig, dich um den ganzen Haushalt allein zu kümmern dann. Ich könnte mir ein paar Wochen Urlaub nehmen und einspringen – den Einkauf übernehmen, kochen, putzen, mich um den Garten kümmern und so weiter. Dafür müsstet ihr mich im Gegenzug nur eine Zeitlang hier wohnen lassen.«

Erwartungsvoll blickte er zwischen Tom und Kathi hin und her.

»Wow … das kommt einigermaßen überraschend«, entgegnete Tom zögernd. »Ich weiß jetzt gar nicht, was ich dazu sagen soll. Ich meine, wie genau stellst du dir das vor? Dauerhaft in unserem künftigen Kinderzimmer oder auf der Couch zu übernachten ist doch keine Lösung. Und das Dachgeschoss ist immer noch eine halbe Baustelle.«

»Das macht doch nichts«, strahlte Kai. »Genau das ist es sogar, was mir vorschwebt: Ein paar Wochen Askese in einer Nische in eurem Dachgeschoss. Alles, was ich brauche, sind eine Luftmatratze und ein Schlafsack, eine Tasche voll Kleidung und eine Zahnbürste. Und daneben genug Raum, Ruhe und Natur, um über die Zukunft nachzudenken. Keine Partys, keine Frauengeschichten, keine sonstigen Versuchungen und Ablenkungen. Das wird mir guttun. Bis euer Nachwuchs auf die Welt kommt, bin ich längst wieder weg. Und solange habt ihr eine gratis Haushaltshilfe. Das wäre doch wunderbar, einfach wunderbar.«

Kai meinte es eindeutig ernst. Und je mehr er sich in Fahrt redete, desto begeisterter schien er von seiner Idee zu sein. Irgendwer sollte seinen Redefluss stoppen, dachte Tom, der sich ziemlich überfahren und überfordert fühlte von und mit der Situation. Ratlos blickte er Kathi an.

»Aber wenn es euch nicht passt, dann natürlich nicht«, fuhr Kai deutlich kleinlauter fort. »Das Letzte, was ich will, ist, euch zur Last zu fallen. Ihr habt ja jetzt euer eigenes Leben und so. Eure eigene kleine Familie und euer heimeliges … nun ja … *Heim*. Ich würde es euch nicht krummnehmen, wenn es euch zu viel wäre, mich aufzunehmen. Wie auch immer, ich muss mich jetzt mal um den Hauptgang kümmern. Nicht, dass das Hähnchen zu trocken wird. Ihr könnt euch das ja in Ruhe überlegen erstmal.«

Kai lud die leeren Suppenteller aufs Tablett und schlurfte in Richtung Küche davon. Tom und Kathi blickten sich schweigend an. Keiner von beiden wusste so recht das erste Wort zu ergreifen. Schließlich seufzte Kathi und sagte: »Also *das* kam tatsächlich überraschend.«

»Ja, ziemlich«, stimmte Tom zu. Dann tat er es Kathi gleich und seufzte ebenfalls – lang und tief. Weil man das vermutlich in so einer Situation einfach tat. »Ich meine, ich liebe Kai wie einen Bruder, aber findest du den Gedanken nicht ein wenig seltsam, dass er sich auf seiner Sinnsuche häuslich in unserem Dachgeschoss einrichten will?«

»Doch, schon. Andererseits – er rührt mich. Und er tut mir wirklich leid. Die Sache mit seinem Onkel nagt schon ziemlich an ihm. Und wenn er tatsächlich, also *aufrichtig* den Wunsch verspürt, sein Leben zu ändern, dann möchte ich nicht diejenige sein, die ihm im Weg steht. Du etwa?«

»Nein, natürlich nicht«, musste Tom zugeben.

»Und er hat nicht unrecht, der Haushalt fällt mir von Tag zu Tag schwerer. Es bleibt doch jetzt schon das meiste an dir hängen. Für dich könnte es schon auch eine Entlastung sein, wenn du abends heimkommst und einfach Feierabend haben könntest, anstatt dich noch um hundert Dinge kümmern zu müssen.«

»Glaubst du, er würde das wirklich auf die Reihe bekommen?«, warf Tom hin und her gerissen ein. »Ich weiß nicht, wann sich Kai das letzte Mal selbst um einen Haushalt gekümmert hat. Also so richtig – ohne Haushaltshilfe, Wäscherei und täglichem Lieferservice. Vermutlich zu Studentenzeiten, und da waren die Ansprüche … na ja … ein wenig *geringer*.«

»Das Kochen scheint er auf jeden Fall schon mal gut hinzubekommen, findest du nicht?«, hielt Kathi dagegen.

»Doch, schon.« Tom blickte Kathi unsicher über den Tisch hinweg an. »Also?«

Kathi gab sich sichtlich einen Ruck. Sie lächelte Tom tapfer an. »Von mir aus können wir es versuchen, wenn du auch einverstanden bist.«

Tom dachte daran, wie oft Kai ihm schon ohne zu zögern geholfen hatte. Nicht zuletzt an jenem denkwürdigen Tag, als Tom beinahe seinen Heiratsantrag versaut hätte. Ohne Kai hätte er den Tag sicher nicht mehr retten können. Also gab auch er sich einen Ruck und lächelte möglichst tapfer, wie er hoffte, zurück.

»Na meinetwegen. Wird schon schiefgehen.«

Zehn Minuten später kam Kai schwerbeladen zurück. Das Hähnchen und die Beilagen sahen unfassbar lecker aus, musste Tom neidlos eingestehen. Kai tat jedem eine knusprige Keule, goldbraune Ofenkartoffeln und eine bunte Mischung Gemüse auf und schenkte sich und Tom Wein nach.

»Also«, begann Kathi gedehnt, nachdem Tom ihr zugenickt hatte, »wir haben entschieden, dass wir auf deinen Vorschlag eingehen. Denn wenn es dir wirklich ein Anliegen ist, ein paar Dinge im Leben zu ändern, dann werden wir dich selbstverständlich als deine Freunde darin unterstützen. Und glaub mir – ich bin gut darin, Menschen in die richtige Richtung zu schubsen.« Sie grinste Tom augenzwinkernd zu.

»Oh, das ist großartig«, strahlte Kai ergriffen. Dann blickte er Tom erwartungsvoll an. »Und ist es für dich auch okay? Also wirklich?«

»Na klar, Alter. Das wird toll.«

Wenn das mal nicht eine Extraportion Pluspunkte fürs Karma gab, dachte Tom.

»Absolut!«, rief Kai aufgeregt. »Das wird so cool. Kein Stress mehr, keine Dramen, keine Aufreger – nur noch innere Ruhe und Ausgeglichenheit auf dem Weg zum besseren Ich. Natürlich im Einklang mit einem durch und durch soliden, gesunden Landleben.«

Er blickte Tom so aufrichtig überzeugt und treuherzig an, dass dieser ihm im Moment vorbehaltlos zu glauben bereit war. Obwohl er *auch das* natürlich besser hätte wissen müssen, wie er später denken sollte.

# GÖTZKRIEG BOP

Die nächsten Tage über sahen Tom und Kathi Kai kaum. Da dieser noch einen Berg an Aufgaben zu erledigen hatte, ehe er seinen ländlichen Selbstfindungstrip verwirklichen konnte – die Beerdigung organisieren, Onkel Willys Hinterlassenschaften sortieren und einen Makler für den Verkauf des Hauses finden, die Übergabe seiner Aufgaben an Kollegen in der Arbeit und so einiges mehr –, verließ er das Haus morgens meist sogar noch vor Tom und Kathi und kam weit später zurück. Tom wiederum war gedanklich vollauf damit beschäftigt, eine solide und hoffentlich überzeugende Präsentation für Götz Kloetz zu entwickeln, dass er für wenig anderes Gedanken übrighatte.

Kollege Frank, dieser normalerweise grundentspannte Typ, der ebenfalls eine Präsentation vorlegen sollte, wirkte zunehmend gestresst, je weiter die Woche voranschritt. Er begann sich abzuschotten und einsilbig auf seine Kollegen zu reagieren, wirkte alles in allem ziemlich fahrig und durch den Wind. Tom ertappte Frank sogar ein paarmal dabei, wie er mit sich selbst redete, sich dabei die Haare raufte und alles in allem recht käsig blass aussah. Obwohl er ein paar Monate zuvor eigentlich mit dem Rauchen aufgehört hatte, paffte er dieser Tage Kette, rannte alle zwanzig Minuten hinaus auf den Balkon.

Als Tom es donnerstagnachmittags nicht mehr aushielt, seinen

Kollegen derart offensichtlich leiden zu sehen, erkundigte er sich schließlich ganz direkt nach dem Stand von Franks Präsentation. Doch der stets freundliche Kollege blockte aggressiv ab: »Warum, was ist damit? Was gehts dich an?« Dann änderte sich seine Miene von argwöhnisch zu ängstlich: »Hat Götz etwa irgendwas zu dir gesagt?«

»Wow, Frank, beruhig dich mal«, versuchte Tom erschrocken zu beschwichtigen. »Es ist doch nur eine Übersicht deiner bisherigen Arbeiten, nichts weiter. Du packst einfach ein paar deiner besten Sachen rein. Davon gibts mehr als genug. Es wissen doch alle hier, was für ein großartiger Grafikdesigner du bist. Dazu schreibst du ein paar erklärende Bullet Points, die kommen immer gut, um zu demonstrieren, dass du dir *wirklich* Gedanken gemacht hast bei deinen Werbeanzeigen. Und fertig ist das Ding.«

Tom hatte Frank beruhigen wollen, doch der fing bellend zu lachen an. »Na, wenn du meinst, Kleinschmidt. Glaub mir, ich kenne solche Menschen wie den Kloetz.« Traurig stierte er in seine Kaffeetasse mit dem »Papa ist der Beste«-Aufdruck. »Ach, drauf geschissen. Jetzt ists eh zu spät. Ich hab meine Präsentation vor einer halben Stunde abgeschickt.«

»Alles Gute«, erwiderte Tom kleinlaut. Dann ging er zurück an seinen Arbeitsplatz, um seine eigene Präsentation per Mail an Götz Kloetz zu schicken.

Als er am darauffolgenden Morgen in die Firma kam, war Frank noch nicht da. Was seltsam war, wie Tom dachte, da der doch normalerweise immer als Erster kam.

Er fragte Ethan, ob er wisse, was mit ihrem Kollegen sei, doch der zuckte nur ratlos mit den Schultern. »Keine Ahnung. Krank vielleicht?«

Eine Stunde später wurde Tom in Kloetz' Büro gerufen.

»Servus Tom!«, schallte es ihm gut gelaunt entgegen, als er die Tür öffnete. Sein Chef strampelte sich schon wieder einen auf seinem Crosstrainer ab, während seine Finger unablässig auf die Laptop-Tastatur einhackten. Wie hielt der Kerl das nur durch? »Na, wie gehts?«

»Wunderbar, Götz, ganz wunderbar«, versuchte Tom, das Gespräch möglichst positiv einzuleiten. »Und dir?«

»Kloetz-tastisch!«, rief Kloetz. Dann: »Ich hab mir deine Präsentation angesehen.« Mit einem dröhnenden Lachen riss er die Arme hoch und vollführte ein paar Boxbewegungen. »Bereit für den Kampf?«

»Logo«, antwortete Tom tapfer und machte seinerseits ein paar halblahme Boxschläge ins Leere.

»Ich muss schon sagen, du leistest wirklich solide Arbeit, Tom. Und dein Motto *Vertrauen schaffen durch Transparenz und Information* zeugt von einer bodenständig-anständigen Denke.«

»Freut mich«, sagte Tom überrascht. Ob es wohl eine gute Gelegenheit war, seinem neuen Chef gegenüber die längst überfällige Gehaltserhöhung zu erwähnen?

»Natürlich steht das für das genaue Gegenteil dessen, was ich von meinem Team erwarte«, fuhr Götz Kloetz kopfschüttelnd fort. »Ich dachte, das hätte ich bei meiner Einstandsrede deutlich gemacht.«

»Ja, schon, aber …« begann Tom, der entschied, dass es vielleicht doch kein so guter Zeitpunkt war, die Gehaltserhöhung zu erwähnen. Doch Kloetz ließ ihm keine Zeit auszureden.

»Mein Ansatz ist laut, aggressiv und sexy. Nur so können wir uns Gehör verschaffen in einem Markt, in dem Finanzdienstleister schneller aus dem Boden sprießen, einander auffressen und trotzdem wieder eingehen, als man schauen kann.«

»Natürlich, ja, aber …«

»Und dann kommst du daher und willst die Leute ernsthaft *informieren*? Noch mehr, als wir sie ohnehin schon informieren müssen über unsere Konditionen? Ja glaubst du denn, die Leute wollen überhaupt wirklich informiert werden? Am Ende noch mit irgendwelchen langweiligen, nur bedingt positiv stimmenden Texten, die sie tatsächlich lesen sollen? Das ist doch absurd, das siehst du sicher selbst ein, oder?«

Tom merkte, wie er sauer wurde. »Hör mal, es geht schließlich um das Geld der Leute. Sollte man da nicht ein gewisses Maß an Seriosität an den Tag legen? Und ein transparenter Informationsfluss ist ein notwendiger Teil von Seriosität, findest du nicht?«

»Seriosität!«, dröhnte Kloetz. »Wenn ich das schon höre! Traditionelle Banken können von mir aus seriös sein. Da laufen die Typen in Anzug und Krawatte herum und wedeln bei jedem Scheiß mit Formularen, die vorn und hinten keiner versteht, und hundert Seiten dicken Verträgen. Wer will das schon? Das ist Schnee von Vorvorgestern. In Wirklichkeit wollen die Menschen doch gar nicht darüber nachdenken, wie das System Geld wirklich funktioniert und wer sich wann und wo wieviel ihrer hartverdienten Kohle abzwackt. Das verunsichert doch nur. Sag mir, Tom – was wollen die Menschen stattdessen wirklich?«

»Mir ist völlig klar, dass die Menschen vor allem konsumieren wollen. Am liebsten ohne Hirn und Verstand und vor allem, ohne sich darüber Gedanken zu machen, ob sie es sich wirklich leisten können oder das ganze Zeug, das sie sich tagein, tagaus einbilden, wirklich brauchen«, erwiderte Tom so ruhig wie möglich, obwohl er innerlich mit den Zähnen knirschte.

»Ganz genau! Und warum?«

»Weil Konsumieren Lifestyle bedeutet. Wo das klassische Statussymbol früher den eigenen Wohlstand hauptsächlich nach außen hin demonstrieren und seinen Besitzer von der neidischen Masse abheben sollte, ist Konsum mittlerweile längst perfider. Denn Konsum schafft heutzutage vermeintlich Identität. Ein teurer Laptop zum Beispiel oder ein teures Handy sind nicht einfach nur ein Laptop oder ein Handy, nein. Wer sich heutzutage so ein Gerät anschafft, der kauft sich auch oder vielleicht sogar vor allem Kreativität, Freiheit, Flexibilität, Selbstbestimmung, Abenteuer –

all die Schlagwörter, mit denen die Werbung uns zuscheißt rund um das eigentliche Produkt. Denn Produkte stehen heute mehr denn je für Lebensgefühl.«

»Ganz genau«, nickte Kloetz. »Produkte sind Lebensgefühl. Deshalb wollen die Menschen immer mehr davon und von allem auch immer nur den neuesten Scheiß. Und dann kommst du daher und willst den Leuten den Spaß verderben, indem du sie mit der Nase aufs Kleingedruckte des Geldausgebens stoßen willst. Alter, wenn ich die Leute ernsthaft über die Risiken und Nebenwirkungen unserer Finanzdienstleistungen informieren wollte, könnte ich auch einfach eine verdammte KI anheuern, um triste Broschüren zu verfassen.«

»Wir dealen nun mal mit der ungeliebten Schattenseite des Konsums, dem Verschieben von Geld«, warf Tom verzweifelt ein. »Die globale Konsum-Maschinerie impft den Menschen ein, dass sie mehr, immer noch mehr brauchen, um wahrhaft sie selbst sein zu können. Aber an einem gewissen Punkt kracht der Konsum-Gedanke gegen die Wand, denn niemand kann mehr und immer noch mehr anhäufen. Einer unendlichen Menge an Gütern steht eine sehr endliche Menge an verfügbarem Geld gegenüber. Weshalb die Konsumenten versuchen, das simple Tauschgeschäft Waren gegen Geld zu überlisten, indem sie beginnen, in Raten oder später zu zahlen. Konsumiere jetzt, bleche irgendwann. Das ist auch zu verlockend. Und wir bestärken sie darin, denn das bringt unsere Kassen zum Klingeln. Aber am Ende sind immer die Konsumenten die Verlierer und Institute wie wir, die ihnen das ermöglichen, die einzigen Gewinner. Ist es da nicht irgendwie … keine Ahnung … originell, ist es nicht irgendwie kreativ, es anders zu machen als die anderen und auf die Menschen aufzupassen? Ihnen vor Augen zu führen, worauf sie sich einlassen, wenn sie mit einem Klick irgendwelche unüberlegten Konsumier-jetzt-stottere-es-in-Raten-ab-Prozesse in die Wege leiten? Würde es uns nicht von der Masse anderer

Finanzdienstleister abheben, wenn wir den Menschen nicht immerzu erzählen, dass sie sich alles leisten können, weil sie es sich einfach wert sein sollten? Denn das ist ganz offensichtlich Quatsch. Die Wahrheit ist: Sie können sich nicht alles leisten, denn der Wert eines jeden Konsumenten ist auf den Cent genau bemessen. Nur will das niemand wahrhaben.«

Zufrieden, seinen Standpunkt deutlich gemacht zu haben, lehnte sich Tom zurück. Götz Kloetz indes schien ernsthaft wütend zu sein. Er hielt sogar in seinem Workout inne und hörte auf zu tippen.

»Das sind doch bescheuerte Weltverbesserer-Gedanken! Und damit hat noch nie jemand Kohle gemacht. Alles, was du sagst, ist falsch, falsch, falsch! Die Wahrheit ist: Dank Unternehmen wie uns existiert Konsum mittlerweile nicht mehr allein um irgendwelcher Güter willen, sondern sogar einfach nur um des Konsumierens willen. Das ist Konsum-Zwei-Punkt-Null: Einfach deshalb Geld auszugeben, weil es sich dank uns so scheiße geil anfühlt, es zu tun. Zahle mit einem Klick, zahle, indem du mit deiner überteuerten Smart Watch vor dem Lesegerät an der Kasse herumwedelst. Zahle mit dieser neuen App, die bislang nur die richtig coolen Leute kennen. Überweise Geld via Nachricht mit dem neuesten Messenger Service. Es ist scheißegal, wofür du Geld ausgibst, Hauptsache, du tust es auf *smarte* Weise. Geld ausgeben als Ausdruck deines individuellen, flexiblen, außergewöhnlichen besseren Ichs ist mittlerweile selbst schon zu einem Produkt geworden. Und dann kommst du mit Transparenz und Information daher. Wer zur Hölle will schon über sowas wie Gesamtschulden, Laufzeiten und Zinsen nachdenken? Das törnt nur ab. Die Menschen wollen doch gar nicht davor gewarnt werden, nur ja nicht zu viel Geld auszugeben. Sie wollen verführt werden. Und zwar, weil es sich dank uns so cool anfühlt, mit Geld um sich zu werfen. Bevorzugt mit dem, das man nicht hat.«

Tom verkniff sich eine handfeste Antwort. Da musste man jetzt ruhig und besonnen bleiben, dachte er, einsehen, dass es wohl wenig Sinn machte, jemandem wie Götz Kloetz noch länger zu widersprechen. Am besten war es wohl, man brachte dieses Gespräch so rasch wie möglich über die Bühne und machte sich später Gedanken darüber, welche Schlüsse daraus zu ziehen waren.

»Tja, Götz, ich fürchte, da sind wir noch nicht völlig auf einer Linie«, sagte er vage diplomatisch.

»Ach, das macht doch nichts«, lachte Götz mit einer wegwerfenden Handbewegung, auf einmal wieder fröhlich jovial. »Nicht jeder kann ein Visionär sein. Deshalb leite ja auch ich diese Abteilung und nicht du.«

»Sieht ganz so aus«, knurrte Tom säuerlich. Machte es Menschen wie Kloetz eigentlich Spaß nachzutreten, wenn jemand vor ihnen bereits kapituliert hatte? Oder begriffen sie mit ihren aufgeblasenen Egos schlicht nicht, dass man auch anderen ein Mindestmaß an Würde zugestehen sollte?

Der Vorgesetzte blickte Tom nun erstmals, seit dieser den Raum betreten hatte, richtig an und meinte sachlich: »Ich denke, wir sind uns einig, dass du nicht der richtige Mann für mein Team bist, oder?«

Ein betäubendes, bitteres Gefühl, als hätte er unversehens eine ausgelaufene Batterie verschluckt, breitete sich in Toms Magen aus. Was genau meinte Kloetz damit?

»Macht ja nichts, Tom. Manchmal passt es, manchmal eben nicht. Das ist so, wenn sich die Team-Dynamik von oben her ändert.«

»Ich arbeite hier seit acht Jahren und es hat noch immer gepasst«, entgegnete Tom beunruhigt.

»Keine Angst, wir haben natürlich berücksichtigt, dass du ein langjähriger, verdienter Mitarbeiter bist. Deshalb machen wir dir auch ein ganz fabelhaftes Angebot.«

»Ein … Angebot?«, fragte Tom mit flacher Stimme. Das hier geschah doch nicht wirklich, oder? Es konnte einfach nicht wahr sein, dass diese schrille Witzfigur, die gerade mal ein paar Tage in der Firma war, drauf und dran war, ihn rauszuwerfen.

Kloetz indes fuhr ungerührt fort: »In unserer schnelllebigen Branche zählt jeder Tag. Deshalb müssen Entscheidungen auch schnell und klar getroffen werden, das verstehst du sicher. Es macht keinen Sinn, um den heißen Brei herumzureden. Ich brauche Leute in meinem Team, die meine Vision teilen und mit ihrem Herzblut an vorderster Front dafür einstehen.«

Wenn er jetzt wieder mit seinen Raketen-Metaphern daherkommt, wäre es vielleicht angebracht, ihm eine reinzuhauen, dachte Tom, in dem sich das Gefühl der Taubheit mittlerweile im ganzen Körper ausgebreitet hatte – bis hin zu Kopf, Fingerspitzen und den kleinen Zehen.

»Alle anderen, nun ja …« Kloetz machte eine dramaturgische Pause, stieg von seinem Hometrainer und zog einen Stapel Papiere aus einer Schreibtischschublade. »Wenn du das hier und jetzt sofort unterschreibst, bekommst du ein halbes Jahresgehalt Abfindung bei sofortiger Freistellung. Plus die drei Monatsgehälter, die du bis Ablauf der regulären Kündigungsfrist ohnehin noch bekommst.« Strahlend, als würde er ihm gerade die Freude seines Lebens machen, grinste er Tom an. »Das muss man sich mal vorstellen! Du unterschreibst, übergibst mir deine Zugangskarte und deinen Laptop und kannst als freier Mann gehen, wohin es dich an so einem schönen Tag zieht. In den Biergarten vielleicht oder wohin auch immer. Ist das nicht Wahnsinn? Neun Monate lang vom Nichtstun leben, soviel Glück möchte ich auch mal haben.«

»Wahnsinn, ja«, flüsterte Tom, um den sich alles drehte – das bebrainstormte Whiteboard, der grinsende Götz, die Buchstaben auf dem obersten Papier, die »Aufhebungsvertrag« verkündeten, der ganze Raum. Er nahm den Kugelschreiber, den sein

Chef beziehungsweise künftiger Ex-Kurzzeitchef, wie man wohl besser sagen sollte, ihm bereits zuvorkommend hinhielt, entgegen und sagte: »Dann … unterschreib ich das jetzt wohl mal.«

»Guter Mann«, klopfte ihm Kloetz aufmunternd auf die Schulter.

Tom überflog die Vereinbarung, dann setzte er mit klammen Fingern seine Unterschrift darunter. Und schon, dachte er, sind acht Jahre meines Lebens Geschichte, aus und vorbei und auf Nimmerwiedersehen die Isar hinabgeflossen, fast so, als hätte es sie nie gegeben. Ein wenig unsicher blickte er zu Kloetz auf, der mit einem Grinsen, das bei genauerer Betrachtung eher wölfisch als jovial wirkte, über ihm thronte.

»Und jetzt … äh … geh ich meine persönlichen Sachen holen und bring den Laptop zur IT zurück, oder wie?«

Kloetz schüttelte bedauernd den Kopf. »Ich fürchte, das wird nicht möglich sein. Dein bisheriger Arbeitsplatz steht dir nicht länger zur Verfügung. Das hast du gerade selbst unterschrieben. Aber keine Sorge, wir kümmern uns darum, dass dir deine persönlichen Gegenstände per Post zugeschickt werden. Autoschlüssel, Handy, Geldbeutel hast du am Mann?«

Tom blickte auf das Dokument, auf dem die Tinte noch nicht trocken war, und wieder zurück zu Kloetz.

»Ja, hab ich«, sagte er, seine Jackentaschen abtastend. »Also dann … äh … ich geh dann jetzt mal, ja?«

»Hat mich wirklich sehr gefreut, dich kennenzulernen, Tom. Wenn du eine Referenz für dein LinkedIn-Profil brauchst, gib Bescheid, ja? Und viel Spaß im Biergarten. Servus!«

Wie eine von fremder Hand an unsichtbaren Fäden gelenkte Marionette trottete Tom zum Aufzug, froh, dabei keinem seiner Kollegen – nein, *Ex-Kollegen* – über den Weg zu laufen. Mit einem leisen *Pling* öffneten sich die Türen vor ihm wie schon tausendmal zuvor, doch jetzt zum letzten Mal. Was den Aufzugtüren natürlich scheißegal war. Auch sie waren nur kleine Rädchen in der Maschinerie und erfüllten stur und ausschließlich ihren Zweck, bis sie eines Tages ausgemustert werden würden. Dachte Tom, als er hinunter in die Tiefgarage des Büroturms fuhr, in den er bislang so selbstverständlich fünf Tage die Woche ein und aus gegangen war.

Es war halb elf Uhr vormittags und er hatte keinen Job mehr.

Und nun, fragte er sich, als ihn der Aufzug in der Tiefgarage ausspuckte.

Tom war an diesem Tag allein nach München gefahren. Kathi hatte sich frei genommen, weil eine der werdenden Mamas aus dem Geburtsvorbereitungskurs nachmittags eine Baby-Party gab, zu der sie alle anderen angehenden Mütter eingeladen hatte.

Baby-Party, dachte Tom, dem allein bei der Vorstellung angst und bange wurde. Fünfzehn emotional vorbelastete Frauen außer Rand und Band, die ein kreischendes Gewese darum machten, dass das Geschlecht des in der Produktion sich befindenden Erdenbürgers im Rahmen der Zusammenkunft bekannt gegeben wurde. Dazu alkoholfreier Prosecco inmitten der hellblauen oder pinken Dekorationslandschaft. Schrecklich, wie heutzutage aus allem ein Event gemacht werden musste. Aber immerhin ersparte einem das die Peinlichkeit, seiner Ehefrau unmittelbar Rede und Antwort stehen zu müssen; Tom würde das unvermeidliche Geständnis seines Rauswurfs noch ein paar Stunden vor sich herschieben können.

Was aber tun mit dem unverhofft freien Tag, was anfangen mit der überraschenden, ungeplanten Zeit, bis es Abend wurde?

Aus einer spontanen Laune heraus bog Tom aus der Tiefgarage nicht direkt in Richtung Autobahn ab, sondern lenkte den Wagen ins Westend hinein, seiner ehemaligen langjährigen Heimat. Wer wusste schließlich schon zu sagen, wann man das nächste Mal Gelegenheit haben würde, hierher zu kommen? Dafür gab es wohl vorerst keinen Grund mehr.

So langsam, wie es der Verkehr zuließ, fuhr Tom die altvertrauten Straßen und Gassen ab, versuchte, noch einmal alles in sich aufzusaugen: Die Bars und Cafés, die Hausfassaden – die anmutigen wie die hässlichen – und die Graffitis an den Wänden darauf, die Kioskläden, die ihn so oft spätnachts noch mit Kippen und Bier versorgt hatten, die Dönerläden und die türkische Gemüsehandlung an der Ecke. Dann, denn das musste einfach sein, gehörte zum ganz persönlichen Herzschmerz des Augenblicks mit dazu, fuhr Tom schlussendlich an dem Haus vorbei, in dem Kathi und er einst ihre Wohnung hatten. Dort oben, da war das Wohnzimmerfenster. Fremde Vorhänge wehten im Wind, winkten Tom beiläufig zu.

Seufzend schlug er den Weg zur Autobahn ein.

Da war man also, obzwar weniger aus Überzeugung, denn vielmehr aus Gewohnheit, jeden Tag in die Arbeit gegangen, hatte ein ums andere Mal missmutig über Alternativen nachgedacht, hatte mitunter verdrossen mit dem Gedanken gespielt, sich anderweitig umzusehen – und hatte es doch nie getan. Und jetzt? Jetzt war einem die lange vor sich hergeschobene Entscheidung mir nichts, dir nichts abgenommen worden von so einem dahergelaufenen Clown und überrollte einen doch, traf einen völlig unvorbereitet und planlos und stellte einen unvermittelt vor die Frage, wie es jetzt am besten weiterginge.

Freilich, das musste man nicht sofort entscheiden. Für den Moment musste man lediglich entscheiden, was anzufangen war mit dem geschenkten Tag. Denn heim wollte Tom noch nicht. Da wäre man sich ja komisch vorgekommen – freitagmittags allein zuhause zu sitzen.

Nicht nur Kathis Baby-Party fand an diesem Nachmittag statt, dachte Tom, auch Onkel Willys Beerdigung – Geburt und Tod, der unveränderliche Kreislauf, unter einem Dach in Oberkreuzbach vereint, wenn man so wollte. Ein Kapitel begann, ein anderes endete. Das musste zwar nicht immer gleich der Tod sein, das konnte vieles sein im Leben, ein Umzug, ein Rauswurf, ein Neuanfang, wie er Kai vorschwebte, wenn auch noch diffus und ohne konkrete Gestalt. Nun, neu anfangen würden sie nun wohl beide auf irgendeine Art und Weise müssen, dachte Tom.

Dann dachte er, dass er vielleicht einfach immer weiterfahren könnte – geradeaus die Autobahn entlang. Denn besser war es wohl, wenn man irgendein Ziel vor Augen hatte als keines.

Aber wenn man das wirklich tat, wenn man die A8 immer weiterfuhr, landete man am Ende irgendwann in Karlsruhe, und da wollte man ja eigentlich gar nicht hin. Denn in Karlsruhe kannte man sich nicht aus. Von Karlsruhe hatte man so gar keine Ahnung. Da wüsste man gar nicht, was man da tun sollte. In Karlsruhe.

Stattdessen fuhr Tom aus einer weiteren Laune heraus auf Höhe Fürstenfeldbruck von der Autobahn ab und schaltete das Navi für den Heimweg über die Landstraßen ein. Denn wenn man schon so unverhofft großzügig viel Zeit hatte an diesem unverhofften Tag, dann konnte man eigentlich auch übers Land fahren, anstatt auf der Autobahn dahinzurasen. Das hatte man schließlich noch nie gemacht; an allen anderen Tagen hatte man zugesehen, dass man so schnell wie möglich von A nach B in die Tretmühle kam.

Schön ist es hier, dachte Tom, als er über hügelige, verschlungene Wege durch die Landschaft fuhr. Vor allem jetzt im Frühling, wenn das Grün aus allem nur so herausquillt. Und wie wenig man doch oft darauf achtet und wie wenig man auch dankbar ist dafür.

Dann tröstete er sich damit, dass jedem Ende schließlich auch ein Neuanfang innewohnte und jedes Scheitern Chancen barg. *E-finanx* und Konsorten machten die Welt nicht unbedingt zu einem lebenswerteren, besseren Ort, wenn man ehrlich darüber nachdachte. Vielleicht stellte sich heraus, dass es am Ende nicht das Schlechteste war, dass man nicht länger Teil von etwas war, das man recht eigentlich verachtete, schon immer ein Stück weit verachtet hatte.

Außerdem musste Tom sich zum jetzigen Zeitpunkt und auch in naher Zukunft keine Sorgen ums Geld machen dank der Abfindung und der ohnehin noch ausstehenden drei Monatsgehälter. Da zumindest hatte der verdammte Kloetz nicht unrecht gehabt. Fürs erste hatte man Zeit genug, sich zu überlegen, was man mit den nächsten dreißig Jahren Berufsleben anfangen sollte.

Und hey, vielleicht hatte Götz Kloetz in noch einem weiteren Punkt recht gehabt – vielleicht war der Tag tatsächlich zu schön, um ihn nicht im Biergarten zu verbringen. Dachte Tom, der sich mehr und mehr für die Idee erwärmte, und beschloss, die dunkelgrauen Gewittergedanken fürs Erste beiseitezuschieben.

Als er eine Stunde später in Oberkreuzbach ankam, parkte er den Wagen deshalb vorm Müllerwirt und setzte sich an einen Biertisch im Garten.

Nur ein paar vereinzelte Tische unter den Linden waren um diese Zeit besetzt – von Handwerkern, die auf ihrem Weg von einem Kunden zum nächsten in Oberkreuzbach auf eine Brotzeit Halt gemacht hatten, von einigen Bauern aus dem Dorf, die bei einer schnellen Halben etwas aushandelten, und ein paar müßigen Rentnern, die einfach den warmen Tag genossen. Auch der Unterhofer Hias saß mit ein paar anderen an einem Tisch und winkte grüßend herüber.

Kurz darauf kam Kreszenz, die Frau von Müllerwirt Schorsch, an Toms Tisch.

»Servus Tom, du bist aber früh daheim heute. Hast Urlaub?«

»Ne, rausgeschmissen habens mich bei der Arbeit«, erwiderte Tom mit schiefem Grinsen.

»Wie, rausgeschmissen? Warum das denn?«

»Ich schätze mal, weil ich dem neuen Chef ein bisschen zu viel Gewissen gehabt habe.«

»Na ja, so wirklich hat das auch nie zu dir gepasst, dass du ein Sparkassler bist«, grinste Kreszenz ebenso schief mit einem Schulterzucken zurück. »Wer weiß, wofürs am Ende gut ist.«

»Eben, Zenta, kannst nie wissen.«

»Was darf ich dir denn bringen?«

»Zwei Stück Weiße und eine Breze würd ich nehmen, bitte. Und ein Weißbier dazu.«

»Freilich, kommt sofort.«

Zwei Minuten später kam sie mit dem Bier in der Hand zurück. »Da schau her. Das geht heute aufs Haus, hat der Schorsch gesagt.«

»Das wär jetzt aber nicht nötig. Danke dir trotzdem.«

»Passt schon. Sag, wie gehts der Kathi mit der Schwangerschaft?«

»Alles gut so weit. Wenn man mal von ihrem schlechten Schlaf absieht. Und von den Wadenkrämpfen. Und natürlich dem Juckreiz. Und der Bauchnabelempfindlichkeit, den dusseligen Gefühlsausbrüchen und -schwankungen samt Rührseligkeit und Heulattacken, den Heißhungeranfällen und seltsamen Gelüsten, und und und. Oder der völlig absurden Schwangerschafts-Verplantheit. Neulich ist sie mit dem Kopf gegen die Wand gerumst, als sie sich vorbeugen wollte, um sich die Schuhe zu binden.«

Kreszenz lachte amüsiert vor sich hin: »Glaub mir, das wird alles sogar noch schlimmer. Ich will dir ja keine Angst machen, aber warts nur ab. Aber das schafft ihr schon. So, jetzt bring ich dir erstmal deine Weißen.«

Als Kreszenz in Richtung Küche davongeeilt war, dröhnte es vom Nachbartisch auf einmal herüber: »Prost, Tom!«

Verwundert blickte Tom zu dem, der gerufen hatte, hinüber.

»Mensch, Unterhofer, bist krank? Ich glaub, das ist das erste Mal, dass du mich bei meinem richtigen Namen gerufen hast.«

»Na, Sparkassler kann man ja jetzt nicht mehr zu dir sagen, oder? Meine Glückwünsche dafür!«

»Danke«, lachte Tom und prostete zurück.

Wiederum kurz darauf war es Müllerwirt Schorsch, der Tom die Weißwürste und den Brezenkorb persönlich an den Tisch brachte.

»Servus Tom.«

»Servus Schorsch. Ah, da freu ich mich jetzt drauf. Deine Weißen sind einfach die besten.«

»Dann klopfst mal donnerstags gleich in der Frühe um sechs hinten bei der Metzgerstube, dann kriegst frisch gewurstete, direkt aus dem Brühkessel raus. Das sind dann die allerbesten.« Schorsch blickte mit einem Mal ein wenig betreten drein. »Zumindest solange ich die Metzgerei noch habe.«

»Was meinst du denn damit?«, fragte Tom alarmiert.

»Hast du es am Ende noch gar nicht mitbekommen?«, fragte Müllerwirt Schorsch verlegen zurück.

»Was mitbekommen? Schorsch, du machst mir Angst.«

»Ich geb am Ende des Sommers die Wirtschaft auf«, seufzte der Wirt. »Ich mach das jetzt alles auch schon seit über dreißig Jahren, Tag für Tag. Und man wird halt auch nicht jünger. Es fällt mir nicht leicht, das kannst du mir glauben. Aber wenn ich jetzt nichts Neues anfange, dann tu ich es nie mehr. Und bis ich einmal tot umfalle am Wurstkessel oder am Zapfhahn stehen, das mag ich auch nicht.«

Tom konnte nicht glauben, was er da hörte. Ausgerechnet Schorsch, ohne den und dessen Wirtschaft das Dorf niemals dasselbe sein konnte, wollte die Segel streichen! Der Müllerwirt samt Metzgerei waren doch Herz und Anker der Gemeinde, Anlaufstelle für alle Hungrigen und Durstigen sommers wie winters, Schauplatz diverser Dorf- und anderer Feste, von Maitanz bis hin zu runden Geburtstagen. Tom und Kathi hatten ihre Hochzeit im Müllerwirt'schen Stadel gefeiert! Und jetzt wollte Schorsch den ganzen Laden zuschließen? Das durfte doch nicht wahr sein, generell nicht, und an einem ohnehin schon hässlichen Tag wie heute schon gleich zweimal nicht.

»Aber … ja, aber was habt ihr denn dann vor, die Zenta und du?«

»Den Besitz hier hab ich verkauft, das hat ein nettes Sümmchen eingebracht. Damit steigen wir jetzt in die Ferienanlage meines Bruders im Allgäu mit ein.«

»Und die Kinder? Hätten die nicht die Wirtschaft und die Metzgerei einmal übernehmen wollen?«

»Geh, Tom, meinst du wirklich, die Kinder hätten da Lust drauf? Der Josef ist in der Lehre bei BMW, den hält doch nichts auf dem Land. Der will in die Stadt, gutes Geld verdienen und das Münchner Leben genießen. Und die Maria, die hat es sogar bis nach Berlin gezogen, wo sie irgendwas mit Computern studiert. Die schämt sich am Ende noch eher für ihre Herkunft. Die beiden wollten die Wirtschaft noch nie übernehmen, von der Metzgerei ganz zu schweigen. Und ich kanns ihnen auch gar nicht verübeln. Jeden Tag so früh aufstehen und bis spätnachts oft noch auf den Beinen sein. Immer nur schuften, damit es am Ende irgendwie reicht.«

»An wen hast du deine Wirtschaft denn überhaupt verkauft?«, fragte Tom niedergeschlagen. »Und warum kauft einer eine Wirtschaft, wenn er die nicht weiter betreiben will?«

Jetzt musste Müllerwirt Schorsch lachen. »Was redest du denn da? Das ist eine Immobiliengesellschaft, die das alles abreißen und zwei Mehrparteienhäuser hinstellen will. Die haben wahrscheinlich jetzt schon eine Warteliste potenzieller Mieter, die von hier bis nach München reicht, obwohl sie gerade erst bei der Planung sind. Die werden sich dumm und dämlich dran verdienen, so begehrt wie Wohnungen auf dem Land mittlerweile sind. Hauptsache, es gibt eine halbwegs vernünftige Verkehrsanbindung in die Stadt.« Mitleidig betrachtete er Tom, dem die Verzweiflung vermutlich ins Gesicht geschrieben stand. »Keine Angst, übern Sommer lass ich ja noch auf. Und nächstes Jahr werdet ihr schon einen anderen Biergarten finden. Irgendwo gibts immer ein Paar Weiße samt Brezen und Bier. Das war schon immer so und das wird auch immer so sein. Gibt ja nicht nur mich. «

»Trotzdem wirds nicht *dasselbe* sein«, seufzte Tom. Er dachte an Kai, der in seiner ganz eigenen Sinnkrise steckte und sein Leben verändern wollte, dachte an Freund Xaver, der es ruhiger angehen lassen wollte künftig, weil er auch nicht jünger wurde, dachte an seinen Rauswurf bei *e-finanx* und die Tatsache, dass er gezwungen war, sich eine neue Beschäftigung zu suchen. Zuletzt dachte er auch noch an Kathi und das ungeborene Kind, das sie in sich trug, an ihre ganze sich grundlegend verändernde Familienstruktur und was das alles mit sich bringen mochte, von dem Tom noch gar keine rechte Vorstellung hatte. Und jetzt machte auch noch Schorsch seinen Müllerwirt dicht.

»Überall, wohin ich schaue, scheinen sich die Dinge nur noch zu verändern«, schüttelte er verdrossen den Kopf. »Und das, obwohl eigentlich gerade alles so gut gepasst hätte.«

»Das mit deiner Arbeit hat mir die Zenta schon erzählt«, entgegnete Schorsch und blickte Tom prüfend an. »Und, hast schon irgendeine Idee, was du jetzt machen willst?«

»Als erstes muss ich es irgendwie der Kathi beibringen.«

»Wird schon, oder?«

»Eh klar.«

»Und wenn es irgendwo eng wird, dann kommst zu mir. Ich hab immer was zu tun, ob beim Metzgern oder am Wochenende hinter der Zapfanlage. Musst es nur sagen. Zumindest bis ich zusperre im Herbst. Das braucht auch das Finanzamt nicht zu wissen dann.«

»Danke«, sagte Tom gerührt.

In Momenten wie diesen fühlte er sich einfach nur rundum angekommen und zuhause in Oberkreuzbach. Und das, dachte er, glich so manch anderes wieder mehr als aus.

Als Tom am frühen Nachmittag heimkam, entschied er, die kathifreie Zeit für einen ordentlichen Hausputz zu nutzen – frischgebackener Vollzeit-Hausmann, der er ja jetzt wohl oder übel war. Putzen war etwas, das sie tatsächlich in letzter Zeit ein wenig hatten schleifen lassen müssen: Kathi war dazu nicht mehr wirklich imstande und Tom hatte es entweder neben all den anderen Dingen, die er mittlerweile allein erledigen musste, an Zeit gemangelt, oder er war abends schlichtweg zu müde gewesen dafür.

Er öffnete sich eine Flasche Bier – die Arbeitslosigkeit, in die man unversehens geschlittert war, musste schließlich standesgemäß gefeiert werden – und holte das Putzzeug aus dem Schrank.

Beim Wischen hörte er sich ein paar seiner Lieblingsalben an, die er viel zu lange nicht mehr gehört hatte, wenn er so darüber nachdachte. Morgens beim Autofahren war er noch zu unausgeschlafen für lauten Rock, abends beim Heimfahren schon wieder zu fertig mit dem Tag und den Nerven. Zum Abendessen dann ein paar Reste, die sich noch im Kühlschrank fanden, anschließend mit vom Tag aufgeweichter Birne auf die Couch und zwei Stunden später auch schon wieder ins Bett. Nur, um am nächsten Morgen in der Frühe um sechs müde und erschlagen den neuen Tag zu beginnen. Ja, eigentlich war Tom in letzter Zeit immerzu müde. Nicht zuletzt auch deshalb, weil Kathi gefühlt fünfzigmal in der Nacht aufstehen und aufs Klo musste, wovon er jedes Mal aufwachte. Doch jetzt drehte er den Regler der Stereoanlage richtig auf: *Let it bleed* von den *Stones*, *Electric Ladyland* von Hendrix, *Live in Japan* von *Deep Purple*.

Als Tom das Haus einmal komplett gesaugt und gewischt, Küche, Bad und Toilette geputzt, das Bettzeug gewechselt und frische Handtücher verteilt hatte – er war mittlerweile bei *Appetite for Destruction* angelangt –, war es auch schon Zeit, sich um das Abendessen zu kümmern.

Er beschloss, dass er genug hatte von irgendwelchen Resten, die im Kühlschrank vor sich hinwelkten und trockneten. Überhaupt, das würde sich jetzt, da Kai und er sich rundum um den Haushalt würden kümmern können, alles komplett ändern.

Nachdem Tom die Vorräte in Speisekammer und Tiefkühlschrank begutachtet hatte, beschloss er, Lasagne zu backen. Seine war zwar nicht ganz so lecker wie Kathis *Weltberühmte & Sensationelle Lasagne*, gelang ihm aber immer besser. Und Zeit, noch weiter an seinen Kochkünsten zu feilen, würde er jetzt erstmal mehr als genug haben. Tom öffnete sich ein weiteres Bier und begann Zwiebeln zu hacken und Möhren zu schneiden.

Gerade als er zufrieden sein mit Mozzarellawürfeln gekröntes Schichtwerk aus Nudelplatten, Bolognese und Béchamelsauce in den Ofen geschoben hatte, kam Kathi zur Tür herein.

»Wow, das riecht aber lecker«, begrüßte sie Tom.

»Danke. Wie war die Party?«

»Ich hätte das nie für möglich gehalten, aber es war einfach nur wunderbar«, schwärmte Kathi aufgekratzt. »Ich wünschte, du hättest es erleben können. Es war so unglaublich schön, wie sich alle für Olga gefreut haben, als sie verkündet hat, dass es ein Junge wird. Da war so eine unfassbar positive Stimmung. Und die Mühe, die sie sich gemacht hat – sie hat extra Muffins für uns alle gebacken, die mit blauen Herzchen verziert waren, und alles so toll dekoriert. Und dann die süßen Geschenke, die sie bekommen hat, die Kuscheltiere und Decken. Weißt du, vielleicht sollten wir uns überlegen, auch so eine Party zu veranstalten. Wir haben offiziell noch nicht an die große Glocke gehängt, dass wir ebenfalls einen Sohn bekommen. Das wäre eine reizende Gelegenheit.«

Das war mit Sicherheit das *Allerletzte*, was Tom wollte. Allein die Vorstellung versetzte ihn in Panik.

»Um Gotteswillen, wer um alles in der Welt bist du und was hast du mit meiner Kathi angestellt? Eine Babyparty? Ernsthaft?«

Doch die spontane Reaktion sollte Tom im nächsten Moment schon bereuen. Kathi blickte ihn strafend an und ihre Augen begannen besorgniserregend zu glänzen.

»Wie kannst du nur so herzlos sein?! Ist es etwa nicht natürlich, so etwas Großes mit anderen teilen zu wollen?«

Jetzt fing der seltsame Alien, mit dem Tom seit ein paar Monaten das Leben teilte, und der einst seine toughe Kathi gewesen war, tatsächlich zu schluchzen an. Tom beeilte sich, Schadensbegrenzung zu betreiben: »Ist ja gut, das war nicht so gemeint. Wenn es dir wichtig ist, veranstalten wir natürlich auch eine Babyparty.«

»Das sagst du jetzt nur, um mich zu beruhigen! Ich versteh gar nicht, wie einer nicht checken kann, dass das eine zutiefst kostbare Erfahrung ist, die umso schöner wird, wenn man sie gemeinsam mit anderen durchlebt!«

»Es tut mir leid!«, versicherte Tom zerknirscht. »Morgen früh streiche ich das Kinderzimmer hellblau. Gleich, nachdem ich einen Fußball und den aktuellen Playboy besorgt habe.«

»Arsch! Nichts kannst du ernst nehmen!«

Zum Glück musste Kathi selbst grinsen.

»Natürlich nehme ich das ernst. Nur eben … *anders* ernst.«

»Ich will doch nur, dass alles so perfekt wie möglich wird. Die Welt an sich ist es schließlich nicht, das wissen wir beide. Und sie hat auch nicht unbedingt auf einen weiteren kleinen Menschen in all dem Chaos gewartet. Aber im Rahmen dessen, was wir für ihn tun können, müssen wir alles geben, ein Zuhause aus Liebe und Glück zu schaffen – unsere perfekte kleine Welt.«

»Natürlich werden wir das«, beteuerte Tom und dachte insgeheim, dass es wohl kein besonders guter Moment war, Kathi von seinem Rausschmiss zu erzählen. Und nachdem ihm seine Antwort auf Kathis flammende Rede selbst etwas lahm vorkam, beschloss er, einen Trumpf aus dem Ärmel zu ziehen, den er sich extra für einen solchen Augenblick der schmerzhaften

Zugeständnisse aufgehoben hatte: »Weißt du, was wir beide morgen machen? Wir fahren in die Baby World und statten uns endlich von vorn bis hinten mit allem aus, was uns an Baby-Equipment noch fehlt.«

Sofort schaltete Kathi von Kummer auf Entzücken um. »Oh«, quietschte sie, »das sollten wir wirklich endlich tun! Ich dachte schon, du wolltest dich ewig davor drücken.«

Wollte ich ja auch, dachte Tom und lächelte möglichst unverfänglich.

Die *Baby World* war ein erschreckend monströser Discounter in der Münchner Peripherie, der sich über zwei Ebenen erstreckte. Dort gab es wirklich alles rund ums Baby-Glück – inklusive Horden emotional am Abgrund tanzender hochschwangerer Paare sowie frisch entbundener, die ihrerseits irgendwo zwischen Stolz, Überforderung und schierer Panik mäanderten. Kathi sprach seit Wochen davon, unbedingt dorthin zu wollen, um ihre Ausstattung zu komplettieren. Also hatte Tom sich unlängst selbst ein Bild davon gemacht: Er war heimlich in der Mittagspause hingefahren, um auszukundschaften, was da auf ihn zukommen mochte. Fünf Minuten nach Betreten des Ladens war er in heller Aufregung geflüchtet, hatte das Thema Baby-Großeinkauf seitdem so gut es ging verdrängt und Kathi ein ums andere Mal vertröstet. Doch ab einem gewissen Punkt hatte man keine Wahl mehr, dachte Tom, innerlich seufzend und sich selbst zutiefst bemitleidend. Dann musste man wohl oder übel Zugeständnisse machen.

Kaum war die Lasagne fertig, kam ein erstaunlich gut gelaunter Kai zur Haustür hereinspaziert.

»Hallo, ihr beiden!«

»Kai! Sag, wie gehts dir?«, fragte Kathi besorgt, sich in Bemutterung übend.

»Es ist, als ob eine riesige Last von mir abgefallen wäre, jetzt, da der Onkel Willy endlich seine letzte Ruhe gefunden hat und unter der Erde ist«, seufzte Kai. »Wir haben anschließend noch einen Obstler auf ihn getrunken, und dann wars irgendwie … gut mit dem Thema.«

»Das freut mich sehr für dich«, sagte Tom. »Hast du Hunger? Ich hab uns Lasagne gemacht.«

»Danke der Nachfrage, aber ich denke, ich werde mich erstmal ein Stündchen aufs Ohr hauen. Die letzten Tage waren echt anstrengend«, entgegnete Kai und verabschiedete sich salutierend in Richtung Treppe.

»Ach, was für ein aufregender Tag«, strahlte Kathi, nachdem Kai schweren Schrittes die Treppe ins Dachgeschoss hochgestiefelt war.

»Das kannst du laut sagen«, nickte Tom, zog sich Kochhandschuhe über und holte die Lasagne aus dem Ofen.

# UNTERWASSER-MÜLLMÄNNER

Als Kathi wenige Stunden später vor dem Fernseher eingeschlafen war, stieg Tom leise die Treppe ins Obergeschoss hoch. Er kletterte über Farb- und Spachtelmasse-Eimer und zwängte sich an Rollen mit Dämmmaterial vorbei. Er passierte den Parcours aus Werkzeugkästen, Leuchtstrahlern, Kartons und Trittleitern den halb mit Planen abgehängten Gang entlang bis zu dem Raum, der einst sein künftiges Herren-Schrägstrich-Arbeitszimmer-Zwei-Punkt-Null beherbergen würde.

Unter dem Türschlitz sickerte ein Streifen Licht hindurch, also klopfte Tom höflich an.

»Hm«, kam die brummende Antwort von drinnen.

»Darf ich reinkommen?«

»Klar.«

Tom öffnete die Tür und betrat den engen, nach frischer Farbe riechenden Raum, der baustellenkalt von einer nackten Glühbirne beleuchtet wurde, die trostlos von der Decke baumelte.

In einer Ecke des Raums staubte Toms umfangreiche Plattensammlung in Kartons verpackt vor sich hin. Ebenso die in Koffern verstauten Gitarren und die zwei Verstärker – der kleine Übungs-Amp für zuhause sowie der große Marshall-Turm, über den Tom in einem anderen Leben Konzerte gespielt hatte. Zwischen dem Sammelsurium hatte Kai eine Luftmatratze auf den noch abgeklebten Fußboden gelegt und saß, den Rücken an die Wand gelehnt, eingemummelt in eine Bettdecke. In der anderen Ecke des Raums standen drei große, schicke Reisekoffer, die vermutlich all das enthielten, was Kai für unentbehrlich hielt.

Als Tom eintrat, blickte Kai von einem Buch auf.

»Störe ich?«, fragte Tom.

»Nein, nein, überhaupt nicht. Ich stelle nur gerade im Kopf eine Einkaufsliste für morgen zusammen.«

Tom machte einen Schritt in den Raum hinein und entzifferte den Titel des Buchs.

»Das große Ayurveda-Kochbuch – die Basis eines körperlich und mental gesunden Lebens«, staunte er. »Irgendwie habe ich den Eindruck, dass ich jetzt besser nicht nachfragen sollte, oder?«

»Wirst schon sehen Kleinschmidt, wirst schon sehen«, entgegnete Kai grinsend. »Morgen wird ein Tag großer Veränderungen in meinem Leben.«

»Dann sollten wir beide heute Abend unbedingt noch eine Roboter-Halbe zusammen trinken, was meinst du?«

»Keine schlechte Idee«, nickte Kai und schlug das Buch zu. »Lass uns das Nonplusultra des Oberkreuzbacher Nachtlebens zelebrieren – die Augustiner-Halbe aus dem Wurstroboter. Ich zieh mir nur schnell was über, dann bin ich startklar.«

»Prima. Ich warte vor der Haustür auf dich.«

Fünf Minuten später machten sie sich auf den Weg den Hang hinab durchs vor sich hin dösende Dorf zum Müllerwirt. Es war nach zehn und die Wirtschaft erwartungsgemäß bereits dunkel und abgeschlossen. Kai zog zwei Flaschen Bier und ein Päckchen Landjäger aus dem Automaten, dann machten sie es sich am Biertisch davor bequem.

»Gibt es einen besonderen Anlass oder hattest du einfach nur Sehnsucht nach meiner Gesellschaft?«, fragte Kai, nachdem sie einander zugeprostet hatten.

Tom seufzte, nahm mental Anlauf und erzählte Kai, wie er morgens seinen Job losgeworden war. Doch als er mit seiner Geschichte fertig war, reagierte Kai ganz anders als erwartet – er strahlte Tom regelrecht an. »Das ist ja phänomenal!«

»Wie mans nimmt«, erwiderte Tom stirnrunzelnd.

»Doch!« Begeistert fuchtelte Kai mit einem angebissenen Landjäger zwischen Tom und sich hin und her. »Jetzt sind wir *beide* in einer Lebenssituation, in der es Zeit für etwas Neues wird. Und du musst zugeben, dass du im Grunde deines Herzens auch schon seit längerem nicht mehr wirklich zufrieden warst. Du wolltest es dir nur nicht eingestehen. Weshalb das Schicksal es nun für dich entschieden und dir einen Arschtritt hin zu einem neuen Leben gegeben hat. Das ist Karma, das muss so sein.«

»Meinst du?«, zweifelte Tom lachend.

»Na logo, Alter! Zwei Männer in der Mitte ihres Lebens, auf die erstmal der Sommer ihres Lebens wartet. Darauf trinken wir gleich noch ein Bier. Ich lad dich natürlich ein.«

Er sprang auf, um zwei weitere Halbe zu ziehen.

Tom schüttelte gespielt sarkastisch den Kopf. Er konnte nicht anders, als zu sticheln: »Wie gut, dass sich Ayurveda und Bier anscheinend so schön miteinander vertragen. Stell dir vor, du müsstest künftig nur noch von abgekochtem Wasser oder Kräutertees leben.«

»Ha ha, Witzbold. So ist das mit den Unwissenden – sie flüchten sich in Spott, um sich vor dem Unbekannten zu schützen. Als veganes Getränk passt Bier doch ganz wunderbar zu einem ausgewogenen Lebenswandel. Zum Zeitgeist sowieso. Und sieh es mal aus der Warte: Wer sich ein paar Halbe genehmigt, tut im Grunde nichts anderes, als mentales Detox zu betreiben. Gedankenreinigung. Wohldosiert kann Bier eine großartige spirituelle Energie freisetzen. Das kannst du nicht leugnen.«

Die beiden prosteten sich erneut zu.

»So kann man das natürlich auch sehen«, bestätigte Tom

amüsiert. »Darauf könntest du deine eigene trendige Lebensphilosophie begründen, wie wärs? Neben den anderen gefühlt hunderttausend pseudowissenschaftlich angehauchten Körper-Geist-Seele-im-Gleichgewicht-Ansätzen, die heute durch die sozialen Netzwerke und sonst wo herumschwirren, kommt es auf eine mehr oder weniger auch nicht mehr an.«

»Irgendwie habe ich das Gefühl, du nimmst mich gerade nicht ganz ernst«, grummelte Kai.

»Aber natürlich doch! Stell es dir nur mal vor: Die *berauschende* Lehre des *Kai*-ten.«

»Wieso denn *Kai*-ten? Was soll das denn sein?«

»Na, weil du nach ein paar Bieren ganz neue Möglich-*kai*-ten entdeckst, die dir das Leben bietet«, gluckste Tom. »Das klingt nach mindestens hunderttausend TikTok- und Insta-Followern. Von den Buchverkäufen und den Einnahmen bei Selbsthilfeseminaren ganz zu schweigen.« Er zwinkerte Kai fröhlich zu.

»Die Lehre des *Kai*-ten«, grinste dieser und nahm einen weiteren Schluck Bier. »Das gefällt mir. Das klingt so fernöstlich weise.« Er breitete gespielt gebieterisch die Arme aus und rief ins schlafende Dorf hinein: »Seht mich an, hier kommt die spirituelle Steigerung von allem bislang Dagewesenen. Folgt mir und lernt, die tief verborgenen Möglich-*kai*-ten eures Lebens zu erkennen.«

»Dann wird es euch bald wie ein köstlich bunter Korb voll Süßig-*kai*-ten erscheinen«, fiel Tom mit ein. »Natürlich vegan und zuckerfrei.«

»So ist es! Und keine Sorge, oh du, mein ungläubiger Thomas – mit ein wenig Gelehrsam-*kai*-t wirst auch du bald die Großartig-*kai*-t deines einzigartigen Schicksals begreifen.«

»Ich glaube, aus dir spricht bereits die pure Bierselig-*kai*-t!«, lachte Tom.

»Oh ne, Flasche leer.« Missmutig stellte Kai selbige auf dem Tisch ab.

»Das kann ich aber nicht zulassen.« Tom stand auf und zog zwei neue Flachen aus dem Bauch des freundlichen Roboters. »Nicht, wenn wir uns gerade mitten in der spirituellen Reinigung befinden.«

»Ganz genau. Prost!«

»Prost!«

»Und, wie hat es Kathi aufgenommen? Die Geschichte mit deinem Job?«

»Na ja, ich hatte bisher noch keine Gelegenheit, es ihr zu erzählen.«

»Du weißt, dass du ihr besser früher als später reinen Wein einschenken musst«, entgegnete Kai ernst.

»Das ist mir schon klar. Es ist nur ... sie war heute so sehr in ihrem Heile-Welt-Babymodus, da konnte ich nicht einfach mit dieser Geschichte ins Haus fallen und ihr die Stimmung versauen.«

»Dieses Kinderkriegen macht aus Frauen schon ziemlich furchteinflößend emotionsgesteuerte Wesen, oder? Ich meine furchteinflößender als der ohnehin beängstigend gefühlsgesteuerte Zustand dieser Spezies.«

»Das lässt sich beim besten Willen nicht leugnen«, lachte Tom. »Du siehst es ja selbst – Kathi ist momentan wie eine Außerirdische. Ein Alien mit der Mission, die perfekte Baby-Umgebung zu schaffen.«

»Na, du wirst das schon alles hinkriegen irgendwie«, entgegnete Kai süffisant. »Ich sags dir immer wieder – am Ende hast du noch immer geliefert, wenns drauf ankam.«

»Keine Ahnung, ob das jetzt ein Kompliment oder eine Anspielung auf irgendwas Bestimmtes war. Aber danke für dein Vertrauen.«

»Beides«, grinste Kai. »Und gern geschehen.«

Tom blickte einen Moment nachdenklich in seine schon wieder halbleere Flasche. »Das alles macht mir schon auch echt

Angst. Ich meine nicht das Kinderkriegen und Großziehen an sich, sondern eher der Gedanke, ein schutzloses Kind auf diese große, chaotische, vermutlich irgendwann vor die Hunde gehende Welt loszulassen. Ist das nicht verrückt? Es ist noch gar nicht geboren, und ich habe schon Angst darum.«

»Das ist nicht verrückt, das ist wahrscheinlich ganz normal. Ich vermute mal, dass dich diese Angst auch nie wieder ganz loslassen wird. Alles, was wir wiederum tun können, ist, unser Bestes zu geben bei dem Versuch, die Welt ein bisschen weniger chaotisch und schlimm zu machen.«

»Genau das haben wir früher doch mit unseren Songs versucht«, grübelte Tom vor sich hin. »Aber was hat es gebracht? Nichts hat es geändert. Rein gar nichts. Es ist nicht so, als ob es jetzt weniger Spacken geben würde, die mit ihrem verbohrten Hass, ihren Vorbehalten, ihrem Relativismus gegenüber der Zerstörung unserer Lebensgrundlagen und so weiter die Welt an den Rand des Wahnsinns treiben würden. Die wiederum kann nichts tun, als sich irgendwie weiterzudrehen. Und wir müssen zusehen, dass wir uns so gut es geht dran festklammern, um nicht runterzufallen.«

»Die große weite Welt haben wir freilich nicht verändert«, nickte Kai. »Aber unsere persönliche schon ziemlich, findest du nicht? Unseren Mikrokosmos, das kleine Biotop, in dem wir leben, haben wir durchaus nach bestem Wissen und Gewissen versucht, zu einem besseren Ort zu machen. Und wer weiß, wenn jeder sein Bestes gibt, zumindest seine nächste Umgebung zu einem besseren Ort zu machen, dann retten wir vielleicht am Ende alle zusammen auch irgendwie so halbwegs die Welt an sich.«

Eine Weile lang herrschte Schweigen, nur unterbrochen vom gelegentlichen Gluckern der Bierflaschen. Dann sagte Tom: »Hab ich dir eigentlich jemals von meinem allerersten Berufswunsch erzählt?«

»Nicht, dass ich wüsste.«

»Ich habe keine Ahnung mehr, wie alt ich damals war. Vielleicht neun oder zehn. Das Alter eben, in dem andere felsenfest davon überzeugt sind, dass sie einmal Astronauten werden oder Feuerwehrmänner oder Polizisten oder so. Vielleicht auch Piloten. Ich auf jeden Fall wollte nichts von alledem werden, sondern Unterwassermüllmann, glaub es oder glaub es nicht.«

Kai verschluckte sich beinahe an seinem Bier. »Was soll das denn sein?«

»Ich weiß, ich weiß«, grinste Tom. »Aber ich bildete mir damals ein, ich hätte sowas oder sowas ähnliches in einer Doku auf N24 oder so gesehen. Vielleicht auch bei der Sendung mit der Maus. Keine Ahnung, worum es wirklich ging, wahrscheinlich hab ichs einfach nicht richtig gerafft in dem Alter. Aber hey, die Unterwassermüllmänner, die sind total abgefahren. Die sind an Stränden im Einsatz, an denen tagsüber massenhaft was los ist – in Barcelona beispielsweise oder auf Malle. Das will man sich ja gar nicht vorstellen, was die Leute da tagsüber alles so reinsiffen ins Meer. Von Eistüten über Plastikbecher bis hin zu benutzten … na du weißt schon was. Total mega eklig.« Tom nahm einen weiteren Schluck Bier – den letzten, dann war die Flasche auch schon wieder leer, wie er verdrossen feststellte.

Das Problem war, dass Reden so ungemein durstig machte. Weshalb man Bier brauchte, um die Kehle feucht zu halten. Je mehr Bier man allerdings intus hatte, desto redseliger wurde man bisweilen. Was zu noch mehr Bierkonsum führte. Das war ein wahrer Teufelskreis, da kam man nur schwerlich wieder raus an einem Abend wie diesem. Was aber eigentlich gar nicht so schlimm war. Denn eigentlich wollte man es ja genau so und gar nicht anders. Schlimm wars immer erst am nächsten Morgen. Aber über den wollte man nicht nachdenken jetzt, sonst verlor man am Ende noch den Faden. Dachte Tom und signalisierte Kai, dass seine Flasche leer war. Kai schüttelte seine eigene leere Flasche, um anzuzeigen, dass er verstanden hatte, und machte sich auf die Pilgerfahrt zum Bierroboter, um noch zwei weitere Halbe zu erbitten.

»Na, und weil das ja nicht drinbleiben kann im Meer, da würde ja keiner mehr reingehen«, fuhr Tom fort, »gibt es eben die Unterwassermüllmänner. Die kommen dann abends mit ihren Taucherausrüstungen, großen blauen Mülltüten und diesen Stangen mit Greifzangen dran. Mit denen stiefeln die am Meeresboden rum und sammeln nachts den ganzen Müll wieder ein, bevor die Flut den Siff raus aufs offene Meer schwemmen kann.«

Dankbar nahm er die neue, von Kai vorsorglich bereits geöffnete Bierflasche entgegen, denn seine Zunge war schon wieder ganz pelzig. Es war, als ob Bier neben der gesteigerten Redseligkeit den Gaumen sogar noch zusätzlich ausdörren würde, damit man es schneller trank, dachte Tom. Wasser würde da weit besser helfen. Aber unter keinen Umständen hätte man hier und jetzt das Bier gegen Wasser tauschen wollen, ganz egal, ob Bier nun gegen trockene Gaumen half oder nicht. Da waren vermutlich auch die Konzerne mit all ihren Götz Kloetz-Typen und den auf absolute Gewinnmaximierung gepolten Produktabteilungen dran schuld. Die hatten das alles so teuflisch ausgeheckt mit dem Bier und überhaupt. Dachte Tom und fuhr fort:

»Mir war damals schon klar, dass das kein besonders angenehmer Job ist. Aber meiner Meinung nach ist es ein wirklich sinnvoller Beruf. Weil die Menschen sind, wie sie sind, veranstalten sie einen riesigen Saustall, wo sie gehen und stehen. Und irgendjemand muss sich dann darum kümmern, dass das wieder in Ordnung kommt und so. Und das sind die Unterwassermüllmänner. Also dachte ich mir, bevor ich irgendwas Normales mache wie jeder andere, kann ich auch gleich etwas *wirklich* Sinnvolles tun, verstehst du?«

»Respekt, ein Wunsch, der von echter Wahrhaftig-*kai*-t zeugt. Aber du, ich glaub, sowas wie die Unterwassermüllmänner gibts nicht in echt.«

»Vermutlich«, erwiderte Tom, der sich auf einmal nichts mehr wünschte, als dass es sie doch gäbe. »Aber dann sollte man diesen Job endlich erfinden. Wahrscheinlich brauchts dafür gar nicht so viel: Ein paar Tauchlehrgänge und dann ab an die Côte d'Azur oder wo sie einen eben hinschicken, die Organisatoren in der Unterwassermüllmann-Zentrale.«

»Ja«, nickte Kai bedächtig. »So wirds wohl sein. Das ist zumindest ein wirklich schöner Gedanke.«

»Vielleicht sollten *wir* so eine Unterwassermüllmänner-Organisation gründen«, überlegte Tom. »Dann wäre die Welt irgendwann so wie bei Star Trek und sie würden an der Akademie der Sternenflotte Vorlesungen über uns halten.«

»Und uns postum den Jean-Luc-Picard-Orden verleihen. Das wär schon ziemlich cool.«

»Ja, ziemlich.«

Wieder herrschte eine Weile Stille, und es war eine friedliche, angenehme Art von Stille. Auf sanften Schaumkronen hinweggetragen, erhoben von und erhaben in ihrer Bierselig-*kai*-t, drifteten Toms Gedanken durch die Weiten der Galaxie, die kein Nüchterner je zuvor betreten hatte. Dann durchbrach Kai das gemeinsame nächtliche Schweigen:

»Was die anderen jetzt wohl gerade machen? Die Stefans, Jochen, Walter?«

»Du hast vermutlich mehr Kontakt zu ihnen als ich hier draußen auf dem Land, oder?«

»Nicht halb so viel, wie man sich immer gegenseitig versichert, dass man in Zukunft wieder haben wird, wenn man sich doch mal trifft – also alle heiligen Zeiten mal. Vermutlich kaum mehr als du.«

»Ganz egal, was sie machen, ich hoffe, sie genießen ebenfalls die Großartig-*kai*-t dieser schönen Frühlingsnacht.«

Darüber mussten sie beide lachen.

»Noch ein Bier?«, fragte Kai.

»Ganz unbedingt.«

Mit leicht unsicheren Schritten tapste Kai zum Automaten hinüber und machte sich daran zu schaffen, nachdem er aus seinem Geldbeutel passende Münzen gefischt hatte. Doch der Automat reagierte nicht wie erwartet.

»Mist!«

»Was ist los?«, fragte Tom alarmiert.

»Ich glaube, wir haben den Roboter leer gezapft.«

»Was? Der Roboter will uns kein Bier mehr geben?«

»Ne, sieht nicht so aus«, schüttelte Kai missmutig den Kopf. »Der dumme Arsch, der!«

Tom gesellte sich zu Kai und gemeinsam betrachteten sie die leeren Bierfächer im Neonröhrenlicht der Automaten-Eingeweide.

»Das ist eine Scheußlich-*kai*-t erster Güte«, sagte Kai ratlos, und Tom fügte entsetzt hinzu: »Eine Tragödie. Wir werden verdursten!«

Kai überquerte den Hof zur Straße und überblickte das dunkle, nur hier und da von spärlichen Straßenlaternen erhellte Dorf.

»Ich sags nicht gern, Compadre, aber ein bisschen zusätzliche Infrastruktur, nur so ein kleines bisschen, täte Oberkreuzbach vielleicht ganz gut. Nur so viel, dass man Freitagnacht um halb eins noch ein Bier bekommt.«

»Ich habs!«, rief Tom, dem gerade eine Idee gekommen war. »In Aichach gibts eine 24-Stunden-Tanke. Da bekommen wir noch Bier.«

»Und wie weit ist das von hier?«, fragte Kai zweifelnd.

»Na ja, schon ein Stück.«

»Was genau heißt *ein Stück*?«

»Na ein Stück halt.« Tom wedelte vage mit der Hand in die Richtung, in der Aichach lag. »Keine Ahnung. Ein paar Kilometer.«

Kai schüttelte griesgrämig den Kopf. »Vergiss es. Da sind wir ja in unserem Zustand nicht vor Sonnenaufgang da.« Er zog sein Handy aus der Hosentasche und begann darauf herumzutippen.

»Vergiss es«, lachte Tom, »hier draußen gibts kein Uber.«

»Scheiße, was nun?« Kai steckte sein Handy wieder zurück in die Tasche.

»Bist du wirklich ganz sicher, dass uns der Roboter kein Bier mehr geben will?«, fragte Tom mit einem letzten Aufflackern von Hoffnung.

»Wir reiten.«

»Wir tun *was*?« Es dauerte einen Moment, bis Tom diesen neuen Vorschlag verarbeitet hatte.

Kai deutete mit einer ausladenden Geste übers ganze Dorf und darüber hinaus. »Hier gibts doch überall Koppeln voller Pferde. Wir leihen uns einfach zwei davon aus und reiten.«

»Hm … ich weiß nicht so recht.« Tom kratzte sich nachdenklich am Kopf. »Ich hab das noch nie ausprobiert. Was, wenn die Pferde gar keine Lust auf einen Spaziergang haben? Ich meine, die wollen doch sicher auch schlafen.«

»Ne, ne«, widersprach Kai. »Ich glaub, ich hab mal gehört, dass die gar nicht so richtig schlafen nachts. Die stehen da nur irgendwie so auf Stand-by in der Gegend rum und dösen.«

»Aber die gehören uns doch nicht, die Pferde.«

»Das merkt doch keiner«, wischte Kai den Einwand beiseite. »Wir reiten schnell zur Tanke, holen uns zwei Sixpacks und bringen die Gäule danach ratzfatz wieder zurück. In spätestens einer Stunde sitzen wir wieder hier.«

»Na ja, bevor wir jetzt hier auf dem Trockenen sitzen«, überlegte Tom, im Grunde seines Herzens schon halb überzeugt. »Das geht ja auch nicht an. Da wärs schon besser, wir hätten noch ein paar Bier. So wegen der spirituellen Reinigung und so. Dem Detox für den Verstand.«

»Absolut«, bekräftigte Kai, froh, dass Tom den springenden Punkt verstanden hatte. »Das ist nämlich ein hochsensibler Prozess. Den kann man nicht einfach so mittendrin abbrechen.«

»Das ist heikel, ja. Wer kann schon sagen, zu welch langfristigen mentalen Schäden das führen würde.«

»So gesehen sind wir es uns eigentlich selbst schuldig, den Detox-Vorgang zu Ende zu führen.«

Und Tom, der nun begriff, dass sie gar keine andere Wahl hatten, als zur Tankstelle zu reiten, entschied: »Das ist im Grunde eine Selbstverständlich-*kai*-t, die keiner weiteren Worte bedarf.«

»Also, wo bekommen wir am schnellsten Pferde her?«, freute sich Kai.

»Ich glaub, zu den Pferden gehts da lang.« Tom wies auf die dunklen Hügel jenseits des Ortsschilds.

Die beiden stellten ihre leeren Bierflaschen vorsorglich in den dafür vorgesehenen Kasten neben dem Automaten, nahmen sich jeder noch einen Landjäger als Marschproviant aus dem Päckchen und machten sich auf den Weg. Sie überquerten die Straße, passierten den Ortseingang und folgten einem Fahrradweg etwa fünfzig Meter weit ortsauswärts, ehe sie nach rechts auf einen Feldweg einscherten, der in weitem Halbkreis bergaufwärts um das Dorf herumführte. Nach einigen hundert Metern scherten sie wiederum links in einen weiteren, schmaleren Feldweg ein, der sich vom Dorf entfernte. Zu beiden Seiten des Wegs verschluckten die schwarzen Scherenschnitte der Bäume, die den Pfad lose säumten, das wenige Licht des Sternenhimmels. Tom und Kai ertasteten ihre Schritte vorwärts eher, als dass sie den Boden zu ihren Füßen erkennen konnten. Oder sonst irgendetwas. So tappten sie einige Minuten, die sich kaugummiartig auszudehnen schienen, durch die kohlrabenschwarze Nacht, ehe sie auf der Kuppe eines sanft ansteigenden Hügels den letzten Baumschatten passierten und sich eine von einem Holzgatter umschlossene weite dunkle Platte zu ihrer Rechten auftat. Etwa hundert Meter entfernt, am jenseitigen Ende, ließen sich die Umrisse eines Bauernhofs erkennen, in dem allerdings kein Licht mehr zu brennen schien.

»Ich glaube, hier sind wir richtig«, sagte Tom mit gedämpfter Stimme. »Sieh mal da hinten – diese dunklen Schatten auf der Weide.«

»Die Pferde!«

»Meinst du, man kann die einfach so reiten? So ganz ohne Sattel und so?«

»Wird schon gehen, oder?«, fragte Kai zurück. »Komm, Old Shatterhand, hilf mir mal über das Gatter.«

Unter einigem Ächzen, Schieben und Ziehen gelang es den beiden, das Gatter zu überwinden, das zwar eigentlich nur hüfthoch war und nüchtern bestimmt auch keine Herausforderung dargestellt hätte, wie Tom dachte, das aber rausch-gehandicapt, wie sie waren, durchaus eine gewisse sportliche Hürde darstellte. Zum Glück war es so dunkel, dass sie kaum die Hand vor Augen erkennen konnten. So mussten sie ihre eigenen ungelenken Kletterversuche nicht mit ansehen. Vorsichtig schlichen sie über die Weide und näherten sich langsam den nächststehenden Umrissen der reglos ausharrenden Tiere.

»Irgendwas stimmt hier nicht«, flüsterte Kai, als sie sich bis auf wenige Meter genähert hatten.

»Was meinst du?«

»Ich hab mir Pferde immer größer vorgestellt. Also … irgendwie höher.«

»Jetzt, wo du es sagst. Soll ich mal kurz die Handy-Taschenlampe anmachen?«

»Ne, ne, nicht, dass das jemand sieht und die Polizei ruft. Oder wir damit die Tiere erschrecken.«

»Wenns nur nicht so dunkel wäre.«

»Ich glaub, das da hat Hörner. Tom, ist das normal, dass die Hörner haben?«

»Ich glaub nicht. Bist du sicher, dass da Hörner sind?«

»Wenns nur nicht so dunkel wäre!«

»Sag ich ja.«

»Und … nun?«

»Scheiße, Kai, ich glaub, das sind Kühe.«

»Vielleicht sollten wir doch eine Taschenlampe anmachen.«

Kai fummelte an seinem Handy herum und eine Sekunde später glotzte ihnen missmutig eine verschlafene Kuh im Lichtschein entgegen. Ratlos glotzten Tom und Kai zurück.

»Was meinst du – ob man auf denen auch reiten kann?«, fragte Tom zweifelnd.

Kai knipste die Taschenlampe wieder aus. »Bestimmt, oder? Die haben auch vier Beine und einen breiten Rücken. Wie Pferde. Nur obs was bringt, ist die Frage. Die sollen ja eher gemütlich unterwegs sein, die Kühe. Also so allgemein und so.«

»Weißt du Kai, vielleicht wärs am Ende gescheiter, wir würden doch zu Fuß gehen.«

Während die beiden ratlos überlegten, ging vor dem Bauernhof am anderen Ende der Koppel auf einmal das Außenlicht an und der Umriss einer Gestalt erschien in der Eingangstür.

»*Wer treibt sich da im Dunklen herum?! Gebt euch sofort zu erkennen oder ich schieße*«, schallte es über die Koppel.

»Scheiße!«, entfuhr es Tom entsetzt. »Der Unterhofer.«

»Oh nein«, stöhnte Kai. »Echt jetzt?«

In diesem Moment durchbrach ein Schuss die Stille der Nacht. Tom und Kai starrten sich entsetzt an.

»Das war nur ein Warnschuss, oder?«, brachte Kai schockiert hervor. »Der Typ ist doch nicht so irre und schießt auf seine eigenen Tiere!«

»Willst du dein Leben darauf verwetten?«, ächzte Tom. »Lauf!«

»Ich schwöre dir, wenn ich diese Nacht überlebe, fange ich ab morgen *wirklich* ein neues Leben an«, rief Kai schockiert.

Und dann liefen sie, was das Zeug hielt.


Zerkratzt, müde und geschunden kamen die beiden eine Dreiviertelstunde später endlich am Sonnenhang an.

Schlagartig wieder nüchtern, hatten sie nach ihrem Aufeinandertreffen mit dem Unterhofer Hias keine allzu große Lust mehr verspürt, auf welchem Wege auch immer zur nächsten 24-Stunden-Tanke zu pilgern und Biernachschub zu organisieren.

Sie waren über die Koppel zum Gatter geflohen, so schnell sie in der Dunkelheit und mit ihren rauschschweren Beinen nur konnten. Wobei es sich ja *per definitionem* gar nicht länger um eine Koppel handeln konnte, wenn man genauer darüber nachdachte, wie Tom dachte, als sie um ihr Leben rannten. Denn wenn es sich bei den Bewohnern um Kühe anstatt Pferde handelte, musste man die Grünfläche wohl eher korrekterweise Weide nennen. Allerdings spielte diese semantische Spitzfindigkeit im Angesicht der Gefahr eher eine untergeordnete Rolle, wie Tom gleich im Anschluss hinterherdachte. Wichtig war erstmal, dass sie unversehrt wegkamen von dem verrückten Alten, der weiter mit seinem Gewehr munter durchgeknallt knallte.

Sie waren beide mehr übers Gatter gepurzelt, als dass sie darüber gesprungen wären und hatten sich den langen Weg zurück ins Dorf durch Unterholz, Gestrüpp und über Felder erkämpft. Auf die Feldwege hatten sie sich nicht mehr getraut. Wer wusste schließlich schon zu sagen, ob der Unterhofer Hias am Ende nicht gar noch Jagd auf sie machte. Zum Glück war es so dunkel gewesen, dass er Tom und Kai sicher nicht hatte erkennen können. Das zumindest war ein tröstlicher Gedanke.

Und nun standen sie ausgelaugt vor Toms Haus, leckten ihre mentalen Wunden und verschnauften erstmal.

»Du, Kai?«, sagte Tom schließlich, dem gerade siedeheiß etwas eingefallen war.

»Ja?«

»Sei mir jetzt bitte nicht böse …«

»Was ist los?«

»Mir fällt gerade ein, dass ich ja noch einen Kasten Tegernseer Hell in der Garage stehen habe.«

# BABY WORLD

Tom versuchte zu rennen, doch so sehr er sich abmühte, vorwärtszukommen, es war, als ob seine Füße in Watte versanken; in schlammigem, faulige Blasen werfendem Treibsand. Fast hatten seine Verfolger ihn schon eingeholt – minotaurus-gleich auf den Hinterbeinen laufende Stiere, die Tauchermasken trugen und mit Müllzangen nach ihm griffen. Schon vermeinte er ihren todbringenden Atem in seinem Nacken zu spüren. *Beeilt euch,* schrie der Unterhofer Hias, der auf einem haushohen Pferd hinter den Stieren über den Morast ritt. *Ihr müsst den ganzen Müll beseitigt haben, ehe die Flut kommt. Wenn ihr auch nur einen Fetzen überseht, bekommt ihr heute keine Landjäger und erst recht kein Bier zum Abendessen.* In einer letzten verzweifelten Anstrengung duckte Tom sich zum Absprung, sammelte alle noch verbliebene Kraft, dann federte er sich vom wabbeligen Untergrund ab und schwamm auf einmal durch die Luft. Mit hektischen Schwimmzügen versuchte er, nach oben hin aufzutauchen. Höher und noch höher trieb er, hin zu dem Licht … das tröstlich durch die Ritzen des Rollladens drang und vom Anbruch eines neuen Tages kündete.

Was für ein furchtbarer Traum, dachte Tom mit pochendem Herzen. Er zog die Bettdecke bis unters Kinn, die er im Schlaf wohl weggestrampelt hatte, und drehte sich hinüber zu Kathi, die unbeeindruckt ruhig an seiner Seite schlief.

Tom wartete, bis sich sein Herzschlag wieder beruhigt hatte, dann schwang er seine Beine über die Bettkante, richtete sich zerschlagen und ausgelaugt auf und begann mit der Bestandsaufnahme seiner Befindlichkeit: Sein Kopf erinnerte ihn eindringlich daran, dass zu viel Bier ab einem gewissen Alter unweigerlich seinen Tribut forderte, seine Blase verlangte nach dringlicher Aufmerksamkeit und seine Kehle fühlte sich an, als ob sich ein kleines pelziges Tier darin eingenistet hätte. Ein Glück, dass heute wenigstens Samstag war.

Doch halt, eigentlich war es völlig egal, welcher Wochentag war. Schließlich würde er von nun an erstmal jeden Tag ausschlafen können. Er hatte keinen Job mehr, der ihn fünf Tage die Woche aus dem Bett gedrängt hätte.

Tom blickte auf die rot leuchtende Display-Anzeige seines Weckers auf dem Nachttisch. Halb neun. Das war erstaunlich früh, dafür, dass er gestern erst weit nach Mitternacht ins Bett gekommen war. Wobei die genaue Uhrzeit nicht mehr auszumachen war, verschwommen und verloren gegangen war im Rausch, was sicher auch besser war – für einen selbst, die eigene innere Einstellung dem neuen Tag gegenüber und überhaupt, wie Tom dachte. Immerhin waren Kai und er nach ihrer anstrengenden Flucht durch die nächtliche Wildnis zurück ins Dorf recht bald schon ins Bett gewankt. Kaum eine Halbe hatten sie jeder noch geschafft, so erschöpft waren sie gewesen. Und das, obwohl in der Garage tatsächlich noch ein fast voller Kasten Helles gestanden hatte. Verdammt peinlich, wenn man bedachte, welche Mühen sie zuvor auf sich zu nehmen bereit gewesen waren, um an Bier-Nachschub zu gelangen.

Auf wackeligen Beinen stakste Tom aus dem Schlafzimmer, darauf bedacht, kein unnötiges Geräusch zu verursachen, um Kathi nicht zu wecken, und hinüber zur Toilette, wo er sich ausgiebig erleichterte. Dann trabte er weiter den Flur hinunter in

Richtung Küche. Jetzt erstmal einen Kaffee, der war im Moment das Wichtigste, der tat not, um sich allen etwaigen Herausforderungen stellen zu können, die so ein neuer Tag mit sich bringen mochte.

Die erste Herausforderung indes ließ nicht lange auf sich warten, wie Tom keine zehn Sekunden später verdrossen feststellen musste. Sie lauerte ihm bereits auf halber Strecke hin zu seinem wohlverdienten koffeinhaltigen Heißgetränk auf: Mitten auf dem unbewachten Herd stand ein blubbernder Topf, der todesröchelnd schwarz-giftige Rauchschwaden ausspuckte. Der Gestank in der Küche war unbeschreiblich.

Das konnte man jetzt vermutlich nicht einfach ignorieren und beiseiteschieben, bis man sich einen Kaffee zubereitet hatte, dachte Tom niedergeschlagen. Da musste man wohl oder übel einschreiten und handeln, und zwar schnell.

Also griff er nach einem Paar Küchenhandschuhe, zog den verbrannten Topf vom Herd – einen der neuen, sündhaft teuren –, und stellte ihn in die Spüle. Dann machte er den Herd aus, öffnete die Terrassentür, um Gestank und Rauch zu vertreiben, nahm den Topf und trug ihn hinaus ins Freie.

Kaum, dass er durch die Terrassentür getreten war, hielt Tom jäh inne und starrte fassungslos auf das Bild, das sich ihm darbot.

Mitten im Garten saß – oder lag oder stand, so genau ließ sich das nicht sagen – Kai, zu einer absurden Yoga-Skulptur erstarrt, während aus einer tragbaren Bluetooth Box musik-ähnliche Geräusche drangen, eine Mischung aus grässlicher Meditations-Musik und Meeresrauschen. Eine ätherisch wabernde Frauenstimme gab dazu Anleitungen für Atemübungen. Als ob das an sich nicht schon schlimm genug gewesen wäre, trug Kai allen Ernstes auch noch knallenge neongrüne Leggins und ein grellbuntes, weites Hippie-Batikshirt.

Tom stellte den mittlerweile halb erkalteten Topf auf den Gartentisch und schaltete die Musikbox aus. Wie eine aufblasbare

Figur, aus der man den Stöpsel gezogen hatte, sank der in meditativer Verzückung in sich selbst verknäulte Kai in sich zusammen.

»Hey, was soll das? Ich war mit meiner Morgenübung noch nicht fertig«, beschwerte der sich, während er mühsam seine Gliedmaßen sortierte und sich aufrichtete.

»Was zur Hölle treibst du da?«, fragte Tom erschüttert. »Und warum versuchst du, mein Haus abzufackeln?« Er zeigte anklagend auf den unbrauchbar gewordenen Topf.

Kais Augen folgten Toms Zeigefinger, wurden groß und rund. »Oh nein, mein schönes Ghee«, jammerte er und schlug die Hände überm Kopf zusammen. »Jetzt muss ich nochmal von vorn anfangen.«

»Warum lässt du denn den Herd unbewacht und ... dein *was*?«

»Ich fürchte, jetzt muss unser Frühstück ohne auskommen.« Schuldbewusst blickte Kai zu Tom. »Tut mir leid, ehrlich. Ich hab wohl die Zeit vergessen, weil ich so versunken in meine Übungen war.«

»Kai, bist du etwa stoned?«

»Ganz im Gegenteil, mein Freund, ganz im Gegenteil.« Der Anflug von schlechtem Gewissen hatte sich ebenso schnell verflüchtigt, wie er gekommen war. »So klar im Kopf war ich schon lange nicht mehr. Schließlich ist es heute so weit – der große Tag im Leben des Kai Kaffke, und damit auch in deinem, Kleinschmidt.«

Erwartungsvoll strahlte er Tom an. Der indes verstand logischerweise nur Bahnhof. »Wovon redest du bitte?«

»Heute fange ich mein neues Leben an. Das, wofür ich hierhergekommen bin in den unberührten, spirituellen Schoß der Natur. Fernab von allen Verlockungen und Versuchungen meines früheren Lebens. Du bist mein Zeuge, Tom. Ab heute bin ich nicht einfach länger nur Kai, sondern ... sondern Besser-Kai. Und zu Besser-Kai gehören auch Meditation – so für das innere

Gleichgewicht, wie die Frau im Podcast sagt – und eine gesunde Ernährung.«

»Muss das denn ausgerechnet heute sein?«, fragte Tom und fasste sich theatralisch an den verkaterten Kopf. »Wie kannst du nach so einem Abend nur voller Tatendrang sein? Wahrscheinlich liege ich in Wahrheit immer noch im Bett und träume. Als ob *ein* schlimmer Albtraum nicht genug wäre.«

»Natürlich ist heute der richtige Tag dafür!«, strahlte Kai. »Gerade ein verkaterter Tag wie heute, wenn man es am Vorabend nochmal so richtig hat krachen lassen, ist perfekt.« Er warf die Arme in die Höhe und sprang auf der Stelle auf und ab wie der verdammte Rocky Balboa. »Ich sag dir, mein neues Leben hat noch gar nicht richtig angefangen und ich fühle mich schon, als ob ich Bäume ausreißen könnte. Nur durch die Macht meiner positiven Einstellung … das sagt auch die Frau bei Spotify.«

Sicherheitshalber wich Tom einen Schritt zurück – nicht, dass die positive Einstellung am Ende noch ansteckend war. »Gnade, Kai! Du kannst dein neues Leben doch auch morgen beginnen, wenn es unbedingt sein muss. Wärs nicht gescheiter, ich geh jetzt runter zum Schorsch und hol uns erstmal ein paar Weiße und Brezen? So ein Weißwurstfrühstück saniert und baut wieder auf. Dann hast du hinterher doppelt so viel Kraft, der Besser-Kai zu werden.«

Doch Kai kannte keine Gnade. Das musste schließlich auch Tom einsehen, als er seinen Kumpel missmutig dabei beobachtete, wie dieser kopfschüttelnd an ihm vorbei in die Küche stiefelte und eine Kiste mit obskuren Utensilien auf der Küchentheke auszubreiten begann.

»Wie gut, dass es in der Nähe einen Biomarkt und ein Reformhaus gibt«, rief Kai fröhlich. »Ich hab alles besorgt, was dein Körper braucht. So lecker die Weißen vom Schorsch zugegebenermaßen sind, an einem Tag wie heute sind sie genau das Falsche. An einem Tag wie heute brauchst du Detox. Verstehst du – gestern Detox für den Geist, heute für den Körper.«

»Na, wenn du das sagst«, murrte Tom, dem es inzwischen zumindest gelungen war, sich seinen doppelt, wenn nicht gar dreifach verdienten Kaffee zuzubereiten.

Er betrachtete den Haufen seltsamer Lebensmittel, den Kai vor sich aufschichtete – die Packungen mit solch absonderlichen Inhalten wie Hafer-, Buchweizen- und Reisflocken, Milchreis, Vollkorn-Couscous und Bio-Risotto, roten und gelben Linsen, Buchweizenmehl, Kokosflocken und Agavendicksaft, bemitleidete sich selbst und die matschig-mickrigen Demeter-Birnen, ließ den Blick über schrumpeligen Ingwer und Dörrobst gleiten, verharrte ungläubig bei einer bunten Palette seltsamer Gewürze, von denen aus Tom unverständlichen Gründen die meisten mit einem K begannen – Kardamom, Koriander, Kurkuma –, schlug hilflos die mentalen Hände über den Kopf zusammen angesichts all der Soja-, Hafer-, Reis- und Mandelmilch-Tetrapaks und begriff schlussendlich, dass es Kai auf seine typisch kai-hafte Art ernst damit war, eine neue Ära einzuläuten, und dass er, Tom, nichts, aber auch gar nichts tun konnte, sich dagegen zu erwehren.

Seufzend bereitete er sich einen weiteren Kaffee zu – wer wusste schon, wie lange ihm dieser noch vergönnt sein würde im eigenen Haus.

Kai indes machte sich munter vor sich hin pfeifend daran, Milchreis in Sojamilch zu köcheln, gab Zimt und Kardamom, eine Handvoll Rosinen und einen Spritzer Agavendicksaft dazu. Dann begann er, kleingeschnittene Äpfel zu dünsten.

»Du wirst sehen, das tut dir gut«, erklärte er munter.

Tom betrachtete die blasse Milchreispampe und entschied, dass es besser war, sich eines jeglichen Kommentars zu enthalten.

Just in diesem Moment trottete eine verschlafene Kathi in die Küche. Irritiert lugte sie unter ihrem wirren Haar hervor und besah das Sammelsurium an Zutaten auf der Arbeitsfläche.

»Mmmh, das riecht aber lecker«, entschied sie schließlich dennoch und kam neugierig näher. »Was ist das?«

»Alles, was dein Körper braucht, um gesund in den Tag zu starten«, strahlte Kai. »Vor allem unter deinen besonderen Umständen.«

»Was mein Körper jetzt und an jedem anderen verdammten Morgen bräuchte wäre eine schöne Tasse Kaffee«, murrte Kathi missmutig. »Aber den soll ich ja leider nicht trinken.«

»Unsinn!« Kai schüttelte vehement den Kopf. »Dein Körper braucht vieles, aber ganz bestimmt keine Genussmittel. Hier!«

Er schenkte Kathi aus einer Thermoskanne einen unangenehm gesund riechenden Kräutersud ein und schob ihr die Tasse hin.

»Uuuuuh … Was zur Hölle ist das?«

»Aufgebrühte Fenchel- und Koriandersamen. Warte, ich geb dir noch einen Tropfen Agavendicksaft dazu, dann wird es süßer.«

Anschließend füllte Kai drei Schalen mit der Milchreispampe, die mittlerweile eine richtig schleimige Konsistenz entwickelt hatte, wie Tom fand, und gab je einen guten Löffel gedünsteter Äpfel darüber. Stolz servierte er das Frühstück.

»Einen Moment noch!« Kai eilte zu seinem ayurvedischen Vorratslager und kam mit einer Packung Irgendwas zurück. »Du bekommst noch ein wenig Kokosraspeln über deinen Milchreis, Tom. Das ist gut für deinen überhitzten Verdauungstyp. Kokosraspeln kühlen.«

»Aha.« Da war man nun im Leben bis in die zweite Hälfte seiner Dreißiger vorangeschritten und hatte ja nicht die geringste Ahnung davon gehabt, dass man zum Typus *überhitzte Verdauung* gehörte, was immer das auch sein mochte. Man lernte wohl nie aus.

»Ja, weil in dir das Pitta Dosha übermäßig stark ausgeprägt ist, neigst du zu heißer Verdauung. Deswegen auch deine Neigung zu Sodbrennen. Dem müssen wir gezielt entgegenwirken, indem wir deine Ernährung komplett umstellen. Aber keine Sorge, das kannst du vertrauensvoll mir überlassen. Ich werde mich darum kümmern, dass du genau das bekommst, was dir guttut.«

»Äh Kai, ich weiß ja nicht, ob …«

»Nein, nein, keine Ursache«, wehrte Kai bescheiden ab. »Selbstverständlich werde ich euch bestmöglich versorgen, solange ich hier bin. Das ist doch das Mindeste, wenn ihr mich hier schon wohnen lasst.«

»Hab ich irgendwas verschlafen?«, fragte Kathi mit einem sorgenvollen Stirnrunzeln.

Tom schüttelte verdrossen den Kopf. »Frag lieber nicht.«

»Ihr müsst euch euren Körper wie einen Verbrennungsofen vorstellen«, fuhr Kai unverdrossen fort. »Morgens muss das Feuer mit etwas Leichtem behutsam entzündet werden, mittags, wenn es am heißesten brennt, genährt werden und abends müsst ihr es ganz sacht ausgehen lassen. Mit einer lecker-leichten Gemüsebrühe vielleicht, die ich euch heute Abend kochen kann. Vielleicht auch mit einer Schale frischer Beeren. Mal schauen, was Onkel Kai für uns zaubern wird.«

»Das heißt, dass es ab jetzt auch keine Fleischplatten beim Griechen mehr für uns beide gibt?«, versuchte Tom seinen Kumpel zu ködern. »Berge aus würzigem Gyros mit scharfen Zwiebeln und Peperoni garniert, saftige Bifteki und zarte Suvlaki-Spieße bis zum Abwinken. Dazu knusprige Bratkartoffeln und den ein oder anderen Ouzo.«

Tom gegenüber gab Kathi einen dahinschmelzenden Laut von sich, den man beinahe für lustvolles Stöhnen hätte halten können. Kai indes blieb eisern.

»Glaub bloß nicht, dass du mich so leicht in Versuchung führen kannst, Kleinschmidt. Auch deine Uhr tickt! Du gehst stracks auf die Vierzig zu. Höchste Zeit, besser auf dich achtzugeben. Ich sags nicht gern, aber unsere Körper sind vergiftet und verschlackt von all dem ungesunden Essen und zu vielen

Genussmitteln. Das müssen wir loswerden, indem wir anfangen, uns innerlich zu reinigen.«

Schlacke im Körper, dachte Tom, Schlacke in der Seele – war denn sein ganzes Leben tatsächlich eine einzige Schlackengrube? Seufzend schaufelte er den ersten Bissen Milchreis auf den Löffel. Da musste man jetzt durch, da half alles nichts. Und wenn man sich erst einmal bis zum Grund der Schüssel durchgekämpft hatte, würde einen das wahre Grauen des Tages ja erst noch erwarten …


Als sie zwei Stunden später beim *Baby World* ankamen, war der Vormittag schon weit vorangeschritten und die riesige Betonfläche vor dem Nachwuchs-Discounter bereits bis auf den gefühlt letzten Zentimeter vollgeparkt. Doch nach der dritten erfolglosen Umrundung des Parkplatzes nahm das Unglück seinen Lauf und Kathi erspähte tatsächlich eine freie Parklücke im Blechmeer.

Tom stieg missmutig aus dem Auto. Müde, verkatert und zerschlagen ließ er Kathis ungebremst aufgeregten Redefluss an sich abprallen und reihte sich Seite an Seite mit ihr ein in die Horden ebenso aufgeregter werdender Eltern sowie den bereits kindserprobten Veteranen mit ihren ein bis x Nachkömmlingen im Schlepptau, die dem Baby-Discounter entgegen strömten. Während der Gedanke an Flucht immer drängender in Tom wurde, zog Kathi ihn durch die Eingangstür, und im nächsten Moment schon sah sich Tom konfrontiert mit einer nahezu unverdaulichen Flut an niedlichen, niedlicheren und niedlichsten Kinderklamotten und sonstigen putzigen Accessoires.

Kathi hatte schon vor Wochen mithilfe einer ihrer Freundinnen, die bereits zwei Kinder ihr Eigen nannte, eine Survival-Einkaufsliste der *nötigsten Dinge* erstellt, die man unbedingt brauchte, wenn der Nachwuchs Einzug hielt, eine Baby-Basisausstattung. Als Tom auf der Fahrt seinen Mut zusammengenommen und einen Blick darauf geworfen hatte, hatte es ihm vor Schreck fast die Sprache verschlagen. Er hatte sich *ernsthaft* gefragt, ob sie nicht sinnvollerweise einen Kleintransporter hätten mieten sollen für die anstehende Shopping-Tour.

Und nun standen sie hier und machten sich daran, die erste der Flut an Aufgaben zu bewältigen, die gemäß Kathis Liste am heutigen Tag auf sie zukam. Diese bestand darin, eines aus ungefähr fünfzig verschiedenen Kinderwagen-Modellen auszuwählen. Beim Durchlesen der Produktzettel begriff Tom, dass es offensichtlich immense Unterschiede im Design und der Ausstattung gab. Ihm wurde angst und bange. Denn logischerweise hatten weder er noch Kathi den blassesten Schimmer, worauf es bei einem Kinderwagen wirklich ankam.

Erstaunt musste Tom feststellen, dass ein Kinderwagen-Kauf offensichtlich ähnlich kompliziert wie der eines Autos war: Auch hier gab es die komplette Bandbreite vom asiatischen No-Name-Modell bis hin zu protzigen, unverschämt teuren Kinderwagen im Ferrari-Design mit vergoldetem Carbon-Gestänge und weißem Wildlederbezug. Sogar ein besonders aufsehenerregendes, mit Swarovski-Steinen besetztes Exemplar von D&G gab es hier. Da wurden sportlich leichte Modelle feilgeboten und extra gut gefederte. Da gab es das Modell mit Antirutsch-Beschichtung an den Haltegriffen, dort das unkaputtbar robuste. Hier ein Modell, das sich besonders leicht kleinfalten und transportieren ließ, dort eines mit fünffach verstellbarem Sonn- und Regenschutz.

Tom erkannte die eigene Hilflosigkeit in den Blicken der Männer um sich herum wieder. Wie viel Geld man wohl verdienen könnte, würde man direkt neben der *Baby World* eine Sportsbar mit ganztägiger Samstags-Happy-Hour eröffnen? Ein Geschäftsmodell, über das man ernsthaft nachdenken sollte.

So also wurde das Marken-Bewusstsein der Eltern noch vor der Geburt auf die Sprösslinge projiziert. Ob diese wohl ein paar Jahre später im Kindergarten im Sandkasten beisammensaßen und einander dissten, weil die Aishe in einem Otto-Normal-

Kinderwagen durch die Gegend geschaukelt worden war, während die Florentine doch im plattgoldenen Porsche-Design-Wagen durch die Gegend geschwebt war? Seltsame Vorstellung, dass der Marken- und Konsumwahnsinn nicht einmal vor der Kleinkinder-Ausstattung haltmachte.

Nach einer geschlagenen Stunde Hin und Her sprach Tom schließlich ein Machtwort und sie entschieden sich für ein solide aussehendes, preisreduziertes Mittelklasse-Vorführ-Auslaufmodell. Latent genervt, aber doch auch ein wenig erleichtert machte Kathi sich an die anschließende Herausforderung, einen Verkäufer zu finden, der noch nicht von zwanzig aufgeregt durcheinander gackernden Elternpaaren belagert wurde.

Um die Zeit zu überbrücken, schlenderte Tom an den Stangen und Regalen mit der Kleinkind-Kleidung entlang. Halb fassungslos musste er erkennen, dass der Marken-Irr- und Schwachsinn hier erst so richtig begann. Es war, als liefe er durch eine Mode-Boutique – von Hilfiger über Boss bis Armani war jedes namhafte Label mit seiner eigenen Miniatur-Fashion vertreten. Erschüttert wanderte Tom zwischen Regalen mit farblich sortierten Ralph-Lauren-Poloshirts für Zweijährige hindurch, vorbei an Burberry-Trenchcoats in Gartenzwerggröße, Tischen mit Casual Baby-Wear von Dior und Ständern mit Wickeltaschen von Louis Vuitton und Prada.

Dort wäre Tom beinahe vor lauter Staunen in eine spindeldürre, wasserstoffblondierte Teenager-Mutter hineingelaufen, die – den Arm voller Abercrombie & Fitch-Strampler – stöckelschuh-klackernd an ihm vorübereilte und ihm im Vorbeilaufen einen abfälligen Blick zuwarf.

Weil Kathi immer noch vergeblich um die Gunst eines der vielfach belagerten Verkäufer buhlte, beschloss Tom mit einem Anflug von schlechtem Gewissen, sich heimlich aus dem Laden zu stehlen und sich beim Backshop im Baumarkt gegenüber mit einem *vernünftigen* Kater-Frühstück zu versorgen.

Er überquerte den Parkplatz, besorgte sich an der Ladentheke eine Rosinenschnecke und einen Pappbecher Kaffee XXL und stellte sich damit an einen der Stehtische vorm Eingang.

Jetzt, da es in raschen Schritten auf Mittag zuging, hatte sich das Blechlawinen-Gewusel auf dem Parkplatz nochmals intensiviert. An allen Ecken und Enden hupten sich genervte zukünftige Väter gegenseitig an im Kampf um die letzten unbeparkten Quadratmeter, diskutierten ansonsten vermutlich babyglückstrunkene Paare aggressiv miteinander, wurden Vögel gezeigt und Namen geschrien. Die wenigen Glücklichen, die den Horrortrip bereits hinter sich hatten und schwer beladen aus dem Nachwuchs-Discounter schlurften, zogen neidvoll zornige Blicke auf sich.

Tom hätte vieles dafür gegeben, wenn er den Ausflug ebenfalls bereits überstanden hätte, um – am Ende seiner Kräfte, aber hoffentlich halbwegs unversehrt – den Heimweg in die samstagnachmittägliche Ruhe seines Heims antreten zu können. Doch die Zuckerwatte-Hölle der schamlos auf emotionale Urinstinkte abzielenden Niedlichkeits-Industrie mit all ihren Nestbau-, Sicherheits- und Fürsorge-Artikeln würde ihn so schnell noch nicht wieder hergeben. Dem würde Kathi schon einen Riegel vorschieben, da machte Tom sich keine falschen Hoffnungen.

Leidlich gestärkt kehrte er in die *Baby World* zurück, wo er Kathi nach einigem Suchen bei den Trageschalen fand. Nach einem Anschiss mittlerer Stärke, weil er sich einfach aus dem Staub gemacht hatte, verbrachten sie weitere zwei Stunden damit, eine Wippe, ein Babybay (eine Art kleines Anbau-Bett), eine Stubenwiege, fünf Spucktücher, drei Saugflaschen, eine Handvoll Strampler unterschiedlicher Größe, eine elektrische Milchpumpe (deren Anblick Tom mehr verstörte, als er sich eingestehen wollte) und noch einiges mehr auszusuchen.

Obwohl Tom sich innerlich selbst anerkennend auf die Schulter klopfte dafür, dass er die perfide Billigkeit der emotionalen

Ausbeutung durch die Baby-Industrie so glasklar durchschaute, musste er sich nichtsdestotrotz verdrossen eingestehen, dass auch er der Geldmacherei mit der Niedlichkeit wenig bis nichts entgegenzusetzen hatte. Trotz allem. Da stand man zum Beispiel vor der Entscheidung, welche Kuscheldecke man kaufen sollte, hatte zwei zur Auswahl, die in Größe und Material völlig identisch schienen. Nur war die eine einfarbig, die andere hingegen mit einem unsäglich süßen Motiv bestickt, tanzenden, singenden Sternen etwa oder einem ganz besonders treuherzig-doof dreinblickenden Esel. Woraufhin man selbstverständlich nach einigem zähneknirschenden Hin und Her die zweite nahm, auch wenn sie ohne jede Rechtfertigung fünfmal so teuer war. Und das, obwohl es dem künftigen Nachwuchs natürlich scheißegal war, ob er die ersten Jahre seines Lebens in eine einfarbige oder eine bestickte Decke sabberte.

Nein, dachte Tom, der sich nun weigerte, sich selbst noch länger auf die Schulter zu klopfen und stattdessen dazu übergegangen war, missbilligend den Kopf zu schütteln angesichts des eigenen Einknickens, man tat es einzig und allein aus dem Grund, weil man sich irgendwie gut dabei fühlte, weil man sich besonders *fürsorglich* vorkam dabei. Weil man sich vorkam wie ganz besonders aufmerksame Vorzeige-Eltern, wenn man ohne zu zögern den fünffachen Betrag in solch ein Accessoire investierte.

Und ja, dachte er geknickt, vermutlich tat man es auch ein wenig der sozialen Kontrolle wegen – schließlich würde man wohl oder übel die nächsten Jahre umgeben sein von anderen ganz besonders aufmerksamen und fürsorglichen Eltern (wie Jürgen, dem blöden Arsch), die selbstverständlich geübten Blicks wissen würden, ob sie eine billige oder eine teure Kuscheldecke vor sich sahen, wenn man einander beim Kinderwagen spazieren schieben begegnete.

Trotzdem: Als das böse Kartenlesegerät an der Kasse schließlich fast ein komplettes Monatsgehalt für ihre *unverzichtbare*

*Baby-Basisausstattung* auffraß, stand Tom kurzzeitig der Angstschweiß auf der Stirn. Dann wurde ihm bewusst, dass sie den Höllentrip für heute tatsächlich hinter sich hatten, und ein breites Grinsen machte sich auf seinem Gesicht breit.

»Ja, nun kann der kleine Wonneproppen kommen«, lächelte die Kassiererin, die Toms Grinsen gründlich missdeutete, zurück und scannte fröhlich weiter Produkt um Produkt. Scheiß drauf, dachte Tom und grinste noch breiter.

Als sie anschließend mit zwei randvoll beladenen Einkaufswagen über den Parkplatz rollten, fingen sie sich mehr als nur einen neidvoll-feindseligen Blick ein, wie Tom fröhlich feststellte. Irgendwie gelang es ihnen auch tatsächlich, all ihre Einkäufe zu verstauen, nachdem sie die Rücksitzbank umgelegt und den Fahrer- und Beifahrersitz so weit wie möglich nach vorn gerückt hatten.

»Jetzt fühle ich mich tatsächlich viel besser«, rief Kathi euphorisch, als sie es geschafft hatte, sich unter abstrusesten Verrenkungen auf den Beifahrersitz zu quetschen. »Viel sicherer und vorbereiteter. Danke, dass du dir dafür heute Zeit genommen hast.«

»Aber natürlich doch«, wiegelte Tom gespielt nonchalant ab. »Aber war es dir auch nicht zu viel? Gehts dir noch gut?«

»Passt schon. Ein bisschen außer Atem vielleicht. Und müde. Aber hungrig bin ich. Ich glaube, ich könnte einen kompletten Ochsen verdrücken. Ist das nicht furchtbar, wie viel ich zurzeit esse?«

»Das ist doch normal. Schließlich isst du gerade für zwei.«

»Weißt du, ich fand diese ayurvedische Milchreispampe von Kai eigentlich gar nicht so schlecht. Aber nachhaltig ist das Zeug nicht gerade.«

»Keine Sorge«, lachte Tom, »Kai hat bestimmt schon einen weiteren nahrhaften und leckeren Snack für uns vorbereitet, wenn wir nachhause kommen.«

Kathi schnaubte unwillig. »Ich will ihm ja nicht in den Rücken fallen, aber wärs nicht besser, wenn wir auf dem Weg irgendwo anhalten und einkehren würden? Es gibt doch diese nette kleine Wirtschaft mit Biergarten, die direkt auf dem Weg liegt.« Sie fing verschmitzt zu grinsen an. Natürlich wusste sie ganz genau, dass sie Tom damit bereits an der Angel hatte.

»Das klingt absolut wunderbar«, grinste Tom zurück.

Eine halbe Stunde später erreichten sie eine gemütliche Dorfwirtschaft, die sie bereits von früheren Besuchen her kannten. Sie zwängten sich mühsam aus dem Auto und setzten sich unter eine ausladende Kastanie in den gut besuchten Biergarten.

»Ich freue mich schon so darauf, die Sachen daheim auszupacken und aufzubauen«, schwärmte Kathi, nachdem sie bei der Bedienung zwei ganz und gar nicht ayurvedische, deftige Brotzeiten bestellt hatten. Sie blickte Tom freudestrahlend an.

Dieser fasste sich ein Herz und ließ die Worte aus seinem Mund purzeln, ehe ihn am Ende doch der Mut verließ: »Du Kathi, ich muss dir etwas sagen. Etwas … Wichtiges.«

»Alles in Ordnung?«, fragte Kathi stirnrunzelnd.

»Es hat mit der Arbeit zu tun.«

Kathi sah ihn jetzt forschend, aber auch etwas irritiert an.

»Egal, was es ist, du kannst mir alles sagen, das weißt du. Aber hör bitte auf, mich so komisch anzuschauen und spuck es aus, bevor ich mir Sorgen mache.«

Woraufhin Tom ihr die ganze unselige Geschichte erzählte, angefangen mit Götz Kloetz' Einstand bis hin zu seiner beschämenden Entlassung.

Einen Moment lang blickte Kathi ihn nur schweigend an. Dann fragte sie: »Und das war gestern morgen?«

»Ja. Du warst gestern so … glücklich, so beschwingt von der Babyparty, dass ich es nicht übers Herz gebracht habe, dir davon zu erzählen.«

»Und heute wirke ich auf dich nicht mehr glücklich-beschwingt?«, fragte Kathi ungerührt.

»Na ja, doch, schon ziemlich. Also zumindest bis gerade eben noch. Aber irgendwann musste ich es dir ja erzählen, oder?«

Kathi schüttelte ernst den Kopf. »Eigentlich nicht, weißt du. Eigentlich wäre es mir tatsächlich lieber gewesen, du hättest mir nichts erzählt und mich damit nicht beunruhigt in einer emotional ohnehin belasteten Phase.«

»Äh … wirklich?«

»Nein, natürlich nicht wirklich, du Trottel«, entgegnete Kathi schnaubend und verdrehte die Augen. »Du hättest es mir gleich gestern sagen sollen, anstatt dich selbst auch noch damit zu belasten, es mir zu verschweigen. Ich sag dir jetzt mal was: Der Arsch hat dich in seinem Team gar nicht verdient.«

»Du bist echt die Beste«, rief Tom erleichtert und griff nach ihrer Hand.

»Natürlich bin ich das. Auch wenn ich wirklich sauer bin, dass du nicht gleich zu mir gekommen bist, gute Absichten hin oder her. Du hättest mit *mir* darüber reden sollen, was dich belastet. Nicht saufenderweise die ganze Nacht lang mit Kai!«

»Das war was anderes. Also irgendwie. Vielleicht … etwas weniger *gefühlsbetont*, als wenn ich mit dir darüber geredet hätte.« Tom merkte, wie er rot wurde.

»Kein Grund, sich zu genieren«, lachte Kathi. »*Woke* sein ist in. Dazu gehört auch, dass ihr euch als Männer stundenlang über eure tiefsten Befindlichkeiten und Gefühle austauschen dürft, ohne euch dafür schämen zu müssen.«

»Ha, sag das mal den ganzen Trollen im Internet, die ständig rumheulen, dass es keine wirklich männlichen Helden mehr in der Popkultur gibt.«

»Also, erzählst du mir jetzt, wie es dir damit geht, oder nicht?«

»Na ja, vor allem bin ich tatsächlich scheiß wütend. Vielleicht noch nicht mal so sehr auf Götz Kloetz selbst. Ich meine, ja, auf den auch, aber so komisch es klingt, der kann vielleicht noch nicht mal wirklich was dafür, dass er ist, wie er ist. Die leitenden Angestellten der Unternehmen dieser Welt spiegeln im Grunde nur deren Glaubensgrundsätze wider. Da werden Kreaturen wie ein Götz Kloetz ja geradezu herangezüchtet, gelockt und belohnt mit Boni und Express-Beförderungen. Der Typ hat einfach irgendwann in seinem Leben den Entschluss gefasst, bewusst diesen Weg zu gehen und Karriere zu machen, und ich … anscheinend nicht. Zumindest nicht *so*. Weil ich nicht mit der notwendigen Radikalität an die Spielregeln dieses ganzen Systems glauben kann. Nein, ich denke, worauf ich wirklich, wirklich sauer bin, das ist die Ungerechtigkeit der ganzen Sache an sich. Und daran sind eben nicht Typen wie Götz Kloetz schuld, sondern das verdammte System, das solche Typen erst hervorbringt. Das den Nährboden schafft und ein nach wie vor toxisches Klima, in dem solche Kreaturen gedeihen können. Kloetz selbst ist nur ein mieser kleiner Mitläufer.«

»Ich weiß nicht«, schüttelte Kathi nachdenklich den Kopf. »Jedes System ist nur so schlecht wie der Durchschnitt der Schlechtigkeit jener, die es für ihre meist ziemlich egoistischen Ziele ausnutzen. Systeme an sich sind in den seltensten Fällen per se schlecht, sondern der Versuch, das Chaos der Welt halbwegs in eine verständliche Ordnung zu bringen. Ein eigentlich eher frommer Wunsch. Deshalb finde ich durchaus, dass du auf diesen Kloetz sauer sein solltest. Ein jeder kann selbst entscheiden, wie er die Spielregeln des Lebens auslegt.«

»Das ist vermutlich richtig«, stimmte Tom zu. »Und weißt du, genau deshalb bin ich eigentlich gar nicht so unglücklich darüber, dass ich mir jetzt etwas Neues suchen muss, darf, soll, wie auch immer.«

»Und hast du schon eine Idee, was du jetzt machen willst?«

»Nein, um ehrlich zu sein nicht. Aber ich werde mir bald etwas überlegen.«

In diesem Moment kam das Essen. Als die Bedienung alles serviert hatte und wieder gegangen war, sagte Kathi gut gelaunt: »Das weiß ich doch.«

»Wenn alle Stricke reißen, gründe ich einfach eine NGO für Unterwassermüllmänner«, erwiderte Tom grinsend.

»Äh, Verzeihung?«, fragte Kathi verwirrt.

»Nicht so wichtig«, antwortete Tom mit noch breiterem Grinsen.

# BORSTELMANN

Eine Stunde später erreichten Tom und Kathi Oberkreuzbach. Tom war zufrieden: Er hatte Kathi gegenüber sein Gewissen erleichtert und sie hatte es bewundernswert gut aufgenommen. Nicht nur darüber froh, sondern auch, dass sie den lange vor sich hergeschobenen Einkaufsmarathon in der *Baby World* endlich über die Bühne gebracht hatten, sowie satt und zufrieden von seinen leckeren Biergarten-Pasta, freute er sich darauf, den restlichen Samstagnachmittag eher faul und in liegender Position zu vertändeln.

Hoffentlich machte es Kathi nichts aus, wenn er die Einkäufe erst später ins Haus schaffte. Denn jetzt war Toms Meinung nach erstmal Ausspannen angesagt, um sich von der stressigen Einkaufstour de Force zu erholen und sich vollständig vom Vorabend zu entkatern. Am besten mit einer schönen Tasse Kaffee auf der Couch. Tom wäre sogar bereit dazu gewesen, dabei einen der Kinderfilme von Kathis Liste abzuhaken, so gerädert, wie er sich fühlte.

Das mit den Kinderfilmen war auch so eine unsägliche Idee von Beate gewesen. Um sich emotional noch unmittelbarer auf das Nachwuchsglück einzugrooven, hatte sie den werdenden Eltern ans Herz gelegt, sich gemeinsam Kinderfilme anzusehen. Und natürlich hatte sie auch gleich eine riesige Liste mit den schönsten Klassikern verteilt, die Tom nun gemeinsam mit Kathi tapfer abarbeitete.

Hatten sie ihr Fernsehprogramm bis dato einigermaßen demokratisch gestaltet und abwechselnd Filme ausgesucht – Kathi zumeist romantische Komödien, von denen es nach Toms Geschmack ungefähr eine Milliarde zu viel gab auf der Welt, er selbst mit Vorliebe Action- oder Horrorfilme –, hatte Kathi inzwischen kompromisslos zur Diktatur der Kinderfilme und -serien aufgerufen. Anstatt vorhersehbarer Liebesverwirrungen oder rauer Männerkost gab es nun Winnie Puh, Leo Lausemaus und die Eiskönigin. Normalerweise stöhnte Tom innerlich über die kompromisslose Ausschließlichkeit, mit der sie sich momentan durch Walt Disney und Konsorten ackern mussten. Im Moment allerdings würde er mit Freuden jeden Zeichentrickfilm anschauen, wenn er sich dazu nur auf die Couch fläzen durfte.

Doch kaum fuhren sie die finale Kurve zum Sonnenhang hinauf, erwartete Tom und Kathi eine unangenehme Überraschung: Die halbe Straße – inklusive ihrer Einfahrt – war von zwei Umzugslastern und einem monströsen SUV mit Hamburger Kennzeichen zugeparkt. Tom blieb nichts anderes übrig, als nebenan in Xavers Einfahrt zu parken, die von der Blechkarawanen-Blockade gerade so verschont geblieben war.

»Was geht denn hier ab?«, wunderte Kathi sich kopfschüttelnd.

»Schau mal, die Möbelpacker schleppen Kisten ins Haus vom Huber Hans. Wird das etwa schon neu bezogen?«

»Sieht ganz so aus. Das ging ja schnell.«

Tom und Kathi zwängten sich zwischen dem hinteren der beiden Umzugslaster und dem SUV hindurch, stiegen müde die Eingangsstufen hoch und schlossen die Haustür auf. Tom zog Schuhe und Jacke aus und schlurfte schnurstracks in die Küche, um sich erstmal einen weiteren Kaffee zuzubereiten.

Als er die Kaffeemaschine anschaltete und Kathi von seiner herrlich faulenzerischen Samstagnachmittags-Vision erzählen wollte, bemerkte er durch die Terrassentür, wie Kai sich im Garten mit jemandem unterhielt – einem Tom völlig fremden Mann, der, die Arme resolut vor der Brust verschränkt, einigermaßen ungnädig auf Kai blickte.

Was zur Hölle hatte das denn jetzt zu bedeuten? Einen Moment lang war Tom versucht, diese neuerliche Unwägbarkeit einfach zu ignorieren. Man könnte ja so tun, als hätte man die beiden gar nicht bemerkt, die was auch immer besprachen, mit Sicherheit aber etwas, von dem Tom annahm, dass es ihn hier und jetzt im Moment bestimmt überhaupt nicht interessierte oder zumindest interessieren *wollte*, und weiter unbeirrt seinen ursprünglichen Plan verfolgen – Kaffee ziehen, Glotze an, Beine hochlegen. Doch leider ging das nicht an. Leider hatte man als Hausherr, der man wohl oder übel, im Moment aber vermutlich eher übel als wohl, war, die Pflicht, sich hinzuzugesellen und nach dem Rechten zu sehen. Mit einem Seufzer zog Tom die Terrassentür auf und gesellte sich zu Kai und dem Fremden.

»Kann ich helfen?«, fragte er an Kai gewandt.

»Wird sich leider erst noch rausstellen«, schnaubte Kai. »Darf ich vorstellen – das ist der Olaf. Olaf, das ist der Tom.«

Der Fremde, ein hünenhafter Kerl um die vierzig mit gegeltem Haar und raumfüllend geschäftsmännischem Grinsen im kantigen Gesicht, fixierte Tom über den Rand seiner Brille hinweg mit abschätzendem Blick.

»SÄHR-FUSS!«, blökte er Tom mit breiter, unangenehmer Baritonstimme entgegen. »So sagt ihr Eingeborenen doch hier, oder?«

Oh weh, dachte Tom. Wenn ein Gespräch schon so anfing, konnte man eigentlich von vornherein sagen, dass es kein angenehmes werden würde. Trotzdem setzte er ein latent freundliches, unverfängliches Lächeln auf.

»Ich bin der Olaf. Olaf Borstelmann. Meine Familie und ich

haben das Haus nebenan gekauft. Frisch geliefert aus Hamburg, haha. Und du bist also der Eigentümer hier?«

»Der bin ich. Tom Kleinschmidt. Freut mich, dich kennenzulernen, Olaf.«

»Meine Frau und die Kinder kommen bestimmt später auch noch herüber, um Hallo zu sagen. Die kämpfen gerade um die Zimmerverteilung, haha.«

Kathis Kopf tauchte neugierig hinter dem Wohnzimmerfenster auf, gleich darauf kam sie zur Tür heraus.

»Darf ich vorstellen, meine Frau Kathi. Kathi, das ist Olaf, unser neuer Nachbar.«

»Freut mich«, lächelte Kathi.

»Ebenfalls. Und Nachwuchs ist auch schon unterwegs, wie ich sehe.«

»Ja, das ist mittlerweile nicht mehr zu übersehen«, entgegnete Kathi mit schiefem Grinsen.

»Und was hat euch hergeführt in unsere entlegene Gegend?«, fragte Tom.

»Die Arbeit. Ich bin in der Immobilienbranche tätig. Wenn du da erfolgreich sein willst, musst du mit dem Geld wandern. Und der weitere Speckgürtel rund um München wird in den nächsten Jahren zu einer wahren Goldgrube, nachdem die Arbeitsbedingungen immer mobiler werden. Die Menschen treibt es vermehrt aus den Ballungszentren raus aufs Land. Da lässt sich fünffach für die Rente vorsorgen, wenn man es rechtzeitig richtig angeht.«

»Und warum ausgerechnet Oberkreuzbach?«, fragte Kathi, und Tom fügte grinsend hinzu: »Das ist jetzt wirklich nicht die erste Wahl, oder?«

»Oh, sag das nicht«, schüttelte Olaf Borstelmann aufgeregt den Kopf. »Das Kaff hier hat eine ganz ausgezeichnete Kosten-Nutzen-Bilanz. Das muss euch doch auch aufgefallen sein! Ich habe fast ein Jahr lang alle Angebote im Umkreis von hundert

Kilometern rund um München analysiert, die verfügbaren Daten gesammelt und meinen eigenen Bewertungs-Algorithmus darauf angewandt, das patentierte Borstelmann-System. Da werden nämlich alle relevanten Aspekte berücksichtigt, die dann als Variablen mit Bewertungspunkten in die Auswertung einfließen. Insgesamt zweihundertsiebenundachtzig Parameter ganz unterschiedlicher Art werden dabei herangezogen.«

Stolz blickte Olaf Borstelmann von einem zum anderen.

»Und wie muss man sich das konkret vorstellen?«, fragte Kathi verwirrt. Tom, der ebenfalls nur Bahnhof verstand, war froh, dass sie stellvertretend für sie beide gefragt hatte.

»Konkret beziehen sich die Parameter auf alles, was die Lebensqualität beeinflusst, zum Beispiel Verkehrsanbindung oder Entfernung und geschätzter durchschnittlicher Zeitaufwand, um zum nächstgelegenen Ballungszentrum zu gelangen, das Vorhanden- beziehungsweise Nichtvorhandensein aller denkbaren Freizeitangebote, beispielsweise nutzbare Gewässer wie Baggerseen. Dem gegenüber steht ein Katalog rein unter ästhetischen Gesichtspunkten attraktiver Indikatoren wie eben *nicht* nutzbare Gewässer, also private Fischweiher etwa. Die Bodenbeschaffenheit wird in meinem System ebenso berücksichtigt wie die Dichte, Vielfalt und durchschnittliche Qualität des Gastgewerbes. Und so weiter und so fort. Seziert man ein Immobilienangebot so granular, wie ich es tue, erhält man einen fantastischen Pool an Daten, die nach einem von mir entwickelten Scoring-Schlüssel beurteilt werden. Am Ende bewertet das Borstelmann-System eine Immobilie, eine Ortschaft oder eine Region mit einer bestimmten Anzahl von Punkten zwischen Null und Hundert. Und ich sage euch – für dieses Kaff hier habe ich herausragende 93 von hundert möglichen Punkten errechnet. Hier bleib ich, hier mach ich Geschäfte, haha.«

»Das ist … unglaublich«, sagte Tom und wechselte mit Kathi und Kai vielsagende Blicke.

»Ja, oder?«, strahlte Olaf Borstelmann in die Runde. »Und, seid ihr auch hergezogen oder echte Eingeborene?«

»Wir sind vor zwei Jahren hergezogen. Einfach … einfach, weil wir es hier schön finden«, antwortete Kathi.

»Und gehören trotzdem zu den *echten Eingeborenen*«, fügte Kai etwas knurrig hinzu. Das fand Tom dann doch ein wenig verwunderlich von seinem Münchner Kumpel. So weit war es also schon gekommen, dachte er, und blickte Kai überrascht von der Seite an.

»Na ja, Schönheit ist nun immer recht subjektiv, nicht wahr, haha. Da bin ich doch froh, dass ich mein System habe, auf das ich mich verlassen kann. Zahlen lügen bekanntlich nicht.« Der neue Nachbar zwinkerte Tom fröhlich zu. »Und da wir gerade bei Zahlen sind – was deine Hecke betrifft, müssen wir uns was überlegen.«

»Warum? Was ist mit der Hecke?«, entgegnete Tom irritiert.

»Ihr habt doch sicher die Bauverordnung gelesen, der zufolge die Höhe umzäunender Grundstücksbegrenzungen maximal 125 Zentimeter zu betragen hat.« Mit großen, ungläubigen Augen blickte Olaf Borstelmann von einem zum anderen.

»Aber die Hecke war schon hier, als wir eingezogen sind«, rief Tom reflexartig. Dann wurde ihm bewusst, wie lahm sich das anhörte. Weshalb er vorsorglich hinzufügte: »Außerdem möchten du und deine Familie sicher etwas Privatsphäre haben, oder?«

»Darum geht es nun mal nicht«, schüttelte Borstelmann aufgebracht den Kopf. »Die auf dem Amt werden sich schon etwas dabei gedacht haben, als sie die Bauverordnung verfasst haben. Die Hecke reduziert immerhin meinen Sichtradius auf die angrenzende Natur je nach Position der Gartenmöbel um elf bis sechzehn Grad. Das ist eine Einbuße des Erholungswerts und damit der generellen Wertigkeit meines Eigentums. Das zieht den Borstelmann-Score meiner Immobilie um Null-komma-drei-sieben Prozentpunkte nach unten, aber Hallo!«

Tom blickte diesen seltsamen Menschen fassungslos an.

»Du hast über tausend Quadratmeter Grund und dahinter die komplette ländliche Weite. Meinst du nicht, es wäre genauso erholsam, du würdest geradeaus in die Natur blicken anstatt schräg nach rechts?«

»Nicht dass du dir am Ende noch den Hals verrenkst von all dem Hinüberschielen zum Nachbarn«, ergänzte Kai liebenswürdig.

»Na, das müssen wir ja auch nicht heute entscheiden, haha«, winkte Borstelmann jovial ab. »Darüber sprechen wir dann die nächsten Tage, wenn ihr euch ein paar Gedanken dazu gemacht habt. Auf dem Land ticken die Uhren ja etwas langsamer, da will ich mal nicht gleich mit der Tür ins Haus fallen, hahaha. Aber das hier«, er nickte zu einer Gartenhütte, die Tom im Herbst zuvor in einer Ecke des Grundstücks aufgestellt hatte, »bereitet mir fast noch größere Sorgen, da würde ich gerne zeitnah die Baugenehmigung sichten. Vielleicht habe ich in der Bauverordnung etwas falsch interpretiert – was natürlich unwahrscheinlich, aber nicht vollends auszuschließen ist –, aber so ganz konform sieht mir die Dachform nicht aus.«

»Keine Sorge, das hat schon alles seine Richtigkeit«, entgegnete Tom verdrossen. Der neue Nachbar zehrte jetzt schon an seinen Nerven. Unverbindlich grinsend fügte er hinzu: »Keine Ahnung, wo der Wisch ist. Wir sind gerade dabei, die Zimmer umzuräumen, weil wir ein Kinderzimmer einrichten. Da ist vieles in Kisten und auf den Dachboden gewandert. Bis wir den renoviert und alles wieder ausgepackt haben – das kann dauern.« Dann kam ihm eine sogar noch bessere Idee: »Hans, der Vorbesitzer deines Hauses, hat den Bauantrag ebenfalls abgesegnet und unterschrieben, bevor wir ihn eingereicht haben. Du siehst, es ist alles in bester Ordnung.«

Natürlich existierte in Wahrheit keine Baugenehmigung. Über so etwas Obskures hatte Tom keinen Gedanken verloren

– was man vielleicht besser mal hätte tun sollen, im Nachhinein betrachtet. Andererseits: Woher hätte man denn wissen sollen, dass tatsächlich eines Tages ein Mensch hier draußen auftauchte, den so etwas ernsthaft kümmerte?

»Ja nur, die Frage ist, ob der Bescheid überhaupt rechtskräftig ist – wenn eure Hütte ein Pultdach trägt, obwohl nur Satteldächer gestattet sind. Es steht zu vermuten, dass dem Bauamt hier ein Fehler unterlaufen ist. Dem müssen wir nachgehen, schließlich soll ja alles seine Richtigkeit haben.«

»Da sind wir ja wirklich etwas ganz Großem auf der Spur«, hielt Kathi dem Nachbarn ironisch entgegen. »Vielleicht sollte jemand die Bild-Zeitung anrufen.«

»Na hör mal! Wenn hier ein Fehler vorliegt, muss das ganze Bauvorhaben neu geprüft und gegebenenfalls bauliche Änderungen vorgenommen werden.«

»Ernsthaft jetzt?«, stöhnte Tom.

»Wie gesagt, wir unterhalten uns einfach die nächsten Tage mal in Ruhe. Ich muss jetzt auch erstmal wieder daheim nach dem Rechten sehen.«

Olaf Borstelmann winkte leutselig in die Runde, dann marschierte er am Haus vorbei in Richtung Straße davon.

»Ja, geh mal lieber daheim für Ordnung sorgen«, rief Kai ihm wütend hinterher. »Nicht, dass in deinem Haus am Ende noch was Verbotenes passiert.«

»Kai!«, rief Tom entsetzt. »Egal, wie anstrengend der Kerl ist, ich muss, wenn ich Pech habe, bis ans Ende meiner Tage neben ihm wohnen. Da sollten wir wohl oder übel ein Mindestmaß an Höflichkeit wahren.«

»Sollten wir das?«, fragte Kai zweifelnd. Dann fing er auf einmal zu grinsen an. »Außerdem steckt das Leben voller Unwäg-bar-*kai*-ten. Wer kann schon sagen, was die Zukunft bringt?«

»Da sagst du ein wahres Wort«, grinste Tom zurück, während Kathi ein wenig irritiert von einem zum anderen blickte.

»Ich nehme an, du hattest für die Hütte gar keine Genehmigung, oder?« fragte Kai.

Toms Grinsen wurde noch breiter. »*Kain* Kommentar.«


Am Ende wurde es Abend, ehe Tom und Kathi – endlich – im fünften Anlauf auf der Couch Platz nehmen konnten. Geschädigt vom vortägigen Bierkonsum, stundenlangem Baby-Shopping-Wahnsinn und kleinkarierten nachbarlichen Übergriffen freute Tom sich beinahe auf den anstehenden Kinderfilm-Marathon.

Kurz nachdem Olaf Borstelmann sich getrollt hatte, war der erste Umzugslaster offenbar entladen und weggefahren. Der zweite und Borstelmanns SUV waren nachgerückt, weshalb Tom keine Ausrede mehr gehabt hatte, mit dem Ausladen ihrer Einkäufe zu warten. Kaum also, dass er den zweiten Versuch unternommen hatte, sich auf der Couch langzulegen – nachdem ihm der penible Hamburger beim ersten einen Strich durch die Rechnung gemacht hatte –, hatte er auch schon wieder aufstehen und gefühlt hundert Kartons und Tüten vom Auto ins Haus schleppen müssen.

Just, als Tom zum dritten Mal die Beine wohlverdient auf die Couch hatte schwingen wollen, hatte es an der Haustür geklingelt. Sich selbst bemitleidend hatte er sich wieder in die Senkrechte geächzt, um nachzusehen, wer jetzt schon wieder etwas von ihnen wollte.

Es waren Olaf Borstelmanns Frau und die beiden Kinder gewesen, die sich in der neuen Nachbarschaft vorstellen wollten. Die Frau, Ottilia Borstelmann, schien alles in allem das genaue Gegenteil ihres Gatten zu sein: zierlich, ruhig, ein wenig schüchtern und ziemlich sympathisch. Auch die beiden Kinder, ein etwa sechsjähriger Junge und seine jüngere Schwester, machten einen liebenswerten Eindruck.

Nach etwa zwanzigminütigem Kennenlern-Smalltalk, zu dem sich auch Kathi gesellt hatte, machte Tom sich erneut auf zur – diesmal hoffentlich finalen – Pilgerfahrt in Richtung Couch.

Doch weit gefehlt! Den nächsten und vierten Anlauf hatte ausgerechnet Kai vereitelt. Freudestrahlend war er zu Tom und Kathi gekommen, um ihnen eine Auswahl an eingetopften Kräutern zu präsentieren, die er in ihrer Abwesenheit in einer Gärtnerei besorgt hatte. »Für euren Vorgarten. Damit ihr immer leckere, erntefrische Kräuter habt«, hatte er geschwärmt. Dagegen war zwar nichts einzuwenden, wie Tom fand, ganz im Gegenteil. Allerdings hatte sich schnell herausgestellt, dass Kai so gar keine Ahnung vom Gärtnern hatte, weshalb Tom mit hinaus in den Vorgarten und Kai zur Hand hatte gehen müssen. Und nachdem er ohnehin bereits schmutzig von der Gartenarbeit war, hatte Tom kapitulierend beschlossen, dass er genauso gut auch gleich noch Rasenmähen konnte, etwas, worauf Kathi schon seit zwei Wochen drängte.

Jetzt aber war das Tagwerk endlich erledigt, die bequemste Position auf der Couch eingenommen, waren Fernbedienung sowie Riesen-Schüsseln Popcorn und Erdnussflips in Reichweite, war das Licht gedimmt, der Film ausgesucht (an diesem Abend sollte »Der kleine Eisbär« auf dem Programm stehen), war der Ärger über den anmaßenden Nachbarn einigermaßen beiseite und aufgeschoben und Tom mehr als bereit, den Tag vor der Glotze dahindämmernd ausklingen zu lassen.

In dem Moment, als er triumphierend den Startknopf auf der Fernbedienung drücken wollte, drehte sich Kathi von ihrer Seite der Couch aus nach ihm um.

»Du, Tom, sollten wir nicht …«

»Meinst du?«, fragte Tom hin- und hergerissen.

»Na ja, es wäre irgendwie blöd, ihn auszuschließen, oder?«

»Na gut, ich klopf mal.«

Missmutig quälte Tom sich ein weiteres Mal von der Couch und stieg die Treppe hoch zu Kais Zimmer. Kai, der körperliches Arbeiten außerhalb seines Luxus-Fitnessclubs nicht unbedingt erfunden hatte, hatte sich bei Einbruch der Dämmerung völlig erledigt von der Gartenarbeit unter die Dusche geschleppt, die Reste Milchreis vom Morgen verschlungen – wenig begeistert, wie Tom schadenfroh gedacht hatte – und war bald darauf nach oben verschwunden.

Tom klopfte an der Tür und trat ein.

Kai lag auf seiner Luftmatratze, gemütlich in eine Decke eingerollt, und las ein Buch.

»*Zur inneren Balance mit Yoga*?«, fragte Tom zweifelnd. Musste er jetzt jeden Tag zusehen, wie Kai seltsame Verrenkungen in seinem Garten aufführte?

»Ja, da staunst du immer noch«, strahlte Kai. »Mir ist es wirklich ernst damit, mein Leben von Grund auf umzukrempeln. Und Yoga und Meditation sind mächtige Werkzeuge, um das mentale Gleichgewicht wiederzufinden.«

»Na wenn du das sagst, Meister Yoda – beziehungsweise Meister *Yoga*.«

»Ha ha, spotte nur, Kleinschmidt.«

»Du, Kathi und ich machen einen Filmeabend, falls du dich zu uns gesellen willst. Aber sei gewarnt: Kathi erlaubt nur noch Kinderfilme, seit sie schwanger ist.«

Kai bekam runde Augen. »Das ist ja wunderbar!«, rief er aufgeregt und legte sein Buch beiseite. »Ein Fernsehabend im Kreis meiner Liebsten. Das wird so viel positive Energie freisetzen! Natürlich bin ich dabei.«

Er sprang auf – zum Glück vollständig bekleidet unter seiner Decke, wie Tom erleichtert feststellte – und stiefelte an Tom vorbei aus dem Zimmer und die Treppe hinab. Na, das konnte ja lustig werden, dachte Tom grinsend und lief hinterher.

Das Grinsen indes blieb ihm gehörig im Halse stecken, als er Kai kopfschüttelnd vor dem Couchtisch stehen und ungnädig auf die Snackbar hinabblicken sah, die Tom und Kathi für den abendlichen Fernsehmarathon vorbereitet hatten.

»Oooh nein, so geht das aber nicht!« Mit der einen Hand griff

Kai sich die Popcornschüssel, mit der anderen die mit den Erdnussflips, ehe Tom und Kathi auch nur realisiert hatten, was hier geschah.

»Hey, was soll das?!«, protestierte Kathi. »Stell sofort die Schüsseln wieder hin.«

»Ganz bestimmt nicht«, erklärte Kai grimmig. »Ihr solltet wirklich lernen, besser auf euch und vor allem auf euer Baby aufzupassen!«

»Aber heute ist Fernseh-Samstag. Und zum Fernseh-Samstag gehören nun mal Snacks, das musst du doch einsehen«, versuchte Tom es auf die vernünftige Tour.

»Natürlich gehören zum Fernseh-Samstag Snacks«, stimmte Kai zu. »Und darum werde ich jetzt für euch ein paar Snacks herrichten, die euch *wirklich* guttun. Wie gesagt, das ist doch das Mindeste, was ich euch zurückgeben kann, nachdem ihr mich so freundlich in eurer Mitte aufgenommen habt.«

»Im Moment wäre ich schon froh, wenn du uns das Popcorn und die Flips zurückgeben würdest«, flehte Kathi.

»Aber Kathi, was du und dein Baby jetzt braucht, sind vor allem frisches Obst, Gemüse und Nüsse. Da sind nämlich ordentlich Folsäure, Vitamin D, Eiweiß, Eisen und die guten Omega-3-Fettsäuren drin.«

»Woher zur Hölle weißt du das denn alles?«, fragte Tom jammernd. »Kathi, welcher normale Mensch weiß denn sowas aus dem Stegreif?«

»Ich hab keine Ahnung«, entgegnete Kathi, nicht minder überrollt. »Aber unser lieber alter Freund Kai ganz bestimmt nicht. Der hätte uns das hier nicht angetan. Welcher Mensch nimmt einem denn am Fernseh-Samstag die Snacks weg und kommt mit dem Moral-Hammer und der Schlechtes-Gewissen-Keule?«

»Ha! Nein, der alte Kai hätte sich über sowas tatsächlich keine Gedanken gemacht«, rief Kai triumphierend. »Aber der neue, der Besser-Kai, der tut es. Fangt ruhig schon mal mit dem Film an, ich bin gleich wieder bei euch.«

Und schon rauschte er zur Tür hinaus und in Richtung Küche davon, der Besser-Kai. Und mit ihm die Snack-Schüsseln, wie Tom traurig dachte.

Einen Moment lang herrschte schockiertes Schweigen, dann sagte Kathi kleinlaut: »Ich will mein Popcorn wiederhaben.«

Sie und Tom tauschten entsetzte Blicke.

»*Du* wolltest, dass ich ihn frage, ob er mitgucken will.« Missmutig setzte sich Tom neben Kathi auf die Couch und startete den kleinen Eisbären.

Zwanzig Minuten später trippelte ein höchst energetischer Kai mit einem Tablett in der Hand zurück ins Wohnzimmer. Immerhin hatte er sich ordentlich ins Zeug gelegt, das ließ sich nicht leugnen. Auf dem Tablett befanden sich eine Schüssel mit Obstsalat, der mit Nüssen garniert war, selbstgemachte Süßkartoffelchips und – der gesunde Klassiker des Grauens – Gemüsesticks mit Avocado-Dip.

»So, jetzt kann unser Filmeabend *richtig* losgehen. Was hab ich verpasst?«

Kai setzte sich auf Toms andere Seite, sodass dieser sich plötzlich eingeklemmt sah zwischen einer – zurecht – schlechtgelaunten Schwangeren und einem ans Manische grenzenden Enddreißiger auf positiv gepoltem Selbstfindungstrip (der leider zudem frischgebackener Gesundheits-Missionar war), was, wie Tom dachte, nicht die allergünstigste Voraussetzung für einen entspannten Fernsehabend war.

Wie sehr er die emotionale Fragilität der Situation trotzdem unterschätzt hatte, wurde ihm im ganzen abstrusen Ausmaß leider erst zehn Minuten später klar, als Kathi aufgelöst zu seiner Linken zu schluchzen anfing: »Oh nein, der arme Eisbär! Ob er je wieder nachhause finden wird?!« Woraufhin Kai zu seiner Rechten sich die Hände auf die Brust presste und zurückschluchzte:

»Es zerreißt mir das Herz. Oh weh, es zerreißt mir schier das Herz.«

Vielleicht hatten die Gemüsesticks auch etwas Gutes, dachte Tom konsterniert. Wenn es zu schlimm wurde, könnte man sie sich vielleicht in die Ohren stecken, als vegane Stöpsel sozusagen, und damit den ganzen Irrsinn dessen, was vor kurzem noch sein gemütliches Heim gewesen war, aussperren. Wobei man das auch mit Erdnussflips hätte tun können, wenn man ehrlich war – am Ende vielleicht sogar noch komfortabler.

Weitere zwanzig Minuten später fühlte Tom sich wie der letzte emotional halbwegs intakte Fels in nervlich völlig aufgelöster Brandung.

»Dieses böse U-Boot verschluckt die ganzen armen kleinen Fischlein«, wimmerte Kai. Seine Augen lugten schreckgeweitet über den Rand eines Kissens hervor, das er sich schützend vors Gesicht hielt.

»Ich wette, Lars hat einen Plan, wie er seine Freunde aus dem Bauch des U-Boots befreien kann«, hielt Kathi mit zitternder Stimme dagegen. »Er hat doch einen Plan, oder Tom?«

»Na klar hat Lars der Bär einen Plan. Er schließt einen Vertrag mit dem Besitzer des U-Boots, die beiden gründen eine Firma, verarbeiten die gefangenen Fische zu Fischstäbchen und werden reich. Mit der Kohle kauft Lars sich eine Villa in Liechtenstein, wo er fortan sorglos sein Leben mit Koks, Nutten und Geldzählen verbringt.«

Woraufhin Tom zwei äußerst schmerzhafte Schläge einstecken musste, einen in die linke und einen in die rechte Niere, was, wenn man darüber nachdachte – was man vielleicht besser getan hätte, bevor man den Mund aufmachte und die Gefühle seiner Mit-Zuschauer verletzte – nur fair und verdient war.

Irgendwann tauchte Kathi so weit aus den Tiefen ihrer Gefühlssuppe auf, um verkünden zu können: »Ich fürchte, meine Blase explodiert gleich. Ein weiterer wunderbarer Aspekt am schwanger sein – man muss ständig pinkeln. Lasst ruhig laufen, ich bin gleich zurück.«

Sie mühte sich von der Couch und zur Tür hinaus. Tom warf derweil einen raschen Blick nach rechts zu Kai. Der schien Kathis Weggang gar nicht bemerkt zu haben, so gefesselt war seine Aufmerksamkeit von Lars' Abenteuern am Südpol.

Kathi auf dem Klo, Kai völlig eingenommen von der Flimmerkiste – das war *die* Gelegenheit, begriff Tom. Jetzt oder nie.

Leise stand er auf, schlich aus dem Wohnzimmer und weiter auf leisen Sohlen in die Küche. Nur ein kleiner Griff in die Schüssel mit dem Popcorn, dachte er, sich im Dunkeln vorantastend. Denn Licht zu machen traute er sich nicht. Dann noch eine Handvoll Flips und zum Abschluss ein *klitzekleiner* Blick in den Kühlschrank für einen abschließenden Hand-Snack im Stehen. Denn einen Filmeabend ausschließlich mit gesundem Kram, das konnte man nie und nimmer im Leben einen Filmeabend nennen.

Tom zog leise die Küchentür auf, schob sich um die Ecke und – hätte beinahe vor Schreck aufgeschrien.

Nicht weniger erschrocken blickte Kathi vom offenen Kühlschrank aus zurück. In der einen Hand hielt sie einen Pfefferbeißer, in der anderen …

»Kathi? Sag mal, tunkst du etwa den Pfefferbeißer ins Nutella?«, zischte Tom entsetzt.

»Pssst. Er wird dich noch hören. Sei leise und komm her.«

Tom schlich zu ihr hinüber.

»Das ändert aber nichts an der Tatsache!«, wisperte er empört.

»Ich bin schwanger, ich darf das«, flüsterte Kathi zurück.

»Rutsch mal rüber. Ich will auch was.«

Tom drückte sich an Kathi vorbei zum Kühlschrank und holte sich ebenfalls einen Pfefferbeißer aus der Wurstbox. Entgegenkommend hielt Kathi ihm das Nutellaglas hin. »Auch mal dippen?«

»Na ja, es heißt, dass man alles mal probiert haben muss im Leben«, erwiderte Tom zweifelnd und tunkte den Pfefferbeißer tief in die schokoladige Creme. »Oh … oooh … das ist überraschend lecker. Süß und würzig zugleich.«

»Meine Rede«, feixte Kathi flüsternd. »Eine absolute Top-Kombi.«

»Komm, lass mich nochmal.«

In diesem Moment erschallte Kais Stimme aus dem Wohnzimmer: »Leute, wo seid ihr? Ihr verpasst noch das Beste. Der kleine Eisbär versucht das U-Boot gegen einen Eisberg zu lotsen und damit aufzuknacken.«

»Scheiße, schnell, bevor er uns erwischt«, zischte Kathi.

Sie verstauten die Beweise ihres nächtlichen Snacks so schnell sie konnten im Kühlschrank und beeilten sich, zurück ins Wohnzimmer zu kommen. Dort ließen sie sich möglichst unbefangen auf der Couch nieder.

Kai blickte misstrauisch von einem zum anderen. »Jemand noch einen Gemüsestick mit Avocado?«

»Unbedingt!«, rief Tom fröhlich und Kathi fügte enthusiastisch hinzu: »Nichts lieber als das!«

# DER TRAUM VON KATHMANDU

Am darauffolgenden Tag saßen die Bewohner vom Sonnenhang neunzehn gemeinsam mittags mit Xaver und Resi auf der Terrasse und grillten.

Kai, immer noch ganz im Besser-Kai-Modus, hatte darauf bestanden, Gemüseburger anstatt Rindfleisch-Patties auf den Rost zu werfen. Und Tom, der zwar anfangs ein wenig skeptisch gewesen war, musste schließlich zugeben, dass die Walnuss-Süßkartoffel-Brätlinge, obzwar geschmacklich ungewohnt, tatsächlich verdammt lecker waren. Kai legte sich ordentlich ins Zeug, das musste man ihm lassen.

Es war ein prächtiger Apriltag und die Stimmung ausgelassen fröhlich. Zumindest so lange, bis Olaf Borstelmann seinen Kopf über die Hecke schnellen ließ und die Gesellschaft durch seine übergroße, lupengleiche Brille misstrauisch beäugte.

»Oha, sowas sehe ich ja sehr ungern!«, dröhnte seine nebelhorngleiche Baritonstimme anstelle einer Begrüßung durch den gemütlichen Sonntagmittag. Dabei deutete er anklagend auf den Grill.

»Äh, wie meinen?«, fragte Tom ratlos, mit dem Grillwender in der Hand in der Bewegung erstarrt.

Kai indes winkte Borstelmann lachend zu. »Sieh an, die Grenzkontrolle ist wieder auf Patrouille.«

»Kai, benimm dich!«, zischte Kathi.

Nachbar Olaf ließ sich davon nicht aus dem Konzept bringen.

»In dem Unternehmen, in dem ich vor meiner Selbständigkeit gearbeitet habe, war ich nebenher zertifizierter Brandschutzbeauftragter, und ich sage euch, so geht das aber nicht. So dicht am Holzstapel, wenn der Grill steht, das ist im wahrsten Sinne brandgefährlich. Wenn da auch nur *ein* Funke hinüberfliegt, brennt uns hier alles ab. Da müssen doch Vorkehrungen getroffen werden und zum Mindesten ein Feuerlöscher zur Hand sein.«

»Keine Angst, wir haben selbstverständlich einen Feuerlöscher im Haus«, schnaubte Kathi genervt. Dann lächelte sie Borstelmann provokativ leutselig an. »Aber vielen Dank für den wertvollen Hinweis.«

Doch entweder bemerkte der Nachbar nicht, dass er den Anwesenden gehörig auf den Senkel ging, oder es war ihm schlicht egal.

»*Im* Haus bringt der euch nichts«, erklärte Borstelmann nachsichtig, als spräche er mit einem Kind, das schwer von Begriff war. »So schnell könnt ihr den gar nicht holen, wenn hier ein Feuer ausbricht. Der gehört doch neben den Grill!« Missmutig schüttelte er den Kopf. »Wenn es nach mir ginge, gäbe es ein generelles Holzkohle-Grillverbot. Man kann doch genauso gut mit Gas oder elektrisch grillen anstatt in so einer vorsintflutlichen Schüssel da.«

Jetzt sah Tom sich genötigt, die Ehre seines geliebten Grills zu verteidigen. Wütend funkelte er Borstelmann an. »Alter, das ist nicht irgendeine Schüssel, das ist Keith – der verdammte Rocker unter den Grills. Gegen den will ich kein Wort hören!«

»Na wenn du meinst«, gab sein Gegenüber von oben herab zurück. »Ich muss dennoch anmerken, dass ich mich von dem Qualm massiv belästigt fühle. Man riecht den Rauch sogar noch auf unserer Terrasse. Weswegen diese momentan unbenutzbar ist.

Dir ist sicher bewusst, dass wir ein Recht darauf haben, unsere Terrasse Sonntagmittag ungestört nutzen zu können. Eigentlich klärt man sowas im nachbarschaftlichen Einvernehmen. Aber sollte das – aus welchen Gründen auch immer – nicht möglich sein, gibt es natürlich auch noch andere Mittel und Wege.«

Vielsagend blickte Olaf Borstelmann von einem zum anderen. Doch anstatt etwas zu erwidern, blickten sämtliche Anwesenden auf Toms Terrasse nur schweigend zurück. Borstelmann, ob der unerwartet ausdrucksstark ausdruckslosen Reaktion etwas aus dem Konzept gebracht, fuhr fast eine Spur trotzig fort: »Na gut. Wenn ansonsten für den Moment nichts zu beanstanden ist, sag ich mal Sähr-fuss. Über diese ominöse Baugenehmigung für die Gartenhütte und die nicht eingehaltene maximale Heckenhöhe sprechen wir die nächsten Tage dann. Man sieht sich!«

Und schon war sein Kopf ebenso unvermittelt wieder verschwunden und auf Tauchgang gegangen, wie er über der Hecke aufgetaucht war, trieb vermutlich im trüben Gewässer seiner kleinkarierten Untiefen wie ein feindliches U-Boot auf Gefechtsstation, bastelte mentale Torpedos, die er einen nach dem anderen auf den armen Tom abzuschießen gedachte.

»Ja, man sieht sich«, seufzte Kathi und sprach das aus, was vermutlich alle am Tisch dachten: »Das wird sich wohl oder übel nicht vermeiden lassen.«

»Ja um Gotteswillen«, schüttelte Resi den Kopf. »Ist der immer so?«

»Ich fürchte, der läuft gerade erst warm«, entgegnete Tom verdrossen.

»Ich sag euch, was der Typ wirklich braucht, ist eine kleine, feine Abreibung. Eine Warnung. So einen muss man einnorden, solange es noch geht«, knurrte Kai. »Wenn man den zu lange gewähren lässt, glaubt er am Ende noch, er hätte Oberwasser und kann sich alles erlauben. Wenn es erstmal *so* weit gekommen ist, lassen sich solche Typen nur noch ganz schwer wieder einfangen.«

»Kai, du wirst auf *gar keinen Fall* irgendeinen Unsinn anstellen, haben wir uns da verstanden?«, rief Kathi warnend.

»Er hat aber recht«, verteidigte Tom seinen Freund.

»Und *du* auch nicht!«

»Kathi, ich sags wirklich nicht gern«, hielt Kai dagegen, »du weißt, ich bin ein durch und durch friedliebender Mensch. Ganz besonders jetzt, da ich beschlossen habe, ein neues Leben zu beginnen. Schließlich bin ich doch hier, um Ruhe, Frieden und mein inneres Gleichgewicht zu finden in eurem Heim. Aber du musst verstehen, dass so einer nicht einfach irgendwann von selbst aufhört. So einer macht immer weiter und weiter. Und am Ende müsst ihr nicht nur die Hecke stutzen und die Hütte abreißen, sondern auch noch euer Hausdach neu eindecken, weil die Dachziegeln nicht vorgabenkonform sind, und hundert Dinge mehr. Und dann gibt es Krieg, wenn ihr samstags zur Unzeit Rasen mäht oder sonntags bei offenem Fenster Musik hört oder euch nach zweiundzwanzig Uhr erdreistet, zu laut zu lachen, oder, oder, oder.«

Xaver blickte Kai stirnrunzelnd an. »Warum sollten Tom und Kathi denn die Gartenhütte einreißen müssen?«

»Weil der Tom und die Kathi keine Baugenehmigung dafür haben«, erwiderte Tom düster. »Weil der Tom an sowas überhaupt nicht gedacht hat.«

»Ach geh, so ein Schmarrn«, winkte Xaver lachend ab. »Als ob sowas irgendwen interessieren würde. Außer so einen wie euren komischen Nachbarn vielleicht. Also den neuen, nicht den alten. Keine Angst, da ruf ich morgen früh gleich den Hirmer Alois vom Amt an. Den kenn ich schon seit Ewigkeiten. Der gibt dir dann schon einen Zettel, wo draufsteht, das alles passt, wie es ist.«

»Das wäre super, Xaver. Danke!«, rief Tom erleichtert. Damit hätte man schon mal eine Sorge weniger.

»Dass solche Menschen glauben, aufs Land ziehen zu müssen, ist schon selten kurzsichtig«, seufzte Kathi. »Da bringen einem die schönsten Vorteile nichts, wenn man nicht bereit ist, auch die Kehrseiten zu akzeptieren. Der Olaf hätte besser woanders nach Investitionsmöglichkeiten Ausschau gehalten. Da nützt ihm jetzt sein ganzes patentiertes System nichts, wenn er hier nicht klarkommt.«

»Wie meinst du das?«, fragte Resi.

»Es ist ja nicht so, dass jedem von uns das Landleben vom ersten Tag an gefallen hätte.« Sie grinste Tom vielsagend und ein wenig schief an, der daraufhin theatralisch stöhnte und die Augen verdrehte. *Die* alte Leier schon wieder. »Aber so gegen *alles* zu sein, das ist doch furchtbar. Wenn ihn ganz normaler Grillgeruch stört und er sich daran stößt, dass man die Hecke eben einfach hat wachsen lassen, ganz zu schweigen davon, dass es ihm anscheinend schlaflose Nächte bereitet, dass irgendwo auf unserem tausend Quadratmeter großen Grundstück eine verdammte Gartenhütte steht, die eine nicht vorschriftsmäßige Dachform hat, ja dann hätte er halt in irgendeine spießige, auf dem Reißbrett entworfene Stadtrand-Neubausiedlung ziehen müssen und nicht hierher aufs tiefste Land, wo alles irgendwie ein bisschen chaotisch und wildwüchsig ist. Das sind dann genau die Leute, von denen man in der Zeitung liest. Die zu prozessieren anfangen, weil morgens der Hahn vom Nachbarhof kräht oder die Kuhglocken zu laut bimmeln oder was weiß ich fürn Sch … Mist.«

»Diese Leute wirst du in Zukunft immer häufiger haben bei uns«, warf Xaver ein. »Die Nähe zur Autobahn und damit zu München ist einfach zu attraktiv. Wir gehören ja fast schon zur weiteren Metropolregion. Und wenn überhaupt, dann können sich die Leute am ehesten noch hier den Traum vom Eigenheim mit einem Stück Grün drumherum verwirklichen.«

»Das allein ist es nicht«, entgegnete Resi kopfschüttelnd. »Du hast zwar recht, aber der springende Punkt ist ein anderer: Die Leute, die aus der Stadt oder von sonst woher zu uns ziehen, sehen das Land oft nur als plattes, idyllisches Abziehbild. Für die ist das Teil eines fiktiven Ideals. Schön im Grünen leben mit hohem Erholungsfaktur und Freizeitwert. Da ist schon was Wahres dran. Aber der Rest ihrer Erwartungshaltung geht eben weit an der Realität vorbei: Das ist dann genau das, was Kathi meint. Es ist ja überhaupt nicht schlecht, wenn neue Menschen hierherziehen. Es ist bloß schade, dass dabei so viel von der ursprünglichen Seele einer Region verlorengeht. Leute wie der da drüben, die keine Bindung zu unserer Gegend haben, wissen gar nicht, was genau das Leben hier eigentlich ausmacht. Und sie wollen es oft auch gar nicht. Die haben ein paar allgemeine Klischees im Kopf und drumherum einen ganz, ganz hohen Zaun aus spießigen Vorstellungen, wie genau das alles zu sein hat.«

»Und wenn irgendwann keiner mehr weiß, was genau eigentlich das Schöne ist bei uns, dann gibts das Schöne irgendwann nicht mehr«, nickte Xaver.

»Manchmal hab ich aber den Eindruck, dass gerade Menschen meiner Generation generell immer spießiger werden«, warf Tom missmutig ein. Dann musste er lachen. »Ein Glück, dass wir nicht so sind – ob zum Guten oder Schlechten sei mal dahingestellt.«

»Hört, hört!«, fiel Kai in Toms Lachen ein und klopfte ihm auf die Schulter.

»Das wiederum ist ein Problem für sich«, entgegnete Xaver. »Eine andere Art von Entwurzelung, mit der gerade Menschen zwischen dreißig und vierzig zu kämpfen haben, wenn ich mir das so anschaue. Da wird euch in jungen Jahren eingetrichtert, dass Erfolg und Konsum untrennbar miteinander verbunden sind, ein gedankliches Relikt aus den Achtzigern und Neunzigern, als eure Elterngeneration auf der Höhe ihres Einflusses war. Und ihr lernt zu arbeiten, um erfolgreich zu sein, und ihr seid erfolgreich, weil ihr konsumieren könnt. Und auf einmal bricht das alles weg. Auf einmal merkt ihr, dass die junge Generation, die euch nachfolgt, euch dafür verachtet. Für den Konsumgedanken, der dazu geführt hat, dass die Welt am Arsch ist. Und für euer Streben nach Erfolg und Einfluss verachten sie euch noch mehr – in deren Augen seid ihr der Inbegriff jener Elite, die an vielen Problemen schuld ist: Weiße, alternde und oft ignorante Männer. Was soll daraus folgen? Die Einsicht, dass eure Ziele auf dem Höhepunkt eurer Karriere, eurer Einflussnahme und eurer Leistungsfähigkeit neu überdacht werden müssen, weil vieles, was euch seit ein paar Jahren zur Last gelegt wird, wofür sich eine zunehmende Sensibilität entwickelt in der Jugend, nicht unwahr ist? Oder aber die Flucht in den Immer-weiter-so-Konservatismus, der selbstredend der deutlich leichtere, der angenehmere, da entbehrungsärmere Weg ist? Kein Wunder, dass sich so viele Menschen für die zweite Möglichkeit entscheiden.«

»Als ob es nicht schon genügend kleinere und größere und noch größere und mitunter riesengroße private Hürden zu meistern gäbe, gerade in diesem Lebensabschnitt«, fügte Resi hinzu.

»Was für eine bewegende Verteidigung *pro bono* für Arschgesichter«, lachte Kai.

»In der Tat, da spricht der Gutmensch aus ihm«, grinste Resi, und Xaver fügte hinzu: »Eigentlich ist das auch gar kein Thema für so einen gemütlichen Sonntagmittag. Vor allem nicht nach so einem guten Essen. Kai, die Burger mit deinen Buchweizen-Walnuss-Pattys waren exzellent. Und die Süßkartoffel-Sticks anstatt Pommes … immerhin gesund.«

»Danke«, strahlte Kai und streichelte seine Wampe, die nach zwei Burgern und einem halben Blech Pommes ähnlich kugelrund in die Landschaft ragte wie Kathis Schwangerschaftsbauch. »Ich fühle mich so pappsatt, ich könnte einen kleinen Verdauungsspaziergang vertragen.«

»Gute Idee«, sagte Tom und blickte auf seine eigene Wampe.

Kathi schüttelte bedauernd den Kopf. »Ich fürchte, das schaffe ich nicht mehr. Ich muss die Beine hochlegen.«

»Macht ihr mal einen schönen Spaziergang, ich bleib bei Kathi. Wir Mädels machen es uns gemütlich«, meinte Resi.

Die drei Männer kämpften sich aus ihren Gartenstühlen hoch, verabschiedeten sich und machten sich auf den Weg.

Zuerst ging es an Xavers und Resis Haus vorbei die Straße hinunter, die in einer Rechtskurve zum Dorf hinabführte. Nach einigen Metern bogen sie in einen Feldweg ab, der sie im spitzen Winkel am Ortsrand und den dahinter liegenden Pferdekoppeln vorbei hangaufwärts über die Felder führte.

Oben am Waldrand blieben sie stehen und betrachteten einen Moment schweigend das Dorf, das, eingebettet in seiner sanften Talsohle, Mittagsruhe hielt.

»Wirklich unglaublich, wie schön ihr es hier habt«, rief Kai schwer schnaufend. Keiner der beiden anderen widersprach.

Tom hielt nach Kathi und Resi Ausschau, die zwei kleine Farbtupfer auf der Spielzeugterrasse vor dem Legomodellhaus waren im weitläufigen Rechteck von Toms Garten, zu weit weg, um ihnen zuzuwinken. Wie wohlgeordnet und behütet das aussieht, dachte Tom. Er erinnerte sich an das erste Mal, als er hier oben gestanden und auf das Dorf hinabgeblickt hatte. Es war in ihrem ersten Winter in Oberkreuzbach gewesen, das Panorama halb ertrunken unter einer unberührten Schneedecke. Damals hatte er das allererste Mal eine Ahnung in sich gefühlt, dass er vielleicht doch irgendwann einmal so etwas wie heimisch werden könnte hier.

Und schaut uns jetzt an, dachte Tom. Beinahe schon alteingesessen und auf dem besten Weg, einen waschechten Oberkreuzbacher auf die Welt zu bringen.

Nachdem die drei kurz verschnauft hatten, setzten sie ihren Weg fort. Anstatt in den Wald hinein abzubiegen wie Tom bei seinem ersten Spaziergang, folgten sie weiter dem Feldweg, der in einem weiten Bogen um den Forst herumführte. An dessen Ausläufern vollzog der Weg eine Rechtskurve steil hügelaufwärts, während zu seiner Linken der nächste Waldabschnitt begann. So liefen sie, von Nadelbäumen und Holunderbüschen flankiert, etwa hundert Meter hangaufwärts zur Kuppe des Höhenzugs. Oben angekommen breitete sich das ganze angrenzende Nachbartal vor ihnen aus, ein Flickenteppich aus Wiesen, Koppeln, Feldern, Dörfern und weiteren Waldzügen.

»Tatsächlich unglaublich«, murmelte Kai. Erneut widersprach keiner der anderen.

»Wenn jetzt das Kathmandu noch geöffnet hätte, hätten wir auf einen Kaffee einkehren können«, sagte Xaver und deutete zu einem kleinen Einsiedlerhof, der einige hundert Meter weiter auf der Anhöhe aus dem Wald ragte.

»Schade, dass du das verpasst hast«, meinte Tom zu Kai. »Das war ein richtig schönes Ausflugslokal. Da sind wir in unserem ersten Sommer oft im Biergarten gesessen.«

»Ja«, seufzte Xaver, »erst macht das Kathmandu zu, jetzt der Müllerwirt. Bald wirds arg fad bei uns.«

»Sicher, es ist schon traurig, dass ihr keine Wirtschaft im Dorf mehr haben werdet. Aber an sich gibts doch noch genug andere, oder?«, erwiderte Kai stirnrunzelnd.

»Freilich, das schon. Aber das ist nicht dasselbe«, hielt Xaver dagegen. »Der Müllerwirt ist halt mehr als nur eine Wirtschaft. Der ist sowas wie der Dreh- und Angelpunkt von Oberkreuzbach. Leute wie der Schorsch halten die Gemeinschaft zusammen.«

»Und das Kathmandu war wirklich etwas Besonderes«, ergänzte Tom. »Der Stallhuber Erwin, der Wirt, hat sogar sein eigenes Bier gebraut. Das hätte dir gefallen.«

»In dem Bauernhof da drüben, oder wie?«, fragte Kai.

»Kommt, lasst uns hingehen, dann zeigen wir es dir«, schlug Xaver vor. Während die drei den Höhenweg zum Hof einschlugen, erklärte Xaver: »Vor fast dreißig Jahren, als der Erwin und seine Frau den Besitz gekauft haben, war der Bauernhof schon lang nicht mehr bewirtschaftet und richtig heruntergekommen.

Der Erwin hat mir Fotos von damals gezeigt. Ein paar Jahre noch, dann hätte man das alles bloß noch abreißen können. Aber die beiden haben das Bauernhaus und den Stadel in eigener Arbeit wieder renoviert und als Lokal hergerichtet. Im Haus haben sie die Gaststube und Küche und eine kleine Brauerei samt Kühl- und Vorratslager eingerichtet. Davor gabs dann im Sommer Biergartenbetrieb. Und nebenan im Stadel haben die beiden oft Kleinkunst-Veranstaltungen gehabt – Liedermacher, Kabarett und so. Da war immer was los. Der Tom hat das gerade noch mitbekommen.«

»Das stimmt«, bestätigte Tom traurig. »Leider viel zu kurz.«

»Was ist passiert?«, fragte Kai neugierig.

»Nichts, was nicht uns allen irgendwann passieren würde – der Erwin und die Roswitha haben einsehen müssen, dass sie mittlerweile zu alt sind, den Betrieb noch länger aufrecht zu erhalten. Darum haben sie das Kathmandu letzten Herbst für immer zugesperrt«, seufzte Xaver.

»Und warum haben sie den Laden ausgerechnet Kathmandu genannt?«, fragte Kai.

»Der Erwin hat oft ein bisschen Fernweh gehabt in seinen jungen Jahren. Der ist viel gereist. Nur nach Kathmandu hat er es nie geschafft. Dabei wäre das immer ein Traumziel von ihm gewesen, so sehnsuchtsmäßig und überhaupt. Und als er den Hof hier gefunden und gekauft hat, hat er sich gesagt, das ist so schön hier, das könnte glatt Kathmandu sein. Darum hat er es auch so genannt.«

Die drei hatten mittlerweile den Hof erreicht und betraten das von einem Holzzaun eingefasste Grundstück.

Am anderen Ende des weitläufigen, geschotterten Innenhofs erhob sich ein zweistöckiges Bauernhaus, an das sich im rechten Winkel ein langgezogenes Wirtschaftsgebäude anschloss. Diesem gegenüber befand sich ein backsteinerner, großer Stadel. Obzwar alles sympathisch alt und ein wenig windschief wirkte, die Dächer der Gebäude wie betagte Menschen leicht eingesunken vor sich hinschlummerten, machte das ganze Anwesen immer noch einen liebevoll gepflegten Eindruck.

An der Hauswand aufgereiht standen noch die aufgestapelten Biertischgarnituren, mit Planen abgedeckt, um sie vor der Witterung zu schützen. Daneben eine Reihe leerer Fässer mit dem Aufdruck »Kathmandu Weißbierbrauerei«. Auf einer Schiefertafel neben dem verschlossenen, aber frisch gestrichenen doppelflügeligen Tor des Stadels standen noch halb verblasst die Biergarten-Gerichte vom letzten Sommer zu lesen, und in einer Glasflasche, die an einem der Kastanienbäume hing, trocknete ein vergessener Blumenstrauß vor sich hin, träumte vielleicht von einer fröhlichen letzten Feier.

Eine Kinderschaukel baumelte daneben sanft im Wind.

Ein Plastikbagger und eine Handvoll Schaufeln und Eimer warteten im Sandkasten auf ihren Einsatz, eine Rutsche in der Hofecke auf Kinderlachen.

Die ersten Blumen in den Holzkästen vor den Fenstern und in den noch nicht verwilderten Beeten auf dem Innenhof hatten zu blühen begonnen, und alles in allem wirkte der Hof so, als warte er nur darauf, endlich wieder aufgesperrt und zu neuem Leben erweckt zu werden.

Doch die Planen würden nicht von den Biertischgarnituren heruntergezogen, die Tische und Bänke nicht aufgebaut werden. Die Fässer würden nicht gewaschen und mit Bier gefüllt, die Blumenkästen und -beete nicht gepflegt, die Spielsachen nicht benutzt und die Tagesgerichte auf der Schiefertafel nicht erneuert werden. Der Hof mochte es vielleicht noch nicht wissen, doch es gab niemanden, der kommen würde, um Tür und Tor wieder aufzuschließen.

»Und der ganze schöne Besitz hier steht seit letztem Herbst einfach so leer?«, fragte Kai mit großen Augen.

»Leider«, bestätigte Xaver. »Wieder ein Stück lokale Kultur, die es nicht mehr gibt. Dabei wäre noch alles da.«

»Das stimmt«, staunte Tom, der durch eines der Fenster ins Innere der Gaststube spähte. »Der Tresen, die Zapfanlage. Tische, Bänke, Stühle. Sogar die Bilder hängen noch an der Wand.«

»Und seht euch das an!«, rief Kai aufgeregt, der halb um das Gebäude herumgelaufen war und ebenfalls an einem der Fenster klebte. »Da ist der Braukessel! Das sieht alles aus, als könnte man von heute auf morgen den Betrieb wieder aufnehmen.«

»Freilich«, stimmte Xaver zu. »Der Erwin will das ja nicht verkommen lassen. Der sucht immer noch händeringend jemanden, der ihm den ganzen Besitz, wie er ist, abkauft. Der schaut schon noch regelmäßig nach dem Rechten und dass das hier so lange wie möglich erhalten bleibt. Schließlich hat er sein ganzes Leben hineingesteckt ins Kathmandu.«

»Ja warum übernimmt das denn keiner?!« Kai schien so aufgebracht, dass seine Stimme laut wurde. »Das darf doch nicht wahr sein, dass so ein Schmuckstück einfach leer steht und irgendwann verfällt!«

»Was glaubst du denn?«, schüttelte Xaver den Kopf. »Die Jungen wollen doch alle weg. Nach München oder zumindest Augsburg. Die wollen Geld verdienen und Karriere machen, und das, ohne jeden Tag von morgens bis spätabends auf den Beinen zu sein und zu schuften bis zum Umfallen. Hast du auch nur eine Ahnung davon, wieviel Arbeit so ein Betrieb mit sich bringt? Und auf der anderen Seite kannst du von so einer Wirtschaft wie dem Kathmandu zwar schon leben, aber reich wirst du ganz bestimmt nicht. Davon, dass die Zeiten immer unsicherer werden, brauchen wir gar nicht erst anfangen. Da sind die, die noch im Gastgewerbe sind, oft schon froh, wenn ihre eigene Wirtschaft läuft. Da denkt doch heutzutage keiner mehr darüber nach, sich noch dem Risiko einer zweiten Wirtschaft auszusetzen.«

Tom setzte sich auf die mittagswarmen Eingangsstufen vorm Haupthaus und gestattete sich einen Moment lang, dem Gedanken nachzuhängen, der sich geradezu aufdrängte.

Wie es wohl wäre?

Sein eigener Chef sein in seiner eigenen Wirtschaft samt Kleinkunstbühne und Hausbrauerei – noch dazu an diesem wunderhübsch idyllischen Ort. Einen eigenen überschaubaren Biergarten zu bewirten im Sommer und im Winter ein gemütliches Bräustüberl mit Kachelofen. Dazu Livemusik und Kabarett. Runde Geburtstage und Hochzeiten.

Dann dachte er daran, dass er ein Haus abzubezahlen hatte und bald Vater werden würde. Er dachte daran, dass Kathi ein Jahr lang zuhause bleiben und danach auch nicht mehr Vollzeit würde zu arbeiten anfangen können.

Und die Idee verblasste ebenso schnell, wie sie aus ihrem Ideenküken-Ei geschlüpft war. Was blieb, war ein leises Gefühl der Enttäuschung und des Verlusts. Als hätte einem jemand unversehens den Namen eines Sehnsuchtsorts ins Ohr geflüstert – eines Orts, den man nie bereist hatte und von dem man wusste, dass man wahrscheinlich auch nie die Gelegenheit dazu haben würde.

Ein Ort wie beispielsweise Kathmandu.

# POSITIVE AFFIRMATIONEN

Am nächsten Morgen wurde Tom von geradezu unverschämt ausgelassenem Lachen geweckt, und das, obwohl es gerade mal kurz vor sieben war, wie ihm ein schlaftrunkener Blick auf den Wecker verriet. Mit halbgeschlossenen Augen tastete er sich aus dem Bett und wankte den Flur entlang, um nachzusehen, was die Ursache der frühmorgendlichen Fröhlichkeit war. Mit irgendetwas schienen Kathi und Kai im Wohnzimmer zugange zu sein. Einen Moment lang überlegte Tom, ob er nicht sicherheitshalber doch erstmal einen Abstecher in die Küche unternehmen sollte, um sich seinen üblichen morgendlichen Espresso zuzubereiten. Doch dann siegte seine Neugier und er bog ins Wohnzimmer ab.

Kathi saß auf der Couch, die Beine hochgelegt, und sah ergriffen dabei zu, wie Kai sich auf dem Boden abmühte, aus etwa einhundert über den ganzen Raum verteilten Holzteilen das passende Stück zu finden. Toms noch halbverschlafener Verstand identifizierte das Gebilde, an dem Kai anscheinend eifrig werkelte, als die Stubenwiege, die Kathi und er zwei Tage zuvor in der *Baby World* erstanden hatten.

»Ach Kai, du bist wirklich eine so große Hilfe«, flötete Kathi. »Wie wunderbar, dass du dich für uns so ins Zeug legst.« Sie erblickte Tom, der in schlaftrunkener Fluchtstellung im Türrahmen stand. »Sieh nur, Tom, schaut die Wiege nicht allerliebst aus?

Wenn ich mir vorstelle, dass da bald unser kleiner Sohn liegt und behütet unter diesem süßen Baldachin schläft ... ach verdammt.«

Wieder einmal liefen ihr die Augen über. Tom wünschte sich, er hätte zunächst seinen ursprünglichen Plan weiterverfolgt und sich mit einem doppelten Espresso bewaffnet, ehe er sich den Herausforderungen des neuen Tages in Form unberechenbarer Mitbewohner stellte. Zu viel geballte Baby-Emotion gehörte genau zu jenen Hindernissen, die Tom auf dem Weg vom Schlafzimmer zur Küche morgens eigentlich zu vermeiden versuchte.

Aber es half nichts – er hatte ja unbedingt seiner Neugier nachgeben und zuerst ins Wohnzimmer gehen müssen. Weshalb er, immer noch schlaftrunken, hinüber zu Kathi watschelte, sich neben sie setzte, sie in den Arm nahm und versuchte, sie mit aller nur irgendwie möglichen Empathie zu beruhigen.

»Ist schon gut. Du hast ja recht. Es sieht wirklich ... heimelig aus da drinnen. So für Babys und so.« Und weil ihm schien, dass dies noch nicht genug war, fügte er rasch hinzu: »Ja wirklich, das sieht so kuschelig aus, da würde ich mich am liebsten selbst reinlegen.«

»Tut mir leid«, schniefte Kathi. »Dieses doofe Weinen wegen nichts die ganze Zeit geht mir selbst auch auf die Nerven.«

»Das macht doch nichts, das gehört zu einer Schwangerschaft einfach dazu.« Tom konnte nicht verhindern, dass ein herzhaftes Gähnen in ihm aufstieg. »Aber wenn es in Ordnung ist, würde ich mir jetzt erstmal einen Kaffee holen.«

Er stand auf und machte sich schnell auf den Weg, ehe noch jemand Einspruch einlegen konnte.

»Kathi, hör auf deinen Mann«, erklärte Kai weise. »Häufiges unkontrolliertes Weinen in der Schwangerschaft ist gesund und wichtig. Weißt du, Körperstoffe, die sich aufgrund von Stress in dir anstauen, werden durch das Weinen ausgeschieden. Ich hab das gestern gegoogelt. Es ist wirklich faszinierend.«

Tom blieb erneut in der Tür stehen und konnte nicht anders, als seinen Kumpel entgeistert anzustarren.

»Außerdem bestehen Tränen aus Leuzin-Enkophalinen, die Schmerzen hemmen, Lysozymen, die Infektionen bekämpfen und Prolaktin, dem Muttermilchbildungshormon – ist das nicht sensationell? Wenn Schwangere weinen, dient das nicht nur dem Stressabbau, sondern auch der Schmerzlinderung und Entspannung generell. Wie ein gesundes, wohltuendes Ventil. Du wirst sehen, am Ende deiner Stillzeit haben sich deine Hormone wieder umgestellt und das Weinen lässt kontinuierlich ab.«

»Oh Kai!« Kathi blickte drein, als würde sie jeden Moment erneut in Tränen ausbrechen. »Wie wunderbar, dass du das alles weißt!«

»Aber natürlich. Ich muss mich doch informieren – schließlich dürfen wir deine Schwangerschaft nicht auf die leichte Schulter nehmen.«

»Wirklich, Kai, du bist uns so eine große Stütze. Sag doch auch was, Tom. Ist er nicht einfach große Klasse?«

»Ja, danke Kai«, grummelte Tom etwas verärgert. Mit einem unangenehmen Gefühl von Unzulänglichkeit drehte er sich um und machte sich endgültig auf den Weg in die Küche. Während er missgelaunt den Gang entlangstiefelte, hörte er Kathi lachen: »Hör nicht auf den Miesepeter. Der ist immer so, solange er noch keinen Kaffee hatte. Wenn nur alle so enthusiastisch wären wie du …«

Und Kai machte tatsächlich auch noch auf verständnisvoll: »Keine Sorge, früher, als ich auch noch Kaffee getrunken habe, ging es mir ähnlich. Man muss sich nur irgendwann darüber klarwerden, dass es sich dabei um ein Genussmittel, also eigentlich um Gift handelt.«

Früher, dachte Tom, das war doch gerade mal drei Tage her! Aber so banale Dinge wie Zeit spielten wohl keine Rolle, wenn man den wahren Pfad zu Glück und Tugendhaftig-*kai*-t gefunden hatte.

Nach dem ersehnten doppelten Espresso und – gerade mit Fleiß – einem dick bestrichenen Marmeladenbrot, fühlte Tom sich trotz seiner Verstimmung halbwegs bereit, sich dem Tag zu stellen.

Montag, dachte er, der Tag, an dem andere Menschen brav in aller Frühe in die Arbeit fahren. Nur ich nicht.

Während er unter die Dusche stieg, fiel ihm ein, dass Montag nicht nur der erste Arbeitstag einer neuen Woche war, sondern auch – wenn nicht gar vor allem – *Beate-Tag*. Der Geburtsvorbereitungskurs des Grauens! Das wiederum hieß, dass er im Laufe des Tages seine Hausaufgabe der Woche würde in Angriff nehmen müssen. Nicht, dass die Doppelstunde ähnlich blamabel wie in der Woche zuvor für ihn verlief. Allein der Gedanke daran trieb ihm wieder die Schamesröte ins Gesicht.

Diesmal handelte es sich bei der Hausaufgabe um eine ganz besonders fiese Nummer: Alle Kursteilnehmer mussten sich drei bis fünf *positive Affirmationen* überlegen, die zu ihren jeweiligen Lebensumständen passten.

Beate zufolge handelte es sich hierbei um prägnante, mantragleiche Aussagen, die das Unterbewusstsein positiv beeinflussen und dadurch Selbstvertrauen, Zuversicht und innere Ausgeglichenheit stärken sollten – was gerade während emotionaler Ausnahmezustände wie einer Schwangerschaft besonders wichtig war. Als Beispiele hatte sie Sätze angeführt wie »Ich bin stolz, teilhaben zu dürfen an diesem Wunder der Natur.« Diese Affirmationen sollte man sich täglich mindestens zehnmal selbst laut vorsagen, um die Seele einzugrooven auf die positiven Vibes der dergestalt gestählten Selbstwahrnehmung. Und natürlich, um das allgemeine Stresslevel zu senken, das gehörte ja bei all diesen Übungen generell mit dazu, wie Tom zweifelnd dachte, als er seine Haare shampoonierte. Er stand derlei Psycho-Hokuspokus ja eher skeptisch gegenüber. Aber es half nichts. Wollte man sich nicht wieder zum Deppen machen, musste man sich hier und jetzt besser ein paar wirklich starke Affirmationen überlegen.

»Gefeuert worden zu sein hat den wunderbaren Vorteil, mir jetzt einen viel geileren Job suchen zu können, der besser zu mir passt«, sagte er probehalber in die Duschkabine hinein und verschluckte sich prompt am Shampoo-Schaum.

Na ja, wenn man so darüber nachdachte, war es vielleicht besser, die eigene Arbeitslosigkeit nicht zu thematisieren im Geburtsvorbereitungskurs. Was würden sonst all die nestbautrieb-gesteuerten, alle potenziell unangenehmen Unwägbarkeiten des realen Lebens ausblendenden werdenden Mamis nur dazu sagen? Was würde Inka sagen? Was Jürgen?

Außerdem – glaubte man denn wirklich von ganzem Herzen selbst daran? Nun, vielleicht würde man das ja, wenn man es sich nur oft genug vorsagte. So ganz im Privaten und außerhalb des Kurses. Es konnte immerhin nicht schaden, es auszuprobieren.

Tom stieg aus der Dusche, griff sich ein Handtuch, blickte seinem Spiegelbild überm Waschbecken fest in die Augen und sagte laut und deutlich den Satz zehnmal hintereinander auf:

»Gefeuert worden zu sein hat den wunderbaren Vorteil, mir jetzt einen viel geileren Job suchen zu können, der besser zu mir passt.«

Vielleicht hätte man dazu noch einen passenden Ausdruckstanz aufführen sollen, dachte Tom, der sich nicht nennenswert positiver gestimmt fühlte als zuvor. So mit Stampfen und sich gegen die Brust Schlagen, um die Seelenschlacke abzulösen, denn die durfte man bei alledem ja nicht außer Acht lassen.

Nein, die einzige Veränderung, die er verspürte, war, dass er ein wenig Durst hatte, jetzt, nachdem er so ungewohnt viel gesprochen hatte.

Es klopfte an der Tür.

»Tom, mit wem redest du da?«, fragte Kathi besorgt von draußen.

»Mit niemandem. Nur … mit mir selbst. So ein bisschen.«

»Alles in Ordnung bei dir?«

»Ja, warum fragst du?«, rief Tom zurück, der genau wusste, warum Kathi das fragte.

»Bist du sauer, weil Kai die Stubenwiege zusammengebaut hat und nicht du?«, fragte Kathi auch prompt.

»Nein, natürlich nicht.«

»Du kannst es ruhig sagen. Nicht, dass wir dich emotional verletzt haben, weil sowas doch eigentlich zu den Aufgaben des werdenden Vaters gehört.«

»Nein, nein, das ist schon in Ordnung.«

»Wirklich?«

»Ja, *wirklich*.«

»Du klingst aber ein wenig angespannt.«

»Das liegt nur daran, dass ich jetzt *wirklich* gerne Zähneputzen würde.«

»Okay. Dann helf ich jetzt mal wieder Kai mit dem Beistellbett.«

»Okay.«

Um Himmelswillen, so wurde das ganz bestimmt nichts mit den positiven Affirmationen, dachte Tom. Wie sollte man denn in so einer Umgebung auch nur *einen* klaren Gedanken fassen? Überhaupt: Diese ganze Gefühlsdusseligkeit, die permanente Beschäftigung mit all den größeren und kleineren Befindlichkeiten, den eigenen und denen anderer, das ständige Sezieren und Darlegen der eigenen Emotionen. Das hielt doch kein Mensch auf Dauer aus. Da kam man sich ja beinahe schon vor wie der Protagonist in einem dieser schwarzweißen französischen Autoren-Filme, in denen endlos geredet wurde, aber nie etwas passierte. Dabei war das hier Oberkreuzbach, nicht François Truffaut.

Vielleicht sollte man sich ein wenig die Beine vertreten, dachte Tom, ein paar Meter spazieren gehen, um sich auf die Aufgabe mit den verdammten Affirmationen konzentrieren zu können. Um ein Stündchen den Kopf freizubekommen oder, mit einem Wort, wenn man ehrlich war, einfach nur der ganzen Atmosphäre hier kurzzeitig zu entfliehen. Dieser ganzen Das-Leben-ist-ein-buntes-Disney-Musical-Stimmung, die Kathi und Kai hier zelebrierten.

Tom zog sich rasch an, schlich am Wohnzimmer vorbei, schlüpfte in Schuhe und Jacke und rief den Flur hinab: »Ich bin kurz weg, ein paar Besorgungen erledigen. Bin gleich wieder da.« Er wartete die Reaktion seiner Mitbewohner gar nicht erst ab, sondern huschte zur Tür hinaus und zog sie hinter sich zu. Dampfig-kühl empfing ihn die morgendliche Welt.

Tom spazierte die Straße hinab und schlug denselben Feldweg ein wie tags zuvor mit Kai und Xaver.

Was war im Moment das Wichtigste, fragte er sich. Was war essenziell, selbst wenn man nicht wusste, was die Zukunft für ihn bereithielt?

Keine Angst zu haben, sich nicht unterkriegen zu lassen und darauf zu vertrauen, dass man am Ende des Tages schon wieder etwas finden würde, das zumindest halbwegs zufriedenstellend zu einem passte?

Vermutlich.

»Ich habe keine Angst vor der Zukunft«, erzählte Tom sich selbst.

Okay, das war schon mal gar nicht so schlecht. Jetzt musste man den Satz nur noch positiv formulieren, denn logischerweise durften *positive* Affirmationen keine Verneinungen beinhalten, sonst wären sie ja verneinte negative Affirmationen oder sowas in der Art, was ja auch ziemlicher Quatsch wäre.

»Ich gehe voll Zuversicht in die Zukunft.«

Das war richtig gut, oder? Kurz, knackig, prägnant. Den Spruch konnte man sich auf ein T-Shirt drucken lassen. Und er konnte sich auf alles Mögliche beziehen, so vage wie er war. Außerdem bewies die Aussage, dass auch Tom als Mann durchaus dazu in der Lage war, über Gefühle zu sprechen. Schließlich war Zuversicht ein Gefühl, und zwar ein ziemlich gutes – ein positives. Beate würde das gefallen. Jürgen auch.

Jetzt musste man nur noch selbst daran glauben, dann wäre alles in Butter.

Na dann, dachte Tom. Na dann.

Er war so in seinen Gedanken verloren gewesen, dass er nicht bemerkt hatte, wie ihn seine Beine unversehens den ganzen Weg bis zum Kathmandu getragen hatten. Erst, als er direkt vor dem ehemaligen Bauernhof stand, wurde er dessen gewahr. Eigentlich gar nicht so sehr verwunderlich, dass ich ausgerechnet hier gelandet bin, dachte Tom lächelnd. Wenn man so darüber nachdachte.

Er setzte sich auf die Eingangsstufen des alten Bauernhauses wie tags zuvor und blickte über den Innenhof mit seinen Linden und Kastanien hinweg auf die Talsenke dahinter, die ganze Weite, die sich vor ihm auftat.

Es fiel Tom nicht schwer, es sich vorzustellen: Wie auf dem geschotterten Hof wieder die Biertischgarnituren standen, sich daran Menschen um ihre Brotzeiten und Krüge drängten und eine gute Zeit hatten, selbstgebrautes Bier tranken, *sein* Bier.

»Das wäre schon eine feine Sache«, sagte Tom zu sich selbst – was, obzwar im Konjunktiv, eine prima Affirmation war. Natürlich nur ganz privat und im Scherz. Und um sich zu beweisen, dass es sich *selbstverständlich* dabei nur um eine zusammengesponnene Fantasie, einen Witz, handelte, schickte er seinen Worten ein Grinsen hinterher.

Natürlich wäre es viel zu unsicher, sich darauf einzulassen. Man wusste ja auch gar nicht, wie das funktionierte – Bier brauen und so. Auch wusste man nicht, wie man eine Küche führte, einen gastronomischen Betrieb generell. Vom professionellen Planen von Veranstaltungen ganz zu schweigen.

Andererseits: So gänzlich ohne Erfahrung war man nun auch nicht, wenn man recht darüber nachdachte. Schließlich hatte man jahrelang in einer Studentenkneipe gearbeitet. Hinter der Theke, in der Küche und überhaupt. Auch wenn das hier wohl ein ganz anderes Level war, ein wenig Einblick in die Welt der Gastronomie hatte man durchaus vorzuweisen.

Es war ein verlockender Gedanke – im Sommer Ausflügler-horden und Konzerte im Stadel. Dann hätte man vielleicht mit gutem Grund auch selbst einmal wieder ab und an zur Gitarre greifen und sich auf die Bühne stellen können, bei offenen Bühnen mit Musikern aus der Region zum Beispiel; einmal im Monat zwanglos jammen im eigenen Veranstaltungs-Saal. Im Winter hingegen könnte man alles ruhiger angehen lassen: ein paar einheimische Stammtischler, die gemütlich am Kachelofen Karten spielten, ein wenig Kleinkunst im Bräustüberl.

Außerdem kein Pendeln mehr in die Stadt jeden Tag, niemals wieder, kein Hinterherhetzen mehr einem Leben, das einen eh den letzten Nerv gekostet hatte. Kein Götz Kloetz, Ethan und Arschkriecher-Ernst mehr; kein Festhalten an einem Lebensentwurf, aus dem man mit Arschtritt suspendiert und hinauskatapultiert worden war.

Dafür: Vollumfänglich ankommen in der neuen Heimat, ein respektierter Mensch sein, der einen sinnvollen, notwendigen Platz im Sozialgefüge innehatte. Und was könnte ehrlicher – und männlicher – sein, als sein eigenes Bier zu brauen, es von eigener Hand an der Theke stehend zu zapfen, zu verkaufen und vom Gewinn seine Familie zu ernähren? Sein Auskommen mit eigener Hände Arbeit zu bestreiten, und noch dazu so einer schönen wie dem Produzieren von leckerem Gerstensaft? War das nicht der heimliche Traum vieler?

Und doch war es freilich nicht machbar, war mit viel zu vielen Fallstricken verknüpft. Nein, *natürlich* würde man sich einen seriösen Job suchen. Vielleicht, wenn man Glück hatte, in einem Unternehmen, zu dem man nicht ganz so weit pendeln würde müssen jeden Tag, oder in einem, in dem man ein, zwei Tage die Woche von zuhause aus arbeiten konnte. Man würde sich einen Job suchen, von dem man wusste, dass man ihn erledigen konnte, weil man ihn sicher beherrschte – eine risikofreie Vollbeschäftigung zugunsten der sicheren Familienversorgung. So würde es sein.

»Ich vertraue meiner Befähigung, für meine Familie sorgen zu können.«

Das war mal eine unschlagbare positive Affirmation!

Oder klang das am Ende gar zu machohaft? Das war auch so etwas, das man heutzutage schon gar nicht mehr eindeutig wissen konnte. Vielleicht setzte man die Frau an sich schon dadurch irgendwie unbewusst herab, indem man mit so einem Satz implizierte, die Partnerin wäre im Umkehrschluss irgendwie weniger geeignet, für die Familie zu sorgen. Beate würde das nicht gefallen. Jürgen auch nicht.

Das war alles unversehens so kompliziert geworden die letzten Jahre über. All die mittlerweile zu berücksichtigenden Befindlichkeiten. Womit man schon wieder beim Thema wäre.

Auf einmal riss ein Rascheln vom Waldweg her Tom aus seinen Gedanken. Er stand auf und ging ein paar Schritte auf den Weg zu, um zu sehen, wer oder was das Geräusch verursacht haben mochte, konnte aber nichts erkennen.

Ein Tier, dachte er. Ein Marder oder Dachs im Unterholz vielleicht.


»Heute möchte ich den Kurs mit einer ganz besonders kraftvollen Meditationsübung beginnen«, verkündete Beate und blickte sich streng im Kreis um. »Nachdem wir in den vergangenen Wochen bereits die Grundlagen unterschiedlicher Meditationstechniken erlernt haben, wollen wir heute einen großen Schritt weitergehen.«

Meditationsübung war gut, dachte Tom. Da musste man nichts sagen oder tun, was peinlich werden könnte, da musste man sich nicht vor versammelter Mannschaft zum Deppen machen, da konnte man einfach still dasitzen, sich so klein wie möglich machen und so tun, als entschwebe man in irgendwelche transzendentalen Sphären.

Auf Beates Aufforderung hin nahmen die Kursteilnehmer die einstudierte Meditationshaltung ein und schlossen ihre Augen.

»Für unsere emotionale Gesundheit sind Reflexion und permanente Kalibrierung unserer Selbstwahrnehmung äußerst wichtig«, verkündete Beate. »Sie sind notwendig für ein tiefgreifendes Verständnis unserer Gefühle und verschaffen uns den Freiraum, uns angemessen mit ihnen beschäftigen zu können. Fangt jetzt bitte an, ganz bewusst ein- und auszuatmen. Ein … aus … ein … aus. Und nun beginnt ihr, euer zukünftiges Leben zu visualisieren. Stellt euch so detailliert wie möglich eine Szene aus eurem Leben in fünf Jahren vor, wenn all eure aktuellen Ängste und Bedenken längst überwunden und Schnee von vorgestern sein werden. Hört dabei auf meine Stimme – ich werde euch jetzt den Rahmen einer Szene beschreiben, und ihr malt sie mit eurer Fantasie aus. Das nennt man Zukunftsprogression. Bereit für ein bisschen Glücks-Kopfkino? Auf gehts! Stellt euch vor, wie ihr in der Küche steht und ein leckeres Essen zubereitet für eure Liebsten. Euer Partner und euer kleiner Goldschatz sind noch draußen im Garten und spielen. Ihr könnt sie noch nicht sehen, aber ihr hört sie lachen. Jetzt geht ihr langsam zum Fenster. Stück für Stück tauchen eure Liebsten draußen im Garten in eurem Blickfeld auf. Zu weit weg, als dass ihr sie schon im Detail betrachten könntet, aber zweifellos da. Könnt ihr sie erahnen?«

»Oh ja, oh ja. Wie schön!«, freute sich Jürgen irgendwo links von Tom.

»Jetzt macht ihr das Fenster auf und ruft hinaus, dass das Essen fertig ist.«

Der imaginäre Tom in Toms Kopf tat, wie ihm geheißen: Er ging ans Fenster und rief in die verschwommene, neblige Suppe – denn weiter reichte seine Vorstellungskraft nicht – hinaus, dass das Essen fertig sei.

»Und da kommen sie angerannt. Ihr hört die Haustür schlagen, Schritte auf dem Flur. Ihr hört sie ins Badezimmer gehen und die Hände waschen. Jetzt gehen sie in Richtung Küche. Gleich sind sie da, gleich könnt ihr sie sehen.«

»Wie schön, wie schön!«

»Jetzt geht die Tür auf – und da stehen sie endlich vor euch, eure beiden Lieblingsmenschen. Seht ihr, wie glücklich sie euch anstrahlen?«

Tom gab sich alle Mühe, sich eine entsprechende Szene vorzustellen – Kathi mit einem fröhlich strahlenden Jungen an ihrer Seite. So einem wie auf der Zwieback-Packung aus Toms Kindheit oder dem von der Kinderschokolade-Verpackung. Doch so sehr er sich abmühte, das Bild wollte sich einfach nicht einstellen. Was sich schließlich aus dem Nebel herauskristallisierte, was sich vor seinem mentalen Blick manifestierte, war er selbst als Kind – ein verdrossen dreinblickender, störrischer Junge, so wie er sich von alten Fotos her kannte.

»Ich fass es nicht, es gibt schon wieder Billo-Ravioli aus der Dose«, stöhnte der imaginäre Knirps, ehe Tom die Chance hatte, ihn wegzudenken.

Na, das war doch die Höhe! Wie wäre es erstmal mit einem fröhlichen Hallo? Außerdem, was sollte der Quatsch von wegen Ravioli aus der Dose? Hatte der Balg etwa Tomaten auf den Augen?

Die Erwachsenen-Version in Toms Kopf versuchte sich zu wehren: »Wie kommst du denn da drauf? Schau doch hin – es gibt … äh …« Tom überlegte angestrengt, womit er seiner Familie eine Freude machen könnte. »Es gibt Schweinsbraten mit Semmelknödel und Krautsalat!«, rief er triumphierend und versuchte, das Gericht vor seinem geistigen Auge zu visualisieren. Doch als er auf den imaginären Herd hinabblickte, auf den Knirps-Tom anklagend deutete, sah er tatsächlich nur Dosenravioli traurig in ihrer Tomatensoßenpampe schwimmen.

»Ich versteh das nicht«, versuchte Tom gedanklich dagenzuhalten. »Gerade eben war da noch ein richtig leckerer Schweinsbraten.«

»Das kommt nur daher, dass du nichts im Leben richtig auf die Reihe kriegst«, höhnte Knirps-Tom. »Du bist kein Rockstar geworden, noch nicht mal einen einigermaßen passablen Job hast du behalten. Gefeuert haben sie dich! Und anstatt wieder auf die Beine zu kommen, überlegst du dir ernsthaft, eine verdammte Kneipe am Waldrand zu übernehmen? Wie alt bist du, sechzehn?«

»Das ist nicht fair«, rief Tom. »Kathi, willst du vielleicht auch mal was dazu sagen? Hör dir an, wie der mit mir redet!«

Doch Kathi war auf einmal verschwunden, hatte Tom mit der undankbaren kleinen Version von sich selbst in seinem Kopf allein gelassen.

»Außerdem: Schweinsbraten, echt jetzt?«, steigerte sich Knirps-Tom immer weiter in seine Anklage hinein. »Schon mal daran gedacht, ab und an auf Fleisch zu verzichten? So wegen deiner Gesundheit und dem  Klimawandel und überhaupt?«

»Das tue ich doch!«, rief Tom, der langsam richtig sauer wurde. »Seit Kai bei uns wohnt, gibt es doch fast nur noch vegan. Ayurveda-Jünger haben es anscheinend nicht so mit Fleisch und deftig.«

Doch Knirps-Tom wischte den Einwand mit einer unwirschen Handbewegung zur Seite. »Ach, was solls?! Was will man auch erwarten von einem, der nicht mal ein anständiges Willkommensschild malt für sein ungeborenes Kind. Ich wünschte, ich wäre der Sohn von Jürgen! Der ist erfolgreicher Geschäftsmann und grillt da drüben in seinem Kopf gerade voll die leckeren Veggie-Burger und Maiskolben für Ingwer-Isolde. Aber der kann sich ja auch einen Garten leisten, in dem er grillen kann. Im Gegensatz zu dir!«

»Hey, wir haben auch einen Garten, und zwar einen verdammt großen!« Unverschämt, was man sich hier alles um die Ohren hauen lassen musste. Dabei sollte diese doofe Meditationsübung doch eigentlich dazu dienen, Stress abzubauen, und nicht dazu, sich noch mehr schlechtes Gewissen aufladen zu lassen.

Anklagend deutete Tom auf das imaginäre Fenster zum imaginären XXL-Garten – doch das Fenster war unversehens verschwunden. An seiner Stelle blickte Tom nun entgeistert auf eine nackte, wasserfleckige Wand, von der teilweise der Putz abbröckelte. Das hier war nicht mehr ihr hübsches Häuschen in Oberkreuzbach, hinter dem sich die Pferde auf ihrer Koppel tummelten. Stattdessen befand Tom sich auf einmal in einem dunklen, fensterlosen und heruntergekommenen Loch.

»Und alles nur, weil du es versaut hast«, klagte Knirps-Tom.

Er drehte sich auf dem Absatz um und stiefelte zur Tür hinaus.

»Wo willst du hin?«, rief ihm Groß-Tom verzweifelt hinterher.

»Was denkst du denn?! Rüber zu Jürgen, Veggie-Burger essen und spielen. Der Jürgen hat sogar eine Hüpfburg und eine Wasser-rutsche organisiert in seinem Kopf-Garten.«

»Tom? … Tom!?«

Jemand rüttelte an Toms Arm. Der demütigende Albtraum verblasste und Tom öffnete die Augen. Kathi blickte ihn besorgt an. »Alles in Ordnung bei dir?«

»Äh, klar, warum fragst du?«

»Du hast so komisch schwer geschnauft. Ich hatte Angst, dass du gleich zu hyperventilieren beginnst. Und dann hast du auch noch angefangen, vor dich hin zu murmeln.«

»Das war sicher, weil dich die Erfahrung dieser Reise zum Glück emotional so mitgenommen hat«, strahlte Jürgen fünf Plätze weiter Tom an.

»Oh ja, das kannst du laut sagen«, knurrte Tom zurück.

# ERTAPPT!

Das Beste am Geburtsvorbereitungskurs war, dass er an diesem Abend nur eine anstatt der üblichen zwei Stunden dauerte. Wegen Terminüberschneidungen, wie Beate bedauernd mitteilte. Tom hingegen teilte ihr Bedauern nicht – ganz im Gegenteil. Nicht einmal die positiven Affirmationen hatten sie aus Zeitmangel aufsagen und diskutieren müssen. Dafür hatte ihnen Beate eine weitere Woche Gnadenfrist eingeräumt.

Froh, dem Kurs des Grauens und seiner Höllenfürstin der Hebammen entkommen zu sein, fuhr Tom gut gelaunt nach Oberkreuzbach zurück. Ein bisschen hatte er den Eindruck, dass es Kathi an seiner Seite ähnlich ging.

Als sie den Ortseingang passierten, war noch nicht einmal die Sonne ganz untergegangen, sondern lugte blutorangenrot verschmitzt über den Weltenrand, als wolle sie Tom und Kathi zuzwinkern, die unverhofft geschenkte Zeit nur ja nicht zu vergeuden. Da traf es sich eigentlich ganz gut, dass Müllerwirt Schorsch seinen Biergarten noch offen hatte. Mehr noch: Das halbe Dorf schien unter den Linden und Kastanien zu sitzen und das ungebrochen warme Frühlingswetter zu genießen.

Während Tom überlegte, wie man Kathi am besten überzeugen konnte, sich dazuzugesellen, fasste sie ihn auch schon am Arm und sagte: »Du, Tom, halt mal kurz an.«

Wie verlangt bremste Tom ab und hielt am Straßenrand. Er konnte sein Grinsen kaum verbergen.

»Kai hat heute wieder für uns gekocht, oder?«, fragte Kathi, und Tom vermeinte einen bangen Unterton in ihrer Stimme zu hören.

»Ja, veganen Kohlrabi-Eintopf.« Tom versuchte, möglichst kläglich zu klingen und hoffte, Kathi würde die unausgesprochene Sub-Botschaft verstehen. Und tatsächlich: Schon fing sie ihrerseits schelmisch zu grinsen an.

»Dir ist schon klar, dass er uns erst in einer Stunde zurückerwartet, oder?«

Nun konnte Tom sein eigenes Grinsen ebenfalls nicht länger zurückhalten. »Denkst du, was ich denke, das du denkst?«

»Ich denke, dass du ganz richtig denkst, was ich denke, wenn du so hinterhältig fragst, ob ich denke, was du denkst, das ich denke«, gluckste Kathi.

»Na dann, worauf warten wir noch?«

Tom lenkte das Auto weg von der Straße auf den Parkplatz des Müllerwirts. Er nahm seinen Geldbeutel aus dem Handschuhfach und die beiden machten sich auf den Weg zum Biergarten, von wo ihnen schon angeregtes Stimmgewirr, das Klackern von Besteck und Gläsern und das Rufen der Bedienungen entgegenschallte, die sich über den Lärm hinweg Gehör verschafften. Der Sound des Sommers, oder doch zumindest der spätfrühlingshaften Generalprobe dazu. Tom fühlte sich unverhofft mit dem Abend versöhnt. Doch auf einmal packte Kathi ihn auf halbem Weg am Arm und hielt ihn zurück.

»Das ist jetzt aber nicht wahr, oder?«, ächzte sie verblüfft.

»Was meinst du?«, fragte Tom ebenso verdutzt wie alarmiert.

»Schau mal, da drüben!«

Im ersten Moment begriff Tom nicht, wovon sie sprach. Dann sah er ihn ebenfalls – Kai, der vergnügt an einem der Tische saß, vor sich ein frisches Bier und, Tom traute seinen Augen kaum, ein fantastisch aussehendes Brotzeitbrett, überbordend bestückt mit diversen Würsten, aufgeschnittenem Speck und Presssack.

»Dieser verdammte Betrüger!« Tom merkte, wie er richtiggehend sauer wurde. »*Uns* quält er mit Ayurveda-Milchreis und Kohlrabi-Eintopf! Und er selbst lässt es sich hier in unserer Abwesenheit gutgehen, der feine, bigotte Herr! Na warte, dem dreh ich den Hals um, den heuchlerischen!«

»Ich halte ihn für dich fest«, zischte Kathi, nicht weniger angepisst.

Sie umrundeten den Tisch, an dem Kai saß, in weitem Bogen und schlichen sich von hinten an den scheinheiligen Verräter heran, der nichts von seinem drohenden Verhängnis ahnte, so ausgelassen und vergnügt, wie er an seiner Regensburger herumkaute. Na, das Vergnügen würde ihm gleich gehörig vergehen – von so einem pharisäerhaften Gesundheitsgaukler würde man sich nicht länger zum Hanswurst machen lassen beziehungsweise zum Hans-Wurstersatzprodukt. So ein falscher Fuffziger!

Tom und Kathi blickten sich an und auf ein stummes Signal hin klatschten sie Kai links und rechts die Hände auf die Schultern. Dieser erschrak so dermaßen, dass er sich an einem Bissen Brot mit Kaminwurzen verschluckte. Panisch und hustend blickte er sich um und bekam große Augen, als er sah, wer da über ihm racheengelgleich aufragte.

»Kathi! Tom! Was macht ihr denn um diese Zeit schon hier?« Mit zittrigen Händen nahm Kai einen tiefen Mundvoll Weißbier gegen das Verschlucken. »Ich, äh, hatte euch so früh noch gar nicht zurückerwartet.«

»Das glaube ich sofort, du elender Mistkerl«, wütete Tom. Er und Kathi setzten sich Kai gegenüber auf die Bank.

»Erklärung! Aber sofort!«, verlangte Kathi.

Dem konnte Tom nur zustimmen. Trotzdem ließ er es sich nicht nehmen, Kai sein Vergehen vorher noch so richtig unter die Nase zu reiben. Damit er sich umso mehr würde winden müssen, der erbärmliche Wurm.

»Wir haben dich mit offenen Armen bei uns aufgenommen! Alles haben wir anstandslos mitgemacht – deine ganzen seltsamen Anwandlungen, in die du dich von Tag zu Tag immer mehr hineinsteigerst. Deine Belehrungen und die ganzen Verbote, die du uns gegenüber in *unserem* Haus aussprichst! Und jetzt das hier? *Das hier?*« Anklagend deutete Tom mit dem Finger auf einen Landjäger, der, gebettet auf einem Salatblatt und garniert mit einer aufgeschnittenen Essiggurke, ganz besonders lecker aussah. »Es ist noch gar nicht so lange her, dass wir uns an diesem Ort eine Packung Landjäger geteilt haben – *brüderlich* – und uns unsere tiefsten Gedanken anvertraut haben. Mein lieber *Freund*.«

»Du verstehst das falsch«, rief Kai, kläglich den Kopf schüttelnd. Zerknirscht blickte er von einem zum anderen. »Ich habs wirklich, wirklich nur gut gemeint.«

»Ach, und mit dir selbst meinst du es demzufolge also nicht gut, oder wie?«, fauchte Kathi und stieß ihren Finger ebenfalls Richtung Landjäger, der doch eigentlich gar nichts dafür konnte, die arme Wurst.

»Kathi, es tut mir leid.« Kai sank regelrecht in sich zusammen. »Die Wahrheit ist … Die Umstellung, der Besser-Kai zu werden, fällt mir schwerer als gedacht. Den ganzen Tag nur Gemüse, fade Flocken und Kräutertee! Ich hab schlichtweg was Deftiges gebraucht.«

»Meinst du nicht, dass es uns da genauso geht?«, giftete Tom erzürnt.«

Kais Mimik wechselte von elend zu misstrauisch. »Moment mal … seid ihr deshalb hier? Wolltet ihr etwa auch bescheißen? Ha, ich wette, das wolltet ihr!«

»Oh nein, Kollege«, fuhr Kathi dazwischen. »So leicht kommst du hier nicht davon. *Du* hast schließlich mit dem ganzen Ayurveda und vegan angefangen, nicht wir. *Wir* können also gar nicht bescheißen. Trotzdem sollen wir nach deiner Pfeife tanzen!«

»Weil es doch gut für uns alle ist«, hielt Kai dagegen. »Für dich, für Tom, für mich. Du bist ein paar Jahre jünger, aber Tom und ich gehen stracks auf die Vierzig zu. Immer nur griechische Fleischplatten und Schweinsbraten, das läuft nicht mehr. Das macht der Körper bald nicht mehr mit. Außerdem ist es tatsächlich scheiße fürs Klima, wie wir mittlerweile alle wissen sollten. Es ist nur so verdammt schwer, aus seinen alten Gewohnheiten auszubrechen.«

»Weißt du, im Grunde gebe ich dir recht damit«, sagte Kathi, die sich langsam wieder beruhigte. Ungeniert langte sie hinüber zu Kais Brotzeitplatte und nahm sich die Scheibe weißen Presssack vom Brett.

»Nein! Bitte nicht den weißen Presssack!«, klagte Kai. »Den wollte ich mir für den Schluss aufheben. Nimm dir lieber den Pfefferbeißer.«

»Vergiss es. Du bist nicht in der Position, Forderungen zu stellen«, schüttelte Kathi grinsend den Kopf. »Also, hört zu. Ich hab einen Vorschlag zu machen. Aber nur, falls alle einverstanden sind damit.« Sie blickte fragend zu Tom.

»Ich bin ganz Ohr«, forderte sie dieser zum Weiterreden auf.

»Was haltet ihr von einem Kompromiss? Ab morgen leben wir fünf Tage die Woche gesund ayurvedisch und-oder vegan – du kochst, wir essen. Und am Wochenende erlauben wir uns ohne Wenn und Aber ein paar kleine Sünden.«

»Das klingt nach einem verdammt guten Mittelweg«, nickte Tom anerkennend.

Dankbar blickte Kai wieder von einem zum anderen. »Das klingt wunderbar! So machen wir das. Ab *morgen*.« Er griff erleichtert nach dem Pfefferbeißer und biss ein großes Stück ab. »Heißt das, ihr könnt mir verzeihen?«

»Ausnahmsweise«, sagte Tom mit gespielt finsterem Blick, konnte sich aber ein leichtes Schmunzeln nicht verkneifen. »Aber wehe, ich erwische dich nochmal dabei, wie du Wasser predigst und heimlich Wein trinkst.«

»Ganz bestimmt nicht!«

»Dein Ansatz an sich ist unbestritten ehrenwert«, erklärte Kathi. »Wir alle müssen unser Verhalten besser heute als morgen überdenken – was wir essen, was wir generell konsumieren, wie wir leben. Aber lass uns einen Schritt nach dem anderen tun, okay? Fünf von sieben Tagen fleischlos klingt doch für den Anfang nicht schlecht. Und wer weiß, wohin uns dieser Weg langfristig führt.

»Deal«, rief Kai glücklich.

»Deal«, entgegnete Kathi und gab ihm die Hälfte des weißen Presssacks zurück.

»Deal«, schloss sich auch Tom an. »Unter einer Voraussetzung.«

»Die da wäre?«, fragte Kai vorsichtig.

»Die Rechnung heute geht auf dich.«

»In Ordnung, Deal.«

Als die Bedienung an ihren Tisch kam, bestellten Tom und Kathi je einen Schweizer Wurstsalat. Dazu gab es für Tom ein Weißbier, für Kathi eine Apfelschorle. Nach dem Essen verabschiedete Kathi sich rasch nach Hause. Sie wollte auf die Couch und endlich die Füße hochlegen. Tom und Kai hingegen bestellten jeder noch ein weiteres Bier.

Toms anfänglicher Ärger war mittlerweile verraucht. Wenn er ehrlich war, konnte er die innere Zerrissenheit seines Freundes nur zu gut verstehen. Weshalb er auch abwinkte, als Kai nach Kathis Abschied dazu ansetzte, sich nochmals zu entschuldigen.

»Weißt du, Kathi hat schon recht«, sagte Tom. »Natürlich müssen wir alle unser persönliches Verhalten überdenken – für unser eigenes Wohlbefinden und unsere Welt, die zunehmend an unserer Maßlosigkeit leidet. Aber du hast uns mit deiner plötzlichen Kompromisslosigkeit ziemlich kalt erwischt. Wobei dein Ansatz im Grunde wirklich prima ist. Nur eines musst du mir bitte versprechen.«

»Selbstverständlich. Schieß los.«

»Es ist bewundernswert, wie du uns umsorgst und dich um alles kümmerst, ernsthaft. Auch, wie du dich bemühst, Kathis Schwangerschaft gerecht zu werden. Nur … meinst du, du könntest vielleicht ein klein wenig *dezenter* sein dabei?«

»Wie meinst du das?«, fragte Kai verwundert.

»Wenn du ständig mit diesen ganzen Fakten aufwartest und dich dabei auch noch als emotional empathischer und sensibler entpuppst als ich, fühl ich mich echt unzulänglich. Als ob du für mich einspringen müsstest, weil ich meinen Einsatz verpennt habe. Wenn du verstehst, was ich meine.«

Kai bekam große Augen.

»Tom, es gibt keinen Grund, warum du dich unzulänglich fühlen solltest. Du machst das alles wirklich großartig. An deiner Stelle wäre ich wohl schon längst durchgedreht. Schau dir nur an, was du alles erreicht hast. Dein Zuhause, deine Ehe, bald ein Kind. Das sind Sachen, auf die kannst du wirklich stolz sein. Wenn jemand Grund hat, sich unzulänglich zu fühlen, dann bin das wohl eher ich.«

»Na ja, stolz auf meine Situation sein wäre wohl ein klein wenig übertrieben. Ich hab keinen Job, ich kann mich nicht dazu aufraffen, so bedingungslos an mir zu arbeiten wie du, ich hab noch nicht mal ein verdammtes Willkommensschild auf die Reihe bekommen.«

Kai schüttelte vergnügt den Kopf. »Vielleicht sollten wir beide mal einen Gang runterschalten. Aber wie auch immer, ich habe viel darüber nachgedacht, und ich glaube, ich habe die perfekte Idee, wie es jetzt weitergeht – für uns beide, für dich und für mich.«

»Oh weh«, grinste Tom. »Wenn du schon so anfängst. Ich sollte wahrscheinlich besser nicht fragen, aber – was für eine Idee?«

Woraufhin Kai etwas sagte, das Tom aus allen Wolken fallen ließ, obwohl er von Kai durchaus einiges gewohnt war: »Ich denke, wir sollten es tatsächlich tun – wir sollten das Kathmandu übernehmen.«

Das kam so unerwartet, dass Tom sich glatt an seinem Bier verschluckte. Bei jedem anderen hätte er so eine Ansage für einen Witz gehalten. Doch nicht bei Kai. Kai meinte solche Dinge in der Regel ernst. Außerdem: Tom musste nur einen Blick auf dessen erwartungsvoll aufgeregtes Gesicht werfen, um sich sicher zu sein, dass sein Freund es tatsächlich ohne jeden Zweifel ernst meinte.

Als sein Hustenanfall vorüber war, beeilte Tom sich, so nachdrücklich wie möglich zu versichern: »Das, mein lieber, bester Freund, sollten wir ganz bestimmt *nicht* tun.«

»Warum denn nicht? Überleg doch mal – ich bin drauf und dran, Onkel Willys Haus zu verkaufen. Dann verkaufe ich auch noch meine Münchner Wohnung und alles, was ich nicht wirklich brauche – meinen Audi TT, meine signierte Erstpressung von *Electric Ladyland* und alles, was sich sonst noch zu Geld machen lässt. Damit haben wir ein richtig hübsches Startkapital beisammen. Vermutlich weit mehr, als wir brauchen, um den Laden wieder in Schuss zu bringen.«

»Kai, bitte, hör dich doch nur selbst reden«, flehte Tom, dem angst und bange wurde beim Gedanken, wohin das womöglich am Ende noch führen mochte, wenn man Kai nicht schnellstmöglich von diesem Wahnsinn abbrachte. »Es gibt tausend Gründe, die dagegensprechen. Wo würdest du denn beispielsweise wohnen dann?«

»Im Kathmandu natürlich, über der Gaststube im ersten Stock. Sonst noch Fragen?« Kai strahlte Tom zunehmend begeistert an, und je mehr Kai strahlte, desto besorgter wurde Tom.

»Und dann willst du ohne Auto am Waldrand leben, oder wie?«

»Natürlich nicht, schließlich werden wir einen Lieferwagen brauchen. Aber zwischen einem praktischen E-Auto, das für die Arbeit zwingend erforderlich ist, und einem spritfressenden Sportcoupé zum reinen Vergnügen gibt es schon einen gewissen Unterschied, oder?«

Himmel, wie *durchdacht* das schon alles klang. Tom wurde jetzt wirklich mulmig zumute.

»Dem schließe ich mich natürlich an. Aber Kai, die ganze Sache an sich … das geht nicht, und das weißt du auch«, rief er. »Weil … weil … es einfach nicht geht. Das ist doch viel zu riskant. Ich habe einen verdammt hohen Hauskredit abzubezahlen. Und eine Familie, für die ich sorgen muss.«

Was Knirps-Tom bei seinem nächsten Besuch in Toms Kopf wohl dazu zu sagen hätte, wenn er erfuhr, worüber sie sich hier unterhielten? Nach Kais Meinung *ernsthaft*.

»Das ist nicht riskant«, rief Kai, nun seinerseits erregt. »Schalt doch mal für einen Moment, nur einen einzigen verdammten Moment, deine ewigen Vorbehalte aus. Wir haben dank mir ausreichend Geld zur Verfügung. Zumindest genug, um es zwei, vielleicht auch drei Jahre zu versuchen. Wenn wir dann sehen, dass es nicht funktioniert, kehren wir eben wieder in unsere alten Leben zurück. Dann suchen wir uns wieder langweilige Spießer-Jobs und werden wieder zu braven kleinen Systemsklaven. Immerhin wissen wir dann, dass es nicht hatte sein sollen.«

»Dein Job! Gut, dass du es ansprichst. Willst du den jetzt ernsthaft von heute auf morgen hinschmeißen, oder wie?«

»Das könnte ich ohne Probleme«, hielt Kai nun richtiggehend gereizt dagegen. »Ich zeige mich einfach selbst bei der Personalabteilung an!«

»Du willst … äh … *was?*«

Kai grinste einen völlig entgeisterten Tom überlegen an. »Da staunst du, was? Ich könnte nämlich mühelos beweisen, dass ich nicht ein Drittel der Leistung erbracht habe in den letzten fünf Jahren wie vertraglich vereinbart. Außerdem war ich zweimal auf Ibiza Party machen, während ich offiziell krankgeschrieben war. Und einmal auf Malle.«

»Das ist jetzt nicht dein Ernst«, schüttelte Tom, der das nicht zu glauben bereit war, den Kopf.

»Ist hart, ich weiß. Ist aber leider wahr.«

Tom brauchte einen Moment, das zu verdauen. Er trank erstmal einen ausgiebigen Schluck Bier, um gedanklich einen taktischen Richtungswechsel vorzubereiten, ehe er entgegnete: »Und dann? Nehmen wir einmal an – theoretisch –, dass du tatsächlich so hirnverbrannt bist, dein schickes Dachgeschoss-Apartment in Schwabing zu verkaufen und dich von allem zu trennen, was den bisherigen Kai ausgemacht hat, deinem Groß-stadtleben, deinem Gutverdiener-Job, deinen Partys, den ganzen Weibergeschichten, um überm Bräustüberl im Kathmandu als Eremit zu leben – was dann? Hast du in all deiner Begeisterung auch mal *richtig* darüber nachgedacht, wie dein Leben dann aus-sehen wird?«

»Natürlich! Es wird einfach fabelhaft – weil es ein weitest-gehend autarkes, vertretbares Leben sein wird. Es ist doch alles hier, was wir dazu brauchen. Wir können unser eigenes Bio-Bier brauen aus Rohstoffen der Region. Und das Brot, das wir servie-ren, backen wir auch selbst. Natürlich ebenfalls aus regionalem Bio-Getreide. Ich hab mir da heute Nachmittag ein paar Youtube-Videos angeschaut, das ist ganz einfach …«

»Du hast dir also *Youtube-Videos* angeschaut?«, stöhnte Tom. Ein Glück, dass gerade die Bedienung vorbeilief und er zwei neue Bier bestellen konnte. Und sicherheitshalber noch zwei Obstler mit dazu. Die konnten im Moment nicht schaden, wie er dachte.

»Na klar«, fuhr Kai stürmisch fort. »Es ist ja alles hier, wächst direkt vor unserer Nase – Getreide, Gemüse, Obst. Alles, was wir brauchen. Und das bisschen Wurst für unsere Gäste machen wir auch selbst.«

»Na klar machen wir die Wurst auch selbst«, nickte Tom, den nun bald gar nichts mehr würde schockieren können, die neueste Anwandlung des Irrsinns ab, und hoffte, die Bedienung würde nur möglichst schnell mit Bier und Schnaps wiederkom-men.

»Auch das ist kein Hexenwerk«, freute sich Kai. »Logischerweise nehmen wir dazu ausschließlich Biofleisch von Höfen aus Ober- und Unterkreuzbach. Und wir produzieren von allem nur so viel, wie wir fürs Stüberl und den Biergarten brauchen. Kein Transport um die halbe Welt, kein Soja-gefüttertes Mastvieh aus Großbetrieben mit irrsinnigen Treibhausgasemissionen, für die der halbe Regenwald abgeholzt wird. Sogar den Strom können wir selbst erzeugen – wir installieren einfach PV-Anlagen auf den Dächern. Dann werden wir ein durch und durch ökologisch vertretbarer, klimaneutraler Gastrobetrieb. Wer weiß, vielleicht könnte ich langfristig auch Yoga-Seminare abhalten oder ayurvedische Kochkurse. Vielleicht auch spirituelle Waldbade-Ausflüge anbieten.«

»Ist es das, was du unter einen Gang runterschalten verstehst?«, rief Tom fassungslos. »Ich meine – wow Kai, dir ist das *wirklich* ernst, oder? Also so *richtig wirklich*. Das ist schon verdammt krass. Sogar für deine Verhältnisse.«

»Jep. Und zwar krass gut«, bekräftigte Kai zufrieden.

Jetzt sah Tom sich genötigt, die schweren Geschütze aufzufahren: »Die schlichte Wahrheit ist doch, dass wir von alledem überhaupt keine Ahnung haben. Bierbrauen, Brotbacken, Metzgern, einen Gastrobetrieb führen – mit Buchhaltung, Einkauf und allem, was dazugehört.«

»Aber Stefan Zwei, der weiß das!«, schmetterte Kai auch diesen Einwand mit einer unwirschen Handbewegung beiseite – und hätte dabei fast die beiden neuen Biere und die Schnäpse vom Tisch gefegt, die die Bedienung just in diesem Moment neben ihnen abstellte. »Oder hast du etwa vergessen, dass einer unserer besten Freunde Küchenchef in einem erfolgreichen Restaurant ist? Der wird uns das dann schon alles erklären.«

Tom griff nach einem der Obstler und kippte ihn hinunter. Dann warf er einen vorsichtigen Blick auf Kai, der ihn ergriffen anstarrte, und kippte vorsorglich den zweiten gleich hinterher.

»Und wer bringt dir bei, Bier zu brauen? Hast du darüber auch schon nachgedacht? Oder willst du das etwa auch nach *Youtube-Anleitung* machen?«

»Na, der Stallhuber Erwin natürlich, wer denn sonst? Der hat auch gemeint, dass das gar nicht so schwer ist.«

»Wann zur Hölle hast du denn mit dem gesprochen?« Das ganze Thema nahm ja immer noch besorgniserregendere Ausmaße an.

»Heute Nachmittag!«, trumpfte Kai weiter auf. »Du, der würde uns den ganzen Besitz lieber heute als morgen verkaufen. Vor allem, als ich ihm erzählt habe, dass wir das Kathmandu in seinem Sinn weiterführen wollen. Der würde uns als Dreingabe – sozusagen gratis – in das Geheimnis des Kathmandu-Weißbierbrauens einführen. Ist das nicht sagenhaft?«

Ja, und zwar sagenhaft selbstausbeuterisch, irrwitzig und durch und durch unüberlegt, hätte Tom am liebsten erwidert. Aber das wäre vergebliche Liebesmühe gewesen, wie er wohl oder übel einsehen musste – ein Blick in Kais verzücktes Gesicht genügte als Beweis.

»Und das Wurstmachen lässt du dir mal eben kurz vom Schorsch beibringen, oder wie?«, versuchte er stattdessen halbherzig an Kais Vernunft zu appellieren.

»Oh du ungläubiger Thomas! Du kleinherziger Kleinschmidt!«, rief Kai und schien sich ernsthaft die Haare raufen zu wollen. Dann wurde ihm bewusst, dass das bei seinem 9-Millimeter-Kurzhaarschnitt gar nicht möglich war, und er begnügte sich damit, ordentlich mit der Faust auf den Tisch zu donnern. Die Schafkopf-Runde zwei Tische weiter zuckte unisono zusammen und warf ihnen böse Blicke zu. »Verstehst du denn nicht, dass es gar nicht darum geht, von Anfang an alles perfekt hinzubekommen? Wir fangen halt mit ein, zwei Sorten von Würsten an. Am besten mit Bratwürsten – hat der Schorsch gesagt –, die gehen am einfachsten. Und sobald wir den Dreh raushaben, bauen wir das stetig weiter aus. Die nötige Ausrüstung würde uns der Schorsch nämlich äußerst kostengünstig überlassen. Der hat ja keine Verwendung mehr dafür.«

»Ich fass es nicht. Das Ganze nimmt ja Dimensionen einer regelrechten Oberkreuzbacher Verschwörung an. Ich will gar nicht wissen, mit wem du sonst noch alles gesprochen hast. Aber zumindest Brot gibts dann nach Youtube, ja?«

»Jetzt hör doch endlich auf, die ganze Zeit auf dem kack Youtube rumzureiten! Das war doch nur … so als Möglichkeit. Der springende Punkt ist doch, dass jede Bäuerin ihr eigenes Brot backt. Dann redet man halt mit den Leuten und lässt sich das erklären.«

Das war der Punkt, an dem Tom – zumindest für den Moment – die Argumente ausgingen, wie er sich eingestehen musste. Er seufzte und blickte Kai traurig an. »Oh Mann, Kai. Weißt du, für diesen Enthusiasmus liebe ich dich wirklich. Ganz ehrlich – für deine Tagträumereien, für deine naive Begeisterungsfähigkeit, die die meisten Menschen irgendwann verlieren im Leben. Aber: Es geht trotzdem nicht. Einfach weil … es nicht geht. Und im Grunde deines Herzens weißt du das.«

»Natürlich gehts, man muss sich nur trauen«, erwiderte Kai leise. Und dann einigermaßen trotzig: »Ich weiß, dass du es auch willst.«

»Komm, lass gut sein. Außerdem – woher willst du das denn wissen?«

»Weil ich dich gesehen habe heute morgen. Wie du auf den Stufen vorm Kathmandu gesessen und in den Tag hineingeträumt hast.«

»Du hast … was? Wie?!« Tom erinnerte sich an das Rascheln am Waldrand, das er – anscheinend fälschlicherweise, wie man jetzt vermuten musste – von einem Tier verursacht geglaubt hatte. »Du hast mir nachspioniert?«, rief er empört.

Kai schüttelte verärgert den Kopf. »Quatsch, natürlich nicht. Ich hatte wohl nur ganz offensichtlich dieselbe Idee wie du.

Nach all dem Babykram zusammenbauen musste ich unbedingt auch an die frische Luft. Egal, was du glaubst – ich mach das nämlich nicht, weil es mir so ungeheuer viel Spaß bereitet, auf eurer nestbaugetriebenen Familienzuwachs-Wellenlänge mitzusurfen, du Trottel, sondern nur, um dich zu unterstützen. Ich seh doch, dass dir das alles mitunter zu viel wird. Und weil ich davor genau wie du irgendwann die Flucht ergreifen musste, bin ich eben hoch zum Kathmandu – genau wie du. Um mir den Laden nochmal ganz in Ruhe anzuschauen – *genau wie du!* Und als ich dort ankam, hast du dagesessen und Löcher in die Luft geträumt. Da hab ich mir gedacht, lass den Tom mal lieber in Ruhe jetzt, du kannst ja später nochmal wiederkommen. So war das.«

Tom fühlte sich einigermaßen ertappt – und auch ein wenig zerknirscht, weil er Kai bei allem so vehement widersprochen und sich über dessen Begeisterung echauffiert hatte. Und das, obwohl er in der Tat morgens mit ganz ähnlichen Gedanken gespielt hatte. Nun, vielleicht nicht ganz so ungebrochen euphorisch. Wie auch immer, es zu leugnen war wohl zwecklos und hätte einem schlecht angestanden.

»Okay, du hast ja recht«, gab Tom zu. »Ich hab mir tatsächlich vorgestellt, wie es wäre, den Laden zu übernehmen.«

»Du und ich – das wär doch was!«, witterte Kai postwendend Oberwasser.

»Kai, ich bin für so ein Abenteuer einfach nicht der richtige Typ.«

»Ich mach dir einen Vorschlag: Du lässt das jetzt erstmal alles sacken und wir erwähnen von diesem Moment an eine ganze Woche lang das Thema Kathmandu mit keinem Sterbenswörtchen mehr. Dann haben wir beide ausreichend Zeit, alles zu überschlafen und zu überdenken. Und heute in einer Woche setzen wir uns wieder zusammen und bereden es vernünftig zu Ende. In Ordnung?«

»In Ordnung«, ging Tom erleichtert auf den Vorschlag ein.

Wenn er Glück hatte, dachte er, würde sich der Irrsinn dieser Schnapsidee bis dahin verflüchtigen.

Doch natürlich hätte er es besser wissen müssen.

# DER LAUF DER DINGE (MAIBAUM-REMIX)

Warum lag es eigentlich in der Natur von Lederhosen, dass sie jedes Mal, wenn man sie aus dem Schrank kramte, noch weiter eingeschrumpft schienen und *noch* unangenehmer in den Bauch zwickten? Das konnte doch unmöglich an einem etwaigen schleichend wachsenden Bauchumfang liegen – das hieße ja, man müsste an Diät und vermehrten Sport denken. Was man ganz sicher nicht wollte, schließlich war das Leben im Allgemeinen und insbesondere Toms Leben auch so schon stressig genug.

Also nein, dachte Tom, als er sich mit einer gehörigen Portion Selbstmitleid ächzend in seine Lederhose zwängte, es musste einfach die verdammte Hose selbst sein, die Schuld daran trug. Was irritierend war, denn hieß es nicht eigentlich, dass die mitwuchsen mit ihrem Träger, dass sich das Leder dehnte und passgenau der Körperform anschmiegte? War das nicht eines der vielgelobten Alleinstellungsmerkmale von Lederhosen? Doch anscheinend handelte es sich dabei um eine Legende, eine *Marketing-Lüge* des neunzehnten Jahrhunderts, wenn man so wollte.

Auf der anderen Seite allerdings hatte Tom von dem Phänomen gehört, demzufolge Männer mitschwanger wurden parallel zu ihren Partnerinnen und beinahe zwangsläufig ebenso an Pfunden zulegten. Konnte da am Ende vielleicht doch etwas Wahres dran sein, fragte er sich und begutachtete sich mit angehaltener Luft und eingezogenem Bauch seitlich im Schlafzimmerspiegel.

Dabei hatte man doch eigentlich kaum mehr gegessen als früher. Höchstens, dass man es sich in letzter Zeit mit der bewegungseingeschränkten Partnerin öfter auf der Couch vor der Glotze gemütlich gemacht hatte, wenn man früher gemeinsam joggen oder schwimmen gegangen war. Vielleicht sollte man sich darüber tatsächlich einmal Gedanken machen – über den Zusammenhang von Couchen und schrumpfenden Hosen.

Aber nicht heute. Heute musste man erstmal das verdammte Trachtenhemd irgendwie in die verdammte Lederhose zwängen und selbige irgendwie verschließen – klugerweise nachdem man zuvor bereits die Schuhe angezogen hatte. Denn sich bücken mit geschlossener Lederhose, diesen Versuch wollte man besser nicht wagen.

Immerhin: Als das Vorhaben schließlich geglückt und jedes Kleidungsstück einigermaßen an der dafür vorgesehenen Stelle war, ließ sich das Resultat mit ein wenig Nachsicht durchaus sehen. Mit dem schlichten, grobleinenen Trachtenhemd in der abgewetzten Lederhose ohne unnötige Stickereien oder sonstigen Firlefanz konnte man tatsächlich als *waschechter* Eingeborener durchgehen im Gegensatz zu den Oktoberfest-Touris in ihren Fantasy-Trachten, die ihnen an den einschlägigen Münchner Hotspots angedreht wurden.

Es war der erste Mai, ein strahlend schöner Frühsommertag. Unten beim Müllerwirt mühten sich sicherlich schon die Dorfburschen mit dem Aufstellen des Maibaums ab, und bald würde mit Tanz, Bier und Rollbraten vom Grill in den Tag hineingefeiert werden.

Just, als Tom so für sich selbst vor dem Spiegel posierte, kam Kathi zur Tür herein und blickte ihn durchaus mit Stolz – wie Tom zufrieden feststellte –, aber auch eine Spur wehmütig an.

»Ich freu mich darauf, wenn ich endlich wieder in mein Dirndl passe«, seufzte sie. »Wir wären immer noch ein hübsches Paar.«

»Das sind wir doch so oder so«, beeilte Tom sich zu sagen. »Das Dirndl ziehst du dann halt nächstes Jahr wieder an.«

Kathi grinste ihn ein wenig schief an. »Das hättest du sicher gern. Aber ich fürchte, ich werde wohl eher erst in zwei Jahren wieder reinpassen.«

Kathi schlüpfte in ein leichtes Schwangerschaftskleid, das in Toms Augen unverschämt bequem aussah, dann machten sie sich gemeinsam auf den Weg ins Wohnzimmer. Dort erwartete sie bereits ein gut gelaunter Kai, der ganz offensichtlich keine Probleme mit irgendwelchen schrumpfenden Hosen hatte, so locker und selbstgefällig lässig, wie seine Lederhose an ihm herunterhing.

Seit ihrem Gespräch im Biergarten ein paar Tage zuvor hatte Kai Wort gehalten und das Kathmandu mit keiner Silbe mehr erwähnt. Tom fragte sich, ob Kai nach Ablauf der Sperrfrist in zwei Tagen das Thema wohl ernsthaft wieder zur Sprache bringen würde. Lieber wäre ihm – *vermutlich* – gewesen, wenn nicht.

Die drei machten sich auf den Weg ins Dorf hinab. Vom Müllerwirt unten schallten ihnen rhythmische Kommandos entgegen, die kamen von den Burschen, die im Gleichtakt mit ihren Stangen den Maibaum Stück für Stück in die Höhe schoben. Auf dem Weg begegneten sie anderen Dörflern, die hinab zum Fest strebten. Die meisten davon in ähnlich schlichten Trachten, wie Tom sie trug, oder geschmackvollen Dirndln in gedeckten Farben.

Unten beim Wirt hatte sich bereits ein großer Kreis Schaulustiger gebildet, der unter viel Gejohle, Beifall und Klugscheißerei zusah, wie sich die Dorfburschen abmühten. Fast hatten sie es schon geschafft, den Baum aufrecht zu rücken. Viel fehlte nicht mehr.

»Eine halbe Stunde noch. Maximal«, sagte Xaver, der sich mit Resi zu ihnen gesellte. Und auch Müllerwirt Schorsch gab sich die Ehre und begrüßte die Neuankömmlinge.

»Das letzte Mal, dass hier ein Maibaum aufgestellt wird und ich das Dorf bewirte.«

»Das ist wirklich schwer vorstellbar, Schorsch«, seufzte Resi.

»Nicht nur für dich. Für die Zenta und mich schon auch.«

Auf dem Parkplatz vor der Wirtschaft war ein kleines Festzelt errichtet worden, in dem die Dorfmädchen am Ausschank darauf warteten, dass angezapft wurde. Kichernd oder aber betont unbeeindruckt, manche indes durchaus mit kaum verhohlenem Stolz, sahen sie den Burschen zu, die um jeden Schritt vorwärts gegen das tonnenschwere Gewicht des weiß-blau bemalten, mit den traditionellen Schildern und Tannenkränzen geschmückten Maibaums ankämpften.

Auf einem großen Metzgergrill am anderen Ende des Festzelts rotierten etliche Reihen meterlang aufgesteckter Rollbraten neben gewaltigen Schüsseln mit Kartoffelsalat und einem brodelnden Soßentopf. Schrumpfende Hosen hin oder her, Tom lief bei dem Duft das Wasser im Mund zusammen.

»Sähr-fuss miteinander!«, dröhnte es da auf einmal hinter ihm.

Es war Olaf Borstelmann, der nebst Frau und seinen beiden Kindern in einer schrecklichen Kitschtracht hinter ihnen aufragte wie ein gamsbarthut- und glitzerlodenjanker-bewehrter Ork. »Dann wollen wir uns mal unter die Eingeborenen mischen und das Gaudium zu Gemüte führen. Solange solche Stammesrituale hier im Ort noch zur Aufführung kommen.«

»Was genau meinst du damit?«, fragte Xaver irritiert und ein wenig argwöhnisch.

»Da wirst du Augen machen, Gsaffer. Wir bringen die moderne Zivilisation schon noch nach Oberkreuzbach. Schluss mit heidnischem Brimborium und Schweinsbraten. Dann gibts Breitband und Sushi für die staunende Landbevölkerung. Wir sind ja nicht zum Spaß hier, oder? Hahaha. Ich werd diese idyllische oberbayerische Goldgrube schon noch für das *richtig* finanzstarke Klientel attraktiv machen. Davon profitieren wir am Ende alle.«

Entgeistert starrte Tom den verrückten Hamburger an. Doch ehe er weiter nachhaken konnte, was genau Borstelmann mit seinen kryptischen Andeutungen meinte, rief hinter ihnen eine ebenfalls leider nur zu bekannte Stimme: »Olaf!? Ja servus, alte Hütte!«

Es war Jürgen, ausgerechnet Jürgen aus dem Geburtsvorbereitungskurs, nebst Gattin Babette, der anscheinend tatsächlich aufrichtig erfreut winkend auf Borstelmann zueilte. Jürgen hatte sich ebenfalls ordentlich in Schale geworfen. Und auch wenn er nicht in einer so geschmacklosen Fantasy-Verkleidung wie der Hamburger daherkam, wirkte seine obszön geldige Zigtausend-Euro-Tracht nicht weniger deplatziert.

Kaum hatte Jürgen sie erreicht, bemerkte er Tom und Kathi und strahlte sie ebenfalls an – auch wenn es Tom schien, als sei das Lächeln, das ihm galt, ein wenig bemühter als jenes, das er Kathi schenkte.

»Die Kathi und der Tom! Ja servus, servus. Gut schauts aus.«

»Hier kennt wirklich jeder jeden«, brummte Borstelmann.

»Na ja, kennen wär jetzt vielleicht zu viel gesagt«, winkte Jürgen ab – eine Spur zu rasch, wie Tom fand. »Wir sind halt im selben Geburtsvorbereitungskurs.«

»Ah so. Die zwei sind nämlich meine Nachbarn«, klärte nun Borstelmann seinerseits Jürgen auf. Der bekam große Augen: »Was, *ihr* seid diejenigen, die da oben am Sonnenhang das Haus gekauft haben damals?«

»Wenns gestattet ist«, grummelte Tom, der sich fragte, was es mit diesem Zusammentreffen hier auf sich hatte. Woher zur Hölle kannten sein unsäglicher Nachbar und der noch unsäglichere Schwangeren-Flüsterer Jürgen sich? Ob es wohl irgendwo in der Gegend einen Verein der *Nervtötendsten Zeitgenossen e.V.* gab?

»Wisst ihr überhaupt, was ihr für ein Glück gehabt habt?«, wunderte Jürgen sich kopfschüttelnd. »Das Haus hätte ich mir ja auch zu gern unter den Nagel gerissen damals. Da hätte man wunderbar den Altbestand abreißen, das Grundstück halbieren und zwei Doppelhaushälften hinbauen können. Mindestens! Da wär ein feiner Gewinn zu holen gewesen. Bloß hat mir leider damals noch der richtige Partner für so ein Projekt gefehlt.«

Woraufhin ihm Olaf Borstelmann die Hamburger Pranke auf die Schulter klatschte und zu Toms nicht gerade unwesentlicher Bestürzung die Worte aussprach: »Jetzt hast du ja mich.«

»Und woher kennt ihr zwei euch?«, stellte Kathi, die kaum weniger wie vom Blitz getroffen klang, die Hunderttausend-Euro-Frage.

»Der Olaf will doch geschäftlich Fuß fassen bei uns in der Gegend«, erklärte Jürgen bereitwillig. »Deshalb hat er im Vorfeld seine Fühler nach einem Partner ausgestreckt, der ihm für seine Visionen den finanziellen Spielraum verschaffen kann.«

»Und dabei bin ich auf den Jürgen gestoßen«, fuhr Borstelmann nahtlos fort. »Wir zwei, wir sind ein Spitzenteam, das hab ich im Gefühl.«

Ehe einer der Anwesenden etwas erwidern konnte – wobei Tom nach diesen Enthüllungen auch gar nicht gewusst hätte, was man da jetzt erwidern hätte können oder, wollte man höflich bleiben, erwidern *dürfen* – erblickte Jürgen den Müllerwirt, der bislang stumm in der zweiten Reihe dabeigestanden und das Gespräch reglos verfolgt hatte.

»Na, Georg, genießt ein letztes Mal das Spektakel?«, dröhnte er jovial. »Noch einmal dich feiern lassen, bevor du es dir auf Malle im Ruhestand gut gehen lässt, was?«

Dankenswerterweise spielte die Blaskapelle just in diesem Moment einen Tusch und alle applaudierten. Der Baum stand, die Burschen hatten ihn schlussendlich in die Senkrechte gewuchtet und verankert. Erschöpft legten sie ihre Stangen nieder und ließen sich von den Mädchen Radler-Maßn zur Abkühlung reichen.

Jürgen drehte sich zu Borstelmann und dessen Familie um: »Kommts, suchen wir uns einen Tisch, bevor alle guten Plätze belegt sind.« Ohne sich weiter um die Gruppe rund um Tom zu kümmern, machten sich Jürgen und Borstelmann samt ihren Anhängen davon.

»Sag bloß, du hast mit denen was zu schaffen, Schorsch«, erkundigte sich Resi verwundert.

»Leider, Resi, leider. Oft kannst dir halt nicht aussuchen, mit wem du Geschäfte machst. Dem Kramer Jürgen hab ich doch meinen Grund und Besitz verkauft. Und der Hamburger steckt da auch irgendwie mit drin. Die wollen hier eine richtige Mietskaserne hochziehen.« Der Müllerwirt blickte betreten auf seine Füße. »Ich kanns noch gar nicht richtig glauben, dass es das alles hier bald nicht mehr geben wird – die Wirtschaft, die ich über dreißig Jahre lang am Laufen gehalten hab –, plattgemacht für zwei Mehrparteienkästen. Na ja, ich habs mir selbst ausgesucht. Ich habs so gewollt, jetzt ist es so. Und jetzt muss ich nach dem Rollbraten sehen, da wirds gleich hoch hergehen. Bis nachher dann!«

Schorsch bahnte sich seinen Weg durch die Menge der Dorfbewohner, die in Richtung Biertische und Zelt strömte.

»Lasst uns zusehen, dass wir auch einen schönen Platz kriegen. Und was zu essen und zu trinken«, sagte Xaver.

Während Kathi und Resi einen Tisch im Halbschatten belegten, stellten sich die drei Männer für Bier und Rollbraten an. Zehn Minuten später kamen sie mit schwer beladenen Tabletts zurück und setzten sich zu den Frauen an den Biertisch.

»Es ist wirklich traurig, sich vorzustellen, dass es das hier nächstes Jahr nicht mehr geben soll«, sagte Kathi seufzend zwischen zwei Bissen Kartoffelsalat.

»Das ist erst der Anfang«, griff jemand neben ihnen den Faden auf. Es war der Unterhofer Hias, der an ihrem Tisch stand und gesprochen hatte. »Ihr werdet schon sehen, das sind so Menschen, die schnappen sich jetzt nach und nach alles in der Gegend weg, das sie in die Finger bekommen. Gockeln in ihren gschissenen Angermaier- oder Protztrachten durch die Gegend, meinen, sie müssen einen auf Servus und Duz-Kumpel machen und kaufen hinterrücks alles zusammen, um ihre billigen Geschäfte zu machen, bis kein Stein mehr auf dem anderen geblieben ist. Na ja, wir sehen uns. Lasst es euch schmecken.«

Der Unterhofer Hias schritt mit seinem leeren Maßkrug in Richtung Zelt davon.

»Ich fürchte, der Hias hat nicht ganz unrecht«, sagte Xaver ungewohnt düster. »Euer neuer Nachbar hat sich hier reingesetzt wie die Made im Speck. Jetzt muss er nur die Augen offenhalten, wo wieder was abzustauben, um- oder neuzubauen und mit Gewinn weiterzuverkaufen oder zu vermieten ist. Wir Alten werden ja auch nicht jünger. Da wird in den nächsten zehn, zwanzig Jahren einiges frei werden. So ein Immobilien-Affe wie euer Nachbar im Verbund mit so einem windigen Spekulanten wie dem Kramer, der verdient sich an unserem Dorf so lange dumm und dämlich, bis nichts mehr übriggeblieben ist als eine fade Trabantenstadt für Berufspendler.«

»Gut zusammengefasst«, krähte jemand von hinten. Es war Olaf Borstelmann, der just in diesem Moment mit zwei frischen Maßkrügen in der Hand an ihnen vorüberlief. »Prost, meine Lieben! Auf die Zukunft!«


In dieser Nacht träumte Tom, dass er Gott im Himmel einen Besuch abstattete.

Er radelte den Sonnenhang hinab, am Gemeinde- und Feuerwehrhaus vorbei zur Dorfmitte, wo die Kirche von Oberkreuzbach stand. Er trat ein, stieg im Glockenturm in einen Aufzug und drückte den Knopf »Paradies«.

Mit einem dezenten *Pling* schloss sich die Fahrstuhltür und Tom wurde höher und noch höher emporgetragen, während aus versteckten Lautsprechern »How beautiful heaven must be« von George Jones gespielt wurde. Gerade als Tom zu zweifeln begann, ob die Fahrt denn je ein Ende finden und er an seinem Ziel ankommen würde, stoppte der Aufzug einigermaßen abrupt, die Türen öffneten sich und Tom stand mitten in Gottes Arbeitszimmer.

Der Herr saß an seinem Schreibtisch und schien gerade das wöchentliche Team Meeting mit seinen Heerscharen an Engeln abzuhalten. Diese fanden allesamt in dem nicht besonders großen Raum Platz, weil sie im Vergleich zum Höchsten logischerweise mickrig klein waren und sich recht gut verteilten auf den Regalen und in den Bücherschränken.

Gott sah so aus, wie man ihn sich gemeinhin vorstellte, also wie eine gemütliche Mischung aus Gandalf und dem Sänger von ZZ Top – ein älterer Herr mit weißem Rauschebart. Er trug Jogginghosen und ein etwas schmuddelig wirkendes AC/DC-T-Shirt. Auf dem weißen *Hemnes*-Schreibtisch von IKEA, an dem er saß, stand ein schickes MacBook Air, an das rund ein Dutzend Monitore angeschlossen war. Auf diesen flimmerten unzählige Diagramme und Excel-Tabellen. Hinter Gott an der Wand hing eine Uhr, die auf kurz vor ein paar Äonen Jahren stand.

Das ganze Zimmer sah eher zweckmäßig eingerichtet aus. Nur zwei gerahmte Poster gaben Einblick in den persönlichen Geschmack des Herrn: Das eine war ein Siebzigerjahre-Tour-Plakat der *Rolling Stones*, das andere zeigte Scarlett Johansson, und zwar in einer Pose, dass Tom sogar im Traum ganz heiß wurde.

»Okay«, sagte Gott zu seinen Engeln, nachdem er offenbar stirnrunzelnd in seinen Mails herumgestöbert hatte, »wir haben also einen riesigen Haufen Krankheiten und Artensterben, den Klimawandel und – noch schlimmer – die Leugner des Klimawandels, Kriege, Amok, Terror, dazu Waffen en masse, Rassismus, Antisemitismus, die AfD und den ganzen Scheiß, den wütende alte Männer tagein, tagaus so von sich geben. Was genau unternehmen wir auf der anderen Seite gleich nochmal, um den Menschen das Leben auf Erden bei all dem Mist erträglicher zu gestalten?«

»Wir gaben ihnen die Liebe, oh Herr«, piepste ein Engel, der an der Deckenlampe baumelte.

»Und Hoffnung!«, rief einer seiner Kollegen vom Kopierer herüber.

»Liebe und Hoffnung?«, fragte Gott zweifelnd. »Hm, das erscheint mir nicht gerade viel, oder?«

»Aber Herr«, wagte ein dritter Engel einzuwenden, der auf dem Plattenspieler Karussell fuhr, »Liebe tröstet wärmer als jedes Feuer in kalter Winternacht und Hoffnung versetzt Berge und überdauert alles.«

»Trotzdem«, schüttelte Gott unzufrieden den Kopf, »irgendwas scheint mir noch zu fehlen. Eine kleine … hm, Aufmerksamkeit, ihr wisst schon. Irgendein *Incentive*, um uns zu bedanken, dass die Menschen uns schon so lange die Treue halten.«

»Und was schwebt Euch da konkret vor, hihi?«, kiekste ein vierter Engel ausgelassen, der seinerseits um eine geöffnete Flasche Jack Daniels schwebte.

»Wie wäre es mit … wie wäre es mit Käse?«

»Käse, oh Herr?«

»Nun ja, hm, nein, nicht einfach Käse, sondern so geschmolzener Käse. Ja, das ist es – geschmolzener Käse auf diesem runden Ding, das ich unlängst erfunden habe. Ihr wisst schon, das, von dem ich neulich erst im Quartals-Business-Update gesprochen habe. Dieses Projekt, das sich noch in der Beta-Testphase befindet.«

»Oh … ihr meint Pizza, Herr?!«

»Ja, ja«, rief Gott fröhlich und klatschte in die Hände. »Lasst uns den Menschen Pizza geben. Liebe, Hoffnung und Pizza. Damit werden sie erstmal eine Weile über die Runden kommen, bis wir uns überlegt haben, wie wir das Produkt Erde weiter optimieren können im Detail.«

In diesem Moment fiel sein Blick zufällig auf Tom und erstaunt hob Gott eine Augenbraue. »Ja sieh mal an, der Kleinschmidt Tom. Wie gehts, wie stehts, Kamerad?«

»Eigentlich ganz gut«, erwiderte Tom, der nicht undankbar erscheinen wollte.

»Dafür siehst du mir aber ein bisschen arg mitgenommen aus, wenn ich das so frei sagen darf, mein Lieber.«

»Ach, wie denn auch nicht?«, seufzte Tom. »Wenn du es genau wissen willst: Nichts läuft momentan so, wie ich mir das vorgestellt hatte. Ich meine, Kathi ist schwanger, und das sollte doch eigentlich etwas Wunderschönes sein, oder? Aber in Wahrheit ist diese ganze Schwangerschaftskiste so unglaublich stressig. All die abgefuckten Sachen, die dabei schiefgehen können. Musstest du bei uns Menschen denn unbedingt so viele Bugs einbauen?«

»Aber Tom«, lachte Gott, »kein Produkt ist frei von Fehlern. Man entwickelt es, testet es eine Weile und bringt es auf den Markt, weil es sich schließlich rentieren muss – ein paar Macken hin oder her. Du solltest das wissen, du bist doch im Marketing. Und mit jedem Update, mit jeder neuen Version merzt man anschließend ein paar Bugs und Sicherheitslücken mehr aus.«

»Ja schon, aber sieh es mal von meiner Warte aus: All diese möglichen Komplikationen, die auftreten können, das macht mir echt Angst. Und selbst, wenn alles gutgeht – was dann? Dann haben wir ein wehr- und schutzloses kleines neues Leben in die Welt gesetzt, ein argloses, unschuldiges Wesen, das wir – egal, wie sehr wir es versuchen – nicht auf Dauer werden beschützen können vor all den Problemen und Schlechtigkeiten dieser Welt. Und wer weiß schon, ob die Welt, wie wir sie kennen, überhaupt noch existiert oder in irgendeiner Form lebenswert sein wird, wenn unser Kind mal so alt ist wie ich heute. Das Klima spielt doch jetzt schon verrückt und die breite Masse scheint es kaum zu kümmern, solange sie noch ein bisschen Geld zum fleißigen Konsumieren übrighat. Dazu die globalen Krisen, die unvermindert heiß vor sich hin schwelen, die Populisten, die nicht tot zu kriegen sind. Und, und, und. Du hast es ja selbst gesagt. Es kann einem wirklich, wirklich Angst werden dabei.«

Atemlos hielt Tom inne und fragte sich bange, ob er wohl zu weit gegangen und Gott am Ende erzürnt hatte mit seinem Lamentieren. Doch der schüttelte nur nachsichtig und ein wenig traurig den Kopf.

»Ach Tom«, seufzte der Höchste müde. »Seit so vielen Jahren stellen mir die Menschen wieder und wieder dieselben Fragen. Warum dies, warum jenes, warum muss das so sein und nicht anders. Aber am Ende meinen sie damit immer dasselbe: Warum hast du es zugelassen? All die Katastrophen, die Kriege, die Krankheiten, die Unfälle, die Ungerechtigkeiten und alles Grausame. Und all die Zeit über kann ich nur immer wieder dieselbe Antwort geben: Es gibt kein befriedigendes Warum. Letztlich hängt alles mit dem großen kosmischen Gleichgewicht zusammen, ohne das die Schöpfung nicht funktioniert. Ich habe das Leben als etwas Kostbares, Fragiles entworfen, um es wertvoll zu machen. Doch was fragil ist, kann auch brechen. Dazu habe ich euch den freien Willen gegeben, ohne den das Leben auch wenig wert wäre. Und wo der freie Wille ist, muss konsequenterweise auch Platz für das Böse sein. Und für Dummheit. Ich weiß schon, dass dich diese Antwort enttäuscht. Nicht ein einziger war je zufrieden damit. Außer John Lennon vielleicht, aber der war high, als er zu Besuch war.«

»Ich versteh schon. Und ich will mich auch echt nicht beschweren. Mir ist klar, dass die Menschen selbst schuld sind an einem großen Teil der Scheiße, die passiert. Und das, obwohl wir alle Voraussetzungen hätten, die Welt zu einem rundum glücklicheren Ort zu gestalten.«

»Und abgesehen von der Angst um deine wachsende Familie, wie geht es dir sonst so, Tom?«

»Na ja, ging schon schlechter, aber auch schon besser. Für ein Problem, das ich erledigt kriege im Leben, scheint sich sofort ein neues aufzutun. Kaum fange ich an, in Oberkreuzbach Wurzeln zu schlagen und mich wohlzufühlen, kommt so ein Hamburger daher und versucht mir permanent die Laune zu vermiesen. Und kaum denke ich, jetzt ist der Umzug geschafft, das Haus beinahe fertig ausgebaut, jetzt kann ich mich zurücklehnen und mich um meine Familie kümmern, verliere ich meinen Job. Und dann kommt auch noch Kai, nistet sich bei uns ein, und versucht, unser ganzes Leben nach seinen Vorstellungen umzukrempeln.«

»Zugegeben, das mit dem Hamburger ist hart.« Gott schüttelte missmutig sein graues Haupt. »Aber muss ich dir wirklich erklären, dass aus jedem vermeintlichen Problem auch eine Chance entstehen kann?«

Er klickte auf seinem MacBook herum, rief eine Datei auf und las stirnrunzelnd ein wenig darin.

»Also wenn ich mir deine Akte so ansehe, erscheint es mir, als ob du zuletzt ohnehin nicht mehr allzu glücklich gewesen wärst mit deinem Job. Warum beklagst du dich dann, dass du ihn verloren hast?«

»Stimmt schon«, räumte Tom kleinlaut ein.

»Kollege, du redest mit Gott!«, entgegnete der Herr streng. »*Stimmt schon* ist wohl keine angemessene Antwort, findest du nicht auch?«

»Tut mir leid. Ich glaube, der Grund, warum es mir so ungelegen kam, ist, dass es wohl weit bequemer für mich gewesen wäre, noch ein paar Jahre den gewohnten Arbeitstrott zu absolvieren und dabei über die Firma und den neuen Chef zu schimpfen, anstatt den Arsch hochzukriegen und mir was Neues zu suchen.«

»Schon besser«, nickte Gott. »Und weiter?«

»Außerdem erinnert mich meine Arbeitslosigkeit wieder

daran, dass ich eigentlich *immer noch* keine Ahnung habe, was ich mit dem Rest meines Lebens anfangen möchte – also so richtig und überhaupt. Ich hab keinen verdammten Masterplan, verstehst du?«

Gott seufzte und blickte Tom nachsichtig an. »Oft erkennen wir uns selbst nicht, weil wir nicht mehr in der Lage sind, uns objektiv und ganzheitlich zu betrachten. Weil wir uns selbst zu nahe sind, könnte man wohl sagen. Dann geht es uns wie mit dem sprichwörtlichen Wald, den man vor lauter Bäumen nicht mehr sieht.«

»Echt, das geht dir auch so?«

»Na logo«, grinste Gott schief. »Vermutlich noch weit mehr als euch Menschen. Und deshalb ist es vielleicht nicht unbedingt ein Zeichen Gottes – haha, Entschuldigung, Kollege –, aber zumindest vielleicht sowas wie eine glückliche Fügung, dass sich dein bester Kumpel bei euch einquartiert hat. Vielleicht kann der dir zu der einen notwendigen, zündenden Idee verhelfen.«

»Hm«, grunzte Tom vage und nicht wirklich überzeugt. Dann fuhr er fort: »Weißt du, das eigentliche Problem ist, dass ich mich mittlerweile oft zu alt fühle, um nochmal komplett von vorn anzufangen. Mit Mitte, Ende Zwanzig und ungebunden wärs kein Thema. Aber ich geh langsam auf die Vierzig zu, habe eine Frau, die sich auf mich verlässt, bald ein Kind, muss ein Haus abbezahlen. Da geht man doch nicht einfach so mal eben ein Risiko ein. Und irgendwie … bin ich schlicht zu müde, um mich wieder und wieder zu beweisen. Das ist so verdammt anstrengend: Bei jeder neuen Beziehung, die du eingehst, sollst du dich beweisen, bei jedem einzelnen neuen größeren und kleineren Lebensabschnitt musst du dich den geänderten Anforderungen stellen, in jedem neuen Job, jedem Gespräch, Streit, Anliegen, Ersuchen, immer und überall musst du dich beweisen. Ich würde einfach gern mal ein bisschen Urlaub machen vom mich ständig beweisen müssen, verstehst du?«

Tom blickte Gott Verständnis suchend an, doch da passierte etwas, womit er so gar nicht gerechnet hätte: Zunächst begannen Gottes Mundwinkel unkontrolliert zu zucken, und während Tom sich noch fragte, was das wohl zu bedeuten hatte, fing Gott an zu beben, als stünde der Herr unter Druck wie ein brodelnder Teekessel. Und dann begann er auf einmal so schallend zu lachen, dass er beinahe vom Stuhl fiel.

»Oh Scheiße, Alter«, schniefte der Höchste, als er sich wieder halbwegs unter Kontrolle hatte, »das ist unglaublich! Noch keine vierzig Jahre auf der Welt, die kleine Eintagsfliege, und schon fühlt er sich zu müde, um noch groß was reißen zu wollen! Was zur Hölle meinst du, wäre los gewesen, wenn ich bei den Dinosauriern schon gesagt hätte, ich mag nicht mehr. Oder stell dir vor, mir wäre im finstersten Mittelalter die Lust vergangen, noch was Neues auszuprobieren. Dann gäbs das ganze gute Zeug nicht, das du so gern hast – nix mit Asterix-Comics oder Woodstock, nix mit Pizza-Montag bei Francesco, wo die superleckeren XXL-Pizzen nur sieben Euro kosten. Dafür Pest, Aberglaube und Frondienst, Kollege. Von dem ganzen Scheiß, den dieser toxische Altmännerverein der katholischen Kirche damals in meinem Namen getrieben hat, will ich gar nicht erst anfangen.«

»Moment mal«, warf Tom ein, dem gerade etwas aufgefallen war. »Hast du nicht gerade vorhin erst die Pizza erfunden? Wie kann es dann parallel dazu bereits einen Pizza-Montag bei meinem Lieblingsitaliener geben? Das ist unlogisch!«

»Das hier ist ein Traum. Träume müssen immer ein bisschen unlogisch sein, das weiß man doch. Aber lenk hier mal nicht vom Thema ab.«

»Na gut, überzeugt«, gab Tom zu.

»Weißt du was, Tom – heute ist dein Glückstag. Ich habe soeben beschlossen, dir ein Geschenk zu machen.« Gott rollte auf seinem Bürostuhl quietschend zu einem Schrankcontainer, zog eine Schublade auf und kramte eine Weile lang darin herum.

Dann zog er eine verbeulte Thermoskanne und eine Pipette hervor.

»Du da, husch, husch«, winkte er willkürlich einen seiner Engel zu sich heran. Der kleine Flattermann flog zu einem Regal dicht unterhalb der Decke, auf dem eine Batterie Einmachgläser in unterschiedlichsten Größen sorgfältig in Reih und Glied aufgereiht stand. Er nahm eines in einer für ihn (und damit auch für Tom) handlichen Größe heraus und flog damit hinüber zu Gottes Schreibtisch. Der Herr schraubte die Thermoskanne auf, entnahm vorsichtig mit der Pipette einen Tropfen einer strahlend grünen Flüssigkeit daraus, und goss ihn in das Einmachglas, das ihm der Engel entgegenstreckte.

»Ist das eine Art Medizin?«, fragte Tom verunsichert.

»Wenn man so will«, erwiderte Gott mit Bedacht. »Wir hier oben nennen es allerdings umgangssprachlich die Ursuppe.«

»Die … Ursuppe?«

»Ja, weil das Zeug ein wenig wie radioaktiv verstrahlte Erbsensuppe aussieht«, gluckste Gott fröhlich. »Ich weiß, Ursuppe ist nicht unbedingt ein besonders angenehm klingender Begriff für so etwas essenziell Wichtiges. Vielleicht sollten sich die Kollegen aus unserer Marketingabteilung da mal was Klangvolleres überlegen. Wie auch immer. Alles, was ist, jedes Lebewesen, jedes Ding, ja sogar jeder Gedanke und jede Idee wird genährt von der Ursuppe, trägt eine kleinere oder größere Spur davon in sich. Doch manchmal, wenn zu viele falsche Umstände aufeinandertreffen und man sich deshalb längere Zeit metaphorisch gesprochen falsch ernährt – von zu vielen Sorgen und negativen Gedanken –, kann es schon mal vorkommen, dass dieser Ursuppen-Tropfen … nun, sagen wir mal, verdunstet. Kannst du mir so weit folgen?«

»Nicht so ganz«, gab Tom ehrlich zu, der dem Ganzen in der Tat nicht so ganz folgen konnte.

»Wie auch immer – ich fürchte, bei dir scheint das akut der Fall zu sein.«

»Wie jetzt, mein Ursuppen-Tropfen ist verdunstet?«, fragte Tom einigermaßen beunruhigt. »Ist das denn … ist das arg schlimm?«

»Keine Sorge«, beruhigte ihn der Höchste. »Schlimm wird es erst, wenn der Mangel nicht rechtzeitig diagnostiziert und das Ursuppen-Niveau nicht wieder zeitnah aufgefüllt wird. Doch zum Glück bist du ja hier und ich kann dir einen Nachfüll-Tropfen mit auf den Weg geben.«

Auf Gottes Zeichen hin schwirrte der Engel mit dem Einmachglas hinab zu Tom. Als er vor ihm landete, erkannte Tom, dass der Engel ebenfalls Scarlett Johansson wie aus dem Gesicht geschnitten war (für die Gott anscheinend *wirklich* schwärmte).

»Bitte sehr«, grinste der Engel Tom glücklich an. »Ein Nachfüll-Tropfen Ursuppe, verschrieben vom Höchsten *himself*.«

»Und was mach ich jetzt damit?«, fragte Tom ratlos und betrachtete die leuchtend grüne Brühe in dem Einmachglas. Doch der Engel hatte sich bereits wieder umgedreht und war davongeschwirrt. (Was Tom doch einigermaßen schade fand.)

»Das musst du schon selbst herausfinden«, sagte Gott an des Engels statt. »Sorry, Bro, aber so sind nun mal die Regeln.«

Tom erwachte einigermaßen unvermittelt aus seinem Traum. Müde richtete er sich auf, weil er dringend aufs Klo musste, und blickte auf die Uhr. Beinahe ein Uhr nachts. Neben ihm schlief Kathi ruhig und gleichmäßig atmend.

Ohne Licht zu machen, tastete Tom sich zur Toilette vor. Nachdem er sein nicht undringliches Anliegen erledigt hatte, bemerkte er, wie durstig er war. Also tastete er sich weiter durch die Dunkelheit in die Küche und schenkte sich im fahlen Mondlicht, das durch die Fenster sickerte, ein Glas Leitungswasser ein. Dann bemerkte er, dass das Außenlicht zur Terrasse hin eingeschaltet war.

Als Tom durch die Terrassentür blickte, sah er Kai, der auf einem der Gartenstühle saß und anscheinend einen Selbstgebauten von Xaver rauchte. Tom öffnete die Tür und trat hinaus.

»Hey, mein Freund. Noch wach?«, fragte Kai überrascht.

Tom blickte schweigend in die sternklare Nacht und dachte über die wundersamen Wege des Schicksals nach – über die verschlungenen Verkettungen von Entscheidungen, unbeeinflussbaren wie beeinflussbaren Ereignissen und Zufällen, die ihn hierhergeführt hatten: heute Nacht, in diesem Moment, an just diesen Ort, umgeben von just diesen Menschen, die seinen Alltag bestimmten.

»Äh Tom … auch mal ziehen?«, fragte Kai irritiert.

Immer noch wortlos nahm Tom den Joint entgegen.

Und angefangen hat das alles damit, dass mich ein fremdes Mädchen vor vielen Jahren in einer Kneipe im Westend angesprochen hat, dachte er. Ist das nicht unfassbar?

»Tom, alles gut bei dir?«, insistierte Kai nun einigermaßen besorgt.

Tom zog an dem Joint. Dann blickte er Kai an und sagte: »Wir ziehen das durch.«

»Äh, den Joint? Na klar Mann, lass ihn uns durchziehen.«

»Ja, den auch.« Dann grinste Tom Kai an und sagte etwas, von dem er am Morgen zuvor noch überzeugt gewesen war, dass er es niemals sagen würde: »Die Tüte … und das mit dem Kathmandu. Wir ziehen es durch.«

# DER TRAUM VON KATHMANDU II

Trotz einiger unvorhergesehener Kapriolen im Leben hielt Tom sich im Grunde seines Wesens für einen Gewohnheitstypen.

Seiner Überzeugung nach ließen sich die Menschen in den meisten Lebenslagen in eine von zwei gegensätzlichen Schubladen stecken. Es gab Frühaufsteher und Morgenmuffel, Konservative und Liberale, Kaffee- und Teetrinker, Stones- und Beatles-Verfechter, Christen und Römer, Realisten und Querdenker. Und dann gab es Menschen, die immer auf der Suche nach dem Neuen waren, und diejenigen, die sich nirgendwo glücklicher fühlten als in ihren sicheren Bahnen des Vertrauten.

Die ersten mussten jedes Jahr woandershin in den Urlaub fahren, die zweiten freuten sich, wenn der freundliche Kellner im Stammhotel am Gardasee, mit dem man schon seit einigen Jahren per Du war, sich auch dieses Jahr wieder daran erinnerte, welchen Wein man am liebsten zu seinen Spaghetti Carbonara trank. Was nur möglich war, weil man seit eh und je denselben trank.

Tom fühlte sich eindeutig der zweiten Gruppe zugehörig – er brauchte seine Routinen und das Gefühl von Ordnung, das sie ihm in einer Welt vermittelten, die von Jahr zu Jahr noch chaotischer zu werden schien.

Doch dieser Samstagmorgen, in den Tom sich auf einmal geworfen sah, zwei Wochen nach dem ersten Mai, war einfach nur durch und durch außergewöhnlich, aufregend und abenteuerlich.

Kai und er standen am Rande des Kathmandu-Gehöfts, das schon bald ihnen gehören würde, den Blick über das weite Tal gerichtet, in dem dampfiger Nebel über die Felder wehte und eine zigarettenglutfarbene Sonne über die fernen Hügel lugte.

Schweigend sahen sie zu, wie ein VW-Bus sich aus dem Wellenmuster des Tals herausschälte, die Scheinwerfer zwei diffuse Fühler, die den noch morgentrunkenen Tag abtasteten. Das waren ihre Münchner Freunde, die den künftigen Landgastronomen zur Unterstützung eilten – Stefan Eins und Zwei, Walter und Jochen.

Stefan Zwei, Küchenchef eines veganen Szene-Restaurants, hatte sich bereit erklärt, die Küche des Kathmandus einer gründlichen Inspektion zu unterziehen, den Zustand und die Vollständigkeit des Inventars zu prüfen. Daneben wollte er mit Tom und Kai in den nächsten Wochen detaillierte Pläne ausarbeiten, wie sie ihren Betrieb am besten würden aufnehmen können. Das beinhaltete den Zeitplan, die Speisekarte, Einkaufslisten, grundlegende Buchhaltung und einiges mehr.

Walter wiederum, der Technikbegabteste unter den ehemaligen Mitgliedern von *Biedermeiers Blutgericht*, hatte zugestimmt, sich um den Event-Stadel zu kümmern. Er wollte sich nach einer eingehenden Ortsbegehung ein geeignetes Ausstattungs-Konzept überlegen, vom Basis-Bühnenequipment über eine PA-Anlage bis hin zur Beleuchtung. Stefan Eins und Jochen hatten versprochen, bei allen etwaigen Reparatur- und Renovierungsarbeiten mit anzupacken, wann immer sie Zeit hatten.

Jetzt ist es tatsächlich ernst geworden, dachte Tom, als er zusah, wie der Bus sich schwerfällig die letzte Steigung hinaufschnaufte. Wie verdammt surreal. Wie irre.

Dann rollte der Bus auch schon zur Einfahrt herein, knirschte über den Schotter und kam zum Stehen. Die Scheinwerfer gingen aus, die Türen auf und vier gut gelaunte Freunde sprangen winkend und johlend heraus.

Die nächsten Minuten verbrachten sie damit, einander ausgiebig zu begrüßen, was – da sie sich alle schon viel zu lange nicht mehr gesehen hatten – nur unter unzähligen Umarmungen, Schulterklopfern und viel Lachen vonstatten ging.

»Wie gehts dem werdenden Papa?«, rief Stefan Zwei und schüttelte Tom an den Schultern wie einen überreifen Apfelbaum.

»Da lässt man euch zwei mal einen Moment unbeaufsichtigt, und dann sowas – vo-gel-wild«, rief Stefan Eins hinterher und nahm Kai in den Schwitzkasten.

»Mit euch erlebt man Geschichten, die glaubt man nicht«, schüttelte Walter grinsend den Kopf. »Ich dachte doch wirklich, das wäre ein Witz … Na ja, ich hätte euch eigentlich besser kennen sollen.«

»Aber krass schön ist es schon hier.« Jochen machte eine weit ausladende Geste. »Ich kann euch auch verstehen, wenn ich mich so umsehe.«

»Ich bin wirklich, wirklich gespannt«, setzte Walter nach, »sowohl auf den Laden hier, als auf die ganze Geschichte, die dazu geführt hat, dass ihr zwei Irren hier am Arsch der Heide ein Lokal aufmacht.«

»Jetzt wird erstmal ordentlich gefrühstückt«, wehrte Kai gut gelaunt ab.

»Kommt mit«, winkte Tom die Freunde über den Innenhof zum Eingang des alten Gutshauses. Er zog mit einem kräftigen Ruck die Tür auf, die von der Witterung und der Zeit verzogen war und leicht über die Fliesen schabte. Tür abschleifen, fügte Tom seinen tausend geistigen Notizen eine weitere hinzu.

Ein kurzer Flur führte linkerhand zu einer weiteren Tür. Dahinter lag die Gaststube. Gleich neben der Tür ragte ein mächtiger Kachelofen in den Raum hinein, auf der gegenüberliegenden Seite wurde der gemütlich gedrungene Raum von einer chromblitzenden Theke abgetrennt. Hinter dieser wiederum führte eine weitere Tür mit Durchreiche in die Küche und von dort aus in die Brauerei sowie Vorrats- und weitere Wirtschaftsräume.

Sieben grobe und über die Jahre abgenutzte Holztische waren über das Stüberl verteilt – um den Kachelofen herum und in Nischen an den Wandseiten. Über drei Seiten des Raums zog sich eine umlaufende Holzbank die Wand entlang. An den Wänden gaben eine Reihe gerahmter, verblasster Schwarzweiß-Fotografien und zwei Ölgemälde Einblick ins dörfliche Leben vergangener Zeiten.

An einem der Tische hatten Tom und Kai eine Brotzeit hergerichtet: Käse, Eier, Obst, Butter und frische Brezen, dazu eine Batterie Thermoskannen mit Kaffee. Dankbar setzten sich ihre Freunde um den Tisch. Kai schenkte reihum Kaffee ein und Tom begann, eine Kurzversion der Ereignisse der letzten Wochen zum Besten zu geben – wobei er freilich das ein oder andere pikante Detail wie ihre nächtliche Flucht über des Unterhofers Kuhweide ausließ. Ihre Freunde staunten (und lachten) trotzdem nicht wenig.

»Tja, und irgendwie wars dann klar, dass wir es einfach tun mussten, weil wir es sonst vermutlich unser Leben lang bereut hätten«, schloss er seine Erzählung.

In gespielter Verzweiflung schlug Stefan Eins die Hände überm Kopf zusammen – nicht zum ersten Mal in den letzten zehn Minuten –, während Stefan Zwei kaum noch einen Bissen Butterbreze hinunterbekam vor lauter Lachen. Jochen schüttelte seit geraumer Zeit nur noch den Kopf, sodass Tom Angst bekam, er würde bald abfallen, grinste dabei allerdings verständnisvoll, während Walter Tom und Kai beinahe schon stolz anblickte.

»Ihr seid jetzt also sowas wie die Retter der kulturellen Identität der oberbayerischen Prärie«, gluckste Stefan Eins. »Ausgerechnet … ihr zwei?«

»Warum nicht?«, wandte sein Partner Stefan Zwei ein. Er wurde von einer neuerlichen Lachsalve durchgeschüttelt. »Zwei Aussteiger, die sich nicht länger dem System beugen wollen. Die beschlossen haben, Menschen wie euren Götz, Olaf und Jürgen den mentalen Mittelfinger zu zeigen und jetzt ihr eigenes Ding durchziehen wollen.«

»Ach komm schon, sei nicht so theatralisch«, wehrte Tom ab.

»Wisst ihr, irgendwie passt das auch. Wenn man näher darüber nachdenkt, ist das, was ihr hier treibt, schon ziemlich Punk«, verteidigte Jochen Tom und Kai.

Stefan Zwei verzog amüsiert das Gesicht. »Ich meine ja nur – irgendwie gibts ziemlich viele Antagonisten in eurer Geschichte.«

Woraufhin Walter einwarf: »Ist schon in Ordnung. Punk braucht viele Antagonisten.«

»Und wie hat Kathi das Ganze so aufgenommen?«, fragte Stefan Eins besorgt.

»So richtig *begeistert* war sie jetzt nicht«, wand Tom sich. »Aber immerhin … na ja, halbwegs verständnisvoll, würde ich sagen.«

»Aha«, meinte Jochen vielsagend und alle prusteten erneut los vor Lachen.

»Wenn ihr euch sicher seid, dass das hier euer Schicksal ist, der Weg, den der kosmische Plan für euch vorgesehen hat, dann müsst ihr ihn gehen.« Walter blickte bedeutungsschwanger von Tom zu Kai und zurück. »Und zur Not auch dafür leiden. Indem beispielsweise du, Tom, dir den Zorn deiner Frau auf dich ziehst. Denn das kosmische Gleichgewicht funktioniert auf genau diese Weise – kein Glück ohne vorherige Pein.«

»Hört, hört! Mutige Worte!«, rief Jochen, dem seine Freunde schon vor Jahren den Spitznamen »Pantoffel-Jochen« verpasst hatten.

»Aber am Ende hast du dich mit Kathi so geeinigt, dass es für beide okay war, will ich hoffen«, hakte Stefan Zwei nach.

»Ja«, nickte Tom. »Wir haben schließlich einen Kompromiss

ausgehandelt. Ihr wisst, dass es Kais Geld ist, von dem wir den Besitz hier erwerben und die Anfangsphase finanzieren?«

»Mein Erbe vom Onkel Willy größtenteils«, erklärte Kai. »Der im Übrigen ziemlich stolz auf mich wäre, wenn er wüsste, was ich mit seinem Geld anfange. Da bin ich mir sicher. Für Gaststätten hatte der was übrig.«

Tom fuhr fort: »Deshalb werden wir Kai auch notariell als den alleinigen Eigentümer eintragen lassen. Ich selbst bin dann, wenn man so will, Angestellter mit Gewinnbeteiligung. Ein Jahr ab Eröffnung hat mir die Kathi als Frist gesetzt. Entweder der Laden läuft dann oder wir müssen uns wieder einen *normalen* Beruf suchen.«

»Das klingt fair«, nickte Stefan Eins. »Und mit dem Eigentümer seid ihr euch bereits handelseinig geworden?«

»Im Großen und Ganzen schon«, erklärte Tom. »Aber bevor wir einem finalen Kaufpreis zustimmen, lassen wir alles nochmal durchchecken. Vorgestern war der Sanitär-Franz da und hat die … nun ja, Sanitärinstallationen geprüft. Nächste Woche kommt jemand vom Brauanlagen-Hersteller und sieht sich den Zustand der Brauerei an. Und so weiter.«

»So doof, dass wir die Katze im Sack kaufen, sind wir schließlich auch nicht«, versicherte Kai einigermaßen stolz.

Jochen schüttelte erneut grinsend den Kopf. »Da steht euch die ganze Welt offen, und was macht ihr? Das Beste, das euch einfällt, ist, eine Kneipe aufzumachen.«

»Oh nein!«, widersprach Kai. »Nicht einfach nur irgendeine Kneipe, sondern etwas ganz Besonderes. Ihr werdet schon sehen.«

Stefan Zwei blickte die beiden Jung-Gastronomen prüfend an. »Übertreibt es nur nicht für den Anfang.«

Tom und Kai warfen sich einen Blick zu. »Wir doch nicht«, versicherte Tom. »Wir schaffen das. Außerdem hilft uns die Kathi fürs Erste mit der Buchhaltung. Die ist dann eh im Mutterschutz, wenn das mal alles losgeht hier.«

»Und wann soll die große Eröffnung sein?«, fragte Jochen.

»Anfang September. Dann haben wir drei Monate, alles zu organisieren und herzurichten«, antwortete Kai. »Da gibts dann erstmal ein feines Fest und wir können noch ein paar warme Biergarten-Wochen mitnehmen, was dem Umsatz guttut. Wenn wir die als Feuertaufe überstanden haben, haben wir über die Wintermonate genug Zeit, um richtig reinzuwachsen ins Geschäft.«

»Und ihr seid euch ganz sicher, dass ihr euch das wirklich antun wollt? Tut mir leid, aber ich muss das fragen«, entgegnete Stefan Eins mit prüfendem Blick durch seine schmale Goldbrille.

»Keine Angst«, lachte Kai. »Es ist wahrlich nicht das erste Mal, dass wir diese Frage zu hören bekommen. Eigentlich stellen uns erstaunlich viele Menschen diese Frage in letzter Zeit. Und die Antwort bleibt jedes Mal dieselbe: Das! Wird! Super!«

Skepsis war ihnen wahrlich nicht zu knapp entgegengeschwappt in den letzten Wochen, dachte Tom: Von Xaver und Resi und der Kathi natürlich sowieso. Vom Müllerwirt Schorsch und seiner Frau, sogar vom Unterhofer, der einen jetzt zwar nicht mehr »Sparkassler«, dafür aber »naiver Tropf« nannte, was auch nicht besser war, wenn man so darüber nachdachte, was man aber wahrscheinlich besser gar nicht tat.

Laut sagte er: »Bereit für einen Rundgang?«

»Na klar«, riefen ihre Freunde im Chor.

Tom stand auf. Wie immer, wenn er sich anschickte, jemandem eine Führung zu geben, überkam ihn dieses nagelneue Gefühl von Stolz, gemischt mit einer beinahe aufregenden Prise Angst angesichts der großen Herausforderungen, die Kai und er zu bewältigen haben würden.

»Den Hof draußen schauen wir uns in Ruhe an, wenn wir rüber in den Stadel gehen. Jetzt zeigen wir euch erstmal das Haus.«

Tom und Kai führten die anderen hinter die Theke, wo Stefan Zwei mit fachmännischem Blick die Zapfanlage und den Inhalt der Schränke inspizierte.

»Der Blick von der guten Seite der Theke aus – da werden Erinnerungen wach, was?«, grinste Walter. Und Tom grinste zurück und fragte: »Einen Wodka-O auf die guten alten Zeiten?«

Nachdem alle ausgiebig ehrfürchtige Blicke auf die Zapfhähne geworfen hatten, ging es weiter in die Küche. Obzwar der Raum nicht übermäßig groß war, schien er Toms Meinung nach doch alles an Ausstattung zu bieten, was man für so einen Rundum-Gastrobetrieb benötigte. Hoffte er zumindest. Mit einem bangen Blick auf Stefan Zwei wartete er dessen Urteil ab.

Dieser ließ sich Zeit. Mit zusammengekniffenen Augen begutachtete er jeden Winkel, jeden Spalt, jede Rille, besah die Gasanschlüsse des Grills, steckte seinen Kopf gefühlt minutenlang in den Backofen, sezierte den Dunstabzug, grübelte die Fritteuse an, nahm schließlich jeden einzelnen Topf, Messer, Pfanne, Bräter, Wender in die Hand, unterzog jeden Kratzer darauf einer umfassenden Befragung, ehe er sich schlussendlich seufzend zu Kai und Tom umdrehte und meinte: »Keine Sorge, es wird gehen.«

Tom fiel ein Stein vom Herzen. »Dann lasst uns keine Zeit verlieren und gleich weiter geradeaus ins Herz von Kathmandu vordringen – in die Brauerei.«

Die Freunde gingen im Gänsemarsch hintereinander einen kurzen, schmalen Gang entlang in den rückwärtigen Teil des Gebäudes, wo sich die Kleinbrauerei befand. Ein gemeinschaftlich verzücktes »Aaah« und »Oooh« ging durch den Raum (jenem nicht unähnlich, das Jürgen bei den Damen hervorrief, wenn er im Geburtsvorbereitungskurs wieder einmal etwas ganz besonders Poetisch-Sensibles von sich gab, wie Tom ergriffen dachte).

»Hier werdet ihr also das eurer Aussage nach legendär leckere Kathmandu-Weißbier wieder zum Leben erwecken«, raunte Walter, ehrfürchtig vor dem Sudkessel erstarrt.

»Das werden wir«, rief Kai im Brustton der Überzeugung. »Darin sind sich übrigens alle einig – das Kathmandu-Weizen ist das beste. Sensationell süffig und unvergleichlich im Geschmack. Das hat ein jeder der Einheimischen bestätigt.«

Das stimmte – sogar der Unterhofer Hias hatte halb widerwillig zugegeben, dass es doch »verdammt nett« wäre, wieder einmal ein »echtes Kathmandu-Weizen« zu trinken. Nicht ohne im Anschluss sofort den Kopf zu schütteln und Kai und Tom zwei »arme blauäugige Würstchen« zu schimpfen, die »es ohnehin versauen« würden.

»Wahnsinn«, hauchte Jochen, nicht weniger ehrfürchtig als Walter. »Wenn ihr das wirklich und wahrhaftig hinbekommt, dann … mir fehlen die Worte.« Er schien aufrichtig gerührt.

Nachdem jeder einen letzten Blick in den – noch – traurig-leeren Sudkessel geworfen hatte, gingen die sechs weiter in den anschließenden Vorratsraum, an den wiederum der Kühlraum angeschlossen war.

»Baulich weit besser erhalten als befürchtet«, brummte Stefan Zwei beinahe anerkennend. »Von meiner Seite her gibts tatsächlich keine größeren Bedenken – zumindest keine, die nicht euch zwei Pfeifen betreffen.« Grinsend bedachte er Kai und Tom mit einem prüfenden Blick, ob die Botschaft auch angekommen war. Dann fuhr er demonstrativ mit dem Finger an einem der Regale entlang und betrachtete den Staub auf seiner Fingerkuppe. »Brutal viel Arbeit wird es aber trotzdem, das ist euch hoffentlich klar.« Dann hielt er inne und schüttelte den Kopf. »Nein, ist es euch nicht. Sonst würdet ihr nicht so stolz-glücklich vor euch hin grinsen.«

Wenn er für jedes Kopfschütteln, für das er in den letzten Wochen der Auslöser gewesen war, einen Euro bekäme, wäre er jetzt vermutlich schon reich und bräuchte überhaupt nicht mehr zu arbeiten, dachte Tom.

Vom Kühlraum aus gingen sie durch die Brauerei und den schmalen Gang zurück, von wo aus ein weiterer Gang zu den Toiletten abzweigte.

»Da muss aber einiges gemacht werden«, sagte Stefan Eins stirnrunzelnd.

»Klar, Alter«, nickte Kai konsterniert. »Das stand ja jetzt alles ein Jahr lang leer. Aber der Sanitär-Franz hat gesagt, er macht uns einen guten Preis. Wenn uns dann der Erwin noch entsprechend entgegenkommt, passt das schon.«

»Zur Not müssen wir halt ein bisschen öfter lüften«, grinste Tom.

»Und du willst hier wirklich *leben*? Also so richtig *wohnen*?«, fragte Walter Kai. »Allein und direkt über der Brauerei?« Wenn Tom nicht alles täuschte, schwang in Walters Stimme durchaus ein wenig Neid mit.

»So siehts aus«, strahlte Kai. »Kommt mit, ich zeigs euch.«

Er winkte die Freunde zurück in den Gastraum. Am anderen Ende der Theke, der Küchentür gegenübergelegen, gab es eine weitere Tür. Durch diese gelangte man in ein enges, niedriges Treppenhaus, das hinauf in den ersten Stock führte.

»Vorsicht, nicht den Kopf stoßen«, warnte Kai. »Die Deckenschräge ist hier recht tückisch.«

Am oberen Treppenabsatz führte eine weitere Tür in eine obzwar durch die Deckenschräge recht kleine, aber durchaus gemütliche Dachgeschosswohnung mit kleiner Küche, Bad und zwei Zimmern.

»Ein bisschen renovieren, dann wird es schon gehen«, meinte Kai. »Ich hab da keine besonders großen Ansprüche mehr, wisst ihr. Alles, was ich brauche, ist ein ruhiger Ort, an dem ich abends von meiner eigenen Hände Arbeit ausruhen und zu mir selbst finden kann. Ein warmes Feuer im Ofen und genug Platz für meine Bibliothek. Was kann ich mir mehr wünschen?«

»Wer zur Hölle bist du?«, fragte Stefan Eins irritiert. »Irgendeine seltsame Macht hat von unserem Kai Besitz ergriffen.«

Und Stefan Zwei fügte hinzu: »Welche Bibliothek? Ich verwette meinen Arsch darauf, dass du in deinem Leben freiwillig noch keine zehn Bücher gelesen hast.«

»Wenn dir alles zu viel wird, ruf mich an und wir reden darüber, ja?«, sagte Walter beunruhigt. »Bevor du … ich weiß auch nicht … auf dumme Gedanken kommst. Also auf *noch* dümmere, meine ich.«

»Wundert euch nicht«, winkte Tom ab. »Das ist nur der Besser-Kai, der da aus ihm spricht. Der Kai Zwei-Punkt-Null, der den Pfad zur inneren Glückselig-*kai*-t gefunden hat. Daran gewöhnt man sich mit der Zeit.«

»Ja dann«, meinte Jochen gut gelaunt. »Kann ich vielleicht deinen Streetfighter-Zwei-Arcade-Automaten haben, wenn das so ist? Den brauchst du ja dann nicht … aua.«

Stefan Eins hatte ihm eine Kopfnuss verpasst und schüttelte missbilligend den Kopf.

»Na klar kannst du den haben«, freute sich Kai. »Jeder irdische Besitz, von dem ich mich trenne, bedeutet einen weiteren Sieg.«

»Damit ist es amtlich – unser Drummer spinnt«, stöhnte Stefan Eins.

»Ich werde ein Auge auf ihn haben«, versicherte Tom. »Wenn es irgendwann *zu* schlimm wird, geb ich Bescheid.«

Nacheinander stiegen sie die gewundene Treppe wieder hinab ins Erdgeschoss und durch den Gastraum hindurch auf den Hof.

»Hier kommt der Biergartenbereich hin«, erklärte Kai und maß den halben Innenhof mit einer ausladenden Handbewegung ab. »Dort drüben neben dem Stadeltor können wir zur Hochsaison noch einen weiteren Ausschank eröffnen.«

»Zugegeben, das ist echt der Hammer«, erklärte Jochen. »Wenn ihr noch einen Partner braucht für euer Unternehmen, dann …«

»Vergiss es!«, lachte Walter. »Niemand wäre so lebensmüde, sich mit Sybille anzulegen.«

»Ich fürchte, deine Freundin würde uns umbringen«, schüttelte Kai betrübt den Kopf.

»Und hier haben wir den komplett ausgebauten Stadel«, erklärte Tom stolz. Er öffnete eine Hälfte der großen Flügeltür.

»Der ganze Raum ist beheizt und schallisoliert. Da drüben haben wir eine Bühne und gegenüber eine weitere Theke. Genug Platz für Festlichkeiten aller Art – Hochzeiten, runde Geburtstage, Firmenjubiläen, Vereins-Jahreshauptversammlungen und, und, und. Aber vor allem wollen wir hier natürlich Konzerte veranstalten. Vielleicht auch Kabarett und Laientheater. Was sich eben so anbietet.«

»Jochen hat schon recht, das ist wirklich der Hammer«, gab Stefan Zwei zu. »Aber ich kann es euch nur nochmal sagen – übernehmt euch nicht für den Anfang. Die ganze Planung, der Einkauf, das Bierbrauen, den Betrieb vorbereiten, Kochen, der Betrieb selbst bis spät in die Nacht und das Aufräumen anschließend. Ich mache mir wirklich Sorgen, dass ihr keine Vorstellung davon habt, was da alles auf euch zukommt.«

Davon wollte Kai logischerweise nichts hören: »Das wird schon. Der Erwin hat das doch auch gestemmt. Der hilft uns in der Anfangszeit. Er stellt uns seinen Lieferanten vor, erklärt uns den Ablauf, bringt uns das Bierbrauen bei. Dann gibts noch den Schorsch, der uns in den ersten Wochen bei allen Fragen die Küche betreffend unterstützt, bis wir das selbst beherrschen.«

»Dann tut euch wenigstens den Gefallen, von Anfang an eine erfahrene Service-Kraft einzustellen«, flehte Stefan Zwei.

Walter inspizierte derweil den Stadel ausgiebig von jeder Ecke aus. Er lief hierhin, dorthin, klatschte in die Hände, sprang auf die Bühne und stampfte mit den Beinen auf, ehe er mit geschürzten Lippen die vorhandene Bühnendämmung begutachtete. Schließlich drehte er sich zu Tom und Kai um.

»Ich sehe zu, dass ich in den nächsten Wochen eine vernünftige, gebrauchte PA-Anlage, ein Mischpult und ein Basis-Equipment auftreibe. Zumindest eine Handvoll Verstärker, Mikros samt Ständern und ein brauchbares E-Piano solltet ihr vor Ort haben, wenn ihr ernsthaft regelmäßig Konzerte anbieten wollt. Wie siehts mit einem Schlagzeug aus?«

»Da stellen wir meins hin«, sagte Kai glücklich. »Mann, wird das geil – endlich wieder ein eigener Proberaum, in dem wir Lärm machen können, so viel wir wollen, ohne dass gleich irgendwelche Nachbarn vor der Tür stehen und mit der Polizei drohen.«

»Da bekäme man tatsächlich Lust, mal wieder zur Gitarre zu greifen und gemeinsam die Bude zu rocken«, meinte Walter mit verdächtig glitzernden Augen. »Wie lang das alles schon wieder her ist.«

»Dann lasst es uns tun«, rief Tom, ebenso glücklich wie Kai. »Es wäre eine Schande, die Möglichkeiten, die wir hier haben, nicht auszunutzen.«

Und Bassist Jochen fügte – nicht zum ersten Mal an diesem Tag – hinzu: »Hört, hört!« Sogar Stefan Eins, der ehemalige Sänger ihrer Studentenband, nestelte ein wenig verlegen an seinem Kragen herum und meinte »Hm, hm, ach, ach … nun ja …«

»Also ist das abgemacht?«, fragte Kai mit hochgezogenen Augenbrauen. »Zur Eröffnungsfeier in drei Monaten hauen wir mit Biedermeiers Blutgericht ein paar alte Nummern raus?«

»Aber vielleicht eher ein paar der gemäßigteren Sachen aus der späteren Phase«, rief Tom schnell. »Covernummern und so.«

»Vielleicht sollten wir darüber noch ein wenig …«, begann Stefan Eins, doch Jochen klatschte Tom und Kai bereits mit zwei weithin knallenden High Fives ab und schrie »Ab-ge-macht!« Und Walter schüttelte lachend und verwundert seinen Kopf und meinte »Ach, scheiß der Hund drauf. Abgemacht, ihr Irren.« Woraufhin Stefan Zwei seinen Freund in die Seite boxte und sich augenzwinkernd an die anderen wandte: »Keine Sorge, ich kümmere mich schon darum, dass er bei euch auf der Bühne steht.«

»Das sollten wir jetzt unbedingt begießen«, rief Kai.

Und Jochen, der vermutlich die ganzen letzten Jahre über nie weniger Pantoffel-Jochen gewesen war als in diesem besonderen Moment, sondern einfach nur Jochen, Punk-Bassisten-Jochen, um genau zu sein, rief: »Wir haben einen Kasten Augustiner mitgebracht. Schön durchgekühlt von der Tanke.« Und schon lief er los, damit sie ihren frischgeschlossenen Pakt mit einem frischen Bier angemessen besiegeln konnten.

Tom fühlte sich glücklich. Es war beinahe zu schön, um wahr zu sein: Nie wieder sich abplagen müssen in einer fadenscheinigen Tretmühle, an die man ohnehin keinen rechten Glauben gehabt hatte, mit Pfeifen wie Arschkriecher-Ernst und Götz Kloetz; stattdessen konnte er hier und jetzt sein eigener Herr sein, konnte selbst bestimmen über sein Leben, konnte sich gemeinsam mit seinem besten Freund aufbauen, was immer sie wollten, konnte sogar unbeschwert Musik machen mit den Jungs wie vor fünfzehn Jahren. Es war wie eine Heimkehr zurück in eine sorglosere, zufriedenere Zeit. Obzwar natürlich mittlerweile erwachsen, verantwortungsbewusst und *gereift*, wenn man so wollte – gereift am Leben, an der Welt, an sich und der Ehe und dem, was die Zukunft bringen würde.

Einen Moment später kam Jochen mit dem blauen Kasten Münchner Gold zurück und verteilte Augustiner-Flaschen.

»Da kommt ein Auto den Hügel hoch«, sagte er. »So ein schwarzer, fetter SUV mit Hamburger Kennzeichen. Nur zur Info.«

Tom und Kai warfen sich alarmierte Blicke zu. Das durfte doch wohl nicht wahr sein – was zur Hölle wollte Olaf Borstelmann hier? Vorausgesetzt natürlich, es handelte sich tatsächlich um den Nachbarn der Finsternis, den Immobilien-Hai der Apokalypse. Aber wie viele Menschen fuhren hier in der Gegend schon in einem schwarzen SUV mit Hamburger Kennzeichen herum?

Einen Moment später hörte Tom auch schon von draußen anschwellendes Motorengeräusch, das kurz darauf abrupt endete.

Dann Türenschlagen. Und schon kam die unsägliche hünenhafte Gestalt *Borstelmanns des Schrecklichen* zur Tür hereingestiefelt, sein übliches falsch-freundliches Grinsen in der Visage.

»SÄHR-FUSS!«, brüllte er in die Runde. Allein dafür hätte man ihn erwürgen können.

»Hallo«, seufzten Tom und Kai zurück. Denn so jemand hatte wahrlich kein Servus verdient. Die übrigen blickten ein wenig reserviert vom einen zum anderen.

»Ja sauber, ihr seid ja schon früh am Start«, grölte Borstelmann und deutete auf die Bierflaschen. »Da will ich auch gar nicht groß stören.« Er wandte sich an Tom und Kai. »Könnte ich euch zwei vielleicht nur kurz unter vier Augen sprechen?«

Kai verschränkte trotzig die Arme vor der Brust. »Das sind unsere Freunde, die dürfen ruhig alles hören, was du zu sagen hast.«

»Von mir aus. Also, ich bin hier, um euch ein letztes Angebot zu machen.«

Tom und Kai sahen sich einen Moment lang an, dann fingen sie unisono an zu lachen.

»Sag bloß, der Stallhuber Erwin will das Kathmandu immer noch nicht an euch, sondern nur an uns verkaufen«, fragte Tom mit ironisch mitleidiger Stimme. »Ja Olaf, das tut mir wirklich leid für dich. Aber ich wüsste jetzt auch nicht, wie wir dir da helfen könnten.«

»Ich hingegen wüsste schon, wie dir zu helfen wäre«, stimmte Kai gut gelaunt ein. »Ich kenne da ein erstklassiges Umzugsunternehmen, das dich ruckzuck zurück nach Hamburg chauffiert.«

»Sehr witzig, ich lach mich tot … Mensch Leute, im Ernst, man muss doch auch mal wie mit Erwachsenen mit euch reden können. Diese betont pubertär-unreife Attitüde war ja recht amüsant eine Weile, aber mittelfristig fehlen mir dazu Zeit und Geduld. Seid doch endlich vernünftig!«

»Tom, Kai? Könnte mir mal jemand erklären, was dieser Kerl *will*?«, fragte Walter und beäugte Borstelmann wie ein ganz besonders suspektes Objekt – was er ja auch irgendwie war, wenn man ehrlich war, wie Tom dachte.

»Der Olaf ist unser Nachbar«, erklärte Kai. »Außerdem ist er Immobilien-Spekulant und hat selbst ein Auge auf das Kathmandu geworfen, als er davon erfahren hat. Zusammen mit seinem Geschäftspartner und neuem besten Freund, dem Kramer Jürgen.«

»Nur leider haben die beiden *ganz knapp* zu spät davon erfahren – was die Herren Olaf und Jürgen einigermaßen wurmt«, fügte Tom vergnügt-vorsorglich hinzu. »Da war das Geschäft zwischen uns und dem Stallhuber Erwin nämlich schon per Handschlag besiegelt.«

»Was insbesondere der Herr Olaf nicht versteht, ist, dass ein Handschlag hier mehr gilt als hundert Verträge. Weshalb er nicht müde wird, dem Erwin und uns ein Angebot nach dem anderen zu unterbreiten«, ping-pongte Kai die Erklärung weiter.

»Außerdem geht es dem Erwin gar nicht so sehr ums Geld«, spann Tom fort, »sondern darum, dass sein Lebenswerk erhalten bleibt. Auch das verstehen die Herren Olaf und Jürgen nicht, denen es augenscheinlich immer und ausschließlich nur ums Geld geht.«

»Das darfst du so nicht sagen«, schüttelte Kai sarkastisch den Kopf. »Große Visionen haben die beiden schon auch. Einen Familien-Erlebnispark wollen sie aus dem Kathmandu machen. *Original Bavarian Farming Experience*. Da wollen sie dann zum Gaudium für die Kinder ein paar Vorzeige-Kühe, -schafe, -hühner und -ziegen her tun. Dazu Pferdereiten und Traktorfahren im Rundum-Sorglos-Paket, während die Erwachsenen im frisch hochgezogenen Fünf-Sterne-Wellnesshotel mit exklusivem Spa-Bereich mal so richtig abschalten können. Mit Fernblick aufs Kreuzbacher Tal.«

»Vergiss die Themen-Events nicht!«, lachte Tom. »Jodeln und Schuhplatteln mit den Eingeborenen. Erlebnis-Theater mit nachgestelltem Haberfeldtreiben und Maitanz samt Baumaufstellen jeden zweiten Sonntag.«

»Und dann schnappen wir ihnen ihren Traum vor der Nase weg«, schüttelte Kai gespielt missmutig den Kopf. »Und wofür? Für eine *ranzige Ausflugsspelunke*, wie der Herr Olaf es zu nennen beliebt.«

»Das ist aber nicht nett, dass der Herr Olaf das so nennen tut«, schüttelte Jochen ganz und gar nicht gespielt missmutig den Kopf.

»Das ist sogar richtig fies, wenn man näher darüber nachdenkt«, fügte Stefan Eins hinzu. Und sein Partner bestätigte: »Ab-so-lut! Wie unkultiviert.«

»Ich glaube, dem Typen bieten wir wohl eher kein Bier an«, schloss Walter düster.

Olaf Borstelmann indes hatte sich das Geplänkel mit versteinerter Miene schweigend angehört. Doch nun breitete er theatralisch die Arme aus und blickte – beinahe glaubhaft – nachsichtig auf Tom und Kai.

»Ach, ihr Lieben, wenn ihr nur endlich verstehen würdet, dass wir nicht eure Feinde sind.« Seine Stimme bekam einen überbetont vernünftigen Tonfall: »Schaut, ihr macht euch doch auf lange Sicht nur selbst unglücklich. Was wollt ihr zwei denn mit einer Wirtschaft? Ihr habt doch gar keine Gastro-Erfahrung. Und dann die ganze Arbeit, von dem Risiko ganz zu schweigen. Und wofür? Etwa für die lokale Kultur? Da sag ich euch auf den Kopf zu: Die Rechnung geht nicht auf. Die Leute hier auf dem Land wollen doch alles so billig wie möglich – möglichst viel für möglichst wenig Geld. Und die Gearschten seid am Ende ihr. Damit das hier profitabel wird, muss man die Leute locken, die richtig Kohle auf der Seite haben, die Leute, denen es am Allerwertesten vorbeigeht, wenn der Urlaub ein, zwei Hunnis mehr pro Tag kostet. Und der Jürgen und ich wissen, wie man solche Leute anzieht und was man ihnen bieten muss, dass sie die Taschen aufmachen. Weil wir im Gegensatz zu euch Erfahrung mit diesem Business habe. *Hobts mi?* Und darum, weil wir es gut mit euch meinen, machen wir euch hier und jetzt ein letztes Angebot. Zwanzigtausend – für jeden von euch beiden – bar auf die Hand, wenn ihr euch von dem Geschäft zurückzieht.«

Die Anwesenden starrten Olaf Borstelmann fassungslos an, Walter zog hörbar die Luft ein. Sogar Tom war von der Höhe der Summe überrascht.

Borstelmann indes missinterpretierte das Schweigen als Teilerfolg und schlug schnell und gnadenlos weiter in die Kerbe. Er hatte sich für seinen Auftritt gut vorbereitet, das musste man ihm lassen.

»Ihr wisst doch selbst, dass jeden Tag Wirtschaften pleite gehen, weil sie für die Betreiber nicht mehr rentabel sind. Wollt ihr denn die nächsten Möchtegern-Gastronomen sein, die hochverschuldet bis ans Ende ihrer Tage ihre Fehlentscheidung bedauern müssen? Und wofür denn überhaupt? Dafür, dass ihr tagein, tagaus buckeln und schuften müsst für etwas, womit ihr selbst im besten Fall nie reich werdet. Ich glaube, ihr habt euch in eine Situation manövriert, bei der ihr vielleicht selbst nicht mehr wisst, wie ihr wieder rauskommt. Ihr habt Hände geschüttelt und Versprechungen gemacht und euch verrannt. Mensch Jungs, hier stehe ich und biete euch die einmalige Gelegenheit, das alles wieder gerade zu biegen. Also, ihr hattet euren Spaß und ihr habt verdammt gut gezockt, dafür mein Kompliment – und einen Sack voll Geld, mit dem ihr euch und euren Liebsten etwas Schönes gönnen könnt. Aber jetzt muss Schluss sein, jetzt ist es höchste Eisenbahn, dass ihr die Profis ranlasst.«

Tom betrachtete sein Gegenüber – wie selbstgefällig, wie selbst*gerecht* er dastand, unverändert grinsend, und zwar zweifelsohne siegesgewiss. Er dachte daran, wie ihm der Typ auf die Nerven gegangen war mit seiner Paragrafenreiterei, den kaum verhohlenen Drohungen, weil die Hecke zu hoch und das Dach seiner Gartenhütte nicht schief genug war. Und weil der Wind sich erdreistet hatte, ein wenig Rauch vom Grill übers Grundstück zu wehen. Wie hatte dieser elende Kerl Keith – seinen geliebten Keith! – genannt? Eine *vorsintflutliche Schüssel*. Dann dachte er an Jürgen, den verdammten Jürgen, der sich vermutlich bereits die Hände rieb bei der feinen Vorstellung, wieviel Schotter ihm so ein Kreuzbacher Wellness-Resort langfristig einbringen könnte. Sowas brachten wohl nur *die Profis* zustande. Profis wie Borstelmann und Jürgen, Profis wie Götz Kloetz. Die Jungs mit Visionen, die *großen* Jungs. Während Jungs wie Tom und Kai gerade einmal von *ranzigen Spelunken* zu träumen imstande waren.

So weit war es also gekommen?

Nein, dachte Tom. Nicht mit mir. Ich pfeife auf die vermeintlich großen Jungs, denn ich bin ein verdammter Unterwassermüllmann und mein Ursuppen-Level ist auf Anschlag, Arschgesicht!

Also sagte er das einzig seiner Meinung nach Angemessene:

»Alter, schieb dir doch deine verdammte Kohle in den Ar …«

Kai konnte ihm gerade noch rechtzeitig den Mund zuhalten.

»Ich glaube, was mein geschätzter Geschäftspartner damit sagen möchte, ist, dass die Antwort von Anfang an Nein war und es auch bleiben wird.«

»Na gut, schön, ich erhöhe auf dreißig. Aber das ist definitiv mein allerletztes Wort. Schlagt es aus und es wird ungemütlich.«

»Du hättest mich aussprechen lassen sollen«, knurrte Tom vorwurfsvoll Kai an.

»Immer mit der Ruhe«, grinste dieser. Dann drehte er sich zu Borstelmann um: »Borstelmann, Ende der Diskussion!«

»Na gut, na gut, wenn ihr es so haben wollt, bitte sehr. Dann wollen wir nur hoffen, dass ihr nicht untergeht mit eurem ganzen Vorhaben.« Wütend stierte der nordische Immobilien-Ork von einem zum anderen.

Woraufhin Kai – der gute Kai! – doch tatsächlich sagte: »Wir können gar nicht untergehen. Weil wir verdammte

Unterwassermüllmänner sind. Die Oberkreuzbacher Unterwassermüllmänner, die dafür sorgen, dass die Siffe, die Menschen wie du tagtäglich produzieren, nicht überhandnimmt.«

»Ihr habt doch einen kompletten Knall!« Diese Erkenntnis schien Borstelmann tatsächlich am meisten zu schockieren. »Ihr seid ja völlig plemplem.« Er wirkte jetzt ernstlich bestürzt. Mit einem letzten Blick in die Runde drehte er sich jäh auf dem Absatz um und schritt, sich an seiner Restwürde festklammernd, aus dem Stadel. Doch freilich wäre Olaf Borstelmann nicht Olaf Borstelmann gewesen, hätte er sich nicht kurz vor dem Scheunentor noch einmal umgedreht und mit düsterer Stimme gedonnert: »Sagt nicht, ich hätte euch nicht gewarnt. Man weiß schließlich nie, wann das Bau- oder das Gesundheitsamt vor der Tür stehen und einem den Laden dichtmachen, weil man plötzlich Mäuse im Vorratsraum hat oder ein tragender Scheunenbalken angesägt ist.« Lachend verschwand er endgültig aus dem Sichtfeld der Freunde.

»Oh weh, da habt ihr euch aber wirklich einen Feind gemacht«, sagte Stefan Eins erschrocken.

»Du weißt ja – Punk kann gar nicht genug Antagonisten haben«, entgegnete Tom mit schmalem Lächeln. »Außerdem geht das schon länger so. Angefangen hat es damit, dass ihm die Höhe meiner Hecke nicht gepasst hat. Und das Dach meiner Gartenhütte. Aber zu dem Zeitpunkt war es nur nervig – doch seit er ein Auge auf das Kathmandu geworfen hat und wir uns weigern, es ihm zu überlassen, hat es ganz neue Dimensionen angenommen. Zuerst wollte er mich übers Bauamt zwingen, die Hütte abzureißen – was ihm aber nicht gelungen ist, weil der Xaver da jemanden kennt. Woraufhin er die Hecke *aus Versehen* selbst gestutzt hat. Ihm ist die elektrische Heckenschere ausgerutscht, hat er gemeint.«

»Ja, ein zwanzig Meter langer Ausrutscher«, knurrte Kai.

»Woraufhin wir ihm aber einen Sichtschutz hingebaut haben,

der es in sich hat. Gegen den hat er natürlich auch Beschwerde eingelegt, aber wiederum glücklos. Ich hab den Sichtschutz nämlich nicht als Sichtschutz, sondern als Hochbeet deklariert und selbiges weit genug von der Grundstücksgrenze entfernt errichtet. Das alles ist natürlich Öl im Feuer des borstelmannschen Zorns.«

»Der ist echt angepisst, weil wir ihm das Kathmandu vor der Nase weggeschnappt haben, und zwar sprichwörtlich um Haaresbreite«, lachte Kai. »Kurz, nachdem wir den Kauf mit dem Stallhuber Erwin per Handschlag und Obstler besiegelt hatten, sind der Olaf und der Jürgen wohl auf der Suche nach neuen Investitionsmöglichkeiten auf die Idee mit dem Wellnesspark gekommen. Hat uns der Stallhuber Erwin erzählt, den sie deswegen angerufen haben. Entsprechend sauer waren sie natürlich, als sie erfahren haben, dass das Kathmandu quasi einen Moment zuvor schon an uns verkauft wurde, nachdem es ein Jahr lang zum Verkauf stand.«

»Ich bin gespannt, was er als nächstes plant«, sagte Tom, dessen Hochgefühl bei der Sorge, welche Steine ihnen der Nachbar wohl als nächstes in den Weg zu legen versuchte, auf einmal verflog. »Der gibt so schnell nicht auf, soviel ist mal sicher.«

»Das ist wirklich hart«, sagte Stefan Eins sorgenvoll.

»Wenn ich so einen Stuss schon höre – Hecke zu hoch, falsches Dach, da krieg ich doch Ausschlag«, grollte Jochen.

Stefan Zwei schien es zu frösteln. »Bauernhof-Wellness und lokaler Brauchtums-Striptease für Touris – was für ein Segen für Oberkreuzbach, dass ihr das Kathmandu bekommen habt und nicht der.«

Auf einmal fing Walter bis über beide Ohren zu grinsen an.

»Wisst ihr, Freunde, Punk hat zwar viele Antagonisten, aber das ist nur die eine Hälfte der Wahrheit. Denn Punk, das ist auch, wenn man sich gegen die Arschgesichter angemessen zur Wehr setzt. Ich glaube, wir sind gerade zur rechten Zeit hier aufgekreuzt …«

# DIE KREUZBACH-KRIEGE I (DIE GEISELNAHME)

Später fuhr die ganze Truppe weiter zu Tom und Kathi, wo sie den Tag mit Grillen, Biertrinken und in Erinnerungen genauso wie in dem ein oder anderen Zukunftsplan schwelgend im Garten zubrachten. Seit ihrem letzten Zusammentreffen war schon viel zu viel Zeit vergangen, deshalb dauerte es nicht lange, bis sie einander lautstark mit alten Anekdoten der Wisst-ihr-noch-Sorte zu übertreffen versuchten. Viele davon handelten von ihrer gemeinsamen Zeit als Band. Stefan Zwei und Kathi, die erst später zu dem Kreis gestoßen waren, taten so, als hätten sie die Geschichten nicht schon hundertmal gehört und lachten oder spielten an den richtigen Stellen den anderen zuliebe die Überraschten – nicht, ohne sich hin und wieder vergnügt zuzuzwinkern. Natürlich hatten sie Verständnis für die Ex-Mitglieder der größten Studentenband aller Zeiten: Der Gedanke, nach all den Jahren einen Anlass zu haben, einmal wieder die Instrumente auszupacken und einen Auftritt in Toms und Kais künftigem Konzert-Stadel hinzulegen, hatte sie alle ziemlich beschwingt und beschwingte sie von Bier zu Bier noch mehr.

Auch Kathi war von der Idee angetan. Mit leuchtenden Augen meinte sie: »Oh bitte, ja! Nach all den Geschichten, die ich mittlerweile gehört habe, würde ich euch wirklich gerne mal spielen hören.«

»Das wäre eine feine Sache«, nickte Xaver zustimmend. »Tom und Kai, die beiden Altrocker, da würden die Leute Augen machen.«

Er und Resi hatten sich im Laufe des Nachmittags zur Freundesschar in den Garten gesellt. Sie alle kannten und mochten einander seit jener denkwürdigen Verlobungsfeier zwei Jahre zuvor.

»Wen nennst du hier alt, Alter?«, stichelte Kai zurück. »Wir zwei Jungspunde fangen gerade erst an!«

»Ich kann Kathi nur beipflichten. Ihr müsst uns unbedingt die Chance geben, euch live zu erleben«, stimmte auch Stefan Zwei zu.

»Ja, ja, ist schon gut und ausgemacht«, brummte Walter. »Wenn diese beiden Knallköpfe hier so irre sind, am Arsch der Welt eine Wirtschaft aufzumachen, müssen wir als ihre Freunde auch so irre sein, uns nochmal gemeinsam an die Instrumente zu wagen.«

»Mitgefangen, mitgehangen«, lachte Stefan Eins. »Oder, Jochen?«

»Wen interessiert Jochens Meinung?«, grinste Walter und hieb Jochen seine Pranke auf die Schulter. »Der ist Bassist, der hat zu wollen.«

»Du mich auch, du Arsch! Außerdem bin ich gar nicht mehr Bassist. Tom hat zuletzt Bass gespielt. Ich bin jetzt Keyboarder, jawohl!«

»Und, macht es das besser?«, lachte Kai.

»Also von einem *Schlagzeuger* lass ich mich nicht aufs Korn nehmen«, grummelte Jochen, konnte sein Grinsen allerdings nicht wirklich verbergen. »Wenigstens bin *ich* Musiker.«

»Oh weh, wenigstens einmal an diesem Tag musste der ausgelutschte Witz ja um die Ecke kommen«, hielt Kai fröhlich dagegen.

»Wisst ihr, das mit den Keyboards war eigentlich nie wirklich eine gute Idee«, sagte Walter kopfschüttelnd. »Dieser elitäre

Studenten-Kack von wegen pseudo-progressiv und so war eigentlich ziemlich doof. Ich bin dafür, dass Jochen wieder Bass spielt und wir das mit den Keyboards vergessen. Back to the roots.«

»Geil, dann darf ich wieder Gitarre spielen?«, freute sich Tom. »Ich bin dafür.«

»Ich auch.« Stefan Eins streckte den Daumen nach oben.

»Absolut, so machen wirs«, segnete Kai den Beschluss ab. »Sorry, Jochen.«

»Ach Menno …«

Was für ein schöner Tag, dachte Tom zufrieden, wie er satt, bierselig und trunken von ihren großen Plänen in seinem Gartensessel mehr lag, als dass er saß. Wie viel zu schnell er vergangen war. Schon war die Sonne beinahe untergegangen. Den anderen schien es ähnlich zu gehen.

»Deine veganen Burger sind echt der Hammer«, lobte Stefan Zwei Kai beeindruckt, nachdem er den dritten – und wirklich letzten, wie er sagte – in Rekordtempo verdrückt hatte.

»Vielen Dank«, wehrte Kai bescheiden ab. »Ich hatte in den letzten Wochen ziemlich viel Gelegenheit, auf Keith zu üben.«

Walter zeigte mit der Bierflasche lachend auf Kai. »Alter, du überraschst einen doch immer wieder. Jedes Mal, wenn man glaubt, der Kerl kann unmöglich noch einen draufsetzen, kommt er mit einer neuen unvorhersehbaren Kapriole daher. Ich meine – Ayurveda? Yoga? Teilzeit-Veganer? Vor allem das mit dem Yoga würde ich zu gern einmal mit eigenen Augen sehen.«

»Der Weg zur Glückselig-*kai*-t bringt so einige Erstaunlich-*kai*-ten mit sich, in der Tat«, entgegnete Kai würdevoll.

»Kann es sein, dass ich irgendwas nicht ganz mitbekommen habe?«, fragte Jochen stirnrunzelnd Tom.

»Frag nicht«, wehrte dieser ab. »Aber hey, wenn ihr es morgen früh genug aus euren Zelten schafft, bekommt ihr vielleicht tatsächlich Kais Yoga-Show mit. Die ist echt sehenswert.«

Nachdem von den Münchner Freunden niemand mehr fahrtüchtig war, und das schon seit den frühen Nachmittagsstunden mit Ansage, hatten sie bereits tags zuvor beschlossen, in Toms Garten zu campieren.

»So geht es allen, die den Tellerrand der Konventionen hinter sich lassen und nach höheren Erfahrungen streben – sie werden von den geistig Selbstbeschränkten verspottet«, stöhnte Kai.

»Gut, dass wir das geklärt hätten«, lachte Kathi und klopfte Kai aufmunternd auf die Schulter. »Ich fürchte, ich muss langsam reingehen und die Füße hochlegen. Wir sehen uns morgen früh.«

»Dann wollen wir euch auch mal allein lassen«, schlossen sich Xaver und Resi an. »Ihr habt euch sicherlich noch einiges zu erzählen, so lange, wie ihr euch schon nicht mehr gesehen habt.« Sie standen ebenfalls auf.

»Aber übertreibt es nicht!«, grinste Xaver und winkte der Runde noch einmal zu. Dann waren er und Resi durch die Hecke verschwunden.

Einen Moment herrschte gemütliches, gemeinschaftliches Schweigen. Nur das Zirpen, mit dem die Grillen einander Gute Nacht wünschten und ein leises, monotones Summen lagen über der Stille – das war Olaf Borstelmanns Rasenmähroboter, der unverdrossen seine stupiden Runden drehte.

Mit einem genervten Seufzer brach Kai das Schweigen als Erster. »Dieser verdammte Mähroboter macht mich echt fertig, Leute. Ich meine – gibt es etwas Spießigeres auf dieser Welt als Rasenmähroboter?«

»Ich weiß, was du meinst«, nickte Walter düster. »Diese blöden Teile rasieren von morgens bis abends gnadenlos alles weg, was ihnen unter die Messer kommt, egal ob Pflanzen oder Kleintiere, nur damit jeder einzelne scheiß Grashalm immerzu akkurat getrimmt ist.«

»So ein Ding passt ganz wunderbar zu unserem Nachbarn«, nickte Tom. »*Natürlich* benutzt einer wie der Olaf einen

Rasenmähroboter. Ja, wenn man genauer darüber nachdenkt, *versinnbildlicht* dieser scheiß Mähroboter im Grunde alles, wofür ein Herr Borstelmann steht.«

»Nun kriegt euch mal wieder ein. Euer Nachbar mag vielleicht ein Penner sein, aber eigentlich sind diese Dinger doch ganz praktisch«, lenkte Stefan Eins ein.

»Ne, du«, hielt Jochen dagegen, der wie die anderen auch einigermaßen einen sitzen hatte. »Da hat der Tom schon recht. Wenn es ein Symbol für das vollumfängliche, durch und durch unerträgliche Spießertum gibt, dann sind es Mähroboter.«

»In der Tat!«, stimmte Stefan Zwei zu, der mittlerweile leicht schielte. »Was ist Spießigkeit schon anderes als die bedingungslose Bereitschaft, sich dem System und seinen kleinkarierten Regeln unterzuordnen und bereitwillig jeden Tag aufs Neue ins Hamsterrad zu klettern.«

»Das System an sich, das soll ja gerüchteweise gar nicht so schlecht sein. Schlecht sind nur die, die es ausnutzen«, warf Tom ein, ohne zu wissen, was genau er eigentlich damit meinte. Der Bierkonsum forderte auch von seinen kognitiven Fähigkeiten mittlerweile ordentlich Tribut.

»Dafür hält es sich aber ganz schön viele Sklaven, das System«, hielt Kai dagegen.

»Ist das nicht eigentlich ganz furchtbar traurig?«, fragte Stefan Zwei. »Zu wissen, dass in dem Moment, in dem du einen Grashalm stutzt, er auch schon wieder zu wachsen anfängt. Und trotzdem drehst du Tag für Tag deine Runden und stutzt ihn aufs Neue. Nur, um dir selbst die Illusion einer Ordnung vorzugaukeln, die es nie geben wird im Chaos.«

»Verbohrtheit in Reinkultur«, nickte Walter.

»Kontrollzwang«, nickte Jochen.

»Typisch Borstelmann«, brodelte Kai. »Der meint doch, er kann allem und jedem seinen Willen aufdrücken, der feine Herr. Und bald ist ganz Oberkreuzbach so getrimmt und zurechtgestutzt wie sein verdammter Rasen, wenn wir nicht aufpassen. Mit Sushi und Breitband!«

»Und dabei wird er genauso über Leichen gehen wie sein dämlicher Mähroboter-Lakai!«, hieb Tom in die gleiche Kerbe. »Engstirnigkeit und Machtgier vereint.«

»Vieleicht sollte der Borstelmann eine Karriere als Politiker anstreben«, fügte Stefan Eins mit leichtem Zungenschlag hinzu. »Die nötigen Voraussetzungen bringt er mit.«

»Ich sage: Bis hierher und nicht weiter!«, schwang Jochen einigermaßen lallend die Revoluzzer-Flagge. »Dagegen müssen wir uns wehren.«

»Darum sind wir hier.« Walter stand schwankend auf und hielt die Bierflasche gen Himmel. »Wer den Punk herausfordert, der bekommt Punk, und zwar auf die Zwölf!«

»Was schlagt ihr vor?« Kai war Feuer und Flamme.

Tom holte sich eine neue Flasche Bier aus dem Kasten. »Das Ziel ist klar – dem Borstelmann müssen seine Grenzen aufgezeigt werden, und zwar so, dass er die Message versteht.«

»Ja, ja, die *Message*, die muss im Vordergrund stehen. Die Message ist bei sowas das Wichtigste. Die unterscheidet gezielten Protest von bloßem Krawall«, rief Jochen munter.

»Ich habs!«, verkündete Walter und ließ sich einigermaßen unelegant wieder in seinen Sessel plumpsen. »Wir entführen den verdammten Mähroboter. Das hat so viel dramatische Symbolik, das kann man gar nicht missverstehen.«

»Bist du sicher?«, fragte Stefan Eins, der unter den Anwesenden noch der Nüchternste war.

»Na klar, das ist es!«, entschied Tom energisch. »Und dann knüpfen wir ihn vorm Müllerwirt an der Straßenlaterne auf.«

»Genauso machen wirs«, rief Kai aufgeregt. »Lasst den hirntoten Sklaven des Spießer-Systems am Mast baumeln!«

»Mensch, hat das eine dramatische Symbolik«, wiederholte Walter glücklich und zwei Revoluzzer-Tränen der Rührung kullerten über seine Wange. »Das ist so ... so ... *kraftvoll.*«

»So geht Message, yeah!«, rief Jochen kaum weniger gerührt.

»Aber wird der Schorsch keinen Ärger deswegen mit dem Borstelmann bekommen?«, überlegte Stefan Eins.

»Keine Sorge, da sitzen bestimmt noch ein paar Leute in der Gaststube, die bezeugen können, dass er den ganzen Abend in der Wirtschaft verbracht hat«, winkte Tom ab.

»Also, wie schauts aus?«, fragte Stefan Zwei aufgekratzt Stefan Eins. »Zick nicht so rum und sag, dass du dabei bist.«

»Also gut, lasst uns dem Penner seine Grenzen aufzeigen«, konnte sich nun Stefan Eins endgültig nicht mehr dem Sog der Begeisterung entziehen. »Bis hierher und nicht weiter!«

Woraufhin alle den soeben geschlossenen Bund besiegelten, indem sie die Worte einer nach dem anderen wiederholten: »Bis hierher und nicht weiter!«

Einen Moment herrschte ergriffenes Schweigen, dann fragte Jochen: »Und, wie wollen wir das jetzt anstellen?«

»Ich glaube, es wäre das Beste, erstmal die Lage auszukundschaften«, sagte Tom und stand einigermaßen unsicher auf. »Ich geh da jetzt mal ganz unverfänglich rüber in die Ecke zum Wasserlassen. Dann seh ich schon, ob die Luft rein ist.«

»Guter Plan«, nickte Stefan Zwei anerkennend. »Jetzt brauchen wir noch ein Seil und einen Fluchtwagen.«

»Wollen wir ein Bekennerschreiben am Tatort hinterlassen?«, fragte Walter eifrig.

»Bist du bescheuert, oder was?« Kai schüttelte fassungslos den Kopf.

»Ne, ich meine eher so einen *anonymen* Bekennerbrief. Also so einen, wo wir reinschreiben, warum wir tun, was wir tun, aber nicht, wer wir sind.«

»Ne, ne, die Message steht für sich, keine Sorge«, sagte Jochen. »Wenn eine Message nicht für sich stehen kann, ists auch keine gute Aktion. Aber diese Aktion hier ist spitze.«

»Also … ich geh dann mal«, sagte Tom, der tatsächlich ziemlich dringend pinkeln musste.

»Ja, ja, geh du mal. Guter Plan!«

»Ich hol inzwischen ein Seil aus der Garage«, verkündete Kai.

»Alles klar, aber du musst nicht flüstern, weißt du«, flüsterte Walter.

»Alter, du flüsterst selber.«

»Das wird so geil«, vorfreute sich Jochen, ebenfalls flüsternd.

»Und was ist mit dem Fluchtwagen?«, fragte Stefan Zwei in normaler Lautstärke, woraufhin alle erschrocken »Pssst!« machten.

»Wir sollten einfach den VW-Bus nehmen. Da passen wir alle rein. Außerdem steht da noch der halbe Kasten Augustiner von heute morgen drin. Man kann schließlich keine Aktion ohne Bier starten«, erklärte Walter und Kai fügte hinzu: »Der Stefan Eins sollte auch fahren, der ist noch der Nüchternste.«

»Alter, ich brauch meinen Führerschein noch!«

»Sind ja nur ein paar hundert Meter.«

»Leute, ich geh dann mal Wasser lassen und die Lage auschecken, ja?«

»Und ich hol das Seil.«

»Warum laufen wir nicht einfach runter zum Müllerwirt, wenn es nur ein paar hundert Meter sind?«

»Was, wenn uns einer sieht?«, zischte Kai. »Der Bus ist unsere sicherste Option. Und auf den Pferden hier in der Gegend ist schlecht reiten, die sind in Wahrheit Kühe.«

»Wieso sind die Pferde Kühe?«

Ab einem gewissen Punkt hieß es handeln, dachte Tom. Man konnte so viel diskutieren, wie man wollte, sich in seinen Argumenten und Absichten verstricken und sich bis zum toten Punkt die Köpfe heißreden – doch irgendwann musste einer den Anfang machen, musste aufstehen und mit motivierendem Beispiel vorangehen, musste beweisen, dass die eigenen Absichten nicht nur leere Worthülsen waren, sinnlos verpuffend aus theoretischen Revolvern verschossen, sondern tatsächlich in *Taten* mündeten, in unwiderlegbaren historischen Momenten, die etwas bewirkten in Zeit und Raum. Tränen der Rührung, ähnlich denen Walters zuvor, stiegen ihm in die Augen, denn er erkannte in diesem Moment, dass diese Rolle unzweifelhaft *ihm* zufiel – *er* musste hier und jetzt dieser Mann der Tat sein, sonst saßen sie morgen früh noch hier und redeten sich die Köpfe krumm mit endlosem Für und Wider und Hin und Her. Nein, dachte Tom, nicht einfach nur ein beliebiger Mann der Tat, sondern ein *Unterwassermüll*mann der Tat. Also klappte er die mentale Taucherbrille über die Augen wie ein Visier, ergriff die mentale Greifzange wie eine Lanze und verkündete im Brustton der Überzeugung: »Jetzt geh ich aber *wirklich* pinkeln.«

Und das tat er dann auch.

Möglichst unbefangen, wie er hoffte, die Hände in den Hosentaschen und ein leises Lied vor sich hin pfeifend, zur Sicherheit auch noch den Kopf nach oben reckend müßig die Sterne betrachtend – was in seinem alkoholbedingt desolaten Zustand gar nicht so einfach war –, schlich Tom sich am Hochbeet/Sichtschutz vorbei in die Ecke des Gartens. Dort, wo die Grenze zwischen seinem und Borstelmanns Grundstück zur Pferdekoppel hin T-förmig abschloss, hatte er freie Sicht auf das Nachbargrundstück und die rückwärtige Seite des Nachbargebäudes.

Während er sein Geschäft verrichtete, ließ er den Blick über die nachbarliche Hausfassade schweifen. Die Rollläden waren heruntergelassen, doch nicht gänzlich, wie es aus der Ferne schien, sondern so, dass überall ein paar Rillen offenstanden. Durch die dergestalt perforierten Rollläden indes drang kein Lichtschein nach draußen. Waren die Borstelmanns eventuell früh ins Bett gegangen und schliefen bereits, nichts ahnend von der konspirativen Schlinge des Racheplans, der im nachbarlichen Garten geschmiedet worden war, eine Schlinge, die sich

240

nun Stück für Stück zuziehen würde, bis der feine Herr Olaf am nächsten Morgen würde erkennen müssen, dass er der Gelackmeierte war, das Gespött von Oberkreuzbach?

Wenn Tom sich richtig erinnerte, war das Außenlicht des Nachbarhauses defekt. Aber war es noch dieselbe Lampe? Oder hatte der neue Bewohner die defekte bereits ersetzt, womöglich sogar durch eine mit Bewegungssensor? Zuzutrauen war es dem pedantischen Borstelmann des Teufels.

Indes – wie weit mochte im schlimmsten Fall wohl der Sensor reichen? Doch ganz bestimmt nicht über den ganzen Garten hinweg. Am sichersten wäre es also, sie würden den Mähsklaven einfangen, wenn er mindestens die halbe Breite des Gartens vom Haus entfernt war. Je weiter weg, desto besser, denn die Ecke, in der Tom stand, bot den einfachsten Durchgang zwischen den Grundstücken. Schließlich wollte man nicht zwischen Gartenhecke und Hochbeet zur borstelmannschen Seite hin gefangen sein. Außerdem böte der Schatten des Apfelbaums, der in eben dieser Ecke von Toms Gartens wuchs, Sichtschutz beim Übertritt.

Und da kam auch schon der Mähroboter in Toms Richtung gerollt – ebenso nichtsahnend und selbstgerecht wie sein verflixtes Herrchen.

Ein, zwei Minuten, schätzte Tom, dann wäre der surrende Grasfriseur bei dem Tempo, das er vorlegte, in einer ziemlich günstigen Einfang-Position.

Ein letzter prüfender Blick auf Schloss Borstelmann, dann knöpfte er die Hose zu und eilte zu den anderen zurück.

»Ich hab das Seil«, flüsterte Kai und streckte Tom stolz einen etwa zehn Meter langen Strick entgegen.

»Ich hab die Autoschlüssel«, flüsterte Stefan Eins und streckte Tom stolz den Schlüsselbund entgegen.

»In Ordnung«, flüsterte Tom, »die Gelegenheit ist günstig. Jetzt oder nie. Jochen, Walter, Stefans, ihr steigt in den Bus und haltet euch für die Flucht bereit. Stefan Eins, lass schon mal den

Motor an, damit wir so schnell wie möglich abhauen können. Aber leise, ja? Leise!«

»Wie soll ich denn den Motor lei … ach, wie auch immer, alles klar.«

Tom atmete tief durch und ließ die Luft geräuschvoll aus seinen Lungen entweichen. Dann blickte er Kai an.

»Bereit, mit mir das Kidnapping durchzuziehen?«

Kai sprang ein paarmal auf der Stelle auf und ab und vollführte zwei, drei Boxhiebe in die Luft wie Rocky, wenn der sich vor einem Kampf aufwärmte.

»Bereiter werde ich nicht mehr, also lass uns die Operation starten.«

»Auf gehts, Compadre.« Tom schaltete das Außenlicht auf seiner Terrasse aus. Nun lagen beide Gärten in Dunkelheit ausgebreitet da, nur vom schmalen, halb von Wolkenfetzen verhängten Mondlicht beschienen wie von einer fahlen Notbeleuchtung. Hintereinander schlichen sie im Schutz des Hochbeets zur äußersten Gartengrenze, wo sie angespannt einen Moment verharrten.

»Dort, siehst du?«, wisperte Tom und zeigte auf den sich zutraulich nähernden Mähroboter. »Da fährt er.«

»Nicht mehr lange!«, wisperte Kai zurück.

»Wenn er dort bei dem Busch ist, stürzen wir uns auf ihn, okay?«

»In Ordnung … halt dich bereit.«

»Drei … zwei … eins … los!«

So lautlos wie möglich schwang Tom sich über den Gartenzaun und huschte, die Deckung der Bäume und Büsche ausnutzend, die fünf, maximal sechs Meter hin zum Mähroboter, der arglos seine Bahn zog. Kai hielt sich dicht hinter ihm. Beinahe bekam Tom Mitleid bei dem Gedanken, den Mähkameraden so hinterrücks aus seiner zufriedenen kleinen Graswelt reißen zu müssen. Aber nur beinahe.

»Und jetzt?«, fragte Kai und sah ein wenig ratlos zu, wie der Roboter im Schneckentempo an ihm vorbeifuhr.

Tom warf einen nervösen Blick hin zu Borstelmanns Haus. Doch dort war und blieb alles dunkel.

»Gibts da nicht sowas wie … keine Ahnung … eine Stopptaste?«, fragte er stirnrunzelnd.

Kai ließ sich auf alle Viere nieder, dackelte auf Händen und Knien neben dem Mähroboter her und studierte dessen Aufbau. »Doch, hier – wie kundenfreundlich!«, flüsterte er schließlich erleichtert, streckte eine Hand aus und drückte eine Taste an der Seite des Roboters. Das sanfte Surren erstarb und der Roboter kam zum Stillstand. So weit, so gut dachte Tom mit einem weiteren nervösen Blick auf das dunkle Haus. Wenn dieser verdammte Borstelmann wüsste, was man seinetwegen alles zu tun gezwungen war!

»Sag mal, was blinkt denn da auf der Anzeige?«, fragte Kai irritiert. Tom riss seinen Blick vom Haus los und blickte Kai über die Schulter.

»Sieht aus wie ein Ladebalken … und die Striche werden weniger.«

»Da steht, man soll eine PIN eingeben.« Kai und Tom blickten sich ratlos an.

»Wie auch immer, lass uns den Kameraden einsacken und dann nichts wie weg«, entschied Tom.

Gerade, als sie den Roboter gemeinsam anheben wollten, erlosch der letzte Balken auf der Anzeige und ein schriller Alarm, der aus den Eingeweiden des verflixten Mähroboters dröhnte, zerriss die Stille der Nacht. Der Ton war so durchdringend, dass vermutlich binnen Sekunden halb Oberkreuzbach aus den Betten fiel – von Familie Borstelmann ganz zu schweigen.

Einen Schreckensmoment lang starrten Tom und Kai einander entsetzt an, dann griff sich Kai mit einer fließenden Bewegung den Roboter und spurtete los, zurück in Richtung Toms Grundstück. Tom nahm die Beine in die Hand und lief hinterher, während der infernalische Sirenenton weiter durch die Nacht heulte.

Am Gartenzaun angekommen warf Kai den Roboter hinüber in Toms Garten und sprang hinterher. Eine Sekunde später landete auch Tom mit beiden Beinen wieder auf heimatlichem Gebiet.

»Was nun?«, rief Kai, der Panik nahe.

»Keine Zeit anzuhalten«, zischte Tom nicht weniger panisch zurück. »Der Bus! Komm schon, komm schon.«

Er packte nun seinerseits den Mähroboter und spurtete das Hochbeet entlang Richtung Einfahrt. Am Rande realisierte er, wie in seinem und Kathis Haus die Lichter angingen. Kathi war also schon aufgewacht. Hinüber zu Borstelmann traute er sich schon gar nicht mehr zu blicken.

Tom schlitterte ums Hauseck und pflügte durch den Vorgarten zur Einfahrt. Jochen, der hinten im Bus saß, sah – oder hörte ihn vielmehr – kommen und schob die Seitentür auf.

»Was zur …«

»Keine Zeit«, rief Tom, warf den unverdrossen alarmschlagenden Roboter in den Bus und sprang hinterher. Keine Sekunde später war auch Kai im Bus, zog die Tür zu, und gemeinsam brüllten sie in Richtung des entsetzt vom Fahrersitz nach hinten stierenden Stefan Eins: »FAHR LOOOS!«

Und Stefan – gepriesen sei seine Geistesgegenwart – stellte keine Fragen, sondern trat das Gaspedal bis zum Boden durch.

»Was macht der denn so einen Krach?«, brüllte Walter über die Sirene hinweg und hielt sich die Ohren zu.

»Ich glaub, der hat eine Diebstahlsicherung«, brüllte Kai zurück.

»Ach, wie kommst du denn da drauf?«, schrie Jochen grinsend.

»Stoppt diesen verdammten Lärm«, schrie nun auch Stefan Eins von vorn. »Das ist nicht auszuhalten. Ich kann nicht fahren und mir gleichzeitig die Ohren zuhalten, also tut bitte, bitte irgendwas.«

»Im Kofferraum müssen irgendwo Decken sein«, brachte sich Stefan Zwei einigermaßen konstruktiv in die Diskussion ein.

Walter löste den Sicherheitsgurt, stand auf und beugte sich über die Sitzbank nach hinten.

»Vorsicht, Kurve!«, warnte Stefan Eins noch, als er rechtsum in die Hauptstraße schlitterte, doch zu spät – schon purzelte Walter kopfüber in den Stauraum.

»Walter, lebst du noch?«, rief Jochen. Woraufhin einige nicht ganz jugendfreie Flüche von hinten kamen, die sogar das Heulen des Mähroboters übertönten. Kurz darauf flogen zwei Wolldecken nach vorn und Walters Kopf tauchte einigermaßen konsterniert über dem Rand der Sitzlehne auf.

»Hier, stopft dem verdammten Ding das Maul«, grunzte er.

»Scheiße, Leute, ich glaubs nicht. Hinter uns fährt die Polizei.«

»Oh Mann, Jochen, kannst du dir deine Witze nicht für später aufheben?«, stöhnte Kai.

»Schau doch hin! Hinter uns fährt wirklich die Polizei«, schimpfte Jochen. Woraufhin alle nach hinten blickten.

»Verdammt, wir sind am Arsch«, fasste Stefan Eins die Situation ziemlich treffend zusammen.«

»Nun wickelt das Scheißding doch endlich in die Decken«, brüllte Stefan Zwei panisch.

»Schon dabei«, brüllte Tom entgeistert zurück und schlang gemeinsam mit Jochen die zweite Decke um den Mähroboter. Doch es war aussichtslos – das Geheul wurde dadurch kaum gedämpft.

»Scheiße, scheiße, scheiße«, keuchte Kai mit Blick nach hinten. »Sie haben ihre Anzeige auf dem Dach eingeschaltet und signalisieren, dass wir anhalten sollen.«

»Echt jetzt?«, keuchte Stefan Eins und blickte voll Grauen in den Rückspiegel. »Wie hoch ist die Wahrscheinlichkeit, in diesem Kaff hier von der Polizei angehalten zu werden?!«

»Das ist das kosmische Prinzip, das alles im Gleichgewicht hält«, rief es aus dem Kofferraum. »Bevor wir vom Schicksal belohnt werden, müssen wir Leid und Jammer ertragen. Aber auch … aua … auch das vergeht.«

»Leute, was sollen wir machen? Ich muss jetzt anhalten. Die drücken schon auf die Lichthupe«, hielt Stefan Eins dagegen, dessen Tonfall keinen Zweifel daran ließ, dass ihm das kosmische Prinzip hier und jetzt und überhaupt ziemlich am Allerwertesten vorbeiging.

»Scheiße, Sybille bringt mich um«, jammerte Jochen.

»Wenn wir nur diesen verdammten Alarm irgendwie ausschalten könnten!« Kai schlug ratlos die Hände überm Kopf zusammen.

Stefan Eins setzte den Blinker nach rechts und ließ den Wagen im Schneckentempo ausrollen, um noch ein paar Sekunden Zeit zu schinden. Das Polizeiauto hielt einige Meter hinter ihnen. Auf einmal drehte sich Stefan Zwei mit aufgerissenen Augen nach hinten um.

»Walter – im Kofferraum – der Feuerlöscher! Schnell.«

»Was? Stefan, was hast du …«

»Feuerlöscher! Sofort!«

Walter stellte keine weiteren Fragen, sondern reichte den Feuerlöscher nach vorn zu Jochen. Dann machte er sich daran, über die Rückenlehne hinweg ebenfalls nach vorn zu klettern, wo er sich zwischen Tom und Kai quetschte.

»Sie sind ausgestiegen … sie kommen her!«, kommentierte Stefan Eins, der unentwegt in den Rückspiegel stierte, unnötigerweise die Situation.

Stefan Zwei deutete auf Jochen, der den Feuerlöscher unentschlossen in der Hand hielt und zwischen Mähroboter und Stefan Zwei hin und her blickte. »Jochen, tu es … *jetzt!*«

Woraufhin Jochen aus seiner Erstarrung erwachte, den Feuerlöscher so hoch über seinen Kopf wie möglich anhob und mit aller Wucht auf den Mähroboter im Fußraum niedersausen ließ. Wieder und wieder drosch er gewaltvoll auf den Roboter ein, der sicherlich keine Vorstellung davon gehabt hatte, welch würdeloses Ende – als Geisel in einem VW-Bus mit einem Feuerlöscher erschlagen zu werden – ihm bevorstand, als er morgens seine

Ladestation verlassen und sich an sein emsiges Werk gemacht hatte.

Dann, nach dem sechsten oder siebten Schlag, wurde der Alarm – den Göttern sei Dank – rapide leiser. Ein letztes, ungesund klingendes Aufheulen, dann erstarb der Ton. Der Roboter war nur noch ein trauriger Haufen zersplitterter, notdürftig von den Decken zusammengehaltener Haufen Einzelteile.

»Gottseidank haben wir einen Bassisten an Bord«, stöhnte Kai und klopfte Jochen anerkennend auf die Schulter. »Diese Jungs sind und bleiben einfach die Männer fürs Grobe.«

Eine Sekunde später hatten die beiden Polizisten den Bus erreicht. Der eine von ihnen klopfte auf der Fahrerseite ans Fenster und signalisierte Stefan Eins, dass er es öffnen solle, während der andere auf der Beifahrerseite mit der Taschenlampe das Innere des Busses ausleuchtete. Stefan Eins tat wie geheißen.

»*Gutenabendverkehrskontrolleführerscheinundfahrzeugpapierebitte*«, ratterte der Polizist auf der Fahrerseite Stefan Eins routiniert ins Gesicht. Er wirkte nicht sonderlich interessiert, sondern war in Gedanken vermutlich schon beim Feierabend. Tom taufte ihn Schnauzer, da beinahe die halbe untere Gesichtshälfte von einem riesigen, gepflegten Schnauzbart verdeckt wurde.

»*Wie bitte?*«, schrie Stefan Eins zurück. Ihnen allen gellten die Ohren von dem schrecklichen Sirenenton des Mähroboters, möge er in Frieden ruhen.

Beide Polizisten zuckten erschrocken zurück. Derjenige auf der Beifahrerseite griff instinktiv an den Griff seiner Dienstwaffe. Es war ein junger Kerl, eine restpicklige Bohnenstange, die sich vermutlich erst noch die Sporen beziehungsweise die ersten Sternchen auf der Schulterklappe verdienen musste. So aufgeregt, wie er wirkte, hoffte er vermutlich sehnlichst darauf, sie eines Vergehens überführen zu können.

»Guten Abend, Verkehrskontrolle – Führerschein und

Fahrzeugpapiere bitte«, erklärte Schnauzer geduldig, wirkte jetzt aber schon eine Spur interessierter.

Stefan Eins begriff, was von ihm verlangt wurde, zog seinen Geldbeutel hervor und entnahm ihm den Führerschein. Stefan Zwei reichte ihm derweil hilfsbereit die Fahrzeugpapiere aus dem Handschuhfach. Beide konnten nicht verhindern, dass ihre Hände dabei unkontrolliert zitterten, was im Schein von Bohnenstanges Taschenlampe nicht zu übersehen war.

»Hm … hm … aha …«, grunzte Schnauzer und blickte abwechselnd prüfend auf den Führerschein und zu Stefan Eins, während Bohnenstange mit seiner Taschenlampe nun den hinteren Teil des Busses ableuchtete. Geistesgegenwärtig stellten Tom und die anderen auf der Rücksitzbank ihre Beine so hin, dass die halb von der Decke bedeckten Überreste des Mähroboters – hoffentlich – von draußen nicht zu sehen waren.

Schnauzer schlurfte gemächlich zurück zum Polizeiauto, vermutlich, um in der Dienststelle Meldung zu erstatten und Stefans Namen und das Autokennzeichen in der Datenbank überprüfen zu lassen. Dann, nach einer gefühlten Ewigkeit, kam er wieder und reichte den Führerschein und die Fahrzeugpapiere durchs Fenster zurück an Stefan Eins.

»Schutzweste, Warndreieck, Erste-Hilfe-Kasten«, hakte er die nächsten Programmpunkte ab.

»Lass schon, ich mach das«, sagte Stefan Zwei und legte Stefan Eins, der immer noch zitterte, beruhigend die Hand auf die Schulter.

»Danke«, hauchte dieser und wischte sich ein paar Schweißperlen von der Stirn.

Während Bohnenstange Stefan Zwei zum Kofferraum folgte, kam Schnauzer zur Eine-Million-Euro-Frage seines Verkehrskontrollquiz: »Haben Sie etwas getrunken oder Drogen genommen?«

Woraufhin Stefan Eins, der sich vermutlich die ganze Zeit schon vor genau dieser Frage gefürchtet hatte, nichts anderes übrigblieb, als zuzugeben, dass er »ein wenig« Bier getrunken habe. Schnauzer blickte Stefan mit einem Mal unangenehm aufmerksam an. Aha, hab ich dich, du langhaariger Hippie, mochte er sich dabei denken.

»Sind Sie einverstanden, sich einem Alkoholtest zu unterziehen?«, fragte er, so gar nicht mehr im Autopilot-Modus.

»Selbstverständlich«, antwortete Stefan so tapfer wie möglich.

Schnauzer drehte sich um und trottete zurück zum Polizeiauto, sicherlich, um seine Ausrüstung zur Atemalkohol-Bestimmung zu holen. Tom rutschte endgültig das Herz in die Hose und den übrigen schien es ähnlich zu gehen. Da geschah auf einmal etwas ganz und gar unwahrscheinlich Wunderbares: Unvermittelt begann das Funkgerät im Polizeiauto loszuplärren. Schnauzer lauschte konzentriert und auch Bohnenstange ließ Warnweste Warnweste sein und eilte zu seinem Kompagnon. Zehn Sekunden vergingen, zwanzig. Das Funkgerät verstummte und Schnauzer sprach nun seinerseits stirnrunzelnd hinein, bekam kurz darauf krächzend Antwort. Einen Moment lang blickten Schnauzer und Bohnenstange sich fragend an, dann schaltete Bohnenstange seine Taschenlampe aus und stieg ins Polizeiauto. Finster starrte er vom Beifahrersitz aus den Bus und seine Insassen an. Schnauzer indes kam betont lässig nochmal an Stefan Eins' Fenster gewatschelt. Er blickte erst die Stefans, dann die Insassen auf der Rücksitzbank prüfend an.

»Tja, Jungs, gratuliere, ihr habt Glück. Ein Fahrer, der *ein wenig* was getrunken hat, vier Personen auf der Rücksitzbank statt der zulässigen drei – und trotzdem muss ich euch ziehen lassen. Dringender Einsatz im Nachbardorf. Wir müssen abrücken. Was ne Schande. Aber eins sage ich euch Gestalten: Ich weiß zwar nicht, was ihr sonst noch so ausgefressen habt, aber *irgendwas* habt ihr ausgefressen. Das seh ich euch an den Nasenspitzen an. Darum hoffe ich für euch, dass wir uns heute Nacht nicht nochmal über den Weg laufen. Macht, dass ihr von der Straße kommt. Habts mich?«

»Na-natürlich«, hauchte Stefan Eins. »Großes, großes Ehrenwort.«

»Na, besser wärs.«

Mit einem letzten angsteinflößenden Blick in die Runde drehte Schnauzer sich um und watschelte zum Polizeiauto zurück. Einen Moment später jagte der Wagen mit eingeschaltetem Blaulicht an ihnen vorbei.

Erst sagte keiner ein Wort, doch dann ging ein kollektives Aufatmen durch den Bus. Alle sackten ein Stück in sich zusammen, als die Anspannung von ihnen wich.

»Uff«, keuchte Kai, »das war knapp.«

»Alter Schwede, das hätte schief gehen können«, schloss sich Stefan Zwei an und klopfte Stefan Eins aufmunternd auf die Schulter.

In dem Moment löste sich ein Schatten aus einer Hofeinfahrt und eine wohlbekannte Gestalt spazierte über die Straße auf sie zu.

»Unterhofer, du?«, rief Tom überrascht. »Was machst du denn so spät noch unterwegs?«

»Vom Müllerwirt komm ich. Und ich hab euch den Arsch gerettet.«

»Du hast … was?«

»Na, der dicke Bertl wollte euch doch gerade blasen lassen, oder nicht? Da hab ich bei den Grünen in der Zentrale angerufen und gesagt, dass es im Sportheim bei den Unterkreuzbachern eine saubere Prügelei gibt und doch dringend die Polizei einschreiten müsste, bitteschön. Und, hats geklappt oder nicht?«

Tom glaubte seinen Ohren nicht zu trauen.

»Unterhofer, du bist der Beste!«

»Ja, ja, ist schon recht. Und jetzt schauts zu, dass ihr weiterkommt. Bei euch im Bus stinkts wie im Hofbräuhaus.«

Und genau das taten sie dann auch.

»Und jetzt?«, fragte Walter zehn Minuten später, als sie von der Landstraße zwischen Ober- und Unterkreuzbach weg in einen Feldweg eingebogen waren und den Bus im Schutz einer dichtstehenden Baumgruppe vor etwaigen Polizistenaugen verborgen geparkt hatten.

»Wir müssen die Leiche entsorgen, und zwar schnell«, verkündete Stefan Eins, der sich wieder halbwegs beruhigt hatte, resolut. »Tom, irgendwelche Vorschläge?«

»Wir könnten sie im Wald vergraben. Hier in der Gegend gibts reichlich davon, wie ihr euch sicher vorstellen könnt«, überlegte Tom.

»Alter, willst du ernsthaft für den Mähroboter mitten in der Nacht ein Grab im Wald ausheben?«, rief Walter.

»Warum nicht?«, verteidigte Kai den Vorschlag. »Wir dürfen auf keinen Fall Spuren hinterlassen. Die Geiselnahme ist schiefgelaufen, wir waren gezwungen, die Geisel während der Polizeiverfolgung zu liquidieren. Jetzt müssen wir sie loswerden. Das ist doch völlig klar.«

»Mit was sollen wir das Ding denn vergraben?«, fragte Stefan Zwei zweifelnd. »Wir haben keine Schaufel dabei. Und bei Toms Garage können wir schlecht vorbeifahren – so unmittelbar nach begangener Tat.«

»Das stimmt«, nickte Jochen. »Wir müssen im schlimmsten Fall davon ausgehen, dass dein Nachbar den Lärm gehört und mittlerweile bemerkt hat, dass sein Mähroboter verschwunden ist. Wie würde das denn aussehen, wenn wir jetzt mit dem Bus bei dir vorfahren und eine Schaufel aus der Garage einpacken? Der kann sich doch dann eins und eins zusammenzählen.«

»Was für eine verdammte Schande!«, schimpfte Walter. »Ich hab mir das so schön ausgemalt, wie wir das Ding an der Straßenlaterne aufknüpfen.«

»Ich auch«, nickte Jochen traurig.

»Mensch Leute, ich habs!«, rief Tom. »Wo deponiert man am unauffälligsten eine Schrottleiche?«

»Tom, wenn du etwas Konstruktives zu sagen hast, dann spucks bitte einfach aus«, bat Stefan Eins, dessen Nerven anscheinend doch noch lädierter waren als angenommen.

»Natürlich da, wo schon tausend andere Schrottleichen liegen – auf dem Wertstoffhof!«

»Das ist es!« Walter klopfte Tom anerkennend auf die Schulter.

»Um diese Zeit ist da logischerweise kein Mensch. Wir können die Leiche einfach über den Zaun in den Container mit Elektroschrott werfen«, erwärmte Tom sich immer mehr für seine Idee. »Stefan, ich erklär dir den Weg. Fahr erstmal zurück zur Straße.«

»Na gut, einen Versuch ist es auf jeden Fall wert.« Stefan tat, wie ihm geheißen.


Eine Viertelstunde später rollten sie langsam und mit ausgeschalteten Scheinwerfern auf den Vorplatz des örtlichen Wertstoffhofs. Hinter einem übermannshohen Stacheldrahtzaun ragten dunkel die Umrisse der Container als Parade finsterer Monolithen auf. Stefan Eins schaltete den Motor aus.

»Jetzt erstmal raus und abchecken, ob die Luft auch wirklich rein ist«, sagte Jochen aufgeregt.

»Das übernehme ich«, bot Tom an, der schon wieder ganz dringend pinkeln musste.

Er stieg aus, ging hinüber zum Zaun und verrichtete sein Geschäft. Dabei blickte er sich in alle Richtungen um. Doch nichts und niemand war außer ihnen und den Containerklötzen jenseits des Zauns zu erkennen. Warum auch, dachte Tom. Welchen halbwegs nachvollziehbaren Grund könnte ein vernünftiger Mensch auch haben, Samstagnacht vor einem Wertstoffhof in der Pampa herumzulungern?

Er ging zurück zum Bus und gab grünes Licht.

Alle stiegen aus. Walter und Jochen hoben die Einzelteile

dessen, was eine Stunde zuvor noch ein quietschfideler Mähroboter gewesen war, in eine der Decken gewickelt vorsichtig aus dem Bus und trugen ihre Last hinüber zum Zaun.

»Das da ist der Container für Schrott, wenn mich nicht alles täuscht«, sagte Tom und wies vage nach schräg rechts über den Zaun. Sicher war er sich nicht.

Er drehte sich zu Walter und Jochen um, die ihr Deckenpäckchen, je an einem Ende, ein wenig ratlos zwischen sich trugen.

»Na dann«, meinte Jochen. Es klang allerdings einigermaßen zögerlich.

»Schafft ihr das über den Zaun?«, fragte Stefan Eins.

»Wird schon gehen«, brummte Walter. »Aber sollte nicht … ich weiß nicht … sollte nicht vielleicht irgendwer irgendwas sagen? So was, hm, *Pietätvolles*, ihr wisst schon. Um ihm die letzte Ehre zu erweisen und so.«

»Du hast recht«, nickte Jochen. »Lass mich das tun, ich hab die arme Sau schließlich erschlagen.« Er blickte bekümmert auf das klappernde Päckchen. »Du armes Sklavengeschöpf. Ich bin mir sicher, du warst eigentlich ein prima Typ. Hätten wir uns unter anderen Umständen kennengelernt, wer weiß, vielleicht hätten wir Freunde sein können. Doch das Schicksal hat uns zu Feinden gemacht. Was eine verdammte Schande ist, ehrlich. Ich wollte dich nicht umbringen. Doch wenigstens bist du jetzt im Roboterhimmel, wo Flüsse voll Motorenöl fließen und du … äh … in einem riesigen Werkstatt-Schloss wohnst. Und du musst nicht mehr fürs Spießersystem buckeln, also hoffe ich, du findest Frieden. Und einen schönen Gruß an R2D2, falls du ihm irgendwann dort begegnest.«

Jochen blickte zu Walter und sie nickten einander zu.

»Eins … zwei … *DREI!*«

Und schon segelte der Deckensack in hohem Bocken über den Zaun und landete krachend in dem Container, von dem Tom hoffte, dass es derjenige für den Elektroschrott war.

»Eine wirklich schöne Rede«, sagte Stefan Zwei und wischte sich über die Augen. »Und nun?«

»Zurück zu Tom können wir noch nicht fahren«, überlegte Stefan Eins. »Täter werden oft gerade deshalb überführt, weil sie zwanghaft zu früh an den Tatort zurückkehren. Das weiß ich aus dem Fernsehen.«

»Ja, das stimmt«, nickte Jochen.

»Ich bin ganz schön ins Schwitzen gekommen bei der Aktion«, meinte Walter. »Wie wärs, wenn wir uns irgendwo abkühlen?«

»Gute Idee. Gibts hier irgendwo vielleicht einen See oder ein Freibad?«, fragte Stefan Zwei.

»Freilich gibts in Aichach ein Freibad. Aber logischerweise hat das geschlossen jetzt«, erwiderte Tom.

»Das ist es!«, rief Kai. »Mensch, nach der Aktion fühl ich mich wieder wie sechzehn. Doof in der Birne und unbeschwert im Herzen. Und was macht man mit sechzehn in einer lauen Frühsommernacht wie heute? Man steigt ins Freibad ein. Auf gehts!«

»Ich glaubs nicht«, schüttelte Stefan Eins in gespielter Verzweiflung den Kopf. »Was ist nur los mit euch Typen?«

»Ach, komm schon«, ereiferte sich Kai immer mehr für seinen Plan. »Ein halber Kasten Bier und ein Pool – was braucht man mehr? Tom, zeig uns den Weg.«


»Aus der Bahn!«, schrie Tom.

Stefan Zwei konnte gerade noch rechtzeitig zur Seite hin wegtauchen, da schoss Tom auch schon, die Füße voraus, an ihm vorbei und platschte ins Wasser.

»Was für eine geile Rutsche«, prustete er, nachdem er wieder aufgetaucht war.

»Alle mal aufgepasst. Jetzt kommt Walters Spezialsprung!«

Gesagt, getan. Walter nahm ein paar Schritte Anlauf und legte eine ordentlich klatschende Bauchbombe hin, schlitterte Kopf voran die gewundene Rutsche hinunter.

»Oh nein, sowas tut doch weh«, stöhnte Kai, der am Beckenrand saß, eine Halbe Bier in der Hand.

Sie hatten Stefans VW-Bus in sicherer Entfernung zum Städtischen Freibad in einer Seitengasse geparkt und waren, den Bierkasten mit sich tragend, zu einer geeigneten, halb von Büschen und Bäumen verborgenen Stelle gelaufen, wo sie unbeobachtet über die Mauer klettern konnten. Walter und Stefan Zwei hatten von oben den Kasten entgegengenommen, dann waren sie im Dunkeln über die verwaiste Liegewiese zu den Becken weitergewandert. Dort hatten sie sich freudig die Kleider vom Leib gerissen und waren ins Nichtschwimmerbecken gesprungen, das, nur von ein paar wenigen Unterwasserscheinwerfern beleuchtet, leer und verlassen dalag.

»Das ist eine Nacht, was?«, strahlte Walter, der sich mit krebsrotem Bauch aus dem Wasser zog und von Kai eine frisch geöffnete Halbe entgegennahm.

»Irgendwie komisch, dass wir die einzigen hier sind, oder nicht?«, fragte Stefan Eins und zog sich ebenfalls an Land. »Ich hatte erwartet, in so einer schönen, warmen Samstagnacht die halbe Dorfjugend hier versammelt vorzufinden.«

»Zu unserer Zeit sind wir im Sommer jedes Wochenende nach dem Disco- oder Kneipenbesuch ins Freibad«, sinnierte Jochen. »Oft mit den Kumpels, manchmal auch mit Mädchen. Das war schön.«

»Zu unserer Zeit – wie das klingt«, grinste Kai, legte sich auf den Rücken und betrachtete die Sterne. »Nehmt euch in Acht, die alten Säcke aus den Neunzigern sind zurück.«

»Es ist leider wahr«, sagte Tom und zog sich als Letzter aus dem Wasser. »Wir sind alte Säcke, gemessen an der heutigen Jugend. Aber soll ich euch was sagen: Ich bereue es nicht, in den Neunzigern großgeworden zu sein.«

»Okay, wer spricht es aus?«, fragte Walter lachend.

»Die Ehre gebührt ganz und gar dir, Walter«, meinte Kai.

»Also sag ich es jetzt, in Ordnung?«

»Sag es!«, forderte Tom.

»Die verdammte Musik war so viel besser zu unserer Zeit. Grunge, Britpop, Hardrock, die Wiederauferstehung des Westcoast Punk, Indie- und Alternative-Musik, die den Namen auch wirklich verdient hat. All das gute Zeug eben.«

»Vielleicht liegts gar nicht so sehr daran, dass die Musik wirklich besser war«, überlegte Stefan Eins. »Vielleicht haben wir sie nur anders wahrgenommen. Wertiger und auch wertschätzender. Heute ist alles so … abgeklärt. Alles ist jederzeit per Stream verfügbar, ist zu einer einzigen grotesk unkonsumierbaren Masse an *Content* verkommen. Für uns hatte ein Album noch einen wirklich messbaren Wert. Wir mussten für so eine verdammte CD schließlich mindestens das Taschengeld einer Woche ausgeben. Da musste ganz genau überlegt werden, was man sich gönnt.«

»Ja, ja, immer alles schön zerpflücken und zerdenken, oder wie?«, grinste Walter. »Das ändert trotzdem nichts an der Tatsache, dass unsere Musik damals besser war.« Er prostete in die Runde und begann laut zu singen. »Son, she said … Have I got a little story for you … What you thought was your daddy … Was nothin' but a …«

Und Stefan Eins fiel lauthals und lachend mit ein: »While you were sittin' … Home alone at age thirteen … Your real daddy was dyin' … Sorry you didn't see him … But I'm glad we talked …«

Und – natürlich – sprangen auf einmal alle auf und brüllten den Refrain ihrer Jugend mit: »Oh I, oh, I'm still alive!«

Und ehe sie sich versahen, tanzten sie wild hüpfend und splitternackt, wie sie waren, um das Becken, warfen ihre Arme in die Höhe und grölten dabei, als ob es kein Morgen mehr gäbe.

»Hey … I … I, oh, I'm still alive.«

Immer schneller drehten sie sich um sich selbst und im Kreis, jauchzten und sprangen in die Luft, ein schemenhafter Haufen auf der sternenbestrahlten Festivalbühne ihres Lebens, headbangten und luftgitarrten, als der alkoholgeschwängerte, aufgestaute Wahnsinn des Tages, die ganze Anspannung sich den Weg nach draußen bahnte und von ihnen abfiel.

»Hey ... I, oh I'm still alive!«

Und Kai ließ sich auf alle Viere fallen, schüttelte die Luftgitarre, hob sie in die Höhe und brüllte »Eddie-Vedder-Solo!«

Und just in diesem ganz und gar grandiosen Moment, diesem Höhepunkt einer ganz und gar grandiosen Sommernacht blitzte auf einmal der Strahl einer Taschenlampe auf und leuchtete Kai direkt ins Gesicht. Dieser ließ die Luftgitarre sinken und kniff die Augen zusammen.

»Na, wen haben wir denn da?«, fragte Bohnenstange glücklich lachend. Und Schnauzer trat neben ihm aus der Dunkelheit und sagte vergnügt: »Ich wusste, dass ich euch Krawallbrüder heute nochmal wiedersehe. Ich wusste es. Sowas hat man nach fast dreißig Dienstjahren einfach im Gefühl.«


Zehn Minuten später – nachdem sie sich unter den Blicken der beiden Polizisten verschämt angezogen und die Bierflaschen eingesammelt hatten – wurden sie in einem geräumigen Polizeibus, den Schnauzer extra für *die ganze Bagage* angefordert hatte, auf die Wache befördert.

Dort saßen sie nun mit nassen Haaren in einem kargen Wartebereich auf einer harten, langen Holzbank. Ihnen gegenüber befand sich in einigem Sicherheitsabstand eine Art hölzerner Tresen – nur dass ihnen hier wohl eher kein Bier angeboten werden würde, wie Tom verdrossen dachte. Denn obwohl die beiden Polizisten, die dahinter emsig irgendetwas in ihre Computer hackten, jedes Mal Mühe hatten, sich ein Grinsen zu verkneifen, wenn ihr Blick auf die aufgereihten Delinquenten fiel, war es nicht jene Art von Kneipen-Heiterkeit, die den Gast mit einbezog, der in diesen kümmerlichen Räumlichkeiten herrschte. Vielmehr war es eine beklemmende, freudlose Heiterkeit, die Tom frösteln ließ – und ihn zu seinem Leidwesen auch viel zu schnell wieder nüchtern machte.

Irgendwann kam Schnauzer mit einer Tasse Kaffee aus einem Nebenraum zurück, lehnte sich zwischen die beiden Tresenwächter an ebendiesen und blickte auf die Reihe der Straftäter, denn das waren sie wohl oder übel. Er nahm – vermutlich um des dramatischen Effekts Willen, wie Tom annahm – erstmal einen ordentlichen Schluck aus seiner Kaffeetasse.

»Doch noch eine wilde Nacht gehabt?«, fragte er schließlich mit verdächtig bebendem Schnauzbart.

»Geht so, Herr Wachtmeister«, gab Kai verdrossen zurück. »Wenn ich ehrlich bin, hatte der Spaß eigentlich gerade erst begonnen.«

»Hey, hey, hey, nicht frech werden, Bürschchen.«

Kai strahlte erfreut übers ganze Gesicht. »Habt ihr das gehört? Er hat mich Bürschchen genannt. Da fühl ich mich gleich noch jünger, als ich mich eh schon fühle heute Nacht.« Und Stefan Eins seufzte: »Ich will, dass er mich auch Bürschchen nennt.«

»Freut mich, dass ihr die Sache mit Humor nehmt«, sagte Schnauzer. Tom konnte nicht beurteilen, ob er das ernst meinte oder nicht. Aber wer konnte einem das nach all den Bieren schon verdenken? »Weit weniger mit Humor haben es allerdings die sage und schreibe neun Anwohner genommen, die uns unabhängig voneinander wegen Ruhestörung angerufen haben. Ihr habt einen Lärm gemacht, den hat man noch am anderen Ende der Stadt gehört.« Schnauzer schüttelte angesichts dieser kolossalen Dummheit betrübt den Kopf.

»Man kanns ihnen nicht übelnehmen«, sagte Jochen und schüttelte seinen eigenen Kopf nicht minder betrübt.

»Nein, das kann man nicht«, stimmte auch Walter zu.

Wenigstens haben sie uns nur wegen dieser Ordnungswidrigkeit am Arsch, dachte Tom, und nicht wegen Roboterraub mit anschließendem Totschlag.

»Na dann, wir haben eure Personalien und eure Aussagen aufgenommen. Wegen Alkohol am Steuer kann ich euch leider nicht belangen, weil wir nicht beweisen können, dass ihr euch nicht schon vorm Einbruch ins Freibad angeleuchtet habt. Aber immerhin wird es euch ein hübsches Sümmchen kosten.« Bei näherem Hinsehen wirkte Schnauzer einigermaßen müde. Tom bekam fast ein wenig Mitleid mit ihm. Vermutlich hatte sein Gegenüber eine lange, harte Schicht hinter sich.

Schnauzer schien noch etwas sagen zu wollen. Dann überlegte er es sich anders, schüttelte den Kopf und meinte: »Mein Kollege bringt euch jetzt heim.«

Das war natürlich höchst suboptimal, wie Tom alarmiert dachte. Was Kathi wohl sagen würde, wenn sie alle miteinander sturzbetrunken mitten in der Nacht von der Polizei heimgefahren wurden.

»Nicht nötig … ich meine, das ist … äh, sehr freundlich, aber … ich rufe einen Freund an, der kann uns abholen. Bitte, wir wollen keine Umstände machen.«

Kai stupste Tom an. »Wovon zur Hölle redest du?«

»So, so, um ein Uhr nachts wollen Sie jemanden anrufen, der Sie abholt?« Schnauzer schien zu genießen, wie Tom sich wand. Er grinste seine Kollegen an, die ihm anscheinend gern den Gefallen taten, zurückzugrinsen. Wenigstens die Jungs auf der anderen Seite der Theke hatten ihren Spaß. »Nur zu, nur zu. Rufen Sie Ihren Freund an. Aber solange, bis hier jemand auftaucht, um Sie in Empfang zu nehmen, bleiben Sie alle schön hier.«

»In Ordnung«, sagte Tom. Dann zog er sein Handy aus der Tasche und tat etwas, wofür er sich im selben Moment zutiefst schämte – er rief Xaver auf dem Handy an.

Als dieser nach langem, bangem Klingeln tatsächlich ranging – verschlafen und hörbar gereizt –, beichtete Tom ihm unter den amüsierten Blicken der Beamten den Sachverhalt. Xaver schwieg einen langen Moment, als Tom geendet hatte. Dann seufzte er tief und erklärte sich bereit, die ganze Bande abzuholen. Doch Tom konnte ihm seinen Ärger nur allzu deutlich anhören. Wie sollte er das je wieder gutmachen?

Zwanzig Minuten später klingelte es an der Vordertür. Einer der Tresenwächter blickte auf den Überwachungsmonitor und drückte den Türöffner. Xaver kam hereingeschlurft, strafte die Ordnungswidrigkeitstäter, besonders aber Tom, mit ungnädigen Blicken kopfschüttelnd ab. Richtig peinlich wurde es allerdings, als Schnauzer erstaunt hinter seinem Tresen hervor auf Xaver zukam.

»Nicht im Ernst jetzt, oder? Xaver, sag bloß, diese Typen gehören zu dir? Dass du solche Leute kennst, hätte ich jetzt eher nicht von dir gedacht.«

»Weißt, Bertl, eigentlich sind die nicht so.«

»Das sind solche Typen doch nie«, sagte Schnauzer Bertl. »Eigentlich sind die ja immer ganz anders, behaupten die Leute.«

»Ja, ja, ist schon recht jetzt«, wischte Xaver den Einwand unwirsch beiseite. »Ich bin müde, ich will wieder ins Bett. Kann ich die also jetzt einfach so mitnehmen, oder wie?«

»Ja. Und zwar bitte schnell, bevor ich sie allesamt in die Ausnüchterungszelle stecke.«

Nachdem Xaver die ganze Bande nicht ganz gesetzeskonform übereinander in seinen Kombi gestapelt hatte, fuhren sie schweigend nach Oberkreuzbach zurück. Ein höchst peinlich berührter Tom unternahm bestimmt hundert Mal den Anlauf, etwas zu sagen, sich zu bedanken, zu entschuldigen, zu erklären, ließ es aber jedes Mal mutlos bleiben. Was hätte er auch groß sagen können, das die Situation rechtfertigte?

Nachdem sie den Sonnenhang erreicht hatten und die anderen wie die begossenen Pudel davonschlichen, um sich aufs Ohr zu hauen und ihren Rausch auszuschlafen, hielt Xaver Tom zurück.

»Tom, auf ein Wort bitte!«

Tom ging der Hintern ordentlich auf Grundeis bei dem Gedanken, wie er vor Xaver jetzt wohl dastand. Wenn dieser vorhatte, ihm eine ordentliche Standpauke zu halten, konnte Tom es ihm nicht verdenken.

»Xaver, es tut mir wirklich, wirklich leid. So eine Dummheit wird nie wieder vorkommen, das verspreche ich dir hoch und heilig!«

Xaver tat Toms Beteuerungen mit einer Handbewegung ab.

»Tom, darum gehts mir gar nicht. Ich hab in meinen jüngeren Jahren auch viel Unsinn getrieben. Ich will dir nur sagen: Du bist nicht der erste, der emotional neben der Spur steht angesichts der Verantwortung, die so eine wachsende Familie mit sich bringt. Ich hab da schon ganz andere am Rad drehen sehen. Die haben sich auch vorn und hinten nicht mehr ausgekannt. Du weißt, du bist mein Freund, darum sage ich dir: Was du jetzt vor allem tun solltest, ist, dich um die Kathi zu kümmern. Die braucht dich jetzt, und zwar uneingeschränkt. Verstehst du? Du musst nicht dein ganzes Leben umkrempeln und die ganze Welt gleich mit dazu. Das erwartet keiner von dir. Es reicht, wenn du deine kalten Füße in den Griff bekommst und für deine Familie da bist. Und egal, was du glaubst, sonst noch Großes vorhaben zu müssen – das kommt an zweiter Stelle. Die Familie kommt vorher, die ist jetzt das Wichtigste. In Ordnung?«

»Du hast ja recht«, gab Tom kleinlaut zu. »Manchmal kann ich schon ein ziemlicher Depp sein, oder?«

»Wer nicht?«, lachte Xaver. »Wer nicht? Also dann, gute Nacht.«

# KING BLEIBT KING

»Ja, wen haben wir denn da?! Wenn das nicht der Tom und sein Münchner Spezi sind. Servus miteinander.«

Es war Montagmorgen und Tom und Kai hatten den frühen Weg zur Versicherungsagentur Jennerwein auf sich genommen, denn irgendwann musste man sich als angehender Jungunternehmer ja wohl auch den unangenehmeren Aspekten eines eigenen Betriebs stellen. Und dieses leidige Thema mit den Versicherungen gehörte nun mal dazu.

Der Inhaber Ignaz Jennerwein – in Ober- und Unterkreuzbach besser bekannt als der King – grinste ihnen liebenswürdig entgegen, während er sich unter einigem Ächzen aus seinen Bürosessel XXL in die Senkrechte schälte. Sein Paillettengeschmücktes Westernhemd, das sich um seine Wampe (ebenfalls XXL) spannte, glitzerte dabei im Schreibtischlampenlicht wie ein Südstaaten-Christbaum.

»Wollts einen Kaffee?«

»Gern«, gähnten Tom und Kai wie aus einem Mund. Tom hätte den Besuch ja lieber zu einer späteren Stunde vorgenommen. Allerdings ließ das ihr schon wieder übervoller Terminkalender nicht zu.

»Du, Steffi, machst bitte zwei Cappuccino«, rief der King durch den Raum. Die angesprochene Mitarbeiterin, eine ziemlich gewagt gekleidete, wasserstoffblondierte Mittvierzigerin stöhnte genervt auf, legte widerstrebend ihr Smartphone zur Seite und schlurfte zur Kaffeemaschine hinüber.

»Lassts mich raten – es geht ums Kathmandu, oder?«

»Richtig geraten«, nickte Kai.

»Dann zieht ihr zwei das also wirklich durch?«

Nun war es an Tom, zu nicken. »Ganz genau, wir ziehen das durch.«

»Hammerhart, Jungs, hammerhart«, strahlte der King. »Echt mutig. Aber dem King taugt sowas. Und jetzt brauchts ihr das volle Programm, um das Dingens ordentlich abzusichern. Deshalb seid ihr zum King gekommen – dem Mann mit den besten Deals in Town.« Es war eine zufriedene Feststellung, keine Frage.

»So siehts aus«, stöhnte Kai. »Deshalb sitzen wir hier beim King, dem Mann mit den besten Deals.«

»Weißt du, wir haben da ja eher wenig Ahnung, was jetzt so alles auf uns zukommt«, gestand Tom.

Der King tat das mit einem Kopfschütteln ab. »Passt schon. Schauts ihr nur zu, dass ihr das Bierbrauen ordentlich hinbekommt, für die Versicherungen bin schließlich ich der Fachmann.«

Die Sekretärin – beziehungsweise *Backoffice Manager* oder *Personal Assistant*, Sekretärin durfte man heutzutage ja nicht mehr sagen, wie Tom sich selbst gedanklich korrigierte, das war ja sexistisch – brachte auf klappernden Absätzen ein Tablett mit zwei Cappuccino-Gedecken samt Keksschale und Zuckerstreuer.

»Danke, Steffi«, sagten die drei Männer artig.

Steffi würdigte sie keines weiteren Blicks, stöckelte zurück an ihren Schreibtisch und widmete sich wieder ihrem Smartphone.

»Nachdem du mich angerufen hast, hab ich mich an die Arbeit gemacht und euch eine Aufstellung aller nötigen Policen inklusive Preiskalkulation erstellt«, sagte der King zu Tom und zog einen erschlagend dicken Stapel Unterlagen aus einer Schublade.

»Da brauchts ja schon das ein oder andere, wenn ihr das Rundum-Sorglospaket wollt. Und das wollt ihr auf jeden Fall, das kann ich euch versichern. Hähähä – *versichern*, verstehts den Witz? Ne, Spaß beiseite, ihr wollt ja nachts ruhig schlafen können, oder nicht?«

Kai rutschte in seinem Besuchersessel in sich zusammen und klammerte sich an seiner Cappuccino-Tasse fest. »Von wie vielen Versicherungen sprechen wir denn? Und vor allem – was soll es kosten?«

»Zuerst einmal brauchts ihr eine saubere Betriebshaftpflicht. Und eine Rechtsschutzversicherung. Eine Geschäftsinhalts-versicherung natürlich auch«, zählte der King genüsslich an den Fingern ab. »Dann haben wir da die Betriebsunterbrechungs-versicherung, die Elektronik- und Maschinenversicherung und die Betriebsschließungsversicherung.«

»King, bitte!« Tom deutete auf den Papierstapel. »Zeig uns doch einfach, wo das steht, was uns wirklich interessiert.«

»Direkt zur Sache, was? Das ist Unternehmergeist«, gluckste der King. »Seite achtundsechzig.« Er schob die Unterlagen zu Tom und Kai hinüber.

Tom fing an, nach der gesuchten Seite zu blättern. »Danke King, du bist der … *was?!*«

»Ja, bitte? Hast du eine Frage, Tom?« Das Grinsen des Kings wurde sogar noch breiter. Tom hätte nicht darauf gewettet, dass das überhaupt möglich war. Wortlos schob er das Blatt zu Kai hinüber und deutete auf die Zahl, die ihn aus der Fassung gebracht hatte. Kai versank noch weiter in seinem Sessel.

»Das … King, wir können doch nicht so viel allein monatlich für Versicherungen ausgeben!«

»Ja mei, das ist schon ein großer Besitz, da oben am Waldrand. Aber nicht nur groß, sondern auch alt. Ihr wollt doch nicht, dass euch irgendwann das Dach überm Kopf einbricht und ihr keinen habt, der für euch die Scherben aufsammelt hinterher, oder? Lass nur mal bei einer Veranstaltung im Stadel was passieren. Nicht auszudenken, wenn ihr dann nicht den richtigen Schadenspartner an eurer Seite habt.«

»Das versteh ich schon«, schluckte Tom. »Aber ist das denn wirklich und ernsthaft der beste Deal? Kannst du da gar nichts mehr dran drehen und machen?«

Der King faltete die Hände wie Marlon Brando in *Der Pate* und sein Grinsen erreichte einen wahrhaft orgiastischen Höhepunkt. Er hatte Tom und Kai genau da, wo er sie haben wollte, so viel war Tom nun auch klar.

»Dass man da nichts mehr dran drehen und machen kann, hab ich nicht gesagt. Schließlich nehme ich mein Firmenmotto sehr ernst.«

»Ja … dann mach halt was! Dreh! Mach!«, rief Kai fassungslos.

Der King schüttelte bedauernd den Kopf. »So einfach geht das leider nicht.«

»Aber du hast doch gerade selbst gesagt, dass du noch was machen kannst bei der monatlichen Rate!« Kai war vollends verwirrt.

»Hab ich«, nickte der King und lehnte sich zufrieden zurück. »Hab ich. Kann ich.«

»Aber?«

»Aber nicht für euch. Für euch kann ich leider nichts machen.«

Verärgert blickte Kai zu Tom und dann zurück zum King. »Aber wieso?«

»Tom, würdest du es deinem Spezi bitte erklären?« forderte der King Tom liebenswürdig auf.

»Was der King damit sagen will, ist, dass eine Hand immer die andere wäscht. Also, King, was willst du von uns?«

»Erinnerst du dich noch an unser Gespräch über das Sautrogrennen bei Xavers Geburtstagsfeier?«

»Komm schon, das ist nicht dein Ernst«, rief Tom entsetzt.

»Du musst mich da verstehen. Nachdem unser Champion,

der Fuchs Anderl, weg ist, wär ja bloß noch ich übrig, um für Oberkreuzbach ins Rennen zu gehen. Und schau mich doch an!« Vergnügt schlug der King sich auf die Wampe. »Mir gehts halt einfach ein bisschen zu gut. Von Jahr zu Jahr noch mehr.«

»Eher *Burger* als *King*, oder wie?«, stichelte Kai.

Der King überging den Seitenhieb würdevoll. »Aber wenn ich euch so ansehe, wie ihr halbwegs gut in Schuss vor mir sitzt – ja, mit euch zwei könnte das schon was werden. Natürlich müsstet ihr fleißig trainieren den Sommer über, so drei-, besser noch viermal die Woche. Aber denkt dabei nur an all das Geld, das ihr auf lange Sicht dadurch sparen würdet. Man muss halt auch mal ein bisschen *fighten* für seine Ziele, verstehts? Fighten!«

Er zog einen weiteren Dokumentenstapel aus der Schreibtischschublade, legte ihn neben den ersten auf den Tisch und blätterte darin herum, bis er die Seite, die er suchte, gefunden hatte. »So könnte jetzt beispielsweise eine alternative Seite achtundsechzig aussehen.«

Tom schielte auf das Blatt und schluckte. Der Unterschied der zur Diskussion stehenden Beträge war beträchtlich. Trotzdem unternahm er einen weiteren Vorstoß: »Da muss es doch noch etwas anderes geben, das wir für dich tun können.«

»Klar«, lachte der King liebenswürdig. »Ihr könnt auch monatlich den vollen Betrag zahlen. Das ginge schon auch.«

»Herr Jennerwein, Sie sind ein Erpresser!«, stieß Kai zornig hervor.

»Hey, hey, hey, für dich immer noch King!«

»Schau mal, wir haben doch gar keine Erfahrung mit Sautrogrennen«, probierte Tom es über die vernünftige Schiene. »Wir haben ja noch nicht mal einen Sautrog.«

»Den hab ich schon für euch«, schmetterte der King den Einwand ungeduldig ab. »Und zwar nicht einfach nur irgendeinen, sondern den besten Sautrog der ganzen Region – den legendären Trog, mit dem der Filz Wickerl und der Unterlechner Florian neunzehnachtundsiebzig bis dreiundachtzig sechsmal in Folge Wittelsbacher Meister geworden sind. Den hat die Witwe vom Wickerl, die Filz Kreszenz, all die Jahrzehnte über unter Verschluss gehalten, obwohl sie schon unzählige Angebote dafür bekommen hat. Der Bierbichler Fonse aus Unterdrexelbach hätte ihr ja vor ein paar Jahren noch dreitausend Euro dafür geboten, aber sie hat abgelehnt. Könnts euch das vorstellen?! Und ich, ich hab den organisiert – extra für das diesjährige Rennen. Perfekt ausbalanciert, top in Schuss, frisch vom Restaurator generalüberholt – ein Profi-Trog vom Feinsten, ich sags euch.«

Tom war gegen seinen Willen beeindruckt. »Wie hast du das denn angestellt, dass sie ihn dir überlassen hat?«

Der King schlug gespielt verschämt die Augen nieder. »Sagen wir einfach, sie ist ein bisschen in Verzug geraten mit ihren Zahlungen. Da haben wir uns hingesetzt und gemeinsam überlegt, wie wir das Problem lösen können. Wie man das halt so macht – man redet mit seinen Mitmenschen und tut sein Möglichstes, damit es am Ende für alle passt.«

»Also nicht nur ein *Burger*, sondern ein wahrer *Bürger King*«, giftete Kai.

»Du, Tom, sag bitte deinem Spezi, wenn er nicht gleich ruhig ist, dann kann er für seine Versicherungen rüber zum Debeka-Detlef gehen. Der macht ihm aber nicht so ein sensationelles Angebot wie der King, das kann ich euch garantieren. Also, wie schauts aus? Ich dreh das so hin, dass ihr fünfunddreißig Prozent dauerhaften Nachlass bekommt, wenn ihr dieses Jahr für Oberkreuzbach in den Sautrog steigt. Deal oder kein Deal? Oder habts am Ende etwa Schiss vorm Kramer Jürgen?«

»Moment! Was zur Hölle hat der Kramer Jürgen mit der ganzen Sache zu tun?« Tom war auf einmal hellwach.

»Der hat doch vier Jahre in Folge für Unterkreuzbach den Sieg geholt. Der will den Rekord vom Wickerl und vom Florian brechen. So einen Menschen muss man doch in seine Schranken weisen und aufhalten!«

»Der verdammte Jürgen«, knirschte Tom. »Der tritt also für Unterkreuzbach an?«

»Tom, nicht! Lass dich nicht provozieren«, warnte Kai beunruhigt.

»Freilich tritt der wieder an«, kostete der King Toms Rage aus. »Dieses Jahr zusammen mit seinem neuen besten Freund, diesem Hamburger, der bei euch oben am Sonnenhang wohnt. Ober- und Unterkreuzbach im selben Trog! So wenig Anstand muss man erstmal haben.«

»Alles klar, wir sind dabei!«, rief Tom und Kai rief im selben Moment: »King, wir haben einen verdammten Deal!«

»Ja, wie jetzt?« Der King schien ob des jähen Sinneswandels einigermaßen erstaunt. »Habts den Schneid dafür, ja?«

Tom streckte dem King die Hand hin. »King, es ist beschlossen. Wir sind dabei.« Und Kai schob seine Hand hinterher und fügte hinzu: »Aber sowas von!«

»Mannen, das ist richtig stark von euch!« Gerührt blickte der King von einem zum anderen. »Wissts, wo das Obere Wehr der Paar ist? Bei der alten Mühle?«

»Freilich«, sagte Tom.

»Übermorgen, halb sieben Uhr abends. Bringts eure Badesachen mit.« Der King griff nach dem ursprünglichen Vertragsentwurf und warf ihn mit einer großen Geste in den Papierkorb. Dann schob er den alternativen Stapel Papiere über den Tisch zu Tom und Kai. »Und das hier lest ihr bitte bis dahin gründlich durch und bringt es unterschrieben mit. Da können wir dann vorm Training gleich noch Nägel mit Köpfen machen. Das Geschäftliche mit dem Vergnügen verbinden, ihr versteht schon.«

»Und wie, King, und wie«, seufzte Tom. »Jetzt hast du also bekommen, was du wolltest.«

»Eh klar«, grinste sein Gegenüber. »King bleibt eben King.«

# MÄNNERGESPRÄCHE

Wie jeden Montagabend saßen Tom und Kathi pünktlich um neunzehn Uhr im Geburtsvorbereitungskurs des Grauens. Obwohl Beate mit ihrer patentierten Feldherren-Autorität wie immer um die volle Aufmerksamkeit im Raum buhlte, konnte Tom ihr diesmal nur schlecht folgen. Immer wieder warf er verstohlene Blicke hinüber zu Jürgen.

Konnte er diesen Kerl schlagen beim Sautrogrennen? Hatte er eine realistische Chance, oder würde er sich vor den versammelten Kreuzbächern zum Deppen machen? Denn muskulös, ja geradezu durchtrainiert unter seinem pseudo-jovialen *Casual*-Schlabber-T-Shirt, das war der Jürgen, das ließ sich nicht leugnen. Wie gerade er dasaß, wie *ausgeglichen* entspannt er in die Runde lächelte, das war ja nicht auszuhalten, war kaum zu ertragen, wenn man bedachte, dass er mit derselben selbstgefälligen Grimasse wohl Jahr für Jahr auch die unterlegenen Herausforderer beim Sautrogrennen in ihre Schranken wies. Da war es doch allerhöchste Zeit, ihn selbst einmal in die Schranken zu verweisen, auch das ließ sich nicht leugnen. Und wer käme dafür infrage, wenn nicht Tom? Das war nach allem, was er mit diesem dämlichen Jürgen bislang hatte durchleiden müssen, geradezu eine dramaturgische Notwendigkeit, war die Steilvorlage für ein großes Finale, war zwingend notwendig.

Vielleicht hatte das Schicksal genau deshalb Kai in diesem Sommer nach Oberkreuzbach geführt – damit sie gemeinsam gegen das Team der Bösewichte antreten und es in einer finalen Schlacht besiegen konnten – Kai und Tom, die Kreuzbacher Sautrog-Avengers. Das war zwar vom Schicksal ziemlich scheiße dem armen Onkel Willy gegenüber, aber das ließ sich nun auch nicht mehr ändern.

Unvermittelt wurde Tom aus seinen Träumen künftiger Heldentaten gerissen, als ihn Kathi unsanft mit dem Ellbogen in die Seite stieß. »Du solltest besser aufpassen und mitmachen, wenn du nicht willst, dass Beate dich wieder vor versammelter Mannschaft rund macht.«

Das wollte Tom natürlich auf gar keinen Fall. Gerade rechtzeitig klinkte er sich mental in Beates Regieanweisungen zur ersten Übung des Abends ein.

»Zum Aufwärmen wollen wir wieder mit einer Runde Zukunftsprogression beginnen, um eure negativen Gefühle in positive Energie umzuwandeln. Wie beim letzten Mal auch schließt ihr jetzt eure Augen. Versucht, euch wieder ganz auf euren Atem und das unverfälschte, unmittelbare Hier und Jetzt zu konzentrieren – fühlt euch, schenkt euch die volle Achtsamkeit eures warmen, inneren Selbst. Und jetzt stellt ihr euch euren Lieblingsort auf dieser Welt vor. Malt ihn euch so detailliert aus wie nur irgendwie möglich, bewegt euch darin, seht euch um, riecht ihn, berührt die Dinge darin, fühlt ihn mit all euren Sinnen. Und dann stellt ihr euch vor, wie eure zukünftige Tochter oder euer künftiger Sohn neben euch steht … Nehmt das kleine Geschöpf an die Hand, führt es herum, zeigt ihm, warum ihr es gerade an diesen Ort gebracht habt, vermittelt ihm das Einzigartige eures Glücksorts. Fühlt und begreift, wie schön es ist, mit seinem Kind das zu teilen, es teilhaben zu lassen an dem, was euch selbst kostbar und teuer im Leben ist.«

Mit wachsender Panik überlegte Tom, was zur Hölle das für

ein Ort sein könnte, doch vor seinem geistigen Auge war und blieb alles schwarz. Sein persönlicher Lieblingsort? Da wollte ihm ums Verrecken nichts einfallen. Verdammte Beate!

Vielleicht war man im Leben nicht genug rausgekommen in die Welt, dachte er. Jetzt rächte es sich, dass man nie ein großer Freund des Reisens gewesen war, wenig von Mutter Erde gesehen hatte. Die anderen durchlebten mit ihren imaginären Kindern in diesem Moment vermutlich spirituelle Höhenflüge in tibetanischen Klöstern, sahen die Sonne vom Empire State Building aus über New York aufgehen, chillten am Strand von Bali oder beobachteten die isländischen Nordlichter.

So sehr Tom sich auch das Hirn zermarterte, der einzige Ort, der ihm einfiel, der je sowas wie sein Lieblingsort gewesen war, war das *Pott*, seine alte Studentenkneipe, in der er Jahre seines Lebens vor und hinter der Theke verbracht hatte.

Aber dorthin konnte man den kleinen Wicht wohl kaum mitnehmen. Nicht, dass der gleich wieder zu schimpfen anfing, was für ein Asi man war.

Und da war er auch schon in seinem Kopf, Klein-Tom, und blickte Groß-Tom finster aus der lieblingsortlosen Dunkelheit heraus an.

»Na, dass du nicht unbedingt die hellste Birne bist, ist mir schon klargeworden, Kollege«, grollte er verdrossen. »Aber dass es *so* duster in deinem Kopf ist, hätte ich nun auch wieder nicht gedacht.«

Ach, scheiß drauf, dachte Tom, und schon standen sie mitten im *Pott*.

»Holla die Waldfee!« Klein-Tom blickte sich überrascht um. »Du bringst mich in eine Kneipe voll versoffener Studenten? Das ist selbst für dich armselig, oder?«

Das war der Moment, in dem Groß-Tom der Kragen platzte.

»Jetzt hör mir mal zu, du kleiner Scheißer, das hier ist immer noch *mein* Kopf! Und solange deine Füße in meinem Kopf herumstehen, sage *ich*, wo es langgeht. Und wenn es mir hier und jetzt gefällt, im Pott einen zu heben, dann hast du das gefälligst zu akzeptieren, ist das klar? Sei lieber froh, dass ich dich überhaupt mitnehme – volljährig siehst du mir nämlich noch nicht aus. Aber wenns dir hier nicht passt, kannst du dich gern wieder zum Jürgen verziehen und dich bei dem ausheulen. Während ihr … keine Ahnung … auf den Malediven mit Delfinen um die Wette schwimmt.«

Klein-Tom streckte herausfordernd das Kinn vor. »Auf den Malediven gibts gar keine Delfine.«

»Woher willst *du* das denn wissen?«

»Sowas weiß man doch! Überhaupt: Hast du generell emotionale Probleme oder einfach nur einen schlechten Tag – mal wieder?«

Tom wollte schon etwas Bissiges erwidern, um den Knirps endgültig in seine Schranken zu verweisen, doch dann ließ er es bleiben und seufzte nur – tief und von ganzem Herzen.

»Ach, das ist doch auch kein Wunder, oder? Versetz dich mal einen Moment in meine Lage. Mich stresst die Gesamtsituation, weil ich echt Angst habe, dir nicht gewachsen zu sein. Angst, dass ich dir nicht genug zu bieten habe und dich enttäusche. So, jetzt weißt du es und kannst dich darüber lustig machen.«

Einen Moment lang erwiderte Klein-Tom nichts, sondern bedachte Groß-Tom nur mit einem etwas seltsamen Blick. Als er dann doch sprach, klang seine Stimme auf einmal um einiges nachsichtiger. »Oh weh, ich hatte ja keine Ahnung, dass du so ein Sensibelchen bist. Alter, das ist doch Quatsch.«

Woraufhin Groß-Tom schüchtern fragte: »Wollen wir an die Theke gehen und eine Halbe zischen?«

»Ich bin doch noch nicht volljährig, schon vergessen? Aber gegen ein schönes Glas warme Milch hätte ich nichts einzuwenden – solange es Hafer- oder Sojamilch und nicht das ungesunde tierische Zeug ist, versteht sich.«

»Na, mal schauen, was sich machen lässt.«

Sie gingen nebeneinander zur Theke wie zwei alte Freunde. Groß-Tom hob Klein-Tom auf einen Barhocker und setzte sich daneben.

»Servus Elfen-Emil«, begrüßte er den Barmann.

»Servus Tom, lange nicht gesehen.« Mit einem Nicken zu Klein-Tom fragte Elfen-Emil »Dein Sohn?«

»Ja«, antwortete Groß-Tom mit gemischten Gefühlen.

»Dachte ich mir. Den kannst du nicht verleugnen, der ist dir wie aus dem Gesicht geschnitten.«

Tom bestellte ein Bier und ein Glas warmes, pflanzliches Milchgetränk. Als sie die Bestellung vor sich stehen hatten, fragte Klein-Tom prostend: »Also, wo drückt der Schuh?«

»Ja mei, vorn und hinten und in der Mitte auch irgendwie. Ich weiß gar nicht, wo ich anfangen soll.«

»Dann fängst du halt *irgendwo* an – Hauptsache, du fängst mal an.«

»Nehmen wir zum Beispiel diesen Geburtsvorbereitungskurs hier«, sagte Groß-Tom. »Diese Beate macht da eine so riesige emotionale Nummer aus der ganzen Sache, der kann man ja gar nicht mehr gerecht werden. Ich meine, natürlich freue ich mich, dass du kommst und so. Aber ich kenn dich doch noch gar nicht. Deshalb weiß ich auch nicht, wie ich mich da jetzt so konkret freuen soll auf jemand, von dem ich gar keine richtige Vorstellung habe. *Konkret*, verstehst du?«

»Schon klar. Konkret. Gecheckt«, schmunzelte Klein-Tom.

»Aber alle anderen scheinen irgendwie viel tiefer drinzustecken emotional. Die freuen sich, glaub ich, *richtig* richtig. Und finden das dementsprechend auch ganz toll, Willkommensschilder zu malen und Babytaschen und Rasseln und was weiß ich zu basteln und so.«

Klein-Tom blickte ihn zweifelnd an. »Vielleicht reden die sich das auch nur selbst ein, weil sie die ganze Sache nicht so zerpflücken und von allen Seiten hinterfragen wie du.«

»Meinst du wirklich?« Jetzt war es an Groß-Tom, skeptisch dreinzuschauen. »Und was ist mit dem Jürgen?«

Klein-Tom funkelte Groß-Tom verärgert an. »Mensch, vergiss doch mal für einen Moment den depperten Jürgen. Wie kann man nur so fixiert sein?«

»Na ja, der ist zwar in der Tat ein Depp, aber halt auch ein erfolgreicher. Und ich krebse hier mit halbgaren Träumen durch die Gegend, eine Kneipe aufzumachen. Das ist doch auch so eine Sache! Was, wenn alle anderen recht haben und das der schlimmste Fehler meines Lebens wird?«

»Du wolltest es so, du hast es so bekommen. Und obs ein Fehler war oder nicht, wird erst die Zeit zeigen. Kein Grund also, dich schon vorher verrückt zu machen. Wenn du etwas wirklich willst, dann musst du dich auch darauf einlassen, und zwar ohne Wenn und Aber. In den Arsch beißen kannst du dich dafür später immer noch – falls nötig. Immerhin wirst du dich dann damit trösten können, dass du es zumindest mit aller Leidenschaft versucht hast, und nicht dein Leben lang darüber nachgrübeln und dich grämen von wegen, was gewesen wäre, wenn.«

Groß-Tom nahm einen Schluck Bier, dann lächelte er Klein-Tom versöhnlich, wenn nicht gar ein wenig liebevoll an.

»Danke«, sagte er.

Woraufhin ihm Klein-Tom die Hand auf den Arm legte und dazu ansetzte, etwas zu sagen, von dem Groß-Tom annahm, dass es etwas wirklich Wichtiges war. Nur, dass auf einmal eine andere, dringliche Stimme erscholl: »Tom? Tom!«

»Ja bitte?«

Tom schreckte aus seinem Traum auf und öffnete die Augen. Erschrocken stellte er fest, dass ihn offenbar der komplette Kurs belustigt musterte. Beate ebenso. Nur, dass die etwas weniger belustigt als vielmehr verärgert wirkte.

»Ich finds schön, dass du dich so wunderbar in meinem Kurs entspannen kannst, Tom. Noch schöner fände ich allerdings, wenn du dabei nicht schnarchen würdest.«

»Oh … also das tut mir echt ganz furchtbar leid, Beate.« Tom merkte, wie ihm die Hitze ins Gesicht stieg.

»Ja, ja, schon gut«, wedelte Beate Toms Entschuldigung beiseite – mit einer Geste, die deutlich zu verstehen gab, dass sie viel lieber den ganzen Tom damit beiseite gefegt hätte. »Für alle Schnarchnasen: Wir haben gerade angefangen, über die positiven Affirmationen zu sprechen, die ihr euch überlegen solltet. Nachdem wir beim letzten Mal nicht dazu gekommen sind, sie uns gegenseitig vorzutragen, wollen wir das jetzt tun. Vielleicht möchtest du ja den Anfang machen und deine erste Affirmation mit uns teilen, Tom? Danach reflektieren wir kurz gemeinsam und dann geht das reihum so weiter. Also?«

Mist, die Affirmationen! Die hatte Tom schon wieder komplett vergessen gehabt. Aber eine hatte er sich ja zumindest überlegt, daran erinnerte er sich noch. Wie hatte die gleich gelautet? Er war spazieren gegangen und hatte sich dabei diesen Satz zurechtgelegt, der seiner Meinung nach ziemlich gut geklungen hatte. Blöd nur, dass er ihm im Moment ums Verrecken nicht einfallen wollte. Dabei war es dem Denken auch nicht unbedingt zuträglich, dass der komplette Kurs ihm gespannt beim Überlegen zusah. Dann – gerade noch rechtzeitig – erinnerte Tom sich unvermittelt wieder und rief herausfordernd in die Runde: »Ich gehe voll Zuversicht in die Zukunft!«

Ha, wenn das mal keine Spitzen-Affirmation war! Wenn das mal nicht Eindruck schindete, bei Beate und überhaupt. Die allerdings blickte ihn ziemlich skeptisch an.

»Hm, ich weiß nicht. Das klingt schon ein bisschen vage, oder? Sicher, Zuversicht ist etwas Positives, aber schon auch recht nichtssagend. Woraus zum Beispiel schöpfst du deine Zuversicht? Aus dem Glauben an ein höheres Prinzip, an die Göttin, die alles im Gleichgewicht hält? Oder aus der Liebe zu deiner Familie? Aus dem Glauben an deine eigene Kraft, das heilige Wunder des

Lebens zu schützen? Aus Gaia? Und worin besteht die Zukunft, in die du deinen eigenen Worten nach voll Zuversicht gehst? Ist es deine ganz persönliche, egoistische kleine Zukunft oder schließt deine Vision von Zukunft deine Lieben mit ein? Darüber gibt uns deine Affirmation nämlich keine Auskunft.«

Toms Gesicht fühlte sich zunehmend heißer an von all dem Blut, das hineinrauschte. Falls das überhaupt noch möglich war. Wieso hatte ihm niemand gesagt, dass er seine Affirmationen in wasserdichtem Juristen-Deutsch ausarbeiten musste?

»Ja also … also, wenn du so konkret nachfragst … das war jetzt eher so allgemein gemeint und so.«

»Vielleicht sind deine übrigen vier Affirmationen ja greifbarer«, tröstete ihn Beate.

Welche anderen vier Affirmationen, hätte Tom am liebsten gerufen. Er hatte schon einen ganzen Spaziergang für die eine gebraucht, die gerade in der Luft zerrissen worden war.

»Kathi, du bist jetzt dran. Und dann wie gesagt reihum«, dirigierte Beate und entließ Tom für den Moment. Woraufhin Kathi ungerührt wie aus der Pistole geschossen erwiderte: »Mein Körper darf sich für mein Baby verändern, denn ich bin voller Vertrauen in ihn und seine Kraft.«

Der ganze Kurs nickte zustimmend.

»Das ist eine wirklich gute und sinnvolle Einstellung«, nickte auch Beate. »Kathi, das hast du dir ganz toll überlegt. Wollen wir Frauen alle gemeinsam Kathis erste Affirmation laut nachsprechen und in uns klingen lassen?«

Alle Frauen im Kurs riefen glücklich »Oh ja!«, und gleich darauf brav im Chor: »Mein Körper darf sich für mein Baby verändern, denn ich bin voller Vertrauen in ihn und seine Kraft.«

»Gibs zu, das hast du gegoogelt«, zischte Tom, als der nächste an der Reihe war.

»Na und?«, zischte Kathi zurück.

Tom war gekränkt. »Das sag ich Beate!«

»Wenn du das petzt, schau ich mir nie wieder gemeinsam mit dir einen Horrorfilm an.«

»Tust du doch eh schon nicht mehr!« Tom merkte, wie er immer eingeschnappter wurde.

»Und was möchtest *du* als erstes mit uns teilen, Jürgen?«, fragte Beate.

Der ganze Kurs schien die Luft anzuhalten und schenkte dem Angesprochenen die ungeteilt gespannte Aufmerksamkeit. Und schon erfüllte Jürgens Stimme den Raum und verkündete warm und engelsgleich: »Voll Ehrfurcht will ich fortan jeden Tag aufs Neue die nie gekannte Note in mir erklingen lassen, die ich gemeinsam mit dir erschuf, auf dass sie unser Lied erst perfekt macht – das Glück unseres Lebens, unsere Tochter.«

Und selbstverständlich machte der ganze Kurs erst »Ooooh!« vor lauter Rührung und dann auch noch »Aaaah!«, als Jürgens Frau, überwältigt und mit Tränen in den Augen, ihrem Liebsten einen Kuss gab. Und Beate, die Sendbotin Satans, ließ es sich nicht nehmen, sich zu Tom umzudrehen und laut und vernichtend zu verkünden: »Siehste, Kleinschmidt, so geht mal ne geile Affirmation!«

Woraufhin Tom dachte: So, jetzt reichts.

»Du willst eine geile Affirmation? Eine richtig geile Affirmation, ja? Hier hab ich eine!« Am Rande bekam Tom mit, wie ihm Kathi erschrocken die Hand auf den Arm legte und ihm eindringlich irgendetwas zuflüsterte, aber dafür war es jetzt zu spät. »Jürgen, ich werde dich beim Sautrogrennen platt machen und den Sieg nach Oberkreuzbach holen, wo er hingehört, du schmieriger Spekulant!«

Wieder machte der ganze Kurs »Ooooh!«, wenn auch diesmal wohl eher nicht aus Rührung, wie Tom verdrossen annahm.

»Ach, ist das so?«, höhnte Jürgen, von dem auf einmal aller sentimentale Schmelz abzubröckeln schien. »Ich hab da ja noch eine viel geilere Affirmation für dich, Kleinschmidt: Ich werde den scheiß Rekord von euren Dorfheiligen Wickerl und Florian brechen und noch weitere zwanzig Jahre den Pokal nach Unterkreuzbach holen, ihr kack Loser!«

»Pah, nichts als leere Drohungen!«, schrie Tom und sprang auf. »Der Kai und ich sind dir und dem bescheuerten Borstelmann so haushoch überlegen, sowas hast du noch nicht gesehen. Erst haben wir euch das Kathmandu vor der Nase weggeschnappt und jetzt schnappen wir euch den Sieg weg.«

»Also ich muss doch sehr bitten!«, rief Beate aufgebracht, doch weder Tom noch Jürgen schenkten ihr Beachtung.

Jürgen lachte schrill auf. »Was Besseres konnte uns doch gar nicht passieren. Wenn ihr den Laden erst mit Karacho an die Wand gefahren habt, kaufen wir die Scherben für einen Apfel und ein Ei, ihr Schmalspur-Gastronomen.«

»Ha! Das hättest du wohl gern, du schmalztriefender, tränendrüsendrückender, pseudo-überemotionaler Möchtegern-Vater-des-Jahres! Nicht ein Wort nehm ich dir ab von deinem übertriebenen Gesülze! Die einzig nie gekannte Note, die du erschaffen wirst, wird dein frustriertes Heulen sein, wenn wir dich auf der Zielgeraden baden schicken, du hohle Nullnummer!«

»*Das* nimmst du sofort zurück, du empathieloser Einzeller!«, schrie Jürgen, der nun ebenfalls aufsprang. »Meine Gefühle meiner Familie gegenüber sind wahrhaftig und heilig!«

So wäre es wohl noch lustig und zum Wohlgefallen aller ein paar Runden länger hin und her gegangen, hätte Beate nicht just in diesem Moment zu kreischen angefangen: »*KLEINSCHMIDT! KRAMER! RAUS AUS MEINEM KURS! UND SETZT BLOSS NIE WIEDER EINEN FUSS ÜBER DIESE SCHWELLE, SONST MACH ICH EUCH DIE HÖLLE HEISS, IHR DEPPEN!*«

Woraufhin Tom und Jürgen mit einem marginalen Rest an Würde zur Tür gingen und wie aus einem Mund erleichtert grummelten: »Na, mir solls recht sein.«

Nachdem Tom eine geschlagene Stunde lang – in sicherem Abstand zu Jürgen, der sich auf der anderen Straßenseite die Beine in den Bauch stand – vor dem Gebäude gewartet hatte, war der Kurs endlich zu Ende und Kathi und die übrigen kamen heraus.

Kathi stiefelte wortlos an ihm vorbei in Richtung Auto und Tom schlich ihr beklommen hinterher. Auch wenn er erleichtert war, endlich heimzukommen, hatte er sich nichtsdestotrotz die letzte Stunde über vor diesem Moment, in dem er Kathi wieder unter die Augen würde treten müssen, gefürchtet.

Er setzte sich auf den Beifahrersitz und bereitete sich mental auf ein ganz schreckliches Donnerwetter vor. Doch Kathi sprach weiterhin kein Wort. Dieses unerträgliche Schweigen war noch weit schlimmer, als hätte sie ihn lauthals ausgeschimpft, musste Tom erkennen. Er konnte nur hoffen, dass es Jürgen gerade genauso schlimm erging. Zumindest aus diesem Gedanken konnte er ein kleines bisschen Trost schöpfen.

Als er überzeugt war, das eisige Schweigen keinen Moment länger ertragen zu können, ergriff er mit überaus mulmigem Gefühl im Bauch selbst das Wort: »Hör mal, es tut mir wirklich leid.« Himmel, wie dürftig das klang! Das musste er besser hinbekommen. »Ich weiß auch nicht, was da auf einmal in mich gefahren ist. Aber irgendwie … dieser verdammte Vorzeige-Mitschwangere Jürgen mit seiner aufgesetzten hypersensiblen Art, und die Beate noch dazu, die mich ständig dissen muss. Als ob das mit der Schwangerschaft nicht schon schwierig genug wäre – emotional und überhaupt. Da müssen die mich nicht auch noch extra belasten mit dem ganzen Drumherum … und überhaupt.«

Doch Kathi schwieg weiterhin hartnäckig und blickte stur geradeaus, das Lenkrad fest umklammert.

»Willst du denn echt gar nichts sagen?«, setzte Tom irgendwann kleinlaut nach, als er Kathis Schweigen *absolut* nicht länger ertragen konnte.

Kathi setzte den Blinker und fuhr rechts ran, schaltete in den Leerlauf, zog die Handbremse und blickte Tom an.

»Ich weiß sehr wohl, dass es auch für dich schwer ist«, sagte sie eisig und blickte Tom finster an. »Aber du bist momentan so dermaßen mit dir selbst beschäftigt, dass ich mich fragen muss, ob du dich je wirklich in meine Lage versetzt und dir Gedanken darüber gemacht hast, wie schwer es für mich erst ist. *Ich* bin diejenige, die schwanger ist, verdammt nochmal. *Ich* bin die, deren Körper abstrus wächst und nie mehr so sein wird wie zuvor, weil sich ein Alien darin eingenistet hat. *Ich* bin die, die seit Monaten gefühlsmäßig neben der Spur steht. *Ich* bin diejenige, die irgendwann vor der Herausforderung stehen wird, Familie und Karriere wieder unter einen Hut zu bekommen. Verdammt nochmal, *ich* muss damit klarkommen, in Zukunft Mutter zu sein. Hast du eine Ahnung, was das heißt? Wenn der Berg an Aufgaben, die du als künftiger Vater zu bewältigen hast, so groß wie der Sonnenhang ist, ist der meine die verdammte Zugspitze! Ich muss verdammt viel mehr, um zu funktionieren. Und wenn das jetzt egozentrisch klingt, ist es mir völlig egal. Ich weiß, dass bei dir vieles zusammengekommen ist in letzter Zeit, angefangen bei deinem Arbeitsplatzverlust. Aber musst du deshalb gleich so völlig hohl drehen?«

»Du hast recht«, sagte Tom beschämt und erinnerte sich daran, dass Xaver ihm zwei Nächte zuvor im Grunde genau dasselbe zu verstehen gegeben hatte: Hör auf, am Rad zu drehen und krieg dich wieder ein. »Und es tut mir wirklich, wirklich leid. Ehrlich!«

»Ich habe nie versucht, dir großartig Vorschriften zu machen oder dich gar kritisiert – sogar, als du einfach so, ohne vorher mit mir darüber zu sprechen, beschlossen hast, mit Kai das Kathmandu zu übernehmen. Ich habe mir untersagt, dir dreinzureden, oder?«

Tom nickte. »Ja, das hast du.«

»Aber hier und jetzt möchte ich dir wirklich nahelegen, dich künftig wieder etwas mehr auf mich und das Kind zu fokussieren, das bald in unser Leben treten wird. Einfach ein bisschen mehr Rücksicht auf mich und meine Situation, das wäre schön. In Ordnung?«

Woraufhin Tom aus tiefstem Herzen versicherte: »In Ordnung. Großes, großes Unterwassermüllmänner-Ehrenwort.«

»Aber eine Sache musst du vorher noch erledigen, das musst du mir ebenfalls versprechen.«

»Alles, was du willst«, sagte Tom mit Herzklopfen.

Woraufhin Kathi zu grinsen anfing, wenngleich nur ganz leicht, und sagte: »Macht sie beim Sautrogrennen platt, den weinerlichen Kramer und den verdammten Borstelmann.«

Später, als Kathi sich schon ins Bett zurückgezogen hatte, fiel Tom beim Zähneputzen ein, dass er unbedingt noch etwas vor dem Zubettgehen recherchieren musste. Er spülte den Mund aus und ging den dunklen Flur zurück in die Küche, wo sein Handy am Ladegerät hing. Er rief Google auf und gab eine Suchanfrage ein.

»Ha!«, rief er zwanzig Sekunden später in die Dunkelheit hinein. »Ich wusste es – es gibt *doch* Delfine auf den Malediven!«

Dann ging er schlafen.

# DIE KREUZBACH-KRIEGE II (SCHIFFE VERSENKEN)

Dienstagabend standen Tom und Kai zur verabredeten Zeit am Ufer des Flusses bereit, um vom King ihre ersten Sautrogfahrer-Lektionen verabreicht zu bekommen. Kai hatte für diesen Anlass extra zwei knallrote Baywatch-Badehosen für sie besorgt, in denen sie nun im Mitch Buchannon-Gedächtnislook dastanden und zweifelnd in das sicherlich kalte Wasser hinabblickten.

»Vielleicht hätten wir uns doch Neoprenanzüge ausleihen sollen«, meinte Tom und Kai stimmte nickend zu: »Ja, vielleicht.« Hinterher war man irgendwie immer schlauer.

Fünf Minuten später fuhr ein bonbon-pinker Albtraum von Pick-up mit röhrendem Motor vor, auf dessen Ladefläche der legendäre Sautrog schräg über die Heckklappe hinausragte.

Während Tom und Kai noch entgeistert das Gefährt musterten, wurde der Motor abgewürgt und ein breit grinsender King quoll aus dem Führerhaus.

»Howdy Fans, alles fit im Schritt?«

Anstatt seiner üblichen Elvis-Montur trug er heute einen giftgrün glitzernden Nylon-Trainingsanzug von Adidas, der aussah wie aus der 80er-Jahre-Mottenkiste. Um seinen Hals baumelte tatsächlich eine Trillerpfeife.

»Servus King, du hast nicht zufällig ein paar Neoprenanzüge dabei?«, fragte Kai hoffnungsvoll.

»Ne, ne, aber keine Angst – euch nehm ich schon so ran, dass euch warm wird.«

»Das lässt jetzt Bilder in meinem Kopf entstehen, die ich wohl nur mit einer Langzeittherapie wieder loswerde«, raunte Tom Kai zu.

Der King stiefelte um den Pick-up herum und öffnete die Ladeklappe. »So, Leute, packts mal mit an.«

Gemeinsam hoben sie den Sautrog herunter und legten ihn im Gras ab.

Der Trog war aus geschliffenem, geöltem Hartholz, etwas über zwei Meter lang und einen guten halben Meter breit. Die mit Fassbändern gestärkten Seitenwände waren leicht nach außen gewölbt. Zweifelnd nahm Tom zur Kenntnis, dass der Trog kaum mehr als dreißig Zentimeter hoch war. Bedachte man das Gewicht zweier ausgewachsener Männer, dann würde vermutlich eine unbedachte Bewegung ausreichen, um den Trog zum Kentern zu bringen. Fürs nächste Mal würden sie sich wohl besser *wirklich* irgendwo Neoprenanzüge ausleihen müssen.

Stolz blickte der King von einem zum anderen. »Also, was sagts? Das ist er, der legendäre Trog vom Filz Wickerl. Ein King steht zu seinem Wort.«

»Ein wirklich schöner Sautrog«, fühlte Tom sich bemüßigt zu bestätigen.

»Das will ich wohl meinen!« Der King zog zwei Schlauchbootpaddel von der Ladefläche und legte sie in den Trog. »Also, Mannen, wenn ihr dann so weit seid, wollen wir keine Zeit verlieren. Wir haben noch eine gute Stunde, bis die Sonne untergeht. So lange will ich von euch jetzt Rock 'n' Roll sehen!«

»Rock 'n' Roll können wir!«, rief Kai. »Wir spielen dir liebend gern ein paar Songs vor, wenn wir dafür auf das Sautrogfahren verzichten dürfen.«

»Nichts da«, lachte der King. »Auf gehts, lassen wir das Juwel zu Wasser.«

An den Längsseiten des Trogs standen vier hölzerne Haltegriffe über. Der King packte die zwei an der höhergelegenen Uferseite mit seinen Pranken und überließ Tom und Kai die Griffe zum Wasser hin.

»Nur keine Scheu, nass werdet ihr so oder so. Obs euch gefällt oder nicht.«

Zu dritt hoben sie das hölzerne Ungetüm hoch und trugen es zum Fluss hinunter. Als Tom seufzend hineinwatete, war es noch deutlich kälter als erwartet. Aber das half jetzt alles nichts, aus der Nummer kamen sie nicht mehr heraus. Tapfer setzten Kai und er Fuß um Fuß tiefer in den schlammigen Grund des Flusses hinein. Als der Trog endlich mit der Strömung im Wasser schaukelte, stand selbiges Tom und Kai bereits bis über die Hüften.

»Und jetzt?«, rief Kai kläglich zum Ufer hinauf, wo der King lässig an seinem Truck lehnte und ohne Mitleid herabgrinste.

»Jetzt habt ihr zwei Möglichkeiten, Jungs«, rief er zurück. »Entweder, ihr bleibt bis zum Sankt-Nimmerleinstag in der Brühe stehen, oder ihr schwingt euch in den Trog, damit wir mit den Grundlagen beginnen können.«

Tom und Kai blickten einander missmutig an.

»Schlimm genug, dass wir diesen Affenzirkus tatsächlich mitmachen. Deshalb müssen wir uns noch lange nicht permanent dumme Sprüche anhören«, knurrte Kai finster. »Auf gehts, Kleinschmidt, dem selbsternannten King zeigen wir jetzt mal, was wir draufhaben.«

»Lass es uns einfach halbwegs würdevoll hinter uns bringen«, entgegnete Tom. »Jeder von einer Seite auf drei?«

»In Ordnung. Eins – zwei – *drei*.«

Gleichzeitig schwangen sie sich über den Rand des Trogs und – knallten erst einmal ordentlich mit den Köpfen zusammen, ehe sie einen Moment später im Fluss landeten. Fluchend und prustend kämpfte Tom sich an die Oberfläche und watete dem Trog hinterher, der in der sanften Strömung gemütlich den Strom hinabtrieb.

»Was für eine Kacke!« Wütend rieb Kai sich den brummenden Schädel.

»Das könnt ihr doch sicher besser, oder?« Der King kringelte sich vor Lachen. »Wie wärs, wenn ihr synchron von einer Seite reinspringt, bevor ihr euch die Köpfe komplett kaputt stoßt?«

»Meinst du echt, dass der Kahn dann das Gleichgewicht hält?«, fragte Kai zweifelnd. Nichtsdestotrotz stellten Tom und er sich an einer Seite hintereinander auf und versuchten auf drei erneut in den Trog zu hüpfen – worauf sie einen Sekundenbruchteil später strampelnd und schimpfend wieder im Wasser landeten.

»Nein, meine ich selbstverständlich *nicht*«, schüttelte der King ungerührt den Kopf. »Dass das so nicht funktionieren kann, sollte doch eigentlich jedem Rindvieh klar sein.«

»Ich hasse den Kerl«, ächzte Kai. »Bis hierher und nicht weiter.«

»Hör mal zu, King. Entweder du trainierst uns hier richtig oder du kannst dir zwei andere Trottel suchen, die beim Rennen in den Trog steigen«, rief Tom sauer. Ihm war kalt und er fühlte sich angeschlagen und gedemütigt. Im Moment hätte er liebend gern monatlich die doppelte oder gar dreifache Summe für die Versicherungen hingeblättert, nur um raus aus dem Wasser und heim auf die Couch zu kommen.

Auch dem King schien das klar zu sein. Er gab seine lässiglehnende Pose auf und trabte das Ufer hinab.

»Ist ja gut. Tom, stell dich hinter den Trog und halte ihn an den Griffen fest. Du musst ihn gut stabilisieren, damit Kai von der Seite reinspringen kann, ohne umzukippen.«

Sie taten wie geheißen und zehn Sekunden später saß Kai sicher im Trog.

»In Ordnung. So weit so gut. Kai, rutsch bis vorn hin durch und finde dein Gleichgewicht Der Trog muss ganz ruhig im Wasser liegen ... nein, nicht schaukeln ... etwas weiter links

… noch ein winziges Stück … perfekt. Tom, jetzt schwing dich von hinten dazu, und bitte so mittig wie möglich. Kai, wenn du merkst, der Trog neigt sich zu einer Seite hin, dann korrigierst du. Und los, Tom.«

Beinahe wäre der Trog wieder umgekippt, als Tom hineinzuspringen versuchte. Doch Kai lehnte sich gerade noch rechtzeitig zur Seite, um auszugleichen, und einige extrem wackelige Sekunden später saßen sie beide im Trog. Dieser lag zwar tatsächlich mit dem Gewicht der beiden gefährlich tief im Wasser, trug sie aber – zumindest für den Moment – noch auf dem Fluss.

»Wunderbar«, nickte der King einigermaßen anerkennend. »Jetzt müsst ihr euch gleichmäßig in die Mitte der Strömung lenken. Aber Vorsicht – ruhig bleiben und nicht zu hektisch paddeln, sonst fangt ihr an zu schaukeln und … oh weh!«

Zum dritten Mal in fünf Minuten landeten Tom und Kai im Wasser.

Beim nächsten Versuch gelang es ihnen schließlich – obgleich weiterhin wackelig und ungelenk –, irgendwie das Gleichgewicht so weit herzustellen und zu halten, dass sie zur Flussmitte hin paddeln und ihr Gefährt zur Strömung hin ausrichten konnten.

»Und jetzt gleichmäßig paddeln«, rief der King vom Ufer herüber. »Und eins … und zwei … und eins …«

Angestrengt versenkte Tom ein ums andere Mal sein Paddel im Wasser und zog es durch. Bei jedem Paddelschlag schlingerte der Trog bedrohlich. Und bei jedem Schlingern schwappte Wasser über den Rand herein. Zudem begann schon nach kurzer Zeit gefühlt jeder Muskel in seinem Körper schmerzhaft zu ziehen, so verkrampft saß er da in seinem Bemühen, das Gleichgewicht zu halten.

»Und jetzt legen wir noch ein paar Gänge zu. Ihr sollt schließlich bei einem Wettrennen antreten, nicht bei einem gemütlichen Sonntagnachmittagsausflug.« So langsam ging der King Tom *richtig* auf die Nerven. »Und eins und zwei und eins und zwei – schneller, Mannen – undeinsundzweiundeinsund … ja verdammte Axt!«

Erneut war der Trog umgekippt und Tom und Kai ins Wasser gepurzelt, weil der Trog zu sehr ins Schaukeln geraten war. Der King schlug indes die Hände überm Kopf zusammen.

»Zefix, das mit euch ist ja noch schlimmer als befürchtet. Ihr machts dem Andenken an den Wickerl und den Florian am Ende eine richtige Schande, wenn das nicht besser wird. Ich seh schon, wir müssen die nächsten Wochen doppelt so hart trainieren wie gedacht, wenn wir überhaupt eine Chance haben wollen, nicht Letzter zu werden.«

Tom würgte einen Schwall Flusswasser aus, das er beim Eintauchen verschluckt hatte, und wollte gerade zu einer pampigen Antwort ansetzen, da driftete, ja *schoss* geradezu hinter der Biegung, die sie selbst gerade im Zitterkurs in Angriff hatten nehmen wollen, ein anderer Sautrog hervor, hielt *flussaufwärts* auf sie zu. Tom beobachtete mit offenem Mund und bis zum Hals im Wasser stehend, wie die Insassen gleichgetaktet wie ein Rennwagenmotor in irrem Tempo gegen den Strom anfuhren. Von verkrampfter Haltung und Schaukeln konnte bei den ebenfalls trainierenden Kontrahenten – und um nichts anderes konnte es sich hier wohl handeln – keine Rede sein. Lässig schlugen sie ihre Paddel ins Wasser und drückten sich scheinbar mühelos gegen den Fluss. Der Trog lag dabei so gleichmäßig ruhig im Wasser, dass nicht der kleinste Spritzer über die Seitenwände schwappte. Und gerade, als Tom dachte, es könne nicht mehr demütigender für ihn und Kai werden, erkannte er, wer die beiden waren, die ihnen da entgegenrasten. Und hätten die Insassen des feindlichen Sautrogs nicht ihrerseits in diesem Moment laut lachend Tom und Kai erspäht, Tom hätte sich sicherlich dazu entschlossen unterzutauchen und sich vor den Gegnern zu verstecken, bis diese an ihnen vorbei waren. Denn es waren niemand anderes als der verfluchte Olaf Borstelmann und der noch verfluchtere

Jürgen Kramer, die da entgegenkamen – feixend und johlend.

»Ja wenn das nicht die Kathmandu-Spezis sind«, dröhnte auch schon düster und furchteinflößend wie eine zum Gefecht blasende Marine-Sirene die Stimme Borstelmanns über den Fluss. »*Särrfuss!* Leute, ihr wisst doch, dass es bei uns auch ein Freibad zum Abkühlen gibt.«

»Kreizdeifikruzifix!«, schrie Kai. »Das darf doch nicht wahr sein! Nicht der auch noch.«

Das, so dachte Tom bei sich, fasste ihre Situation einigermaßen treffend zusammen. Er selbst verkniff sich jede Antwort und harrte stumm des unvermeidlich Kommenden.

»Mir scheint, er hats noch nicht gewusst«, rief Jürgen fröhlich, der hinter Borstelmann hervorlugte. »Ist das da der Kumpel vom Kleinschmidt, der das Kathmandu mit übernehmen will?«

»Genau der ist das«, antwortete Borstelmann vergnügt. »Und die beiden wissen schon, dass es bei uns ein Freibad gibt. Sie sind vermutlich bloß der Meinung, dass das nur nachts geöffnet hat, nach allem, was man so hört.«

Wie zur Hölle hatte Borstelmann denn von der Geschichte ihres unrühmlichen nächtlichen Freibadbesuchs Wind bekommen, fragte Tom sich alarmiert. Streckte der seine verdammten Fühler denn wirklich in alle Richtungen aus wie ein ganz besonders ekelhaftes Insekt?

Der feindliche Trog war inzwischen auf eine Höhe mit Tom und Kai herangeglitten. Scheinbar mühelos hielten die Insassen mit gemächlichen Paddelschlägen gegen die Strömung, lugten vergnügt auf der Stelle treibend von oben herab auf die Schiffsbrüchigen.

»Wie meinst du denn das?«, erkundigte sich Jürgen interessiert bei seinem Vordermann.

»Das erklär ich dir nachher bei einem Weißbier beim Wirt. Wirst sehen, das ist eine lustige Geschichte.«

Oh nein, nicht auch das noch. Wenn Jürgen von dem nächtlichen Freibad-Vorfall hörte, erzählte er sicher seiner Frau Babette davon. Und dann erfuhr beim kommenden Geburtsvorbereitungsabend am Ende noch der ganze Kurs davon – und damit auch Kathi. Tom wusste zwar nicht, wie wahrscheinlich das war, ausschließen konnte er es aber leider auch nicht.

Laut sagte er: »Man darf nicht alles glauben, was die Leute so erzählen.« Himmel, wie lahm das klang! Dafür schämte er sich schon im selben Moment.

»Wenns um dich geht, Kleinschmidt, dann bin ich bereit, alles zu glauben, was sich die Leute so erzählen«, entgegnete Jürgen lachend. Dann erspähte er den King, der vergeblich versuchte, sich am Ufer hinter einem Baum zu verstecken. Vermutlich war ihm die Gesamtsituation ebenso unangenehm wie Tom und Kai.

Oh weh, dachte Tom. Wenn man sogar jemandem wie dem King peinlich war, dann war das wohl der absolute Tiefpunkt im Leben.

»Servus Jennerwein«, rief Jürgen. »Kannst ruhig hinter deinem Versteck hervorkommen. Hab dich schon erkannt.«

Mit tomatenrotem Gesicht und hängenden Schultern trabte der King ans Ufer.

»Hab ichs mir doch gedacht, dass du auch irgendwo hier herumlungerst. Jürgen, hab ich mir gedacht, das, was da so kümmerlich den Fluss runtertreibt, das ist doch der legendäre Sautrog vom Filz Wickerl. Der, mit dem der Jennerwein Ignaz seit Monaten so angibt. Ein Spitzenteam für einen Spitzentrog wolltest du ins Rennen schicken, wars nicht so?«

»Für dich heiß ich immer noch King«, entgegnete der King trotzig – und ein wenig kleinlaut, wenn Tom nicht alles täuschte.

»Ich nenn dich, wie ich will, Jennerwein. Also, wo hast du jetzt dein Spitzenteam versteckt? Ich seh nur zwei unfähige Trottel ganz verloren im Wasser rumstehen.«

»Das nimmst du sofort zurück!« Kai schüttelte die Fäuste in die Luft.

»Oder was, du Wicht?«, höhnte Jürgen und schlug mit der flachen Seite seines Paddels mit aller Kraft aufs Wasser, dass Kai von einer Spritzfontäne überrollte wurde. Prustend wankte er zwei Schritte zurück.

»Komm Jürgen, lass die zwei Loser doch. Eine Biegung noch, und dann zurück zum Auto und ab zum Wirt. Wenn *das da* unsere Gegner sind, haben wir eh schon gewonnen«, winkte Olaf Borstelmann grinsend ab.

»Hast recht, auf gehts!«

Und schon warfen die beiden ihren zugegebenermaßen beeindruckenden Zweitakter an und schossen in fließenden Bewegungen weiter den Fluss hinauf.

»Eine Schande für unser beider Dörfer, das seid ihr!«, brüllte der King ihnen zum Abschied noch hinterher. »Dass Ober- und Unterkreuzbach sich so verbrüdern, das hats die letzten zweihundert Jahre noch nicht gegeben!«

»Von beidem nur das Beste, Jennerwein!«, rief Jürgen zurück. »Einzeln sind wir schon unschlagbar, zusammen sind wir Team Killerkommando!«

Dann waren sie auch schon hinter der nächsten Biegung – für die Tom und Kai geschlagene drei Minuten gebraucht hatten, und zwar *mit dem Strom* im Gegensatz zu Team Killerkommando, verdammt nochmal – verschwunden.

»So eine Kacke«, schimpfte Tom und watete ihrem eigenen Trog hinterher, der sich etwa fünfzig Meter weiter flussabwärts im Uferschilf verfangen hatte.

»Gegen diese zwei Schmalspur-Piraten haben wir doch nie eine Chance! Was für eine unsägliche Blamage! Das Training ist für heute beendet.« Kai watete hinter Tom her und gemeinsam zogen sie den Sautrog aus dem Schilf. Der King half ihnen, das Gefährt aus dem Wasser zu ziehen und zu seinem Pick-up zurückzuschleppen. Dabei sprach er kein Wort, sondern starrte betreten den ganzen Weg über auf seine schlammverspritzten Cowboystiefel.

Immer noch schweigend schoben sie den Trog auf die Ladefläche, dann standen sie ein wenig ratlos im Kreis herum. Es war schließlich doch der King, der als erstes in Worte fasste, was sie alle drei dachten: »Mannen, wir sind am Arsch.«

»Aber sowas von«, nickte Kai. Dann: »Ich kann das nicht. Lieber zahle ich monatlich den vollen Betrag für deine bescheuerten Versicherungen, als dass ich mich dieser Schmach aussetze. Oder, Tom?«

Tom dachte an die letzten Wochen und Monate, an jedes einzelne verdammte Grinsen von Olaf Borstelmann. An seine überheblichen Belehrungen, seine aufgesetzte Jovialität. Er dachte an Jürgen und all die »Ahs« und »Ohs« der verzückten Kursteilnehmerinnen, wenn dieser wieder einmal seine scheinheilige Schmalz- und Kitschkanone abfeuerte. Schließlich dachte er sogar an den krötenhaften Götz Kloetz und wie er von ihm so einfach abgesägt worden war. Kleine und große Niederlagen, wohin man nur sah. Dabei war dies doch der Sommer seines Lebens, *ihr* Sommer – Kai und er hatten es einander versprochen bei zu vielen nächtlichen Roboter-Halben vorm Müllerwirt – der Sommer der Unterwassermüllmänner.

»Nein, so kann, so *darf* es nicht enden«, sagte er. »Diese Typen haben auch irgendwann mal so angefangen wie wir. Noch haben wir ein paar Wochen, um so gut zu werden wie sie. Nein, *besser* noch. Wir müssen und wir werden sie platt machen, und wenn wir dafür jeden Abend bis zum Umfallen trainieren. Die zwei dürfen einfach nicht gewinnen.«

»Lass gut sein«, schüttelte Kai den Kopf. »Das hier ist nicht der Moment für heroische Reden. Wir werden es ihnen bei anderer Gelegenheit heimzahlen.«

»Keine Widerrede!« Tom merkte, wie er richtiggehend wütend wurde. »Unterwassermüllmann oder armes Würstchen, was willst du sein?«

»Am liebsten tatsächlich hier und jetzt ein armes, frierendes, kleines, selbstmitleidiges Würstchen. Aber die Antwort wirst du nicht gelten lassen, oder?«

»Leute, ich hab nicht den blassesten Schimmer, wovon ihr sprecht.« Der King schaute irritiert von einem zum anderen. »Aber wenn ihr weitermachen wollt, dann steh ich euch zur Seite. Denn niemand, auch ein Kramer Jürgen nicht, verweigert mir, mich King zu nennen.«

Nachdem sie ihre Badehosen gegen Shorts und T-Shirts getauscht und sich vom King verabschiedet hatten, schwangen Tom und Kai sich auf ihre Fahrräder und radelten am Ufer entlang in Richtung Oberkreuzbach. Sie hatten beschlossen, beim Müllerwirt einen Zwischenstopp einzulegen und bei ein, zwei Bier noch ein wenig ihre Wunden zu lecken. Eigentlich ein guter Plan. Allerdings erwartete sie eine unangenehme Überraschung, als sie schließlich auf den Parkplatz vor der Wirtschaft einscherten: Aufgeblasen und protzig belegte Borstelmanns Monster-SUV quer vier Parknischen, einen Anhänger angekuppelt, auf dem der Sautrog des selbsternannten *Teams Killerkommando* thronte.

»Ach ne, echt jetzt?«, stöhnte Tom. »Als ob es nicht genügend andere Wirtschaften gäbe. Auf die zwei Typen kann ich im Moment gut verzichten. Sollen wir weiterfahren?«

»Nichts da!«, widersprach Kai grimmig. »Ich lass mir von denen nicht auch noch unseren Biergarten vermiesen. Der Fluss mag noch ihnen gehören, aber der Müllerwirt ist unser Revier!«

Erhobenen Hauptes schritt Kai in Richtung Biergarten und Tom folgte ihm.

Jürgen und Olaf saßen ein wenig abseits im hinteren Bereich des annähernd vollbesetzten Biergartens – und ausgerechnet der Nachbartisch der beiden war als einziger noch unbesetzt. Allerdings versperrte eine der Linden mit ihrem mächtigen Stamm den direkten Blick zwischen den beiden Tischen, sodass die ins Gespräch vertieften Sautrog-Kontrahenten mit ein bisschen Glück Tom und Kai gar nicht bemerken würden. Zumindest blickten sie nicht einmal auf, als die beiden sich an den freien Tisch setzten.

»Sollen wir ein wenig an der Getränkekarte des Kathmandus feilen, wenn wir schon hier sitzen?«, fragte Tom. Doch Kai gab ihm mit der Hand ein Zeichen, still zu sein und nickte grinsend nach hinten zum Nachbartisch. Dann legte er zur Erklärung eine Hand trichterförmig ans Ohr – *ich will hören, was die beiden reden.*

»Und ich sag dir, ich bin mir sicher, dass diese Typen nebenan und ihre komischen Anarcho-Freunde etwas mit dem Verschwinden meines Mähroboters zu tun haben«, wetterte Borstelmann gerade. Tom musste sich gar nicht groß anstrengen, bei dessen durchdringender Stimme das Gesagte zu verstehen.

»Und was willst du jetzt unternehmen? Ohne Beweise kannst du ja schlecht Anzeige erstatten.«

»Eben das ist das Problem.«

»Also? Ich hoffe, du willst die Sache nicht einfach so auf sich beruhen lassen«, hakte Jürgen nach.

Tom und Kai grinsten sich an. Wenn das mal nicht eine glückliche Fügung des Schicksals war, die sie nach den Widrigkeiten des Sautrog-Trainings gerade zur rechten Zeit an den rechten Ort geführt hatte. Wenn Walter das wüsste! Der finge gewiss wieder mit seinem höheren Prinzip an, wonach man erstmal leiden musste, um am Ende doch belohnt zu werden.

»Ganz bestimmt nicht! Das wäre ja noch schöner!«, schimpfte Borstelmann. »Niemand bestiehlt einen Olaf Borstelmann ungestraft. Schon gar nicht diese zwei Deppen, die anscheinend eh glauben, dass sie keinen Respekt vor mir zu haben brauchen. Fürs erste hab ich mir einen neuen Mähroboter besorgt, aber diesmal einen, den ich extra mit GPS-Chip hab ausstatten lassen. Und wenn der Kleinschmidt und seine Bande das nächste Mal zuschlagen – und das werden sie ganz sicher –, dann überführe ich sie per Standortbestimmungs-App.«

»Das würde mich freuen, Olaf. Ein schlauer Hund bist du schon!«

»So, so«, grinste Kai in sich hinein. »Das werden wir ja sehen.«

Auch fünf Minuten später, als Olaf und Jürgen bei der Bedienung bezahlt hatten und gegangen waren, ohne Tom und Kai bemerkt zu haben, grinste Kai immer noch.

Am nächsten Morgen wachte Tom mit kratzendem Hals und bleiernen, schmerzenden Kaugummi-Gliedmaßen auf. Er quälte sich stöhnend aus dem Bett und schlurfte ins Badezimmer. Rotgeäderte, trübe Augen blickten ihm aus dem Spiegel entgegen, und noch ehe er das Fieberthermometer hervorgekramt und die Temperatur gemessen hatte, wusste er, dass er sich am Vortag bei seinen diversen unfreiwilligen Badegängen eine ordentliche Erkältung zugezogen hatte.

Im Laufe des Tages verschlimmerten sich die Symptome zunehmend, und auch am Tag darauf lag er schniefend und fiebrig auf der Couch, versuchte, den Tag mit widerlich schmeckendem Erkältungstee und seichten Netflix-Serien irgendwie zu überstehen, und tat sich alles in allem selbst nicht wenig leid dabei.

Das einzig Gute an seiner Situation war, dass der nächste Kursabend des Grauens um ein paar Tage auf diesen, den Donnerstag vorverlegt worden war und Tom infolge seiner Erkältung eine mehr als hinreichende Ausrede hatte, nicht in Kathis Schlepptau dorthin und vor Beate zu Kreuze kriechen zu müssen und sie anzuflehen, doch wieder am Kurs teilnehmen zu dürfen. Kathi indes war es unangenehm, nach dem Vorfall zwischen Tom und Jürgen dort allein aufzutauchen. Die Zwickmühle wurde aufgelöst, als schließlich Kai, der das Sautrog-Training seinerseits unbeschadet überstanden hatte, anbot, für Tom einzuspringen und Kathi zu dem Kurs zu begleiten.

»Bist du dir da auch ganz sicher?«, fragte Tom zweifelnd.

»Aber natürlich! Ihr beide habt diesen Sommer so viel für mich getan, da ist das das mindeste«, strahlte Kai, dem das Strahlen schon noch vergehen würde, wie Tom dachte. Kai hatte ja keine Ahnung, worauf er sich da einließ. Hoffentlich blieb ihm wenigstens Jürgen erspart.

»Das ist wirklich super von dir, danke!«, strahlte Kathi zurück. »Könntest du dann vielleicht auch für Tom die Hausaufgabe übernehmen, die Beate uns für heute gestellt hat?«

Aha, dachte Tom nicht ganz unzufrieden. Und schon bekam Kais Grinsegesicht die ersten Risse.

»Äh … Hausaufgabe? Äh, klar, was muss ich tun?«

»Keine Sorge«, raffte Tom sich nun seinerseits zu einem Grinsen auf. »Du hast Glück, diesmal ist es nichts Großes. Nichts, wobei du deine eigene Gefühlswelt ausweiden und vor den anderen auf dem Boden ausbreiten müsstest.«

»Wir sollen gemeinsam einen Strampelsack für das Baby nähen – einen ganz persönlichen, individuellen. Du wirst sehen, das wird bestimmt lustig«, schwärmte Kathi und drückte Kai eine von Beate verteilte Musteranleitung samt Checkliste der benötigten Dinge in die Hand.

»Außen- und Innenstoff, Bündchenware, eine Stoffschere, einen Rollschneider, Stecknadeln, Klipse, Schneiderkreide, Stifte, ein Lineal, eine … *Nähmaschine*, eine Overlock-Maschine, Nähgarn, Nähnadeln zum Schließen der Wendeöffnung mit Leiterstich, Papier …« Entgeistert blickte Kai von einem zum anderen. Von seinem vorherigen Strahlen war kein Fünkchen mehr übriggeblieben.

»Keine Sorge, das habe ich alles schon längst besorgt«, entgegnete Kathi munter und zog Kai hinter sich her, damit Tom sich weiter in Ruhe auf der Couch auskurieren konnte.

»Viel Spaß bei Beate!«, rief Tom den beiden anderen ein paar Stunden später zu, als sie sich anschickten, das Haus zu verlassen. »Du wirst sehen, Kai, sie ist eine wirklich … *interessante* Persönlichkeit.«

Als Kathi und Kai gut zwei Stunden später zurückkamen, war Tom bereits fast auf der Couch eingedöst. Trotzdem raffte er sich nochmal auf, die Augen halb zu öffnen und zu fragen:

»Und, wie wars?«

Kai blickte ihn vielsagend an, was Tom nur noch halb mitbekam.

»In der Tat, eine sehr interessante Persönlichkeit.«

# DIE DIFFERENZ DER SUMMEN ALLER DINGE

Samstagmorgen fühlte Tom sich endlich wieder vollständig genesen. Gutgelaunt machte er sich einen Kaffee und ging damit hinaus auf die Terrasse. Es empfing ihn ein angenehm lauer Tag – einer jener allzu seltenen frühen Junitage, an denen es weder zu heiß noch zu unsommerlich kühl war, ein Tag, an dem es sich drinnen wie draußen, mit leichter Jacke und langer Hose oder T-Shirt und kurzen Shorts gleichermaßen gut aushalten ließ, ein Tag also mit durch und durch perfektem Wetter.

Der Notartermin zur Übergabe des Kathmandus war nicht mehr fern und eigentlich hatte Tom an diesem Samstag Kai beim Herrichten seiner künftigen Wohnung über dem Bräustüberl helfen wollen. Doch nach all den Verrücktheiten, die er in den letzten Wochen begangen hatte, wollte er Kathi einen Gefallen tun und gemeinsam mit ihr einen Tag ganz nach ihrem Geschmack verbringen. Deshalb bat er sich von Kai ein letztes freies Wochenende aus mit dem Versprechen, ab der kommenden Woche voll und ganz dem Kathmandu zur Verfügung zu stehen.

Tom hatte sich überlegt, Kathi zuliebe eine gemeinsame Möbelhaus-Tour zu unternehmen – etwas, gegen das er sich normalerweise mit Händen und Füßen gewehrt hätte, womit er aber bei Kathis aktuellem Nestbautrieb offene Türen einrannte, als er es ihr vorschlug.

»Nachdem das künftige Kinderzimmer so gut wie fertig eingerichtet ist, dachte ich mir, dass es dir vielleicht Spaß machen könnte, auch das restliche Häuschen noch ein wenig aufzupolieren«, erklärte er seinen Vorschlag. Dass es ihm eigentlich darum ging, sein schlechtes Gewissen Kathi gegenüber zu besänftigen nach seinen jüngsten Eskapaden, musste er nicht extra aussprechen. Das verstand sie auch so, ihrem wissenden Lächeln nach zu urteilen.

»Ein wunderbarer Vorschlag, Thomas Kleinschmidt. Ich wünschte, du würdest öfter mit solchen Ideen um die Ecke kommen anstatt mit solchen, die dich in die Bredouille bringen.«

»Ich werd mir künftig alle Mühe geben«, versprach Tom grinsend. Der Blick, mit dem Kathi ihn daraufhin wiederum bedachte, sprach Bände.

Eine Stunde später saßen sie im Auto und machten sich frohgemut auf den Weg in die heile Nestbauwelt von IKEA – dort, wo man immer eine blaue Plastiktasche voll unnötigem Schweden-Krimskrams fand.

Das eigentümlich perfekte Wetter hielt nach wie vor Bestand und Tom merkte, wie ihm leichter und leichter ums Herz wurde, wie er fröhlicher und unbeschwerter wurde bei jeder Radumdrehung, die sie sich von Oberkreuzbach und all seinen Problemen entfernten – vom rachsüchtigen Nachbarn Borstelmann, von der zu erwartenden Sautrogrenn-Blamage, von Kai und den großen und kleinen Sorgen und Bedenken rund ums Kathmandu, von seinen Ängsten und Zweifeln, seine künftige Rolle als Vater betreffend. Wie schön, all das für ein paar Stunden hinter sich zurücklassen zu können, dachte er.

Sie bogen auf die B300 Richtung Autobahn ab, und vorbei ging es an der allgegenwärtigen flicken-beteppichten Hügelland-schaft mit den versprengten Dörfern hier und da.

Bei jeder Abzweigung konnte Tom den Weg mittlerweile in Gedanken weiterverfolgen, konnte ihn in vielen Details vor seinem inneren Auge malen, konnte sich die Kurven, Senken,

Abbiegungen vorstellen bis hin zur nächsten, übernächsten Siedlung. Dörfer, Städtchen, die dank Erinnerungen inzwischen lebendig geworden waren in ihm – hier hatten sie schon im Biergarten gesessen, dort bei einem Bauernhof zum Einkaufen haltgemacht. Hier waren sie auf einer Geburtstagsfeier eingeladen gewesen und da wäre ihnen beinahe ein Reh vors Auto gesprungen. Das war Heimat, dachte Tom: Wenn die Topografie alles Beliebige verlor und sich eine zweite, ganz persönliche, aus Erinnerungen, Geschichten und Gefühlen gewobene Schicht darüberlegte.

»Du scheinst ja richtig gute Laune zu haben«, bemerkte Kathi, und erst da fiel Tom auf, dass er unbewusst angefangen hatte, vor sich hin zu pfeifen. »Das freut mich.«

»Danke.«

»Und schön, dass du heute an mich gedacht und beschlossen hast, Zeit mit mir zu verbringen. Mit *uns*.« Kathi strich sachte über ihren absurd gewölbten Bauch.

»Lange wird es jetzt wohl nicht mehr dauern, was meinst du? Vier Wochen noch?«

»Ungefähr, ja. Was immer du also noch zu tun und abzuschließen hast, bevor du Vollzeit-Papa wirst, du solltest dich besser beeilen damit.«

Tom lachte. »Ich weiß gar nicht, ob ich es jemals schaffen werde, mit allem abzuschließen, was mich bewegt. Aber ich verspreche dir, es zumindest so weit nach hinten zu schieben, dass es unserer Familie nicht im Weg steht.«

»Und wie geht es dir inzwischen damit?«

»Soll ich dir was verraten? Ist nicht böse gemeint, aber wenn ich ganz ehrlich bin, bin ich jetzt erstmal froh, dass Kai dabei ist, auszuziehen.« Tom hielt inne und überlegte einen Moment. »Er ist mein bester Kumpel, aber es ist wirklich an der Zeit.«

»Endlich niemand mehr, der uns Popcorn und Erdnussflips beim Filmeabend verbietet«, lächelte Kathi.

»Hör mir auf! Ich hätte ihn erwürgen können.«

»Und sonst so?«

»Na ja, es macht mir schon immer noch ein bisschen Angst …
ach was« Tom schüttelte unwirsch den Kopf. »Es macht mir eine
Scheißangst. Aber auf eine andere Weise als noch vor ein paar
Wochen. Auf eine gute Weise. Es ist – ich weiß auch nicht – fast
schon so was wie eine respektvolle Angst, weil ich endlich dabei
bin, die ganze Tragweite dessen, was uns da erwartet, zu akzeptieren. Klingt komisch, ich weiß.«

»Ne, eigentlich nicht. Eigentlich weiß ich genau, was du
meinst.« Kathi legte ihre Hand auf Toms Arm. »Und denk
immer daran, du musst durch nichts allein durch. Auch wenn du
das immer wieder vergisst, du alter Kopf-Einzelgänger.«

»*Kopf-Einzelgänger?*« Tom zog amüsiert die Augenbrauen
hoch.

»Du weißt schon – Menschen, die zwar die Gesellschaft anderer genießen, aber trotzdem den unseligen Drang haben, die
wirklich wichtigen Dinge im Leben viel zu oft allein mit sich
selbst auszudiskutieren.«

»Ja, das bin ich wohl«, sagte Tom. Dann: »Und du? Macht dir
das nicht auch alles irgendwie Angst? Ich glaub, so richtig hab
ich dich das nie gefragt.«

»Natürlich«, lachte Kathi ungläubig auf. »Was denkst du
denn? Es macht mir eine Heidenangst. Aber wie du schon sagst
– es ist in Ordnung. Weil es eine gute, eine respektvolle Art von
Angst ist.«

»Wir haben Angst vor dem, was kommt, und das ist in Ordnung«, fasste Tom zusammen. »Weil wir es gemeinsam schaffen,
Unterwassermüllleute, die wir nun mal sind. Das ist vermutlich
nicht unbedingt der Inbegriff einer positiven Affirmation im
beateschen Sinne, aber dafür eine ehrliche.«

»Pfeif auf Beate!«, sagte Kathi. »Es ist *unsere* Affirmation, und
nur darauf kommt es an.«

»Das ist noch sowas, auf das ich mich echt freue, wenn unser Sohn endlich auf der Welt ist – keine Kursabende bei Beate mehr«, meinte Tom. »Zumindest … für ein paar Jahre nicht.«

»Nun, ich würde nicht sagen, dass wir mit Kind Nummer zwei *ein paar Jahre* warten sollten, aber eine Weile lang werden wir wohl tatsächlich von Beate verschont bleiben«, grinste Kathi glücklich.

»Ernsthaft? Kind Nummer eins ist noch nicht mal auf der Welt und du willst schon anfangen, mit mir um Nummer zwei zu feilschen?«

»Ich feilsche nicht, ich will dich nur daran erinnern, dass …«

»… du auch schon auf die Mitte dreißig zugehst, ich weiß«, seufzte Tom verdrossen.

»So ist das nun mal, mein Lieber. Du glaubst vielleicht, als Unterwassermüllmann sei es deine oberste Pflicht, die Welt unablässig geradezurücken. Vergiss dabei nur nicht, dass es *meine* Pflicht als deine Unterwassermüllfrau wiederum ist, *dich* geradezurücken bisweilen.«

Was hätte Tom darauf noch erwidern sollen?

Die Suche nach einem freien Parkplatz gestaltete sich einfacher als gedacht. Offenbar hatten die meisten Menschen an einem so schönen Tag wie diesem Besseres zu tun, als durch schwedische Wohnträume zu schlendern. Tom und Kathi stellten ihr Auto ab und passierten die Drehtür zum innersten Kreis der nordischen Möbelhölle. Wie immer benutzten sie dabei den inoffiziellen Weg über den Ausgang, um sich eine Vorab-Stärkung mit Hotdogs zuzugestehen.

»Schau mal, die gibts jetzt auch schon in vegan«, staunte Tom, als sie vor dem Hotdog- und Fleischbällchen-Ausgabeschalter standen. »Was meinst du, sollen wir die mal probieren?«

»Klar, warum nicht. Dieses industrielle Fleischersatzzeug ist zwar meiner Meinung nach noch lange nicht der Weisheit letzter Schluss, aber definitiv besser als Billo-Fleisch aus Massenproduktion. Nicht gesünder oder ungesünder für uns, aber zumindest schon mal ein klitzekleines Stückchen gesünder für unseren Planeten.«

»Nein, davon, der Weisheit letzte Schlüsse zu ziehen, was den Klimawandel betrifft und all die anderen Probleme, die sich immer deutlicher bemerkbar machen, sind wir noch Lichtjahre entfernt«, sagte Tom. »Aber immerhin taumeln wir schon mal erste Schritte in die richtige Richtung. Wenn auch zugegebenermaßen oft noch kopflos und ohne richtigen Plan, so nichtsdestotrotz. Da können die Ewiggestrigen, die sich aus Angst vor gesellschaftlichen Veränderungen hinter ihren mentalen Blockaden verschanzen, noch so viel jammern, was sie wollen.«

»Unsere Kinder werden schon auch einiges zu lachen haben, wenn sie sich irgendwann in vierzig, fünfzig Jahren Dokus über unsere Generation ansehen, oder?«, grinste Kathi.

»Das ist meine große Hoffnung«, entgegnete Tom.

Ihre veganen Hotdogs in der Hand, erklommen sie die Treppe in den ersten Stock und marschierten den markierten Rundweg entlang. Tom merkte, wie ihn diese ganz spezielle Möbelhaus-Stimmung überkam, die vielleicht daher rührte, dass Wohnen an sich etwas so Intimes war, ja, vielleicht sogar der intimste Ausdruck der eigenen Selbstwahrnehmung.

Jedes einzelne Möbelstück, das man sich im Laufe der Zeit anschaffte, repräsentierte ein Stück weit das eigene Ich, die Grundstimmung und die Art und Weise, wie man sich selbst sehen und wahrgenommen werden wollte zu einem bestimmten Zeitpunkt im Leben. Und nirgendwo war das Spiel mit den eigenen Identitäten so unverbindlich und dadurch unbeschwert-amüsant als in Möbelhäusern, wo man das knallbunt-coole, modernistische Designermöbel-Ich neben dem bieder-gemütlichen Landhaus-Ich austesten konnte, das funktionale Kastenform-Ich neben dem verspielten Schnörkel-Ich.

Derlei Gedanken vor sich hin spinnend gelangten Tom und Kathi zum heimlichen Herzstück jeder IKEA-Ausstellung, wie Tom dachte, der Wohnen-auf-28-Quadratmeter-Musterwohnung – dort, wo alles seinen perfekt einsortierten Platz hatte: Das Hochbett über der Wohnzimmer-Couchlandschaft, das minimalistische Mülltrennsystem neben der ausklappbaren Garderobe.

Gegen seinen Willen war Tom wieder einmal beeindruckt, welche Gewissenhaftigkeit in der Konzeption steckte, in der nicht ein Kubikzentimeter an Platz verschwendet wurde, welche gedankliche Präzision in der perfekten Harmonie, die nicht nur unbedingte Effizienz vermittelte, sondern zugleich Wärme und absolute Geborgenheit.

Und doch war es zugleich ein im realen Leben nicht einlösbares Ideal, ein unerfüllbares Versprechen, eine rein theoretische Spielerei, die so im wirklichen Leben niemals funktionieren konnte. Denn es bedurfte nur eines einzigen zerknautschten Kissens, einer nicht sorgfältig genug gefalteten Bettdecke, eines achtlos in die Ecke geworfenen Sockens nur, und das perfekt durchorganisierte 28-Quadratmeter-Idyll bekäme den ersten chaotischen Riss. Dachte man sich dann noch benutztes Geschirr, ungewaschene Töpfe, herumliegende Spielsachen, einen nicht aufgeräumten Schreibtisch, einen vollen Wäschekorb, schmutzige Straßenschuhe, vertrocknete Zahnpasta-Kleckse im Waschbecken, Kalkstreifen auf der Duschwand, umgefallene Kaffeetassen und einen schon wieder viel zu vollen Mülleimer dazu, all das also, was binnen kürzester Zeit diese perfekt harmonische Komposition im realen Leben angreifen würde, falls tatsächlich jemand *wohnen* würde in der Wohnen-auf-28-Quadratmeter-Musterwohnung, zerfiel die Illusion des wohlsortierten Lebensraums, und was blieb, war Chaos. Chaos und die nie endende Verdrießlichkeit, unablässig einem einfach nicht erreichbaren Ideal hinterher zu räumen.

So wie man auch dem Idealbild des eigenen Selbst, der perfekten

Vorstellung vom eigenen Ich unaufhörlich hinterherräumte – und es doch nie erreichte.

Verstohlen blickte Tom sich um. Andere Paare – jünger, gleichaltrig, älter, viel älter – schlenderten zwischen den Möbeln umher, Eltern liefen ihren Kindern hinterher, Singles standen ratlos zwischen diversen Ausstellungsstücken herum, und alles und alle wirkten so wunderbar normal, wirkten so rundum Samstagmittag-im-IKEA-Einrichtungshaus-normal, dass es Tom beinahe die Tränen in die Augen trieb vor Rührung. All die braven Billy-Regal-in-die-Wand-Schrauber-Pärchen, vor allem die jungen, die Wir-ziehen-in-unsere-erste-gemeinsame-Wohnung-Paare mit ihren vor Erwartung und Freude glänzenden Augen: Wie gern hätte Tom sie in diesem Moment umarmt und ihnen gratuliert, weil sie einfach so verdammt *normal* wirkten, so fernab jeglichen Wahnsinns, so frei von den Problemen und Sorgen seines eigenen Sommers. Wie zärtlich sie hier und da ihre sicherlich durch und durch normalen Traum-Wohnzimmer planten – sie in Gedanken oder gestenreich vor sich selbst und vor einander in die Luft zeichneten. Keiner von ihnen sah so aus, als sei er in jüngster Zeit nachts betrunken auf einem Polizeirevier gelandet.

Vielmehr wirkten sie in Toms Vorstellung so, als ob sie sich in der Gewissheit eines ruhigen, zumindest halbwegs geordneten Lebens zufrieden eingerichtet hätten, in dem zwar auch das mentale Bett mal nicht gemacht war, die metaphorische Kaffeetasse umfiel, die Bilanz aber unterm Strich so gut aussah, dass sich zumindest das Gröbste mit einigen Handgriffen beseitigen ließ.

Wodurch definierte sich eigentlich so ein durch und durch *normales* Leben, fragte Tom sich.

Nicht immer glücklich, natürlich nicht, meist aber auch nicht allzu unglücklich sein; eingewoben eben in ein Netz alltäglicher Sorgen – dem missbilligenden Rüffel eines Chefs vielleicht, weil man vergessen hatte, eine Mail zu beantworten; Nachbarn, die vielleicht nicht mehr ganz so freundlich grüßten wie zuvor, weil man vergessen hatte, Sonntagnachmittag beim Musikhören die Wohnzimmerfenster zu schließen; die dritte Aufforderung des Finanzamts, endlich seine Steuererklärung einzureichen und ähnliche Belanglosigkeiten, wie man sie eben unablässig wegschaufeln musste aus dem Weg.

Auf der anderen Seite ein Leben aber auch, in das immer wieder Dinge eingeflochten aufblitzten und schimmerten, auf die man sich freuen konnte. Kleine, sympathische Dinge: Abends nach einem anstrengenden Arbeitstag heimkommen zu den Liebsten; der nächste Urlaub im geliehenen Wohnwagen am Gardasee. Nachgerade banale und gerade deshalb so durch und durch wunderbar alltägliche Szenen, die in der Summe aller Farbkleckse doch ein individuelles Leben, ein einzigartiges Leben unter so vielen einzigartigen Leben ergaben.

Wie Tom da so stand, den angenehmen Duft neuer Couchlandschaften einsog inmitten der aufgeräumten Eleganz der unterschiedlichen Wohnwelten – jede Nische ein kleines Versprechen auf ganz persönliches, individuelles Wohlergehen, auf ein kleines, halb- bis dreivierteiglückliches Nischen-Wohlergehen –, begriff er auf einmal, dass er dieses durch und durch *normale* Leben und was es trotz allem zu bieten hatte viel zu sehr aus dem Blick verloren hatte zugunsten der Illusion eines *perfekten* Lebens, an der er sich oft vergeblich aufrieb; dieses Ich-komme-abends-müde-heim-und-freue-mich-nur-noch-auf-die-Couch-um-mit-meiner-Frau-kuschelnd-schlechte-RomsComs-bis-zum-Eindösen-eine-Dreiviertelstunde-später-anzuschauen-Leben, dieses Morgen-muss-ich-endlich-mit-dem-Auto-in-die-Waschanlage-Leben, dieses Am-Wochenende-kann-ich-mich-nicht-mehr-vor-der-Steuer-drücken-Leben; aber auch das Ich-freue-mich-auf-Freitagnachmittag-Leben, das Ich-sollte-mal-wieder-mit-Kathi-schick-Essen-gehen-Leben, das Wir-sehen-uns-nächstes-Jahr-am-Gardasee-wieder-Leben.

Vielleicht begriff man die Sinnhaftigkeit und die komplexe Schönheit der eigenen Musterwohnung des Lebens nur deshalb oft nicht mehr, weil man zu sehr damit beschäftigt war, mit den umgeworfenen Kaffeetassen zu hadern.

Und wer weiß, dachte Tom, vielleicht, wenn das Geflecht der Dinge, auf die man sich freuen kann im Leben, auch nur ein Stückchen schwerer wiegt als die Summe der Dinge, derentwegen man sich sorgt – heißt das nicht am Ende ein glückliches Leben führen?

Erschöpft, aber zufrieden kamen die beiden am späteren Nachmittag nach Oberkreuzbach zurück. Die Zeit zu zweit hatte ihnen gutgetan, und vor ihnen lag ein weiterer halber Sommertag zur freien Verfügung. Kathi tat vom vielen Laufen der Rücken weh, und auch Tom hatte nichts gegen die Vorstellung, gemütlich mit einem Buch im Liegestuhl auf der Terrasse den Tag zu vertändeln, später vielleicht Grill Keith anzuheizen und etwas Leckeres zu brutzeln. Dazu ein, zwei Bier und anschließend wieder in den Liegestuhl.

Doch schon, als sie in ihre Einfahrt einscherten, wurde der Tagtraum jäh in der Luft zerrissen von Olaf Borstelmanns markanter Stimme, die lautstark und ganz offensichtlich erbost über den Gartenzaun schwappte.

»Das kann doch nicht wahr sein! Was für eine verdammte Scheiße!«

Brüllend und sich die Haare raufend lief Borstelmann über seinen Rasen, in alle Richtungen gleichzeitig nach irgendetwas Ausschau haltend.

Zumindest galt die Aufregung anscheinend nicht ihnen, dachte Tom. Doch obzwar er den Nachbarn des Grauens am liebsten ignoriert und sich ins Haus gerettet hätte, bis der Radau sich gelegt hatte, konnte er wohl schlecht umhin, sich nach dem

Grund des Ungemachs zu erkundigen. Vor allem, da Borstelmann sie inzwischen erspäht hatte und schnurstracks auf Tom und Kathi zugeeilt kam. Die arrogant-hochnäsige Attitüde, die er mittlerweile Tom gegenüber ganz offen an den Tag legte, war wie weggeblasen. Vielmehr stand dem Hamburger blanker Schrecken ins Gesicht geschrieben.

»Ja Olaf, was ist denn passiert?« Ein wenig neugierig war Tom nun doch, was seinen nachbarschaftlichen Widersacher so aus dem Konzept gebracht hatte.

»Mir wurde der Rasenmähroboter gestohlen! Schon wieder!« Borstelmann fuchtelte mit den Händen in Richtung Roboter-Ladestation am anderen Ende des Gartens. Diese stand ganz eindeutig roboter- und damit nutzlos trübsinnig im Garteneck herum.

»Wie jetzt?«, fragte Tom ehrlich überrascht. Dann besann er sich und versuchte unter Aufbietung seines gesamten schauspielerischen Talents Mitleid zu heucheln: »Oh nein, wie furchtbar. Aber warum denn *schon wieder*? Ist das schonmal passiert?«

Wie gut, dass er ein wasserdichtes Alibi für den heutigen Tag hatte, dachte Tom. Und dann, einen Sekundenbruchteil später: Kai!

Nein, das konnte nicht sein. So dreist war nicht einmal Kai, dass er sich schon wieder an Borstelmanns Mähroboter vergriffen hatte, versuchte Tom sich selbst zu beruhigen. Doch dann dachte er an das Gespräch zwischen Borstelmann und Jürgen, dessen sie unbemerkt im Biergarten Zeuge geworden waren. Für Kai war sowas doch mehr oder weniger eine Steilvorlage, geradezu eine Herausforderung – oder etwa nicht? Voll – hoffentlich glaubhaft gespielter – Anteilnahme fragte er laut: »Und, hast du eine Ahnung, wer dahinterstecken könnte?«

»Das ist ja gerade das Verrückte! Ich … ich hatte da so einen Verdacht, als mir kürzlich nachts schon ein Mähroboter gestohlen wurde.« Seine Stimme klang nachgerade ungläubig, als könne er selbst nicht verstehen, wie er mit seinem ursprünglichen Verdacht hatte falsch liegen können – was er ja streng genommen gar nicht tat. Nicht, dass Tom ihm das jemals auf die Nase binden würde. »Darum hatte ich mir jetzt einen Roboter mit GPS besorgt. Ich hatte gehofft … na ja, lassen wir das … Allem Anschein nach handelt es sich entgegen meinem ursprünglichen Verdacht um eine organisierte Diebesbande … einen osteuropäischen Verbrecherring, spezialisiert auf Elektrogeräte aus dem Westen. Und das in Oberkreuzbach! Das muss man sich mal vorstellen! Wenn das die Investoren mitbekommen, potenzielle Immobilienkäufer – oh weh, oh weh! Wie konnte ich mich in dieser Gegend nur so täuschen?!«

»Wie kommst du denn zu dieser Vermutung?«, fragte Tom verblüfft. Ein wenig tat Borstelmann ihm jetzt sogar leid, wie er sich unablässig beinahe zwanghaft durchs Haar fuhr, sich dabei immer wieder argwöhnisch nach allen Seiten hin umdrehte, während er abgehackt erzählte. Aber natürlich nur *ein wenig*.

»Gestern Nachmittag hab ich zuletzt nachgesehen, da war der Roboter noch da. Dann sind wir nach München zu Geschäftsfreunden auf eine Geburtstagsfeier gefahren. Da sind wir über Nacht geblieben. Und als wir vor ungefähr einer Stunde zurückkamen, war er weg! Weg! So, und jetzt pass auf, jetzt kommts!«

Anklagend streckte Borstelmann Tom über den Zaun hinweg sein Handy entgegen. »Da, schau! Gerade einmal vierundzwanzig Stunden später ist er schon in einem kleinen Kaff nahe Mangalia – entführt! Gekidnappt! Da kann doch nur eine organisierte Verbrecherbande dahinterstecken.«

Tom betrachtete ratlos den verloren vor sich hin blinkenden kleinen roten Punkt auf der Landkarte auf Borstelmanns Handydisplay. »Äh, wo zur Hölle liegt Mangalia?«

»Am äußersten Zipfel von Rumänien«, rief Borstelmann kläglich. »Von da aus gehts wahrscheinlich direkt übers schwarze Meer … erst nach Georgien, dann weiter nach Armenien, Aserbaidschan, was weiß ich. Der ist weg! Weg!«

Etliche Stunden später, Tom und Kathi waren mittlerweile von den Liegen im Garten auf die Couch im Wohnzimmer gewandert, kam Kai zur Tür hereinspaziert. Er pfiff vor sich hin und war offensichtlich bester Laune.

»Na, ihr zwei, wie war euer Tag?«

»Du Kai, komm doch mal her«, winkte Tom ihn herüber. »Der Rasenmähroboter vom Borstelmann ist *schon wieder* weg. Gestohlen, sagt er. Von einem osteuropäischen Schmugglerring, sagt er. Wurde anscheinend nach Rumänien entführt – nahe Mangalia. Sagt *er*. Und jetzt sagst bitte *du mir*, ob da bei dir irgendwas klingelt.«

»Boah!« Kai schien ernsthaft beeindruckt. »Diese Expresskurier-Leute sind echt fix. Hat zwar mit Wochenend-Zuschlag ne ordentliche Stange gekostet, aber anscheinend halten die tatsächlich ihr Versprechen: Binnen vierundzwanzig Stunden Zustellung in ganz Europa.«

Tom und Kathi starrten ihn an.

»Expresskurier?«, fragte Kathi.

»Jep!«

»Hast du etwa …?«, fragte Tom.

»Hab ich«, grinste Kai. »Gestern Nachmittag, nachdem die Borstelmanns das Haus verlassen haben.«

»Und dann hast du ihn … in einen Karton …?«, fragte Kathi.

»Hab ich«, grinste Kai noch breiter und nicht gerade wenig stolz.

»Und dann hast du … per Express nach Rumänien?«, fragte Tom.

»So schauts aus«, feixte Kai und legte tatsächlich einen kleinen Tanz hin.

Tom und Kathi blickten erst sich einen Moment lang mit großen Augen an, dann den angeberisch moonwalkenden Kai.

»Respekt!«, riefen sie wie aus einem Mund.

# MÄNNERGESPRÄCHE II

In dieser Nacht träumte Tom erneut von Gott.

Wieder nahm er den Aufzug ins Paradies; nur dass er diesmal nicht mit dem Fahrrad zur Kirche fuhr, sondern auf einer Kuh dorthin ritt – was, wie er im Traum dachte, nicht annähernd so bequem war, wie man vielleicht gemeinhin annehmen mochte.

Nach einer schieren Ewigkeit machte es *Pling* und Tom stand zum zweiten Mal in Gottes Arbeitszimmer.

»Du hast die Fahrstuhlmusik geändert!«, beschwerte er sich anstelle einer Begrüßung und starrte den Höchsten erzürnt an.

Dieser seufzte wissend und sagte: »Tut mir leid, aber gemäß meinen eigenen Regeln muss ich all meine Erdenkinder gleich liebhaben.«

»Die generelle moralische Fragwürdigkeit dieser Regel einmal außer Acht gelassen, muss ich dennoch insistieren«, rief Tom, immer noch verärgert. »Ernsthaft jetzt? *Helene Fischer?* Hast du eine Ahnung, wie lange der verdammte Aufzug braucht, bis er endlich im Paradies ankommt?«

»Ja, ja, ist schon wieder gut jetzt, du alter Miesepeter. Man kann es eben nicht jedem recht machen. Setz dich lieber und erzähl mir, wie es dir ergangen ist, seit wir uns zuletzt gesehen haben.«

Der Höchste schnipste mit den Fingern und zwei der unzähligen Engel, die wie gewöhnlich übers ganze Arbeitszimmer verteilt herumlungerten, lösten sich von ihren Plätzen hoch oben in einem der Regale und transportierten einen etwas verschlissen aussehenden Sessel herab, den der IKEA-erprobte Tom als Modell *Poäng* identifizierte. Da der Sessel die exakt richtige Größe für ihn hatte, setzte er sich wie aufgefordert hinein.

»Ja mei, ist tatsächlich recht viel passiert in letzter Zeit«, fing Tom an.

»Das kannst du laut sagen«, unterbrach ihn der Höchste glucksend. »Deine Spezis und du, ihr habt schon einen recht wilden Ritt hingelegt, wenn ich das so sagen darf. So richtig *atemlos durch die* …«

»Untersteh dich!«, rief Tom, der befürchtete, dass er den verfluchten Ohrwurm über Tage nicht losbekommen würde, panisch.

»Tschuldigung«, grinste der Herr. »Also ernsthaft jetzt, wie ist es gelaufen?«

Tom seufzte. »Na ja, nennen wir das Kind doch beim Namen – einen Haufen Schmarrn hab ich wieder einmal angestellt. Was mir auch leid tut, der Kathi gegenüber und generell. Mit dem Kramer Jürgen hab ich mich ziemlich angelegt, und zwar so, dass ich bei Beate aus dem Geburtsvorbereitungskurs geflogen bin. Mit dem Borstelmann Olaf sowieso. Dem haben wir den Rasenmähroboter geklaut. Und dann gleich noch einen – wobei, das war ja der Kai. Aber gut fand ich die Aktion trotzdem. Und dann haben wir auch noch nachts betrunken im Freibad herumgepöbelt, bis uns die Polizei mit auf die Wache genommen hat. Worauf dann der Xaver extra aus dem Bett kriechen und uns abholen musste. Wo der doch auch nicht mehr der Jüngste ist. Und zum Sautrogrennen müssen wir auch noch antreten, da wo von vornherein klar ist, dass ich mich zum Deppen vor allen Kreuzbachern machen werde. Aber große Pläne haben wir auf der anderen Seite auch, so ists nicht: Das Kathmandu – die Brauerei, der Biergarten –, die Band wieder zusammenbringen, zumindest für ein Konzert. Kathi und ich – die Familie, unser Zuhause. Alles in allem ganz schön viel Zeug für eine 28-Quadratmeter-Musterwohnung, oder?«

»Eng wirds schon«, gab der Höchste zu. »Aber mit der Kathi zusammen hast du ja schon mal 56 Quadratmeter. Und Kai hat nach allem, was ich weiß, auch noch ordentlich Platz in seiner eigenen Wohnung freigeschaufelt für eure gemeinsamen Pläne. Und wenn alle Stricke reißen, haben deine Freunde sicher auch noch ein paar freie Ecken, in denen sie vorübergehend die ein oder andere Lebenskiste von dir unterbringen können. Da würd ich mir an deiner Stelle keinen zu großen Kopf deswegen machen im Moment.«

»Und wenn ich mich doch mal wieder zu müde für alles fühle, such ich mir einfach die nächste mentale Kneipe, in der Ursuppe ausgeschenkt wird«, lachte Tom.

»So ists brav«, nickte Gott.

»Du, darf ich dich noch was fragen?«, fragte Tom schüchtern.

»Dafür bist du doch hier, oder? Hast sogar zehn Minuten lang Helene Fischer ertragen. Logo darfst du mich dann auch alles fragen, was du willst.«

»Du … bist jetzt aber nicht irgendwie enttäuscht von mir, oder?«

»Wie meinst du das?«, fragte Gott mit hochgezogenen Augenbrauen.

»Na ja, du hast mir doch extra diesen schönen Ursuppen-Tropfen geschenkt. Dazu hatte ich auch noch alle Zeit der Welt, mich neu zu sortieren und etwas damit anzufangen. Aber irgendwie fühlt es sich nicht an, als ob ich wirklich groß etwas erreicht hätte den Sommer über. Abgesehen von der Erkenntnis vielleicht, dass ein normales Leben eventuell völlig ausreicht, solange das Gute darin das Schlechte nur ein klein wenig überwiegt. Dass man lieber dafür dankbar sein sollte, anstatt ewig den unerreichbaren Träumen eines perfekten Lebens hinterherzujagen. Das … das erscheint mir nicht gerade groß.«

Da begann der Herr zu lachen.

»Ach geh, das ist schon in Ordnung. Wenn der Tropfen dafür gut war, dass du zu eben dieser Erkenntnis gelangt bist, dann war das nicht die schlechteste Verwendung dafür.«

Er zwinkerte Tom vergnügt zu. Als er bemerkte, dass dieser nicht vollends überzeugt schien, fuhr er milde amüsiert fort: »Ich weiß schon, dass du dich manchmal recht gern in der Vorstellung verlierst, dass alles, was nicht ideal verläuft, automatisch weniger wert ist. Dann verstrickst du dich in hundert unterschiedliche Baustellen und siehst überall nur noch Berge an Herausforderungen, an denen du dich gleichzeitig beweisen musst. Das ist typisch für so auf dem Meeresgrund herumstochernde Unterwassermüllmann-Menschen wie dich. Aber das musst du nicht. Und du musst auch nicht den ganzen Ozean auf einmal entrümpeln. Es ist in Ordnung, wenn du die Herausforderungen, vor die das Leben dich stellt, Stück für Stück angehst. Und bitte nicht allein – ein Unterwassermüllmann allein kann die Welt nicht ändern. Da hat die Kathi ganz recht. Aber er kann sich andere Unterwassermüllleute suchen, die ihm dabei helfen. Und da gibt es zum Glück einige in deinem Leben.«

»Das hast du jetzt aber schön gesagt«, freute sich Tom.

»Freilich. King bleibt King und Gott bleibt Gott.«

»Eine letzte Frage hätte ich noch«, sagte Tom.

»Nur heraus damit!«

»Werden wir es schaffen? Ich meine uns Menschen. Werden wir den Schlamassel, den gerade mal eine knappe Handvoll Generationen angerichtet hat, noch rechtzeitig stoppen und uns und unseren Planeten retten können? Gibts da irgendeine Prognose in deinen Statistiken?«

Doch gerade, als Gott antworten wollte, wachte Tom auf.

Bis auf die neonrote Digitalanzeige seines Weckers war es dunkel im Schlafzimmer; noch drang kein Vorbote des Sonnenaufgangs durch die offenen Rollladenritzen herein.

Ein Blick auf den Wecker verriet Tom, dass es gerade einmal fünf Uhr morgens war. Kathi neben ihm schlief noch tief und fest, er spürte ihren gleichmäßigen, leisen Atem mehr, als dass er ihn hörte. Er selbst indes war seltsamerweise hellwach.

Obzwar noch fast Nacht, wusste Tom mit Sicherheit, dass er nicht wieder einschlafen würde können. Er schwang sich leise aus dem Bett, ertastete seine Jeans auf dem Boden und Socken, Unterhose und ein T-Shirt im Schrank, schlich sich mit dem Kleiderbündel lautlos hinaus auf den dunklen Flur.

Nachdem er die Schlafzimmertür hinter sich zugezogen hatte, machte er das Licht an und zog sich in der Stille des schlafenden Hauses an. Dann schlüpfte er an der Eingangstür in ein paar Sneakers und griff sich seine Jacke von der Garderobe.

Als er die Haustür aufzog, begrüßte ihn kühle, sommerlich klare Morgenluft. Ihn fröstelte, aber es war kein unangenehmes Gefühl, wie die Kälte die restverschlafene Bettwärme aus ihn blies.

Tom wanderte in der allerersten Ahnung von Morgenlicht am Weltenrand den Sonnenhang hinab, scherte in der abschüssigen Kurve aus dem Dorf aus und bog in den Höhenweg ein, der zwischen den Feldern hindurch zum Waldrand hinaufführte. Oben angelangt, blickte er hinab auf das schlafende Dorf – sein Dorf, sein Oberkreuzbach. Die ein wenig lose in die Talsenke geworfenen Gebäude erinnerten ihn aus der Ferne an eine schlummernde Herde, ein jeder dunkler Würfelumriss geborgen in der schützenden Anwesenheit der anderen. In einem davon am Rand des Dorfs wiederum lag geschützt seine wachsende Familie – Kathi, die ihren ganz eigenen Traum träumen mochte in diesem Moment, in ihr wiederum ihr gemeinsames Kind. Ob es auch träumte? Sich schlafend und für das kommende Leben Kraft tankend seine eigenen Geschichten bereits zusammenreimte auf Grundlage der fremden Stimmen und Geräusche, die es tagtäglich hörte?

Während der erste Streifen Hellblau am Horizont langsam breiter und kräftiger wurde, setzte Tom seinen Weg über den bewaldeten Höhenkamm hinweg fort, bis er irgendwann vor dem Hofeingang des Kathmandus stand.

Er durchquerte den Innenhof und setzte sich auf die Eingangsstufen. Ein feines Rosa hatte sich jetzt ins lichte Blau des nahenden Tages gemischt, eine erste Vorstellung von Sonnenaufgang und Erwachen. Bald schon würden so viele Menschen wieder so vielen unterschiedlichen Tagwerken nachgehen, würden sich ihre Ziele für die helle Zeitspanne im ewigen Wechsel aus hell und dunkel abstecken, würden Punkte auf Listen abhaken, Erfolge und Misserfolge durchschreiten, würden sich freuen, sich ärgern, glücklich sein, sorgenvoll, dankbar, traurig oder einfach nur gleichgültig.

»Ich glaube, das, was jetzt kommt, könnte verdammt geil werden, oder?«, fragte Tom in den restverträumten Dämmerzustand der Welt hinein.

Und Klein-Tom, der auf einmal ganz nah bei ihm saß, antwortete: »Wenn wir alle miteinander unser Bestes geben und ein bisschen Glück haben, dann wirds auf jeden Fall geil.« Er blickte Tom lächelnd an. »Und eines sag ich dir: Trotz allem freu ich mich darauf, auf die Welt zu kommen. Trotz Klimakrise, Kriege, Krankheiten und dem ganzen anderen Scheiß. Trotz all dem, was mir jetzt schon Angst macht, obwohl ich noch gar nicht da bin, freue ich mich darauf «

Warum beginnt eigentlich das meiste, das momentan mein Leben bestimmt, mit einem *K*, fragte Tom sich. Kathi, King und Kathmandu, Kai mit seinem Koriander, Kurkuma und Kardamom, die Kreuzbächer, oben wie unten, Kloetz, Kramer und … *kack* Borstelmann. Hier zu allem Überfluss also noch ein paar *Ks* mehr, um das Spannungsfeld der Abenteuer seines Lebens abzustecken.

Trotzdem sagte er: »Und das zu Recht. Ich freu mich auch jeden Tag aufs Neue drauf. Trotz der ganzen Scheiße.«

»Außerdem muss ja irgendjemand auf dich aufpassen und zukünftig vorm größten Quatsch bewahren«, lachte Klein-Tom.

»Da hast du wohl recht«, schmunzelte Tom.

Kleinschmidt – das war auch so ein K.

»Und weißt du was – auf dich freue ich mich auch.«

»Und ich mich auf dich«, nickte Tom mit einem seltsamen Knödel im Hals. »Auch wenn ich dir beim besten Willen nicht versprechen kann, dass ich immer alles richtig machen werde.«

Woraufhin Klein-Tom seine Mini-Hand in Toms große schob, ihn mit einem warmen Blick bedachte und sagte: »Wird schon gehen, Papa. Mach dir mal keine Sorgen … Und vergiss nicht: Wenn die Summe aller Dinge, auf die man sich freuen kann im Leben, größer ist als die Summe aller Sorgen, die man so mit sich herumschleppt …«

»… dann kann man zurecht behaupten, dass es ein glückliches Leben ist«, beendete Tom den Satz, der wie ein Versprechen zwischen ihnen in der Luft des jungen Tages hing.

Dann betrachteten sie schweigend Hand in Hand den Sonnenaufgang.

Er war spektakulär.

# EPILOG I
# DIE LETZTE SCHLACHT

Zwei weitere Tage des an Ereignissen nicht armen Sommers sollten sich für immer in Toms Erinnerung einprägen.

Der erste war ein strahlend schöner Samstag Anfang Juli. Tom und Kai standen in Neoprenanzügen im kniehohen Wasser der Paar, bereit, ihr Bestes im Kampf um den Sautrog-Meistertitel zu geben. Es war zehn Uhr vormittags und Tom schlug vor Aufregung das Herz bis zum Hals. Gefühlt die gesamte Region war herbeigeeilt, um ihre jeweilige Mannschaft anzufeuern. Kein Meter Flussufer war frei geblieben, die Menschen drängten sich dicht an dicht, reckten die Hälse in die Höhe, um einen Blick auf die Wassersport-Gladiatoren erhaschen zu können. Zehn Teams waren es, die gegeneinander antreten würden.

Vertreter des örtlichen Verkehrsvereins, der das jährliche Rennen veranstaltete, hatten in den vergangenen Tagen die Trainingszeiten der einzelnen Teams gemessen und daraus die Startpositionen abgeleitet. Erstaunt stellte Tom fest, dass Kai und er, obzwar nicht auf einer Spitzenposition, so doch immerhin im Mittelfeld aufgestellt worden waren. Das gab ihm ein wenig Hoffnung, dass sie sich vielleicht nicht völlig blamieren würden. Trainiert hatten sie wahrlich hart genug in den vergangenen Wochen.

Olaf Borstelmann und Jürgen Kramer indes rangierten ganz

vorn auf der Pole-Position, von wo aus sie siegesgewiss die Fäuste in Richtung Menge schüttelten und ihre Fans anheizten.

Vom Ufer her wehte der Geruch von gegrillten Bratwürsten herüber, die Müllerwirt Schorsch im Cateringzelt verkaufte. Viele der Schaulustigen hielten Maßkrüge in den Händen, während die Blaskapelle der Musikschule einen Stimmungsmacher nach dem anderen raushaute. Über den Fluss, der an dieser Stelle etwa fünf Meter breit war, war ein Transparent gespannt worden, das die Startlinie markierte.

Ungeduldig und nervös stapfte Tom von einem Bein aufs andere, während der King ihnen unablässig vom Ufer aus letzte gute Ratschläge über den Lärm der Menge hinweg zuzubrüllen versuchte.

»Denkt daran, ihr müsst im Rhythmus bleiben! Immer im Rhythmus! Und in der zweiten Biegung, vorn beim Strommast, überholt ihr die Grobackerzeller von links. Von links, hört ihr! Beim Wenden kommen der Rudi und der Bernd immer in einen Rechtsdrall. Das ist ihre Achillesferse, das müssen wir ausnutzen. Da habt ihr genug Platz, an ihnen vorbeizuziehen!«

»Du kannst sagen, was du willst, aber als Trainer hängt er sich schon ziemlich ins Zeug!«, rief Tom Kai zu.

»Na, er muss sich ja auch nicht baden schicken lassen von den ganzen Testosteron-Kolossen hier«, rief Kai zurück.

»Nicht so pessimistisch! Wir dürfen unsere Fans nicht enttäuschen!« Grinsend deutete Tom auf eine Stelle am Ufer, wo Kathi, Xaver, Resi, der Unterhofer Hias und noch ein paar andere stolz ein Banner in die Luft hielten, das verkündete: »*Für Oberkreuzbach mit dabei / sind für uns nur Tom und Kai!*« Ein Seitenhieb gegen Olaf Borstelmann, der, seit bekannt geworden war, dass er sich mit Jürgen Kramer aus *Unter*kreuzbach verbrüdert hatte, als Verräter an der Dorfgemeinschaft galt. Doch obwohl Borstelmann das Banner im Vorbeigehen gelesen hatte, schien die Aussage an ihm wie alles Übrige abzuprallen. Er hatte nur geringschätzig gegrinst und war weiterstolziert.

Die Blaskapelle spielte einen letzten Tusch, dann betrat der örtliche Landrat eine improvisierte Bühne – ein Rednerpult auf der Ladefläche eines landwirtschaftlichen Hängers –, die nahe der Startlinie aufgestellt und mit Blumenranken dekoriert worden war.

»Meine lieben Mitbürgerinnen und Mitbürger«, dröhnte er ins pfeifende Mikrophon, »es ist mir eine unvergleichliche Ehre, das diesjährige Wittelsbacher Sautrogrennen eröffnen zu dürfen. Vor mittlerweile annähernd siebzig Jahren das erste Mal veranstaltet, ist das traditionelle Rennen längst ein wichtiger Bestandteil der unvergleichlich reichen Kultur unserer Region. Möge das beste Team den Wittelsbacher Meistertitel erringen. In diesem Sinn … alle Teams jetzt an den Start.«

Tom und Kai schoben unter den wachsamen Augen der Schiedsrichter ihren Trog weiter in den Fluss hinein auf die ihnen zugewiesene Position. Kai stellte sich rechterhand seitlich auf und Tom brachte sich hinter dem Trog in Stellung – so, wie sie es in den vergangenen Wochen wieder und wieder geübt hatten. Solange, bis sie in der Lage waren, ohne Probleme einen Start hinzulegen, der vor den hohen Ansprüchen des Kings bestehen konnte, einen Start, der dem legendären Sieger-Trog und seinen ursprünglichen Besitzern keine Schande machte.

Olaf und Jürgen wurden gut und gern zehn Meter vor Tom und Kai auf Position navigiert, unmittelbar unter dem Startbanner. Zwischen ihnen hatten sich noch vier weitere Teams in Stellung gebracht, schräg versetzt hintereinander.

Mit der Startnummer sechs von zehn hatten Tom und Kai gute Chancen, zumindest einen Mittelfeldplatz zu belegen, auch wenn den übrigen vier Teams hinter ihnen die Kampfeslust in den Augen stand.

»Oberkreuzbach, ihr geht als erstes baden!«, brüllte der Bichlmeyer Waschtl, ein aufgepumpter Fitnessstudio-Junkie, direkt hinter ihnen und taxierte Tom und Kai, als wolle er sie mit bloßen Händen zermalmen.

»Da braucht ihr nichts drauf geben! Hört einfach nicht hin«, schrie der King aufmunternd vom Ufer herab. »Ihr seid vor ihm platziert, das sagt doch schon alles.«

»Bloß, weil ich vom Marathon am Vortag noch ein wenig ausgepowert war, als die Schiedsrichter unsere Zeit gemessen haben«, schrie der Bichlmeyer Waschtl zurück. »Aber heute sind meine Akkus zu hundertfünfzig Prozent aufgeladen, King. Deine Püppchen können einpacken!«

»Ohwehohwehohweh«, jammerte Kai. »Hast du zufällig eine weiße Flagge eingepackt? Nur für den Notfall.«

»Sind alle Teams am Start?«, rief der Landrat auf seiner Behelfsbühne. Nach einem letzten Kontroll-Rundumblick reckte einer der Schiedsrichter den Daumen nach oben – das Rennen konnte losgehen.

»Wolfi, zu mir«, winkte der Landrat einen Böllerschützen in voller bayerischer Vereinsmontur heran. »Auf mein Zeichen!«

Der Schütze lud seinen Vorderlader und brachte ihn gen Himmel in Anschlag.

»Seids bereit?«, brüllte der Landrat und riss die Hände hoch. Die Menge zu beiden Seiten des Flusses begann zu toben, applaudierte, pfiff, skandierte die Namen ihres Teams oder Dorfs.

»Drei!«

Tom packte die hinteren Griffe des Trogs fester, winkelte seine Beine leicht an und spannte die Oberarmmuskeln, damit er im Augenblick des Startschusses sofort nach Kai in den Trog springen konnte.

Komm schon, dachte er. Wir haben das so oft geübt. Da kann gar nichts schiefgehen. Tief durchatmen und konzentriert bleiben.

»Zwei!«

Die Menge rastete jetzt richtig aus. Trachtenhüte wurden in die Luft geworfen, es wurde gewunken und geklatscht, was das Zeug hielt.

Tom sah, wie Kai sich ebenfalls anspannte und in Sprungstellung ging.

»Eins!«

Der Augenblick schien sich ewig hinzuziehen, dann endlich schrie der Landrat »Looooos!« Im selben Moment krachte ohrenbetäubend der Vorderlader des Böllerschützen und Tom sprang mit einer fließenden Bewegung in den Trog, nur einen Sekundenbruchteil, nachdem Kai von der Seite hineingesprungen war.

Eine Schrecksekunde lang dachte Tom, er wäre aus Nervosität einen Moment zu früh gesprungen. Der Sautrog schaukelte gefährlich hin und her, eine Ladung Wasser schwappte über den Rand.

Verdammt, das wars. Sie würden schon an der Startlinie baden gehen – ein Szenario, das Tom in den letzten Wochen regelrechte Albträume beschert hatte, bewahrheitete sich hier und jetzt. Nichts schlimmer, als den Start zu versauen und unter den Schmährufen und mitleidigen Blicken des Publikums den Trog wieder aufrichten und den anderen angeschlagen hinterherschnaufen zu müssen.

Doch dann spürte Tom, dass sich der Trog beruhigte – er kenterte nicht, Kai und er hatten ihr Gleichgewicht gefunden, und Kai begann bereits, das Ruder einzutauchen. Dankbar passte Tom sich Kais Rhythmus an, und sie gewannen schnell an Fahrt.

Eintauchen – durchziehen – nach vorn – eintauchen – durchziehen ––– Der Bewegungsablauf, den sie wochenlang perfektioniert hatten, stellte sich ganz automatisch ein. Nur nicht zu viel Kraft zu Beginn verpulvern, hatte ihnen der King eingebläut. Bleibt im Takt, hebt euch die Reserven für den Endspurt auf. Egal, was passiert, bleibt ruhig und haltet euer Tempo.

Doch schon dröhnte hinter Tom die Stimme vom Bichlmeyer Waschtl: »Macht euch bereit, baden zu gehen, ihr kleinen Püppchen! Fünf Schläge noch, dann bin ich da.«

Tom warf Kings Anweisungen über Bord und verdoppelte seine Anstrengungen. Dabei schrie er: »Schneller Kai, wir

müssen diese Ayeringer Eierköpfe irgendwie abschütteln. Eins –
zwei – eins – zwei – eins ———«, zog er das Tempo immer weiter
an.

»Langsamer, Tom, langsamer, sonst geht uns auf halber Strecke die Luft aus«, rief Kai über die Schulter. »Lass sie einfach
vorbeiziehen.«

»Die wollen nicht vorbeiziehen, die wollen uns versenken«,
rief Tom zurück.

»Tom, Vorsicht!«, schrie Kai auf einmal panisch auf. Tom
riskierte einen alarmierten Blick und sah, dass das Mariahilfer
Team direkt vor ihnen in der ersten Kurve aus dem Gleichgewicht geraten und gekentert war. Ihr Sautrog lag quer im
Wasser und Tom und Kai rasten direkt darauf zu.

»Ausweichmanöver nach links auf drei, Ausweichmanöver
nach links auf drei!«, brüllte Kai. »Eins – zwei – DREI!«

Sie drifteten auf Kommando in eine Linkskurve und bremsten
den Sautrog mit aller Kraft ab. Toms Muskeln, die dadurch aus
dem gewohnten Gleichtakt gebracht wurden, stöhnten schmerz-
erfüllt auf, trotz Adrenalin und Training. Immer näher glitten sie
auf den umgekippten Sautrog zu, der vor ihnen auf dem Fluss
trieb. Seine Insassen hatten sich hinter dem querliegenden Trog
wie hinter einem Schild verschanzt, um von den aufholenden
Verfolgerteams nicht überfahren zu werden.

»Scheiße, das schaffen wir nicht!«, brüllte Tom. Noch zwei
Meter, noch einer – dann glitten sie um Haaresbreite am Bug des
havarierten Trogs vorbei.

Doch zum Jubeln blieb keine Zeit. »Rhythmus!«, schrie Kai von
vorn. Sie hatten aufgrund ihres Ausweichmanövers dramatisch an
Geschwindigkeit eingebüßt, schon hörte Tom das Klatschen der
Ruder und die gerufenen Anweisungen der Nachfolgeteams rasch
näherkommen. »Links – zwei – eins – zwei ———«

In diesem Moment tat es direkt hinter ihnen einen dumpfen
Schlag. Aufschreien, Platschen, noch ein Schlag, Fluchen.

Tom riskierte einen raschen Blick nach hinten. Das vom Bichlmeyer Waschtl kommandierte Team Testosteron hatte nicht rechtzeitig abbremsen können in ihrer blindwütigen Verfolgungsjagd und den gekenterten Trog gerammt. Beim Versuch, sich mit ihren Paddeln von diesem wegzuschieben, waren sie aus dem Gleichgewicht geraten und ebenfalls umgekippt. Da standen sie nun im Wasser und fluchten und jammerten, was das Zeug hielt.

Doch das Allerbeste war, dass die nachfolgenden Teams nun zwei Hindernisse zu überwinden hatten, was sie ordentlich Zeit kosten würde. Schon staute es sich hinter der doppelten Blockade, schon verhakten sich die ersten Paddel, verfingen sich die Griffe der Tröge ineinander.

Tom und Kai indes hatten ihr vorheriges Tempo, ihren gleichgetakteten Rhythmus wiedergefunden und flogen in freier Fahrt flussabwärts dahin.

Noch vier Teams vor ihnen.

Etwa dreißig Meter weiter vorn machte der Fluss eine scharfe Linkskurve. Am rechten Ufer ragte ein Strommast in die Höhe – das war die Stelle, an der sie laut King die besten Chancen hatten, das Grobackerzeller Team von links zu überholen. Doch würden sie den feindlichen Trog rechtzeitig einholen? Auch Tom und Kai waren empfindlich zurückgefallen hinter die vorderen Teams. Team Borstelmann/Kramer war bereits nicht mehr zu sehen, hatte die Linkskurve schon passiert. Das zweitplatzierte Team war ebenfalls schon halb in der Biegung verschwunden, Team drei schickte sich gerade an, in die Kurve zu gehen, nur knapp vor Team Grobackerzell.

Auch Kai hatte die Situation erfasst. »Sprint über zwanzig Meter«, schrie er. »Jetzt!«

Und schon zogen sie ihr Tempo an, bis Toms Muskeln Feuer fingen.

»Noch zehn --- noch fünf ---«

Ich kann nicht mehr, Gnade, hätte Tom am liebsten gerufen. Doch er biss die Zähne zusammen und ignorierte den Schmerz, nun ja, *versuchte* zumindest, ihn so gut es ging zu ignorieren – was, wenn er ehrlich war, nicht allzu gut war. Auf seine Stirn trat der Schweiß.

»Noch drei – zwei –«

Mannen, wenn es hart auf hart kommt, dann klammert euch mental an etwas fest, das euch motiviert, hatte ihnen der King geraten. Visualisiert euch als Sieger und lasst dieses Bild nicht mehr los.

Tom griff nach der Vorstellung, wie sich ihre Verfolger hinter ihnen stauten und nicht wieder aufzuholende Zeit verloren beim Versuch, die Blockade zu überwinden. Und wenn sie selbst durchhielten, wenn sie die Grobackerzeller einholten und tatsächlich links vorbeiziehen konnten, dann hatten sie nur noch drei Teams vor ihnen. Nur noch drei Teams! Das hieß, dass sie nur noch ein einziges weiteres Team hinter sich lassen mussten, um mit auf dem Siegertreppchen zu stehen. Obzwar unter Borstelmann/Kramer, so doch auf dem Treppchen. Das war so viel mehr, als sie sich nach ihren ersten unbeholfenen Trainings hatten erhoffen können.

Der King würde stolz auf sie sein, Kathi auch.

»Ein Meter noch – geschafft!«

Sie ließen sich in ihr ursprüngliches Tempo zurückfallen, was Toms Muskeln ihm durchaus dankten, auch wenn sie weiter jammerten und schimpften, weit schlimmer als vor dem Spurt. Doch immerhin lagen sie tatsächlich erstaunlich nahe hinter den Grobackerzellern jetzt, die etwa fünf Meter vor ihnen das Wendemanöver eingeleitet hatten und die Bedrohung von hinten noch nicht bemerkt hatten.

Wie der King gesagt hatte, schien das Wenden die Achillesferse der Grobackerzeller zu sein – Tom erkannte mit geübtem Blick, dass sie die Kurve unnötig weitläufig in Angriff nahmen, sich zu sehr gegen den Fluss legten und dadurch mehr Tempo als notwendig rausnahmen. Wenn Kai und ihm eine perfekte Kurve gelänge, gleitend und organisch, mit sparsamen Bewegungen exakt zielgerichtet, dann, ja, dann hatten sie eine Chance, erstaunlich mühelos links an Team Grobackerzell vorbeizuziehen.

In gleichmäßigem Tempo verringerten sie den Abstand zum Vorderteam weiter. Dann gab Kai das Kommando. »Kurve – jetzt!«

Team Grobackerzell hatte sie in der Tat bis dahin nicht bemerkt, beide Insassen des Feindestrogs zuckten überrascht auf, als Tom und Kai urplötzlich neben ihnen auftauchten, sich perfekt in die Strömung legten und in wenigen fließenden Paddelzügen an ihnen vorbeizogen.

»Machts gut, ihr Pfeifen!«, rief Kai fröhlich. Dann nahmen sie wieder den Gleichtakt ihrer Trainingsgeschwindigkeit auf.

Noch drei Teams vor ihnen.

Sie hatten mittlerweile ein Viertel, etwa fünfhundert Meter der rund zwei Kilometer langen Gesamtstrecke, hinter sich gebracht. Nun lag das längste, zermürbendste Streckenstück vor ihnen. Auf etwa einem Kilometer hieß es nun, auf gerader Strecke Ausdauer zu zeigen.

Position halten, hatte der King ihnen dazu eingeschärft. Lasst euch nicht zurückwerfen, aber versucht auch keine kraftzehrenden Überholmanöver. Bleibt stur bei eurer Geschwindigkeit, die wir trainiert haben und hebt euch die Überholmanöver für das letzte Stück auf.

Eintauchen – durchziehen – nach vorn – eintauchen – durchziehen ———

Der Schweiß lief Tom nun in Strömen von der Stirn. Der Neoprenanzug klebte an ihm, kratzte und zwickte.

Eintauchen – durchziehen – nach vorn ———

Seine Muskeln liefen heißer und immer heißer. Die Sonne brannte mit aller Kraft herab. Neidisch blickte er zu den

Uferseiten hin, wo es sich viele hundert, wenn nicht gar tausende weitere Schaulustige gemütlich gemacht hatten. Die Ufer fielen hier in sanften, breiten Rasenstreifen zum Fluss hin ab. Viele hatten hier, abseits des Gedränges, das am Start herrschte, ihre Freibaddecken ausgebreitet, hatten Sonnenschirme aufgestellt, hatten Kühltaschen, Liegestühle, ja, hier und da sogar Grills mitgebracht.

Eintauchen – durchziehen – nach vorn – eintauchen – durchziehen – nach vorn ---

Tom schätzte den Abstand zum nächstvorderen Team auf etwa zwanzig, fünfundzwanzig Meter. Wenn ihn nicht alles täuschte, handelte es sich um Team Burgstein, von dem er wenig wusste. Das Gegnerteam war wie sie selbst auch in einen gleichmäßigen, den Abstand zu den führenden Teams haltenden Rhythmus verfallen. Borstelmann/Kramer indes waren mittlerweile uneinholbare fünfzig, sechzig Meter voraus.

Eintauchen – durchziehen – nach vorn ---

Auf einmal schrie einer der beiden Insassen im Vordertrog laut auf. Tom blickte alarmiert hoch und bekam gerade noch mit, wie derjenige vor Schmerz vornüber sackte und mit beiden Beinen seinen Oberschenkel umklammerte. Dabei hatte er vor Schreck sein Paddel ins Wasser fallen lassen. Sein Hintermann musste nun mit seinem verbliebenen Paddel abwechselnd links und rechts eintauchen, um den Kurs halten zu können, während er seinem Vordermann aufgeregt etwas zurief.

Den schien ein Krampf im Schenkel befallen zu haben, wie Tom begriff. Doch obzwar der Schmerz wohl noch anhielt, sprang er bereits aus dem Trog und watete zu seinem Paddel hinüber, dass sich ein paar Meter flussabwärts im Schilf verfangen hatte.

Das wiederum gab Tom und Kai die nötige Zeit, um zu den Gegnern aufzuschließen. Manchmal muss man auch einfach mal Glück haben, wie Tom dachte. Das Siegertreppchen rückte immer näher

Derjenige, der ins Wasser gesprungen war, sah Tom und Kai herangleiten, erstarrte einen Moment in der Bewegung, schien dann zu einem Entschluss zu gelangen und watete direkt auf sie zu.

Eine Sekunde lang fragte Tom sich, was er wohl vorhatte. Dann bemerkte er das garstige Grinsen in den Augen des Gegners und begriff, dass dieser nichts anderes vorhaben konnte, als ihren Trog zu packen und zum Kentern zu bringen, um sie auszubremsen. Das war zwar ganz und gar regelwidrig, doch die Schiedsrichter mochten sonst wo sein, konnten ihre Augen nicht überall haben. Von den Ufern kam wütendes Pfeifen und Rufen, doch davon ließ sich der verdammte Burgsteiner nicht beeindrucken, der nun auf einen Meter herangekommen war und seine Hände schon nach ihrem Trog ausgestreckt hatte. Er versuchte, die Seitenwand ihres Trogs zu packen, just als Tom und Kai an ihm vorbeiglitten, und – »Auuu!« Kai hatte ihm mit Schmackes mit seinem Paddel eins auf die Pfoten gegeben.

»So nicht, du Penner!«, schrie Kai verärgert, dann waren sie auch schon, begleitet vom Jubel der Zuschauer, an dem Burgsteiner vorbei, der sich mit jammervoller Miene die schmerzende Hand rieb. Damit war für Team Burgstein das Rennen vermutlich gelaufen.

Nur noch zwei Teams vor ihnen.

Die nächste halbe Stunde kämpften Tom und Kai sich in ihrem über Wochen verinnerlichten Tempo qualvolle Meter um Meter voran. Jetzt war pure Kondition gefragt.

Eintauchen – durchziehen – nach vorn ---

Toms Hände brannten, als hielte er anstelle eines Paddels eine glühende Eisenstange in Händen. Heute Abend würden sie überall mit Blasen übersät sein. Er wusste, dass ihn selbst auch jeden Moment ein Krampf befallen konnte, egal, wie viel er zwischendurch aus der mitgeführten Sportflasche trank. Der Schweiß lief ihm jetzt in wahren Sturzbächen übers Gesicht und brannte in seinen Augen.

Eintauchen – durchziehen – nach vorn ---

Schließlich erreichten sie die ersten Ausläufer der Kreisstadt. Jetzt hatten sie den allergrößten Teil der Rennstrecke hinter sich gebracht, gleich begann der alles entscheidende Endspurt.

Die Ziellinie befand sich bei einer Brücke nur noch etwa vierhundert Meter weiter.

Tom riskierte einen Blick und sah, dass sie ein gutes Stück der Distanz zu den vorderen zwei Teams aufgeholt hatten. Die erbarmungslos harte Schule des Kings war nicht vergebens gewesen. Doch die Gegner würden sich im Endkampf keine Blöße geben und ebenfalls ihre letzten Kraftreserven mobilisieren. Ohne ein mittelgroßes Wunder würden sie Borstelmann/Kramer, die immer noch etwa vierzig Meter voraus in Führung lagen, nicht einholen können.

Das letzte Team, das sich noch zwischen ihnen und ihren Urpeinigern Olaf und Jürgen befand, war das Zweiergespann aus Traunfels, zwei achtzehnjährige Jungspunde, die Tom schon seit dem ersten morgendlichen Aufeinandertreffen am Start auf die Nüsse gegangen waren, weil sie sich abfällig und siegessicher über die »Rentner-Teams« geäußert hatten, die mit ihnen ins Rennen gingen – die »vierzigjährigen Opas«, die doch von vornherein keine Chance gegen sie hatten. Dabei war Tom doch noch lange nicht vierzig! Bis dahin hatte er noch zwei ganze Jahre!

Er umgriff sein Paddel fester mit den Händen. Jetzt ging es um alles oder nichts. Die nächsten Minuten würden über die Platzierung auf dem Siegertreppchen entscheiden.

Etwa fünfzig Meter vor ihnen teilte sich der Fluss und umrahmte eine schmale, ungefähr zehn Meter lange Insel, die länglich wie ein Keil im Strom lag. Der King hatte ihnen eingeschärft, die Insel rechts zu umrunden, da hier der Hauptstrom floss und die Strömung entsprechend stärker war. Ein hauchdünner Vorteil, auf den sie dennoch nicht verzichten wollten.

Auch Borstelmann und Jürgen schienen sich dessen bewusst zu sein und brachten ihren Trog in einer geschmeidigen

Rechtsschleife in Stellung. Die Traunfelser, die sich bis dahin unmittelbar hinter Borstelmann/Kramer im Wind-, oder vermutlich musste man es nautisch korrekt eher Wasserschatten nennen, vielleicht auch Fahrwasser, gehalten hatten, scherten zu Toms großer Überraschung auf einmal nach links aus, um die Insel von der anderen Seite her zu umrunden. Der vorderste Trog bekam von diesem Manöver nichts mit.

Warum taten sie das, fragte Tom sich, als sie sich bereits anschickten, wie Borstelmann/Kramer auch in den rechten Flussarm einzuscheren.

Kaum lag die Insel wie ein Sichtschutz zwischen den beiden Vorderteams, verdoppelten die Traunfelser wie auf ein einstudiertes Kommando hin ihre Anstrengungen und legten einen gewaltigen Zahn zu. Und auf einmal wusste Tom, was sie vorhatten, konnte es regelrecht vor seinem geistigen Auge sehen.

»Nach links«, rief er Kai aufgeregt zu.

»Nichts … da … wir … kommen … aus dem … Rhythmus«, ächzte Kai zurück.

»Vertrau … mir! … Bitte … Jetzt!«

Das Rufen verschlimmerte Toms Seitenstechen. Schmerzhafte Elektroschocker-Stiche, die ihm in den Körper fuhren. Doch das musste er ignorieren, durfte nicht nachlassen und vor allem nicht nachgeben jetzt. Denn wenn er recht hatte, wenn er richtig lag mit seinem Verdacht, dann tat sich hier und jetzt mit etwas Glück eine obzwar verschwindend geringe, nichtsdestotrotz aber eine tatsächliche Chance auf, das Rennen doch noch zu gewinnen.

»Wir … müssen … zu … den … Traunfelsern … aufschließen«, keuchte er mit höchster Anstrengung. »Komm! Schneller! Eins --- zwei --- eins ---«

Kai hatte offenbar beschlossen, ihm zu vertrauen und lenkte in die Linkskurve, passte sich der erhöhten Schlagzahl von Toms Kommando an.

Eintauchen – durchziehen – nach vorn – – –

Eintauchen, durchziehen, nach vorn – – –

Eintauchendurchziehennachvorn – – –

Bei jeder Bewegung war es, als boxe ein unsichtbares Schwergewicht Tom in den Bauch. Ihm wurde schwindlig vor Sauerstoffmangel, weiße Pünktchen tanzten in irren Strudeln vor seinen Augen. Die angespannten Oberschenkel, die die ganze letzte halbe Stunde schon gegen ihre Misshandlung protestiert hatten, brannten, als müsse es sie jeden Moment zerreißen.

Jetzt hatten Borstelmann/Kramer, die die Traunsteiner unverändert hinter sich im Fahrwasser wähnten, die Insel zur Hälfte umrundet, jetzt zu drei Vierteln.

Auf der linken Seite, von der mit Schilf und Gestrüpp bewachsenen Insel abgeschirmt, lagen die Traunfelser mittlerweile eine ganze Sautrog-Länge vor ihren direkten Gegnern.

Das würde für Team Borstelmann/Kramer gleich ein böses Erwachen geben, dachte Tom.

Wenn er mit seinem Verdacht richtig lag.

Und das tat er.

Beide Teams hatten nun das spitze Ende der Insel erreicht, und die Traunfelser legten sich knapp vor Borstelmann/Kramer in die wiedervereinte Strömung. Tom und Kai lagen knapp fünf Meter hinter den beiden Teams.

Hätten sich die Traunfelser damit begnügt, einfach nur an ihren direkten Gegnern vorbeizuziehen, hätten Tom und Kai keine Chance gehabt und hätten unverändert als Dritte die Ziellinie überquert. Doch das reichte den kleinen Angebern zum Glück nicht. Tom hatte auf ihren jugendlichen Übermut gesetzt und wurde nicht enttäuscht. Die Traunfelser wollten nicht nur gewinnen, sie wollten den Favoriten vorher noch so richtig vorführen und demütigen.

Deshalb legten sie ihren Trog beinahe quer vor Borstelmann/Kramer in die Strömung und stießen auf Kommando mit ihren

Paddeln gegen den Trog der völlig verblüfften Gegner.

Einen Moment schien es so, als würden beide Tröge kentern, doch die Traunfelser hatten das Manöver sicherlich wieder und wieder einstudiert, und Borstelmann und Jürgen wiederum waren geistesgegenwärtig genug, ihr Gleichgewicht rechtzeitig wiederzufinden, sodass beide Tröge nach einigen turbulenten Sekunden wieder sicher im Wasser lagen. Doch das störte die Traunfelser nicht im Geringsten. Ganz im Gegenteil – sie lagen jetzt so in der Strömung, dass sie sich mit ihren Paddeln nach vorn abstoßen, Borstelmann/Kramer zugleich aber gegen die Strömung auf Distanz drücken konnten.

Beinahe wäre diese Sprungbrett-Taktik aufgegangen, was den Traunfelsern wohl einen Vorteil von weiteren zwei, drei Metern verschafft hätte – genug Spielraum, um lässig die letzten fünfzig Meter als Erste zum Ziel zurückzulegen –, doch dann warf Borstelmann sich mit einem wütenden Aufschrei mit ausgestrecktem Paddel nach vorn und verhakte es in die Seitenwand des Traunfelser Trogs. Wie mit einem Enterhaken zog er die Gegner mit dem Paddel an den eigenen Trog heran. Nun lagen sie Seite an Seite.

Borstelmann hielt den feindlichen Trog unerbittlich eingehakt, während die Traunfelser und Jürgen Kramer sich gegenseitig mit den Paddeln einen erstklassigen Schwertkampf lieferten, sich die Schaufeln ein ums andere Mal unerbittlich um die Ohren hauten.

Das war der Moment, in dem Tom und Kai ungehindert an beiden Kontrahenten vorbeizogen.

Hätten sie wie geplant den rechten Seitenarm im Fahrwasser von Borstelmann/Kramer gewählt, wären sie unweigerlich mit in das Gefecht hineingezogen worden; so aber hatten sie ausreichend Raum, um unbemerkt an den kämpfenden Trog-Besatzungen vorbeizufahren.

Doch halt! Ganz unbemerkt leider nicht. Schon brüllte Jürgen seinem Kompagnon eine Warnung zu. Einen Sekundenbruchteil später sah Tom aus den Augenwinkeln, wie Borstelmann sein Paddel vom gegnerischen Trogrand zurückzog, mit dem Stiel ausholte und ihn dem Traunfelser Hintermann schmerzhaft in den Bauch rammte, sodass dieser hintüber aus dem Trog fiel.

Das Publikum, das hier in Nähe der Ziellinie wieder dicht an dicht gedrängt stand, begann zu pfeifen und zu buhen.

Nun holte auch Jürgen Kramer mit seinem Paddel aus und schlug damit dem anderen Kontrahenten seines aus der Hand, das daraufhin im Wasser landete. Sofort darauf nahmen Borstelmann und Jürgen wieder ihre Fahrposition ein und begannen in schier unmenschlichem Tempo die Verfolgung aufzunehmen.

Noch waren es vierzig Meter bis zum Ziel, noch dreißig. Tom fühlte eine irre Euphorie in sich aufwallen, die vorübergehend alle Schmerzen und die völlige Erschöpfung verdrängte, als er die jubelnden Menschenmassen auf der mit Blumenranken, Ballons und Fahnen dekorierten steinernen Brücke vor sich aufragen sah. Sogar ein lokaler Fernsehsender war mit zwei Kameras vor Ort. Ein Bataillon Böllerschützen stand auch schon bereit sowie der örtliche Bürgermeister, flankiert von zwei jugendlichen Grazien in Dirndln, die einen gewaltigen Pokal in Händen hielten. Und da war auch Xaver, der gute alte Rentier-Xaver, der in heller Aufregung winkte und schrie und in die Luft hüpfte.

Doch schon schoss rechts von Tom und Kai das verdammte Team Killerkommando heran, unverwüstlich wie der Terminator auf seiner Jagd nach Sarah Connors Leben.

»GIB … ALLES!«, brüllte Tom und Kai brüllte irgendetwas zurück, das er nicht verstand, so laut rauschte das Blut in seinem Kopf. Ihm war, als müsse er jeden Moment ohnmächtig werden. Doch darauf durfte, darauf konnte er jetzt keine Rücksicht nehmen. Wieder dachte er an Borstelmanns höhnisch überhebliche Blicke, an all die dummen Kommentare, die er sich im Laufe der Zeit hatte anhören müssen, dachte an Jürgens vorgetäuschte Empathie, seine schleimige Art. Dann dachte er an Götz Kloetz, den lauten, widerwärtigen Übermenschen, und voller Wut erhöhte er seine Schlagzahl tatsächlich noch ein Stückchen weiter.

Eintauchendurchziehennachvorneintauchendurchziehennachvorneintauchendurchziehennachvorn …

Nichtsdestotrotz arbeiteten sich die Verfolger Zentimeter um Zentimeter unerbittlich weiter an sie heran. Schon lagen sie nur noch eine Sautrog-Länge hinter Tom und Kai.

Noch zehn Meter bis zum Ziel, noch neun, acht, sieben.

Borstelmann und Jürgen waren jetzt bis auf eine halbe Trog-Länge herangeprescht und verringerten den Abstand mit jeder Sekunde weiter.

In Toms Lungen begann sich ein Schrei den Weg nach draußen zu bahnen, angefacht von brennendem Schmerz.

Noch fünf Meter bis zum Ziel, noch vier.

Nun lagen beide Tröge gleichauf, schossen Bug an Bug durchs Wasser.

Und dann, mit einem allerletzten Aufbäumen, mit einem gewaltigen Urbrüllen, zog Tom ein letztes Mal das Paddel durchs Wasser und legte all seine Wut, seinen angestauten Frust hinein. Denn hier und heute, dachte ein noch irgendwie halbwegs durchbluteter, funktionierender Teil seines Verstands, würde er nicht zulassen, dass Menschen wie Borstelmann oder Kramer den Sieg errangen. Das hier war Punk, und den würden die beiden Kontrahenten hier und heute volle Mütze auf die Zwölf bekommen.

Er war schließlich der verdammte Unterwassermüllmann.

Mit zehn Zentimetern Vorsprung durchschnitt der Bug ihres Trogs das Band über der Ziellinie und ein gewaltiger Jubel brach über Tom herein.

Sie hatten es geschafft, hatten es, allen Widrigkeiten zum Trotz – geschafft. Sie hatten gewonnen.

Dann wurde ihm schwarz vor Augen.

»Tom! Hörst du mich?! Tom!«

Zu all dem Schmerz in seinem lädierten Körper gesellte sich ein weiterer, als irgendjemand Tom eine ordentliche Ohrfeige gab.

»Geh mal zur Seite, ich mach das.« Eine andere Stimme. Kais Stimme.

Wer sollte wohin gehen, fragte Tom sich. Und warum schlug man ihn? Hatte er nicht bereits genug gelitten? Dabei wollte er doch nur ausruhen, nur einen kurzen Moment lang ausruhen. War das denn zu viel --- »Aaah!« Ein Schwall Wasser klatschte ihm ins Gesicht.

Tom öffnete blinzelnd die Augen. Er lag, am ganzen Körper zitternd, im Sautrog, während von links Kai und von rechts Xaver über ihm im Gegenlicht aufragten und besorgt auf ihn herabblickten.

»Er kommt zu sich!« Kai stieß erleichtert die Luft aus. Dann fing er an zu grinsen. »Sorry für die Dusche, Alter, aber zum Schlafen ist jetzt keine Zeit.«

»Ich … wir …« Tom versuchte, seine Gedanken mit der Umgebung und den letzten Ereignissen, an die er sich vor seinem Blackout erinnern konnte, zu synchronisieren.

»Ja, wir haben gewonnen! Wir haben tatsächlich gewonnen – um Haaresbreite zwar nur, aber wir haben es diesen verdammten Typen gezeigt!« Jetzt strahlte Kai übers ganze Gesicht und auch Tom merkte, wie er zu grinsen anfing. »Wir haben tatsächlich gewonnen«, flüsterte er mit heiserer Stimme.

»Tom!« Es war Xaver, der Kai unsanft zur Seite schob und sich über Tom beugte. Er schien aufgeregt. »Du musst sofort mitkommen, hörst du? Kannst du allein aufstehen?«

»Xaver, wir haben gewonnen!« Tom fing an zu lachen.

»Ich weiß, aber jetzt musst du mir zuhören! Es geht um Kathi!«

»Was ist mit ihr?«, fragte Tom, den Xavers Dringlichkeit auf einmal beunruhigte.

»Die Wehen haben eingesetzt, kurz nachdem der Startschuss gefallen ist. Resi ist mit ihr schon auf dem Weg ins Krankenhaus. Komm mit, wir bringen dich hin!«

»Wie – *jetzt?* Aber … aber …« Noch während Tom sich bemühte, das eben Gehörte zu verdauen, packten Kai und Xaver ihn links und rechts unter den Armen und halfen ihm aus dem Trog. Halb zogen, halb schoben sie ihn durch das hüfthohe Wasser in Richtung Ufer.

»Was ist mit der Siegerehrung?«, rief Tom, der noch immer nicht in der Lage war, die Situation zur Gänze zu erfassen. »Was ist mit der Feier?«

»Es hat sich ausgefeiert für heute, mein Lieber«, lachte Xaver und schob ihn durch die Menge. »Darum wird Kai sich allein kümmern müssen. Du hast heute noch eine wichtigere Verpflichtung – du wirst heute nämlich Vater.«

»Äh … heute? Echt?« Ganz langsam sickerte die Tragweite der neuerlichen Umstände zu ihm durch. Ein Panik-Knödel quoll in seinem Magen auf, wurde rapide größer und raubte ihm Stimme und Atem. »Das … oh Gott!«

Xaver und Kai hatten ihn durch die Menge hindurch in eine Seitenstraße bugsiert und Tom rutschte vor Schreck das Herz in die Hose. Schnauzer und Bohnenstange, die beiden Polizisten, lehnten lässig an ihrem am Randstein geparkten Streifenwagen und grinsten ihn an.

»Sieh an, da ist ja der Delinquent!«, rief Schnauzer ihm entgegen. »Meint, er kann sich durch Ohnmacht vor der Vaterschaft drücken, oder was? Xaver, pack den Lumpen nur hinten rein, den chauffieren wir jetzt mit Blaulicht in den Kreißsaal!«

»Wie? … was?«

»Ja mei, Tom, die Resi hat doch unser Auto genommen, um die Kathi ins Krankenhaus zu bringen. Aber zum Glück haben der Bertl und sein Kollege sich bereit erklärt, dich angesichts der besonderen Umstände zu befördern. Und jetzt rein mit dir!«

Xaver schob erst Tom auf die Rücksitzbank des Polizeiwagens,
dann sich selbst.

Eine Sekunde später jagten sie mit Blaulicht durch die Gasse.

# EPILOG II
# NOCHMAL KATHMANDU

»… und zwanzig Minuten später halten wir mit quietschenden Reifen vor der Notaufnahme. Ich musste den Tom regelrecht aus dem Wagen ziehen, so geschlottert hat er vor Aufregung und überhaupt. Und dann nichts wie rein mit ihm und der ersten Krankenschwester, die mir über den Weg gelaufen ist, in die Arme geschoben. Da, schauens her, hab ich gesagt, bringens den schnell zu seiner Frau in den Kreißsaal. Kleinschmidt, so ist sein Name. Weil, ich hab ihn ja nicht selber hinbringen können, gell? Ja, so war das«, beendete Xaver seinen Bericht. Er nickte zufrieden in die Runde und prostete reihum allen zu.

Tom, Walter, Jochen und die beiden Stefans prosteten zurück, die Freunde unter großem Gelächter, Tom, der die Geschichte schon bestimmt zehnmal gehört hatte, gequält lächelnd.

»Normal geht bei dir echt nicht, oder?«, fragte Walter stolz und hieb Tom seine Pranke auf die Schulter.

»Ich geb mir allergrößte Mühe«, seufzte Tom. »Das hab ich auch der Kathi versprochen. Und wer weiß – vielleicht klappts auch irgendwann.«

Es war ein strahlender Spätsommernachmittag Ende September. Sie saßen unter den Linden des Kathmandus im Biergarten, tranken frisch gebrautes Weißbier und freuten sich schon auf den Ochsen, der unter den achtsamen Augen von Müllerwirt

Schorsch am Spieß über der Glut briet und dessen Duft ihnen das Wasser in den Mund trieb.

»Wie schön sich am Ende doch alles gefügt hat«, sagte Tom, und auch das wurde nicht zum ersten Mal gesagt in den letzten Wochen.

»Ja, ein wahres Glück für euch und euer Dorf, dass der Schorsch es ohne Oberkreuzbach nicht ausgehalten hat und sich entschieden hat, das Kathmandu zu bewirten«, nickte Stefan Eins. »Seine alte Wirtschaft wurde jetzt also wirklich abgerissen?«

»Ja, leider«, nickte Xaver. »Da war nichts mehr zu machen – die Verträge waren unterschrieben und die Aufträge erteilt.«

»Aber dann haben der Kai, ich, der Schorsch und der Stallhuber Erwin uns zusammengesetzt und uns gemeinsam darauf geeinigt, was das Beste für alle ist – und fürs Kathmandu«, ergänzte Tom. »Der Kai ist Eigentümer, Schorsch schmeißt die Wirtschaft und Brauerei, und ich kümmere mich vorerst in Teilzeit um die Organisation der Events im Stadel.«

»Dem Kai gehört jetzt also tatsächlich das ganze Anwesen hier?«, fragte Jochen und blickte sich ehrfürchtig um.

»Jep, so siehts aus«, meinte Tom und Xaver ergänzte: »Aber mit dem Betrieb hat er nichts zu tun. Der hat das Kathmandu komplett an den Schorsch zu einem guten Preis verpachtet, damit der den Laden schmeißt.«

»Zum Glück für alle«, lachte Stefan Zwei.

»Der Kai ist echt ein Glückspilz«, schüttelte Jochen bewundernd und mit einer leisen Spur Neid den Kopf. »Der wohnt jetzt über seiner eigenen Brauerei und bekommt noch Geld dafür.«

»Aber nur, bis die schicken, modernen Mehrparteienhäuser unten im Dorf auf dem ehemaligen Müllerwirtgelände fertiggebaut sind. Da hat sich der Kai … da haben sich *die beiden* bereits eine Penthouse-Wohnung reservieren lassen«, erklärte Tom.

»Die *beiden*?«, fragte Walter mit hochgezogenen Augenbrauen. »Sind wir also schon *so* weit? Wer hätte das bei unserem Kai gedacht!«

»Wahrlich, es geschehen noch Zeichen und Wunder«, lachte Stefan Eins kopfschüttelnd. »Der Kai bindet sich und wird sesshaft in Oberkreuzbach. Tom, die Geschichte wiederholt sich.«

»Tja, wo die Liebe hinfällt …«, schmunzelte Xaver.

»Hört, hört!« Auch nach fast drei Monaten fiel es Tom immer noch schwer, sich an die Vorstellung zu gewöhnen, dass Kai und Beate, ausgerechnet Beate, ein Paar waren – und was für ein augenscheinlich hochverliebtes noch dazu! »Da schickt man Kai einmal an seiner statt zum Geburtsvorbereitungskurs, weil man krank ist, und dann kommt sowas dabei heraus!«

Kai hatte Tom einige Wochen zuvor gestanden, dass er Beate ein paar Tage, nachdem er sie im Kurs kennengelernt hatte, angerufen und um ein Date gebeten hatte. An jenem Samstag, als Tom und Kathi ihre Möbelhaus-Tour unternommen hatten, hatten sich Kai und Beate getroffen und einander näher kennengelernt.

Während sich ihre Beziehung vertiefte und rapide ernsthaftere Züge annahm, war es der resoluten und pragmatisch veranlagten Beate gelungen, Kai von seinem Vorhaben, das Kathmandu selbst zu bewirten, abzubringen und somit eine ihrer Meinung nach unausweichliche Katastrophe zu verhindern. Kai, verliebt, wie er erstaunlicherweise war, hatte sich überzeugen lassen, dass es für alle das Beste wäre, wenn ein erfahrener Gastronom sich der Sache annahm und er selbst sich künftig wieder einem Job widmete, den er beherrschte und gelernt hatte.

Als er Tom die neuen Umstände gebeichtet hatte, war dieser, wenn er ehrlich war, nicht *völlig* unglücklich über die jüngste Entwicklung gewesen. Die Organisation der Events traute er sich zu, ohne deswegen schlaflose Nächte befürchten zu müssen. Das ließ ihm genug Spielraum, sich um seine jüngst auf drei Personen angewachsene Familie zu kümmern und sich langfristig – wie Kathi Beate hatte zustimmen müssen – ebenfalls wieder um eine Arbeit zu bemühen, die er beherrschte. Fehlte nur noch ein erfahrener Gastronom, der sich um das eigentliche Kathmandu kümmerte.

Dieser indes war mit Müllerwirt Schorsch schnell gefunden, der seinen Entschluss, das Wirtsleben und Oberkreuzbach hinter sich zu lassen, mehr und mehr bitterlich bereut hatte. Und so hatte sich am Ende tatsächlich alles recht schön gefügt.

»Es wundert mich nur, dass dieser furchtbare Borstelmann überhaupt bereit war, Kai eine der Wohnungen zu überlassen«, sagte Stefan Eins fragend.

»Ach geh, der hat doch mit dem ganzen Bauprojekt gar nichts mehr zu tun«, winkte Xaver ab. »Der ist doch ganz kleinlaut über Nacht aus Oberkreuzbach verschwunden, ist still und leise mit seiner Familie aus- und sonst wo hingezogen.«

»Dem war das nicht mehr ganz geheuer hier zu guter Letzt«, lachte Tom. »Von wegen der osteuropäischen Schmugglerbanden, die hier ihr Unwesen treiben. Von der Schmach, die wir ihm und dem Kramer Jürgen beim Sautrogrennen angetan haben, ganz zu schweigen.«

»Ein bisschen sauer sind wir ja schon auf euch, dass ihr uns nicht Bescheid gegeben habt«, grummelte Walter. »Wir hätten zu gern miterlebt, wie ihr euch zu sportlichen Höchstleistungen aufschwingt, um eure Erzfeinde zu besiegen und die Ehre eures Dorfs zu verteidigen.«

»Tut mir leid«, erwiderte Tom zerknirscht. »Wir waren doch überzeugt, dass wir da in eine riesige Blamage reinschlittern und im wahrsten Sinne des Wortes baden gehen beim Rennen. Wir wollten nicht, dass ihr unnötig Zeuge unserer peinlichen Niederlage werdet.«

»Trotzdem, das nächste Mal gebt ihr Bescheid, ja?«, insistierte Walter.

»Welches nächste Mal?«, fragte Tom, den bei der Erinnerung an den furchtbaren Muskelkater, mit dem er die Woche nach dem Sautrogrennen zu kämpfen hatte, schauderte. »Das war eine einmalige Angelegenheit, das kannst du mir glauben.«

»Na, wenn du das sagst«, schmunzelte Stefan Eins und zwinkerte Walter vergnügt zu.

»Und der Kramer Jürgen?«, fragte Stefan Zwei. »Wie steht der zu euch nach allem?«

»Ach, der ist ebenfalls ganz handzahm geworden nach seiner Niederlage«, winkte Tom ab. »Grüßt recht freundlich, wenn man sich auf der Straße begegnet, und macht ansonsten einen großen Bogen um uns.«

»Ihr seid unglaublich«, schüttelte Walter den Kopf. »Ob unglaubliche Trottel mit unverschämt viel Glück oder aber auf ganz verquere, trottelige Art und Weise doch irgendwie genial, das weiß ich nicht zu beurteilen.«

»Von allem etwas, denk ich mal«, grinste Tom. »Verquere, trottelig geniale Typen, die das Glück hatten, den Sommer ihres Lebens zu feiern – so wie es sich für echte Unterwassermüllmänner eben gehört.«

Worauf alle miteinander anstießen.

Denn irgendwie, dachte Tom, war es am Ende dann doch noch der Sommer seines Lebens geworden. Unverhofft und überhaupt. Eine weitere Etappe auf dem großen Roadtrip des Lebens. Und was für eine! Mit allem, was so dazugehörte – mühsame Steigungen und schlingernde Schussfahrten bergab. Ungeplante Pannen und notwendige Zwischenstopps am Wegesrand inklusive. Und ja, auch die ein oder andere falsche Abzweigung hatte Tom dabei in Kauf nehmen müssen. Damit musste man zwangsläufig immer rechnen. Wichtig war am Ende nur, dass man den richtigen Weg wiederfand. Falls es den überhaupt gab. Denn letztlich konnte man sich zwar Ziele stecken und Routen dorthin überlegen, doch was einem dann auf seinem Weg noch so alles begegnete, das ließ sich wohl schwerlich voraussehen oder planen. Genauso wenig wie die Gewissheit, ob das Ziel, wenn man denn erstmal da war, überhaupt den gehegten Erwartungen entsprach.

Wobei das Allerwichtigste vielleicht ohnehin nicht das Ziel an sich war, sondern die Zuversicht, immer ein paar Freunde an seiner Seite zu haben, die einem halfen, den Reifen zu wechseln, wenn man mit einem Platten am Wegesrand gestrandet war. Und ein gesundes Ursuppen-Niveau! Das musste man auch im Blick behalten. Doch zum Glück war Toms Ursuppen-Tank im Moment ohnehin bis auf Anschlag aufgefüllt. Denn das Ziel dieser, seiner Lebensetappe erfüllte nicht nur, sondern übertraf die zuvor gehegten Erwartungen sogar noch um ein Vielfaches, da konnte man sagen, was man wollte.

Und da kamen sie auch schon über den Kiesweg auf sie zu: Kai, Hand in Hand mit Beate, daneben Kathi, den Kinderwagen mit Toms und ihrem ganz und gar wunderbaren kleinen Sohn vor sich herschiebend. Winkend, lachend, glücklich.

»Und jetzt?«, fragte Stefan Zwei. »Was gedenkt Tom Kleinschmidt denn nun mit dem Rest seines Lebens anzufangen, wenn seine selbstgewählte Elternzeit vorüber ist? Denn von Event-Organisation im Kathmandu-Stadel in Teilzeit wird er wohl nicht ewig leben können.«

»Da wird der Tom Kleinschmidt doch bestimmt schon längst wieder einen neuen Plan haben«, grinste Walter.

»Alles andere wäre auch zu enttäuschend«, lachte Stefan Eins.

»Bassisten haben immer einen Plan, stimmts?«, fragte Jochen, der immer noch hoffte, bei dem anstehenden *Biedermeiers Blutgericht*-Konzert im Stadel des Kathmandus in ein paar Wochen doch wieder Keyboard spielen und den Bass zurück an Tom abtreten zu dürfen.

»Na klar hab ich einen Plan«, grinste Tom und trank den letzten Schluck aus dem schon wieder leeren Bierglas. »Doch das, meine lieben Freunde, ist eine andere Geschichte.«

(NOCH NICHT DAS)
ENDE

# DANK & MEHR

Mein Dank gilt zuallererst einmal wieder meiner wunderbaren Frau Anna, die Herz, Verstand und Motor unserer mittlerweile fünfköpfigen Familie ist. Es ist unglaublich, wie es ihr gelingt, mir zwischen all dem Chaos, das drei kleine Kinder und der Alltag an sich so verursachen, genug Freiraum zu verschaffen (und zuzugestehen), um meine Bücher zu schreiben.

Vermutlich sollte ich mich an dieser Stelle auch bei meinen zwei älteren Kids bedanken, die mir beim Schreiben »helfen«, indem sie meine Manuskriptseiten neu sortieren, wenn ich einmal nicht aufpasse, und mit ihren Zeichnungen übermalen, damit sie »noch schöner« werden.

Ein riesengroßes Dankeschön allen, die mich unterstützt haben, meinen Erstling »Heldenschlussverkauf« hinaus in die Welt zu tragen und das Buch einem größeren Publikum bekannt zu machen. Einen wesentlichen Anteil daran hatte (und hat immer noch) unter anderem Franz Breitsameter, der mir als großartiger musikkabarettistischer Begleiter, erzählerische Zweitstimme und mittlerweile guter Freund zuallererst den Mut und das Selbstvertrauen gab, meine ersten Lesungen abzuhalten. Deine Interpretation des Rentier-Xavers ist der Hammer!

Auch Heidrun Budke, Bill, Ursl und Jörg von *Paula Plays Pretty*, Rainer Knauer (Wirt und Seele des *Canada*, das als einzigartiger Mix aus Kleinbrauerei samt Stüberl, Biergarten und Kleinkunstbühne gedanklich Pate stand fürs *Kathmandu*), Jana Gerstmair, Franz-Josef Mayr, Nayra Weber, Manuela Hoffmann vom Theater Drehleier, Thomas Weinmüller, Kristina Märtl und das gesamte Team der Marktbücherei Pöttmes, Ulla Müller von *Bayern 1* und viele mehr haben ihren Teil dazu beigetragen. Danke!

Besonders hervorheben möchte ich auch Manfred »Manni« Fritsch, der dem fiktiven Song »Sturmherz« durch seine Musik erst wirklich Leben eingehaucht hat. Die Jungs von *Biedermeiers Blutgericht* verneigen sich vor dir und erklären dich hiermit zum Bandmitglied ehrenhalber!

*Last but not least* gilt mein Dank allen, die mir mit ihrem Zuspruch Mut gemacht haben, mich an ein weiteres Buch zu wagen. Ihre Namen hier alle aufzuzählen würde den Rahmen sprengen. Ihr seid spitze, jeder einzelne von euch. Danke!

Wo immer es für die Geschichte zweckdienlich oder notwendig war, habe ich mir wieder einige Freiheiten herausgenommen, insbesondere die Topografie und Kultur des Wittelsbacher Lands betreffend. So gibt es beispielsweise kein »Wittelsbacher Sautrogrennen« in der dargestellten Form, was ich persönlich sehr schade finde. Auch findet man kaum noch Kühe mit Hörnern auf der Weide.

Ich habe mich zur Recherche für dieses Buch durch so manchen Schwangerschafts-Ratgeber geackert. Wenn ich einige der darin beschriebenen Übungen wie die Techniken der Zukunftsprogression oder der positiven Affirmationen für meine satirischen Zwecke missbraucht habe, so nicht, um mich etwa darüber oder gar über all die Frauen lustig zu machen, denen diese Übungen eine mentale Unterstützung in unglaublich herausfordernden Zeiten bieten. Was Frauen während einer Schwangerschaft

346

durchleben (müssen), kann selbstverständlich kein Mann auch nur erahnen. Auch vor dem Berufsstand der Hebammen habe ich allergrößten Respekt.

Und als jemand, der sich selbst immer wieder von der ayurvedischen Küche inspirieren lässt, habe ich nicht weniger großen Respekt vor all den Menschen, die konsequent eine gesunde und weitestgehend vegane Ernährungsweise leben.

Allerdings glaube ich auch, dass man – sogar in unserer heutigen Zeit der allgegenwärtigen Empörung – manches auch einfach mal mit Humor nehmen darf.

Nach wie vor und immer noch.

A. L.
10. Februar 2024